L'ÎLE DES OUBLIÉS

Diplômée de littérature anglaise de l'université d'Oxford, Victoria Hislop vit entre l'Angleterre et la Grèce, et parle français couramment. Best-seller international, vendu à plus de six millions d'exemplaires à travers le monde, son premier roman, *L'Île des oubliés*, a conquis six cent mille lecteurs en France et a été couronné par le Prix des lecteurs du Livre de Poche en 2013. La success story se poursuit avec ses autres ouvrages publiés en France : *Le Fil des souvenirs*, *Une dernière danse*, *La Ville orpheline*, *Une nuit en Crète*, *Cartes postales de Grèce* et *Ceux qu'on aime*.

Paru au Livre de Poche :

CARTES POSTALES DE GRÈCE

CEUX QU'ON AIME

LE FIL DES SOUVENIRS

UNE DERNIÈRE DANSE

UNE NUIT EN CRÈTE

LA VILLE ORPHELINE

VICTORIA HISLOP

L'Île des oubliés

TRADUIT DE L'ANGLAIS PAR ALICE DELARBRE

Préface inédite de l'auteure

LES ESCALES

Titre original :

THE ISLAND

ISBN : 978-2-253-93472-1 – 1re publication LGF

Pour ma mère, Mary

Préface

Il y a longtemps maintenant, l'été 2001, j'étais en vacances avec ma famille et des amis sur la côte nord de la Crète, pas très loin d'Agios Nikolaos. Nous partions souvent en Grèce pour les vacances, laissant le hasard choisir notre destination.

Cette année-là, nous louions un appartement dans une résidence, équipé de façon sommaire. La piscine, qui reproduisait la forme de la Crète, était tout sauf pratique. Nos journées se ressemblaient : nous passions la matinée sur la plage, puis nous allions faire une visite l'après-midi. À la fin de la première semaine, nous avions fait le tour des sites archéologiques du coin, ainsi que des musées – dont un était entièrement dédié à l'iris et à son usage, au fil du temps, dans la teinture des fils et tissus. J'ai tout adoré mais, sans surprise, les enfants étaient plus réservés (et tout particulièrement concernant cette dernière visite). Ils avaient huit et dix ans alors, et ils voulaient passer la journée entière à jouer sur la plage. J'aurais eu les mêmes envies à leur âge ; pourtant, même si je les comprenais, je tenais à m'acquitter de mon devoir parental et à continuer à pourvoir à leur éducation, y compris pendant l'été. La Grèce, pour moi, était déjà bien plus qu'un endroit où pratiquer l'hédonisme.

Un après-midi de juillet (je m'en souviens très bien parce qu'il faisait une chaleur accablante), j'ai eu droit à un concert de plaintes en annonçant le programme du jour. Dans le guide, j'avais trouvé la mention d'une petite île qui avait autrefois accueilli des lépreux. Ils n'étaient pas du tout tentés. Pas un seul instant. Mais après les avoir amadoués avec la promesse d'un trajet en bateau et de glaces, nous sommes partis sur les routes sinueuses qui mènent à Elounda.

Le trajet nous a pris quarante-cinq minutes environ, et nous avons fini par arriver dans le village paisible de Plaka (un petit café, quelques tavernes, pas une seule boutique), où nous devions prendre un bateau pour nous rendre à Spinalonga. Il était déjà seize heures passées, nous arrivions juste à temps pour le dernier en partance pour l'île.

Nos glaces à la main, nous nous sommes embarqués. Pour la première fois ce jour-là, je me souviens d'avoir éprouvé du soulagement tant la chaleur était accablante. Il y avait une brise bienvenue, et le trajet était bref. Quelques minutes plus tard, nous approchions des murs incurvés d'une forteresse vénitienne imposante. Nous avons débarqué.

C'était une date qui avait retenu mon attention dans le guide : 1957. Il s'agissait de l'année où l'on avait découvert un traitement contre la lèpre et où la population tout entière de l'île l'avait quittée. Pour moi, cet événement n'appartenait pas réellement à l'histoire, puisqu'il ne s'était produit que deux ans

avant ma naissance. C'est ce détail qui a
culièrement, piqué ma curiosité.

Comme la plupart des gens, je ne savais
chose de la lèpre, et les connaissances qu
posséder se sont révélées fausses. Pour commencer, j'étais convaincue que cette maladie était aussi contagieuse que la peste et qu'elle pouvait mutiler les malades au point de les rendre méconnaissables en quelques jours. Je pensais aussi que cette maladie était contemporaine de la rédaction de la Bible et qu'elle avait disparu depuis des millénaires. Ce n'est qu'en approchant de l'île que je me suis rendu compte que rien de tout cela n'était vrai. L'un de nos compagnons de vacances était médecin, dermatologue, et il a pu m'apprendre l'essentiel : la lèpre est une maladie de peau, elle peut mettre beaucoup de temps à se développer et, à la fin des années 1950, elle est devenue curable. Il a aussi insisté sur le fait que les malades n'étaient pas forcément sujets aux déformations monstrueuses, comme on le croit souvent (et comme on le voit dans le film *Ben Hur*, par exemple).

Le capitaine du bateau a attaché les amarres et nous a dit de revenir d'ici une heure. Nous nous sommes empressés d'acheter nos billets et nous avons emprunté le tunnel sombre qui menait à l'intérieur de l'île. Il n'y avait pas de guides pour nous faire visiter, et pas d'ouvrages en vente ; nous étions donc libres de nous promener en laissant vagabonder notre imagination. Je mesure avec le recul que cela a joué un rôle capital dans ma découverte de Spinalonga.

J'ai un souvenir très vif du moment où nous sommes passés de l'obscurité à la lumière, pour émerger dans ce qui était la rue principale. Cet ins-

changé beaucoup de choses pour moi. Je n'ai s pu m'empêcher de me mettre à la place d'une personne qui se serait retrouvée en bas de cette rue pour la première fois (les malades y avaient été envoyés à partir de 1903). La plupart des patients arrivaient en sachant qu'ils ne repartiraient pas.

La beauté des lieux m'a surprise. Je m'étais attendue à une sorte de prison, pas à un village grec accueillant. Il y avait des géraniums en pot, des fleurs sauvages, du soleil sur les pierres chaudes. Je n'aurais jamais cru qu'un endroit pareil puisse être aussi romantique. Il y avait même un chat. Les travaux de rénovation étaient en cours à l'époque, et je suis sûre que ce matou sympathique se rendait utile en veillant à réduire la population des rongeurs. En tout cas, il ajoutait une note cordiale.

Je me suis mise en route. Les bâtiments étaient alors bien plus endommagés qu'ils ne le sont aujourd'hui, pour la plupart. J'ai jeté un coup d'œil à l'intérieur des petites maisons (construites pendant la période ottomane) et j'ai remarqué des traces de vie quotidienne qui m'ont étonnée : minuscules fragments de rideaux encore accrochés aux cadres des fenêtres, éclats de peinture bleu vif sur les murs, étagères toujours présentes dans des niches. De temps à autre, un volet grinçait, poussé par le vent.

La grande rue ressemblait à toutes celles que l'on trouve dans les villages crétois : elle avait sa petite église, une boulangerie, des boutiques, et cetera. J'étais ébahie qu'il y ait une telle infrastructure. Les citernes vénitiennes étaient encore en bon état, et elles avaient été aussi utiles au XXe siècle pour la collecte, vitale, des eaux de pluie qu'elles l'avaient été l'année de leur construction, trois siècles plus tôt. Dans les hauteurs, j'ai aperçu le grand bâtiment qui avait servi d'hôpital et, au sommet de la rue, repéré un immeuble délabré qui avait dû accueillir des malades.

L'île possédait quelque chose de chaleureux et de joyeux, et cette atmosphère m'a paru d'autant plus paradoxale que je m'étais attendue à un lieu de grande tristesse et de désespoir. J'ai alors compris que les lépreux n'étaient pas venus seulement mourir ici, mais aussi vivre.

À cette époque, j'écrivais des articles sur le tourisme pour plusieurs grandes publications britanniques. Il aurait été tout naturel que je ponde un bref papier sur Spinalonga avec un titre comme « La léproserie oubliée de Crète ». J'y ai rapidement renoncé. Mon esprit débordait tant d'idées et de sensations que je n'allais pas tenter de faire tenir cet endroit inouï dans une chronique terre à terre de mille cinq cents mots. Je voulais puiser dans mes émotions et dans mon imagination, et ce que je souhaitais exprimer n'avait pas sa place dans un journal ou un magazine.

Il fallait moins d'une heure pour faire le tour de l'île, ce qui a amplement suffi à me remplir d'impressions et de questions. De retour à notre point de départ, j'avais déjà une idée en tête.

Mon ami dermatologue avait bien insisté sur ce point : la lèpre ne s'attaquait pas au visage et au corps de tous les malades. Et, même lorsque c'était le cas, cela pouvait mettre des dizaines d'années. J'avais donc une histoire en germe dans mon esprit alors que nous marchions dans Spinalonga, et ce scénario est devenu le cœur du roman que j'écrirais par la suite.

L'idée était la suivante : une femme exilée à Spinalonga qui tomberait amoureuse du médecin apportant sur l'île le remède à sa maladie incurable. Puis il la guérirait. Cette situation contenait en elle un conflit. Le remède, tout en la libérant de la maladie et de la captivité sur cette île, lui briserait le cœur, puisqu'il lui ferait perdre l'homme qu'elle aime. Cette intrigue serait au centre du roman, mais il fallait bien sûr la développer.

Nous étions de retour à Plaka à dix-huit heures, et nous nous sommes baignés sur la plage de galets qui fait face à l'île. L'eau y est d'une transparence incroyable, et je me rappelle les picotements de fraîcheur que j'ai ressentis en séchant. Plus tard, nous avons à nouveau retrouvé nos amis pour dîner dans l'une des tavernes, partageant un énorme plat de spaghettis au homard. J'ai retenu ces détails avec une précision invraisemblable, comme si les sensations de ce jour-là possédaient une intensité particulière. Je me souviens aussi que j'avais la tête ailleurs.

De nos jours, Spinalonga est parfois éclairée la nuit mais, à cette époque, alors que le jour décroissait et que la nuit tombait, l'île s'était tout simplement évanouie. Elle avait disparu dans le noir. Pendant que nous savourions notre dîner, je ne cessais de repenser à cet endroit et à la forte impression qu'il m'avait faite. J'ai décidé d'y retourner au plus tôt, en journée, non pour refaire la traversée mais pour le revoir, de loin, et d'acheter toute la documentation que je trouverais en anglais.

Le lendemain, à Elounda, j'ai acheté deux petits guides (de ceux qui valent davantage pour leurs photos que pour leur texte), et je les ai lus dès mon retour à l'appartement. Ils ne m'ont pas appris grand-chose, se contentant essentiellement de décrire les bâtiments et les trois différentes phases de l'histoire de Spinalonga : vénitienne, ottomane, puis celle du XXe siècle, où elle a servi de léproserie. J'étais un peu déçue, j'espérais plus. Mais je crois que c'est à ce moment-là, et pour cette raison, que mon imagination a pris le relais.

Le manque de données aurait pu constituer un obstacle, au lieu de quoi il a stimulé ma créativité. Je n'avais pas l'intention de travailler pendant ces vacances, et je n'avais même pas emporté un seul petit carnet. Je n'avais qu'une enveloppe contenant les instructions du propriétaire de notre location (le fonctionnement de l'eau chaude et de la cuisinière, l'interdiction de jeter du papier dans les toilettes, les meilleures tavernes et les plus belles plages, etc.). Je l'ai recouverte de gribouillages. Les derniers jours du séjour, j'ai été gagnée par une immense satisfaction. J'avais le sentiment de tenir quelque chose. Je ne savais pas encore très bien de quoi il s'agissait, mais je savais que c'était une histoire que je voulais raconter. C'était exaltant. Je n'avais pas écrit de fiction depuis plus de trente ans (depuis mes études, en réalité). J'avais lu et étudié des tas d'œuvres, il me restait à en créer une.

J'ai d'abord voulu parler à un spécialiste de la lèpre. La lettre que j'ai adressée à l'experte mondiale de la question, une médecin qui travaillait à la London School of Hygiene and Tropical Medicine, a obtenu, à ma grande joie, une réponse rapide. La docteure (depuis professeure) Diana Lockwood m'a non seulement accordé du temps, mais m'a aussi prêté des ouvrages précieux datant des années 1930 et 1950. Grâce à eux, j'ai pu entendre la voix authentique de l'époque sur laquelle je comptais écrire, comprendre comment les gens traitaient la lèpre, mais aussi comment ils la considéraient. Je les ai lus ligne à ligne avec beaucoup d'attention, enfermant, chaque soir, ces livres pour ainsi dire uniques dans un coffre ignifugé. J'ai appris tout ce que j'avais besoin de savoir sur la maladie.

Le printemps suivant, je suis retournée à Plaka et j'ai loué une chambre en face de Spinalonga. J'avais emmené ma mère avec moi, et sa présence m'a permis de rester des heures assise dans un café ou dans une taverne. J'aurais attiré l'attention si j'avais été seule. Ainsi, nous donnions l'impression d'être ce que nous étions, tout simplement, deux femmes qui prenaient du bon temps en Crète. Je ne parlais pas un seul mot de grec, ce qui nous rendait, et c'était précieux, inaccessibles. Cela m'empêchait aussi d'interroger les gens du cru ou d'apprendre quoi que ce soit sur la vie au village à l'époque où Spinalonga était encore habitée. Je me suis contentée de m'imprégner de l'atmosphère et d'observer les villageois.

Tous les matins de ce séjour à Plaka, je prenais le premier bateau pour l'île. Le batelier devait me trouver bizarre. Il me souriait lorsqu'il me vendait mon billet, sans me poser de question pour autant – et, plus d'une fois, il ne m'a même pas fait payer. Peut-être pensait-il que j'avais un parent éloigné qui avait vécu sur l'île. Le fait de ne pas parler leur langue était, décidément, un avantage dans ces circonstances.

Chaque visite renforçait mon amour pour cet endroit unique, tout en me fournissant des idées pour de nouveaux personnages et développements du récit. La proximité de Plaka ne cessait de me frapper, et le fait de pouvoir distinguer les petites silhouettes qui se déplaçaient sur le rivage d'en face a donné au roman qui se déployait dans mon esprit une intensité particulière.

J'ai rédigé un plan très détaillé, structuré par deux dates clés : l'invasion allemande de la Crète et le traitement de la lèpre. Je voulais aussi créer deux générations de malades réunies au sein d'une seule famille, ainsi qu'une troisième qui chercherait à dissimuler la présence de la lèpre dans son passé.

Une fois mon synopsis prêt, je l'ai envoyé, accompagné d'un chapitre, à plusieurs éditeurs anglais. Beaucoup l'ont refusé. Ils aimaient l'idée d'une histoire d'amour sur une île grecque, cependant la lèpre constituait, à leurs yeux, une thématique à la fois peu vraisemblable et peu commerciale. Par chance, mon projet a fini par atterrir sur le bureau d'une jeune éditrice britannique qui a aussitôt saisi non seulement le sujet de ce livre, mais aussi son ambiance. Flora Rees (qui a depuis édité tous les textes que j'ai publiés) a passé une grande partie de son enfance en Afrique, parce que son père était un spécialiste des maladies tropicales. Elle conservait un vif souvenir de l'époque où il rendait visite à des lépreux, et de l'inquiétude que cela suscitait chez sa mère, même si la maladie se soignait déjà très bien. Flora, comme beaucoup de ceux qui ont eu un lien étroit avec la lèpre, savait combien les gens pouvaient avoir des réactions étranges à la simple évocation de celle-ci.

Un an plus tard environ, j'avais terminé la rédaction du roman, et il a été publié au Royaume-Uni – puis, peu après, en Grèce, en Norvège, en Israël et en France. À l'heure où j'écris ces lignes, il s'en est vendu plus de six millions d'exemplaires dans le monde et il a été traduit en trente-cinq langues.

Lorsque le roman a été publié en Grèce, j'ai fait la connaissance d'un homme qui prendrait une place très importante dans ma vie. Manoli Foundoulakis, un octogénaire, vivait dans les hauteurs du village d'Elounda, juste au-dessus de Plaka (avec une vue sur Spinalonga). Cet ancien lépreux, avec sa sagesse, sa bonne humeur et sa gentillesse, incarnait, en un sens, tout ce que j'avais voulu véhiculer dans mon roman : ces hommes et femmes sont nos semblables, à cette seule différence qu'ils ont eu le malheur de contracter une maladie contagieuse.

Quand j'ai commencé à recevoir des propositions de différentes sociétés de production pour la télévision et le cinéma, Manoli était au centre de mes pensées. J'ai décliné plusieurs d'entre elles, parce que je doutais de leur capacité (et de leur désir) de représenter les lépreux avec le respect qui, selon moi, leur était dû. J'avais peur qu'ils apparaissent comme des monstres. La chaîne de télévision grecque, Mega, m'a offert de m'impliquer dans la production. Les deux années de travail sur cette série de 26 épisodes ont été une expérience passionnante, aboutissant à un résultat à la fois beau et émouvant. Manoli y joue le rôle d'un ancien lépreux – à travers lui, l'art et la réalité se sont ainsi confondus.

L'écriture de ce roman m'a ouvert beaucoup de portes, et pas seulement en tant qu'auteure. Je suis devenue ambassadrice pour l'association caritative Lepra, qui œuvre à soulager les souffrances des lépreux à travers le monde. Aussi fou que cela paraisse, chaque année, 300 000 nouveaux cas sont déclarés, principalement en Inde et au Bangladesh. J'aide Lepra à lever des fonds destinés à la recherche et aux traitements.

Le succès du roman a attiré beaucoup de visiteurs à Spinalonga – et j'entends toujours, chaque fois que je m'y trouve (j'ai acheté une maison en Crète), des voix françaises autour de moi. Souvent, à Plaka, où de nombreux touristes prennent le bateau pour aller sur l'« île », j'ai des échanges délicieux avec des lecteurs français.

L'événement le plus important, peut-être, qui se soit produit à la suite de la rédaction de *L'Île des oubliés* et des autres romans que j'ai consacrés à la Grèce, dans sa période moderne, a été ce cadeau, en juillet 2020, du président de la Grèce : je suis devenue citoyenne honoraire du pays. J'ai prêté serment en septembre dernier, et j'ai désormais la grande fierté de posséder une carte d'identité et un passeport grecs. J'ai ainsi conservé mon statut d'Européenne, ce qui signifie plus à mes yeux que je ne saurais l'exprimer ici.

Les romans mènent parfois une vie indépendante, et les lecteurs interprètent certaines choses à leur façon ; leur lecture s'imprègne de leurs propres espoirs, peurs et émotions. Du point de vue du lectorat grec, je crois qu'il a fallu une étrangère, complètement extérieure aux lieux et à l'histoire de Spinalonga, pour porter un regard neuf sur cette île, pour en faire un symbole d'espoir et de courage.

Je ne crois pas aux fantômes, mais je suis persuadée que les défunts laissent derrière eux, dans la poussière, des traces de leurs émotions – tristesse, joie, amour, peur et ainsi de suite. Et j'ai la conviction que ce sont ces vestiges qui m'ont inspirée. Je suis si reconnaissante d'y avoir été réceptive ce jour de juillet, il y a bien des années.

Février 2021

Victoria Hislop avec Manoli Foundoulakis, sur le tournage de l'adaptation pour la télévision grecque de L'Île des oubliés.

L'île de Spinalonga, au large de la côte nord de la Crète, accueillait la principale colonie grecque de lépreux entre 1903 et 1957.

Plaka, Crète, 1953

Un vent automnal s'engouffrait dans les rues étroites de Plaka, et des bourrasques glacées enveloppaient la femme, engourdissant son corps et son esprit sans réussir à apaiser son chagrin. Comme elle peinait à parcourir les derniers mètres qui la séparaient de l'appontement, elle s'appuya de tout son poids sur son père. Sa démarche évoquait celle d'une petite vieille transpercée par la douleur à chaque pas. Une douleur qui n'était pas physique, cependant. Son corps était aussi robuste que celui de n'importe quelle jeune femme ayant respiré toute sa vie le pur air crétois, sa peau aussi lisse et ses yeux d'un marron aussi profond que ceux de toutes les habitantes de l'île.

La petite barque, rendue instable par sa cargaison de paquets informes ficelés ensemble, tanguait sur la mer. Le vieil homme s'embarqua avec prudence puis, s'efforçant d'immobiliser le bateau d'une main, il tendit l'autre à sa fille. Une fois qu'elle fut en sécurité à bord, il l'emmitoufla dans une couverture pour la protéger des éléments. Seules les longues mèches sombres qui s'échappaient et dansaient librement dans le vent permettaient de ne pas la prendre pour un simple ballot de marchandises. Il détacha avec soin l'amarre de son vaisseau – il n'y avait plus rien à dire ni à faire –, et leur voyage commença. Ce n'était pas une petite tournée de ravitaillement, mais un aller simple vers une nouvelle vie. Une vie dans une colonie de lépreux. Une vie à Spinalonga.

PREMIÈRE PARTIE

1

Plaka, 2001

Libérée de son point d'amarrage, la corde se déroula d'un mouvement vif, et des gouttelettes d'eau de mer aspergèrent les bras nus de la jeune femme. Elles séchèrent rapidement, et celle-ci remarqua que, sous le soleil de plomb qui brillait dans un ciel limpide, les cristaux de sel dessinaient des motifs complexes et scintillants sur sa peau, comme un tatouage de diamants. Alexis était l'unique passagère de la petite barque délabrée. Tandis qu'au son du moteur haletant elle s'éloignait du quai pour rejoindre l'île déserte qui se dressait face à eux, elle réprima un frisson, songeant à tous ceux et toutes celles qui s'y étaient rendus avant elle.

Spinalonga. Elle joua avec le mot, le fit rouler sur sa langue comme un noyau d'olive. L'île n'était pas loin et, quand l'embarcation approcha de l'imposante fortification vénitienne adossée à la mer, Alexis fut submergée à la fois par le poids du passé et par la sensation écrasante que ces murailles conservaient, aujourd'hui encore, une force d'attraction. Elle se mit à songer qu'il s'agissait peut-être d'un endroit où l'histoire, toujours palpitante, ne s'était pas figée dans les pierres froides, un endroit où les habitants étaient réels et non mythiques. Quelle différence avec les palais antiques et les sites qu'elle avait visités au cours des dernières semaines, mois, voire années !

Alexis aurait pu consacrer une journée supplémentaire à escalader les ruines de Cnossos, à se représenter, devant les fragments grossiers de pierre, la vie que les Crétois avaient menée en ces lieux plus de quatre mille ans auparavant. Ces derniers temps, cependant, ce passé si lointain commençait à se dérober à son imagination et à sa curiosité. Malgré son diplôme en archéologie et son poste dans un musée, elle sentait son intérêt pour la question s'émousser de jour en jour. Son père était un universitaire passionné, et elle avait grandi avec la croyance naïve qu'elle suivrait ses traces dans la poussière de l'histoire. Pour quelqu'un comme Marcus Fielding, toutes les civilisations, même les plus anciennes, étaient dignes d'intérêt, mais, du haut de ses vingt-cinq ans, Alexis trouvait que le bœuf qu'elle avait dépassé sur la route plus tôt dans la journée avait bien plus de réalité, plus de résonance avec sa propre vie que n'en aurait jamais le Minotaure enfermé dans le labyrinthe légendaire de Crète.

Pour l'heure, elle avait toutefois d'autres sujets de préoccupation que son orientation professionnelle ; elle devait prendre une décision au sujet d'Ed. Tout le temps qu'ils s'étaient prélassés, en cette fin d'été, sur une île grecque, les limites de leur liaison autrefois prometteuse lui étaient peu à peu apparues. Si leur histoire avait réussi à fleurir au sein du microcosme étouffant de l'université, elle s'était flétrie au contact du monde extérieur et, au bout de trois ans, ne ressemblait plus qu'à une bouture chétive qui n'aurait pas pris une fois passée de la serre au jardin.

Ed était bel homme. C'était un fait. Mais ce physique avantageux irritait souvent Alexis plus que tout : il ne faisait que souligner l'arrogance et l'assurance, parfois enviable, d'Ed. Ils formaient un couple bien assorti, au sens où les opposés s'attirent. Alexis avec sa peau pâle, ses yeux et ses cheveux foncés, Ed avec sa blondeur et son regard bleuté presque aryens. Parfois, cependant, elle avait le sentiment que sa nature, plus sauvage, était comme assourdie par la soif de discipline et d'ordre d'Ed et elle savait que ce n'était pas la vie qu'elle voulait ; même mesurée, la spontanéité à laquelle Alexis aspirait tant semblait insupportable aux yeux d'Ed.

Nombre des autres qualités de celui-ci, considérées par la plupart comme des atouts, avaient commencé à l'exaspérer. Une assurance tenace d'abord, conséquence logique d'une foi inébranlable en l'avenir, et ce depuis la naissance. Ed avait la garantie d'un poste à vie dans un cabinet d'avocats, et son existence suivrait ainsi l'évolution de sa carrière et des déménagements imposés. Alexis n'avait qu'une conviction : leur incompatibilité irait croissant. Au fil des vacances, elle avait consacré de plus en plus de temps à se représenter son futur, et Ed n'y occupait pas la moindre place. Dans les domaines les plus triviaux, même, ils ne s'accordaient pas. Si le tube de dentifrice était pressé au mauvais endroit, Alexis était forcément coupable. Face au laisser-aller dont elle faisait preuve, la réaction d'Ed était symptomatique de son approche de la vie en général : pour Alexis, la méticulosité qu'il exigeait trahissait un besoin de contrôle insupportable. Elle s'efforçait d'apprécier son goût pour l'ordre, mais prenait ombrage de ses critiques muettes à l'encontre de la vie prétendument chaotique qu'elle menait. Elle songeait d'ailleurs souvent qu'elle se sentait davantage chez elle dans le bureau sombre et désordonné de son père plutôt que dans la chambre à coucher de ses parents, domaine maternel par excellence, aux tons pastel et dépouillé, qui lui arrachait des frissons.

Rien n'avait jamais résisté à Ed. Les fées s'étaient penchées sur son berceau : sans le moindre effort, il avait obtenu les meilleures notes et remporté toutes les compétitions sportives, année après année. Le parfait délégué de classe. Les dommages seraient terribles si la bulle dans laquelle il vivait explosait. Il avait été élevé dans la croyance que le monde était son écrin, mais Alexis commençait à comprendre qu'elle ne supporterait pas d'y être enfermée avec lui. Elle se sentait incapable de renoncer à son indépendance pour faire partie de la vie d'Ed, quand bien même tout semblait la pousser à ce sacrifice. Une location légèrement miteuse à Crouch End, au nord de Londres, contre un appartement coquet en plein centre, à Kensington : avait-elle perdu la tête en refusant ? Ed espérait qu'elle s'installerait chez lui à l'automne, mais un tas de questions la taraudaient : quel intérêt de vivre avec lui s'ils n'étaient pas sûrs de se marier ? Et voulait-elle seulement qu'il soit le père de ses enfants ? Tels étaient les doutes qui planaient sur elle depuis des semaines, voire des mois à présent, et il faudrait bientôt qu'elle ait le courage de prendre les décisions qui s'imposaient. Ed était si absorbé par l'organisation de leurs vacances qu'il semblait à peine remarquer qu'Alexis se murait, de jour en jour, dans un silence plus profond.

Ce séjour différait en tout de son voyage d'étudiante dans les îles grecques, à l'époque où ses amis et elle étaient des esprits libres qui laissaient la fantaisie guider leurs pas à travers les longues journées ensoleillées : ils remettaient à une pièce de vingt drachmes la décision de s'arrêter dans tel bar, de se faire rôtir sur telle plage, de rester ou non sur telle île. Elle avait du mal à croire que la vie avait pu être aussi insouciante. Son séjour avec Ed était une source constante de conflits, de disputes et de remises en question : une lutte qui avait commencé bien avant qu'elle eût mis le pied sur le sol crétois.

Comment puis-je, à vingt-cinq ans, avoir aussi peu de certitudes sur mon avenir ? s'était-elle demandé en préparant sa valise pour ce voyage. *Me voilà dans un appartement qui ne m'appartient pas, à la veille de quitter pour les vacances un travail que je n'aime pas, avec un homme dont je n'ai rien à faire. Qu'est-ce qui cloche chez moi ?*

À l'âge d'Alexis, sa mère, Sophia, était mariée depuis plusieurs années et avait déjà deux enfants. Quelles circonstances l'avaient donc amenée à acquérir une telle maturité aussi jeune ? Comment avait-elle pu être aussi installée dans la vie alors qu'Alexis se sentait encore enfant ? Si seulement elle en avait su davantage sur la façon dont sa mère avait abordé l'existence, cela aurait pu l'aider à prendre ses propres décisions.

Sophia s'était toujours montrée très secrète sur son passé, et au fil des ans, sa discrétion s'était dressée comme une barrière entre elle et sa fille. Alexis voyait une forme d'ironie à ce que l'étude du passé fût à ce point encouragée dans sa famille et qu'on l'empêche d'examiner sa propre histoire à la loupe ; cette impression que Sophia dissimulait quelque chose à ses enfants teintait leurs relations de défiance. Sophia Fielding avait non seulement enterré ses racines mais aussi piétiné la terre qui les recouvrait.

Alexis n'avait qu'un seul indice du passé de sa mère : une photo de mariage décolorée, qui, aussi loin qu'elle s'en souvienne, s'était toujours trouvée sur la table de nuit de celle-ci. Son cadre en argent tarabiscoté était usé à force d'avoir été poli. Dans sa petite enfance, lorsque Alexis se servait du grand lit défoncé de ses parents comme d'un trampoline, l'image du couple qui, bien que souriant, prenait la pose avec raideur, allait et venait sous ses yeux. Parfois, elle interrogeait sa mère sur la belle dame en dentelle et l'homme au visage anguleux. Comment s'appelaient-ils ? Pourquoi avait-il les cheveux gris ? Où se trouvaient-ils à présent ? Sophia lui fournissait des réponses brèves : il s'agissait de sa tante Maria et de son oncle Nikolaos, qui avaient vécu en Crète et y étaient morts. Si ces explications avaient satisfait Alexis à l'époque, aujourd'hui elle avait besoin d'en savoir davantage. C'était le statut particulier de cette photo – la seule encadrée de toute la maison, à l'exception de celles représentant Alexis et son frère cadet, Nick – qui l'intriguait. Alors que ce couple avait, selon toute évidence, beaucoup compté dans l'enfance de sa mère, celle-ci répugnait à en parler. Plus que de la réticence, en réalité, cela ressemblait à un refus entêté. Au cours de son adolescence, Alexis avait appris à respecter la réserve de sa mère – aussi profonde, à l'époque, que son propre réflexe de repli sur soi, de mise à distance du monde extérieur. Mais elle avait dépassé ses complexes de jeune fille à présent.

La veille de son départ en vacances, elle s'était rendue chez ses parents, une maison mitoyenne, d'architecture victorienne, située dans une rue paisible du quartier de Battersea. La tradition familiale voulait qu'ils dînent ensemble dans le petit restaurant grec du coin avant le départ d'Alexis, ou de Nick, pour un nouveau semestre universitaire ou pour un voyage. Cette fois, la visite de celle-ci avait un autre motif. Elle voulait demander un conseil à sa mère au sujet d'Ed et, plus important encore, l'interroger sur son passé. Alexis arriva avec une bonne heure d'avance, bien résolue à convaincre sa mère de lever le voile sur cette partie de sa vie. Un mince rayon de lumière lui suffirait.

Après avoir franchi le seuil, elle se délesta de son lourd sac à dos sur le carrelage et jeta sa clé dans le vide-poches en laiton posé sur l'étagère dans l'entrée. Celle-ci y atterrit avec fracas. Alexis savait que sa mère ne détestait rien tant qu'être surprise.

— Salut, maman ! lança-t-elle dans le couloir désert.

Supposant que sa mère se trouvait au premier, elle monta les marches deux par deux ; en pénétrant dans la chambre de ses parents, elle s'émerveilla, comme toujours, de l'ordre extrême qui y régnait. Une modeste collection de perles était suspendue à un coin du miroir et trois bouteilles de parfum étaient alignées avec soin sur la coiffeuse. Pas un seul autre objet ne traînait dans la pièce. Rien qui pût renseigner Alexis sur la personnalité de sa mère ou sur son histoire : ni photo au mur, ni livre sur la table de nuit. Rien, à part le fameux cliché encadré à côté du lit. Sophia avait beau la partager avec Marcus, cette pièce était son domaine réservé, et son goût pour le rangement s'y exprimait pleinement. Chaque membre de la famille avait le sien, et chacun de ces domaines reflétait à la perfection la personnalité de son propriétaire.

Si le cadre minimaliste de la chambre correspondait au caractère de Sophia, le bureau de Marcus, avec ses innombrables piles de livres, était à l'image de ce dernier. Lorsque ces tours colossales s'effondraient, les volumes s'éparpillaient sur le sol ; dans ces cas-là, pour atteindre la table de travail, les ouvrages reliés en cuir se transformaient en pierres plates permettant de traverser un marécage. Marcus aimait travailler dans ce temple en ruine. Il lui rappelait ses fouilles archéologiques, où chaque morceau de roche était étiqueté avec soin, et où un œil non exercé n'y aurait vu qu'un tas de débris. Il faisait toujours chaud et, petite fille, Alexis s'y faufilait pour lire, lovée dans le fauteuil en cuir qui, bien qu'il perdît sans arrêt son rembourrage, restait le siège le plus confortable de la maison.

Alors que les enfants avaient quitté le domicile familial depuis longtemps, leur chambre respective n'avait pas bougé. Les murs de celle d'Alexis étaient toujours de ce violet agressif qu'elle avait choisi en pleine crise de révolte à quinze ans. Le mauve du couvre-lit, du tapis et de l'armoire, qui y répondait, était une couleur propice aux migraines et accès de colère – Alexis avait d'ailleurs fini par l'admettre avec l'âge. Un jour, ses parents se résoudraient peut-être à la repeindre, mais, dans une maison où le goût pour la décoration n'était que secondaire, il pourrait facilement s'écouler dix ans avant qu'ils ne passent à l'acte. La question de la couleur avait cessé depuis longtemps de se poser dans la chambre de Nick – impossible d'apercevoir le moindre centimètre carré de mur entre les affiches des joueurs d'Arsenal, des groupes de heavy metal et de blondes à la poitrine anormalement plantureuse. Alexis et lui se partageaient le salon où, en une vingtaine d'années, ils avaient dû regarder la télé dans la pénombre des milliers d'heures durant. La cuisine, en revanche, était à tout le monde. La table ronde en pin – le seul meuble que Sophia et Marcus avaient acheté ensemble, dans les années soixante-dix – en constituait le point de mire, l'endroit où ils se réunissaient pour discuter, jouer, manger et, malgré les débats animés et disputes qui s'y déchaînaient souvent, resserrer les liens familiaux.

— Bonjour, dit Sophia en saluant le reflet de sa fille dans le miroir.

Elle coiffait ses cheveux courts tout en farfouillant dans une petite boîte à bijoux.

— Je suis presque prête, ajouta-t-elle avant de mettre des boucles d'oreilles corail assorties à sa blouse.

Alexis n'en saurait jamais rien, mais tandis qu'elle se préparait pour ce rituel familial, Sophia avait une boule à l'estomac. Elle se rappelait toutes les soirées précédant le départ de sa fille pour l'université où elle avait feint la gaieté alors qu'elle éprouvait en réalité l'angoisse de la séparation imminente. Le talent de Sophia pour dissimuler ses émotions semblait croître proportionnellement à la violence des sentiments qu'elle refoulait. En observant le reflet d'Alexis à côté du sien, elle fut traversée par une onde de choc. Sa fille n'avait plus le visage d'adolescente qu'elle voyait quand elle songeait à elle ; elle était devenue une adulte, et son regard interrogateur répondait au sien.

— Bonjour, maman, souffla Alexis. À quelle heure rentre papa ?

— Il ne va pas tarder, j'espère. Il sait que tu dois te lever de bonne heure demain et m'a promis de ne pas être en retard.

Alexis prit la photo familière en inspirant profondément. À sa grande surprise, en dépit de ses vingt-cinq ans, elle devait toujours rassembler son courage avant de s'immiscer dans le passé maternel, comme si elle se glissait sous le cordon de sécurité délimitant une scène de crime. Elle avait besoin de connaître l'avis de sa mère. À vingt ans, Sophia était déjà mariée : considérait-elle qu'Alexis commettait une folie en renonçant à la possibilité de vivre jusqu'à la fin de ses jours aux côtés de quelqu'un comme Ed ? Ou pensait-elle au contraire, comme Alexis, que le simple fait de se poser cette question prouvait bien qu'il n'était pas la bonne personne ? En son for intérieur, Alexis répéta les questions qu'elle avait préparées. Comment sa mère avait-elle acquis la certitude, si jeune, que l'homme qu'elle s'apprêtait à épouser était le « bon » ? Comment avait-elle su qu'elle serait heureuse pour les cinquante, les soixante, voire les soixante-dix années à venir ? À moins qu'elle n'y eût jamais réfléchi en ces termes… Au moment de se libérer enfin de toutes ces interrogations, elle hésita, redoutant soudain de se heurter à un mur. Il y avait une requête, cependant, qu'elle devait impérativement lui faire.

— Est-ce que… commença-t-elle. Ça t'embêterait si j'allais voir l'endroit où tu as grandi ?

À l'exception de son nom de baptême, seuls les yeux sombres d'Alexis trahissaient le sang grec qui coulait dans ses veines ; et ce soir-là, elle y concentra toute son intensité avant de les plonger dans ceux de sa mère.

— Nous terminerons notre voyage par la Crète, je trouverais dommage d'aller aussi loin et de ne pas saisir une telle opportunité.

Sophia n'était pas femme à sourire facilement, ni à montrer ses sentiments. La réticence était une seconde nature chez elle, et sa première réaction fut de chercher une excuse. Quelque chose l'en empêcha, toutefois. C'étaient les mots que Marcus lui répétait souvent : si Alexis resterait toujours leur fille, elle cesserait un jour d'être l'enfant qui se tournait vers sa mère. Même si elle avait du mal à s'y faire, Sophia savait qu'il avait raison, et la jeune femme indépendante qui se tenait devant elle en était d'ailleurs la confirmation. Au lieu de se renfermer, comme à son habitude, quand le passé menaçait de surgir dans la conversation, Sophia répondit avec une ferveur inattendue. Pour la première fois, elle admettait que la curiosité de sa fille au sujet de ses racines n'était pas seulement naturelle, mais peut-être bien légitime.

— Oui… hasarda-t-elle. Il me semble que oui.

Alexis tenta de dissimuler son étonnement, osant à peine respirer, de peur que sa mère ne change d'avis.

— Oui, reprit Sophia d'une voix plus assurée, c'est une bonne occasion. Je te donnerai une lettre pour Fotini Davaras, qui a bien connu ma famille. Elle doit être âgée maintenant, mais elle vit depuis toujours dans le village où je suis née. Elle a même épousé l'aubergiste... Tu auras peut-être droit à un bon repas.

Alexis brûlait d'excitation.

— Merci, maman... Où se trouve ce village, exactement ? Il est loin de La Canée ?

— Il se situe à environ deux heures à l'est d'Héraklion. De La Canée, il te faudra sans doute quatre ou cinq heures... C'est beaucoup pour faire l'aller-retour dans la journée. Ton père sera là d'une minute à l'autre, mais à notre retour du restaurant, j'écrirai le mot pour Fotini et je te montrerai Plaka sur une carte.

Marcus annonça son retour de la bibliothèque universitaire en claquant bruyamment la porte d'entrée. Il posa au milieu du couloir son attaché-case en cuir usé prêt à exploser – des morceaux de papier se faufilaient par le moindre interstice entre deux coutures. L'ours à lunettes et à l'épaisse tignasse argentée, qui devait peser autant que sa femme et sa fille réunies, accueillit cette dernière avec un large sourire en la voyant dévaler l'escalier. Arrivée à la dernière marche, elle s'élança dans ses bras, ainsi qu'elle le faisait depuis ses trois ans.

— Papa ! s'écria-t-elle simplement (ce qui était déjà superflu).

— Ma beauté, dit-il en l'accueillant dans ses bras douillets et en l'étreignant comme seuls les pères dotés de proportions aussi généreuses peuvent le faire.

Peu après, ils rejoignirent la taverne Loukakis, à cinq minutes à pied de la maison. Niché dans une enfilade de bars à vin tape-à-l'œil, de pâtisseries aux prix exorbitants et de restaurants branchés, cet établissement était le seul à résister. Il existait quasiment depuis l'installation des Fielding dans le quartier, qui avaient vu entre-temps une centaine de boutiques ou de restaurants ouvrir et mettre la clé sous la porte. Le propriétaire, Gregorio, les accueillit comme de vieux amis ; les visites des Fielding étaient si régulières qu'il savait, avant même qu'ils ne soient assis, ce qu'ils commanderaient. À leur habitude, ils écoutèrent d'une oreille polie la liste des plats du jour, puis Gregorio les désigna tour à tour en récitant :

— Mezze du jour en entrée, puis moussaka, stifado, calamars, une bouteille de retsina et une grande eau gazeuse.

Ils acquiescèrent tous trois avant d'éclater de rire lorsque Gregorio pivota sur ses talons en feignant d'être vexé par le mépris qu'ils manifestaient pour ses innovations culinaires.

Alexis (qui avait pris la moussaka) monopolisa la conversation : tandis qu'elle décrivait l'itinéraire qu'elle et Ed allaient suivre, son père (les calamars) intervenait de temps à autre pour suggérer un détour par un site archéologique.

— Mais, papa, s'exaspéra Alexis, tu sais bien qu'Ed ne s'intéresse pas aux ruines !

— Je sais, je sais, répondit-il avec patience. Il n'empêche, seul un philistin irait en Crète sans voir Cnossos. Ça reviendrait à faire un séjour à Paris sans visiter le Louvre ! Même Ed est capable de le comprendre.

Aucun d'eux n'ignorait qu'Ed était plus que prêt à snober tout ce qui touchait, de près ou de loin, à la culture avec un grand *C*, et, comme toujours lorsque la conversation tombait sur lui, un léger dédain pointait dans le ton de Marcus. Ce garçon ne lui était pas antipathique, il n'avait d'ailleurs rien à lui reprocher : Ed était exactement le genre de gendre qu'un père était censé espérer pour sa fille. Pourtant, Marcus ne pouvait s'empêcher d'éprouver une légère déception quand il imaginait sa fille faisant sa vie avec ce garçon si influent. Sophia, elle, adorait Ed. Il incarnait tout ce à quoi elle aspirait pour sa fille : la respectabilité, la garantie d'une vie stable, et un arbre généalogique qui le rattachait (même de façon ténue) à l'aristocratie anglaise.

Ce fut une soirée joyeuse. Ils ne s'étaient pas retrouvés tous les trois depuis plusieurs mois, et Alexis avait beaucoup de retard à rattraper ; entre autres, concernant les derniers rebondissements dans la vie amoureuse de Nick. Étudiant en troisième cycle à Manchester, il n'était guère pressé de mûrir, et sa famille s'émerveillait en permanence de la complexité de ses histoires.

Tandis qu'Alexis et son père échangeaient des anecdotes professionnelles, Sophia se surprit à repenser à la première fois qu'ils avaient mis le pied dans la taverne : Gregorio avait empilé des coussins pour permettre à Alexis d'atteindre la table. À l'époque où

Nick était né, le restaurant avait investi dans une chaise haute. Ils avaient initié leurs enfants, dès leur plus jeune âge, au goût puissant du tarama et du tzatziki, que les serveurs leur présentaient sur des soucoupes. Durant près de vingt ans, ils avaient célébré ici les événements les plus importants de leurs vies, avec, pour bande son, les chants traditionnels grecs diffusés en boucle. Toujours plus frappée par le fait qu'Alexis n'était plus une enfant, Sophia se prit à songer à Plaka et à la lettre qu'elle écrirait bientôt. Pendant de longues années, elle avait correspondu régulièrement avec Fotini et lui avait d'ailleurs, un quart de siècle plus tôt, fait part de l'arrivée de son premier enfant dans les détails ; quelques semaines après, une petite robe brodée était arrivée au courrier, qu'elle avait mise à Alexis pour son baptême. Les deux femmes avaient cessé leur correspondance depuis bien longtemps, mais Sophia était certaine que le mari de Fotini l'aurait prévenue si quelque chose lui était arrivé. Se demandant à quoi Plaka pouvait bien ressembler aujourd'hui, elle chassa de son esprit une image du petit village envahi de pubs bruyants où la bière anglaise coulait à flots ; elle espérait qu'Alexis retrouverait l'endroit tel qu'elle-même l'avait quitté.

Au fil de la soirée, Alexis sentit croître son exaltation à la perspective de fouiller dans l'histoire familiale. En dépit des tensions auxquelles, elle le savait, elle devrait faire face au cours de ces vacances, elle se réjouissait d'avance de sa visite dans le village natal de sa mère. Alexis et Sophia échangèrent un sourire, et Marcus se surprit à se demander si l'époque où il jouait l'entremetteur entre son épouse et sa fille touchait à sa fin. Le cœur réchauffé par cette idée, il profita de la présence des deux femmes qu'il aimait le plus au monde.

Ils terminèrent leur repas, avalèrent, par politesse, la moitié du verre de raki offert par la maison, puis rentrèrent. Alexis passerait la nuit dans son ancienne chambre et elle se réjouissait d'avance de ces quelques heures dans son lit de petite fille avant de se rendre en métro à l'aéroport d'Heathrow. Elle se sentait étonnamment sereine, bien qu'elle n'ait pas réussi à solliciter les conseils de sa mère. La perspective de visiter Plaka, avec la bénédiction de celle-ci, lui semblait bien plus importante. Elle écarta pour un temps ses autres angoisses, qui portaient sur un avenir plus lointain.

De retour du restaurant, Alexis prépara du café à sa mère pendant que celle-ci, installée à la table de la cuisine, rédigeait une lettre à Fotini – elle froissa trois brouillons avant de sceller l'enveloppe et de la pousser sur la table, en direction de sa fille. Absorbée par sa tâche, Sophia avait conservé le silence pendant qu'elle écrivait. Et Alexis avait craint, en parlant, de rompre le charme et de la faire changer d'avis.

Depuis deux semaines et demie à présent, la lettre de Sophia dormait dans la poche intérieure du sac à main d'Alexis, avec son passeport. À sa façon, c'était aussi un passeport, qui lui donnerait accès à l'histoire maternelle. Cette lettre avait voyagé avec elle depuis Athènes, l'accompagnant lors des traversées, parfois agitées, sur les ferries enfumés, jusqu'à Paros, Santorin et, maintenant, la Crète. Ils étaient arrivés sur l'île quelques jours plus tôt et avaient trouvé une chambre en bord de mer, à La Canée – tâche aisée à cette période de l'année, l'essentiel des vacanciers ayant déjà déserté.

Il ne leur restait que quelques jours et Ed, qui avait à contrecœur visité Cnossos et le musée archéologique d'Héraklion, comptait bien se prélasser sur la plage, avant d'entreprendre leur long trajet de retour jusqu'au Pirée. Alexis, quant à elle, avait d'autres projets.

— Je vais aller voir une vieille amie de ma mère demain, annonça-t-elle tandis que, installés à la terrasse d'une taverne sur le port, ils attendaient de passer commande. Elle vit de l'autre côté d'Héraklion, cela me prendra la journée.

C'était la première fois qu'elle évoquait son pèlerinage devant Ed et elle craignait sa réaction.

— Super ! lâcha-t-il avant d'ajouter, non sans amertume : J'imagine que tu comptes prendre la voiture.

— Oui, sauf si ça t'embête. C'est à près de deux cent cinquante kilomètres et j'en aurai pour plusieurs jours si j'y vais en bus.

— Je suppose que tu ne me laisses pas vraiment le choix, si ? Et je te préviens, je n'ai aucune envie de t'accompagner.

Ses yeux, tels des saphirs dans son visage bronzé, lancèrent des éclairs avant de disparaître derrière la carte. Il allait bouder toute la soirée, mais Alexis était prête à encaisser sa mauvaise humeur : après tout, elle lui avait asséné la nouvelle sans ménagement. Elle digérait moins bien l'indifférence totale qu'il témoignait à l'égard de son projet, même si c'était du Ed tout craché. Il ne lui demanda même pas comment s'appelait la personne qu'elle allait voir.

Le lendemain matin, peu après le lever du soleil, elle sortit du lit en douce. La lecture des pages consacrées à Plaka dans son guide lui avait permis de faire une découverte inattendue. Au large de la côte de Plaka se trouvait une île que sa mère n'avait pas mentionnée. Le paragraphe qui lui était consacré, bien que succinct pour ne pas dire lapidaire, avait piqué la curiosité d'Alexis.

> SPINALONGA : Dominée par une énorme forteresse vénitienne, l'île fut prise par les Turcs au XVIIIe siècle.
>
> La plupart des Turcs quittèrent la Crète lors de la proclamation de son indépendance, en 1898, mais les habitants refusèrent d'abandonner leurs maisons et leurs lucratives activités de contrebande. Ils partirent en 1903, quand l'île devint une colonie de lépreux. En 1941, la Crète fut envahie par les troupes allemandes et occupée jusqu'en 1945 mais, grâce à la présence de lépreux, Spinalonga fut épargnée. Cette colonie fut abandonnée en 1957.

Selon toute apparence, Plaka servait principalement de centre d'approvisionnement pour la colonie de lépreux. Alexis fut d'autant plus intriguée que sa mère ne lui en avait pas touché un mot. Elle espérait avoir le temps de visiter Spinalonga. Installée au volant de sa Fiat 500, elle étala la carte de la Crète sur le siège inoccupé à côté d'elle : pour la première fois, elle remarqua que l'île avait la forme d'un animal alangui allongé sur le dos.

Elle prit la direction de l'est, dépassa Héraklion puis emprunta la route de la côte, qui traversait les stations balnéaires tentaculaires d'Hersonissos et de Malia. De temps à autre, elle repérait un panneau routier marron indiquant un site archéologique, logé étrangement entre deux hôtels modernes. Mais elle ne prêta aucune attention à ces pancartes : aujourd'hui, elle se rendait dans un village qui s'était développé non pas au XXe siècle avant J.-C., mais au XXe siècle après J.-C. et existait toujours.

Après avoir longé sur des kilomètres et des kilomètres des champs d'oliviers et, là où le sol était plus plat, d'énormes plantations de tomates et de vignes, elle finit par quitter la route principale pour entreprendre la dernière étape de son périple jusqu'à Plaka. La chaussée plus étroite la força à ralentir ; elle devait éviter les petits monticules de pierres que la montagne avait recrachées au milieu de la voie, et laisser passer parfois une chèvre qui traversait d'un pas tranquille, en la fixant de ce regard diabolique que lui conféraient ses yeux rapprochés. Au bout d'un moment, la route grimpa et, au sortir d'une épingle à cheveux très serrée, Alexis se gara sur le bas-côté, faisant crisser ses pneus sur les gravillons. À ses pieds, bien plus bas, dans les eaux bleues et éblouissantes du golfe de Mirabello, elle distingua la grande arche d'un port naturel presque circulaire ; à l'endroit où les deux anses de terre semblaient se rejoindre se trouvait un bout de terre pareil à une colline. De loin, on aurait pu la croire rattachée à la Crète, mais, grâce à la carte, Alexis savait que c'était l'île de Spinalonga et qu'il fallait traverser un bras de mer pour la rejoindre. Écrasée par le paysage alentour, la butte s'élevait néanmoins avec fierté au-dessus des flots ; on distinguait nettement les vestiges de la forteresse vénitienne à une extrémité et, au-delà, un ensemble de lignes – son réseau routier. La fameuse île oubliée… Après avoir été occupée sans interruption durant des millénaires, elle avait été délaissée, moins de cinquante ans auparavant.

Alexis accomplit les derniers kilomètres qui la séparaient de Plaka en roulant lentement, vitres baissées, pour que la brise tiède et l'odeur puissante du thym envahissent la voiture. Il était 14 heures quand elle finit par atteindre la place du village, silencieuse. Elle coupa le moteur, les mains luisantes de sueur à cause du volant en plastique et le bras gauche rougi par le soleil du début d'après-midi. À cette heure de la journée, n'importe quel village de Grèce ressemblait à une ville fantôme. Des chiens jouaient les morts à l'ombre, et quelques rares chats rôdaient à l'affût de restes de nourriture. Aucun autre signe de vie, mais certains indices d'une présence humaine récente dans ces lieux – vélomoteur abandonné contre un arbre, paquet de cigarettes entamé sur un banc et plateau de backgammon installé à côté. Les cigales chantaient à tue-tête ; elles ne cesseraient qu'au crépuscule, lorsque l'atmosphère étouffante finirait par se rafraîchir. Le village n'avait sans doute pas changé d'un iota depuis le départ de la mère d'Alexis, dans les années soixante-dix. Il n'avait pas eu beaucoup de raisons de le faire.

Alexis avait décidé de visiter Spinalonga avant de se mettre en quête de Fotini Davaras. Elle se délectait du sentiment de liberté totale et d'indépendance dont elle jouissait et, une fois qu'elle aurait retrouvé la vieille femme, prendre congé afin d'aller sur l'île pourrait paraître incongru. Alexis avait tout à fait conscience qu'il lui serait impossible de rejoindre La Canée le soir même, mais, comptant avant tout profiter de son après-midi, elle remit à plus tard les questions de logistique – appeler Ed et chercher un endroit où passer la nuit.

Résolue à suivre le guide de voyage à la lettre (« Tentez votre chance au bar de Plaka, petit village de pêche, où, en échange de quelques milliers de drachmes, vous trouverez sans doute un pêcheur prêt à vous conduire à Spinalonga »), Alexis traversa la place avec détermination et écarta l'arc-en-ciel poisseux du rideau de plastique qui fermait l'entrée du bar. Ces lanières crasseuses, dont l'objectif était de garder les mouches dehors et la fraîcheur à l'intérieur, ne réussissaient en réalité qu'à prendre la poussière et plonger l'endroit dans une pénombre permanente. Dans les ténèbres, Alexis repéra vaguement les contours d'une femme attablée ; lorsqu'elle voulut rejoindre à tâtons la silhouette, celle-ci se leva pour se glisser derrière le bar. Alexis avait la gorge toute desséchée par la poussière.

— *Nero, parakalo*, dit-elle en hésitant.

D'un pas traînant, la femme longea d'énormes jarres en verre remplies d'olives, ainsi que plusieurs bouteilles entamées d'ouzo, pour sortir du réfrigérateur une eau minérale fraîche. Elle en remplit avec soin un grand verre, et y ajouta une épaisse rondelle de citron à la peau grumeleuse avant de le tendre à Alexis. Puis elle s'essuya les mains avec l'immense tablier à fleurs qui réussissait tout juste à faire le tour de son imposante taille.

— Anglaise ? demanda-t-elle.

Alexis acquiesça ; c'était une demi-vérité après tout. Elle résuma sa requête suivante d'un seul mot :

— Spinalonga ?

Pivotant sur ses talons, la femme s'engouffra dans une petite ouverture derrière le bar. Alexis entendit les cris étouffés (« Gerasimo ! Gerasimo ! »), suivis de près par des bruits de pas dans l'escalier en bois. Un homme âgé apparut, les yeux bouffis : il avait été tiré de sa sieste. Sa femme lui baragouina quelque chose ; le seul mot qu'Alexis identifia, « *drachma* », revint à plusieurs reprises. À l'évidence, celle-ci expliquait, sans mâcher ses mots, qu'il y avait de l'argent à se faire. Lui restait planté là, enregistrant le torrent d'instructions sans broncher.

La femme finit par griffonner sur le carnet qui devait lui servir à prendre les commandes un nombre et un schéma. Si Alexis avait parlé le grec couramment, cela n'aurait pas été plus clair. À grand renfort de gestes circulaires et de traits sur le papier, la femme lui fit comprendre que, pour un trajet aller-retour jusqu'à Spinalonga, avec un arrêt sur place de deux heures, il lui en coûterait 20 000 drachmes, soit environ 35 livres. Ce petit pèlerinage finirait par lui revenir très cher, mais Alexis n'était pas en position de négocier. Et elle avait, plus que jamais, envie de visiter l'île. Elle acquiesça et sourit au batelier, qui lui rendit son signe en dodelinant de la tête. Ce fut à cet instant qu'elle réalisa que son silence cachait autre chose. Gerasimo n'aurait pas pu parler, même s'il l'avait voulu : il était muet.

Le ponton auquel était amarrée la vieille barque décrépie se trouvait juste à côté. Ils marchèrent en silence, dépassant les chiens endormis et les maisons aux volets clos. Pas un frémissement. Les seuls sons provenaient des cigales et du doux frottement de leurs semelles en caoutchouc sur le sol. Même la mer plate se taisait.

Voilà comment Alexis avait atterri dans ce bateau, sur lequel elle parcourut cinq cents mètres en compagnie d'un homme avec lequel elle n'échangeait qu'un sourire occasionnel. Le visage buriné, comme tous les pêcheurs crétois après des dizaines d'années passées sur des mers tumultueuses à affronter les éléments la nuit et à réparer les filets sous un soleil cuisant le jour, il devait avoir à peine plus de soixante ans. Pourtant, si les rides pouvaient, comme les cernes d'un chêne, servir à mesurer l'âge d'un homme, un calcul grossier le situerait plutôt du côté des octogénaires. Ses traits ne révélaient aucun sentiment : ni douleur, ni malheur, ni joie non plus. Son masque paisible avait la résignation du grand âge tout en reflétant ce qu'il avait vécu au cours du siècle précédent. Si, après les Vénitiens, les Turcs et les Allemands – cet homme avait dû connaître l'Occupation –, les touristes apparaissaient comme les nouveaux envahisseurs, peu d'entre eux se donnaient la peine d'apprendre le moindre mot de grec ; Alexis se reprochait d'ailleurs de ne pas avoir demandé à sa mère de lui enseigner le vocabulaire de base (Sophia parlait sans doute encore couramment sa langue maternelle, bien que sa fille ne l'eût jamais entendue). Tout ce qu'Alexis put offrir au batelier fut un poli *efharisto*, « merci », quand il l'aida à monter à bord, auquel il répondit en effleurant le bord de son chapeau en paille cabossé.

À l'approche de Spinalonga, Alexis sortit son appareil photo et la bouteille d'eau en plastique que la tenancière du café l'avait forcée à emporter, en lui conseillant de boire beaucoup. Lorsque la barque heurta l'appontement, le vieux Gerasimo lui tendit la main et elle monta sur la planche qui servait de siège pour rejoindre la plate-forme déserte. Elle remarqua alors que le moteur tournait toujours. Le vieux n'avait de toute évidence pas l'intention de rester et réussit à se faire comprendre : il reviendrait deux heures plus tard. Elle le regarda manœuvrer la barque pour repartir en direction de Plaka.

En songeant qu'elle était seule sur Spinalonga, Alexis se sentit gagnée par une vague de peur. Et si Gerasimo l'oubliait ? Combien de temps s'écoulerait-il avant qu'Ed ne se lance à sa recherche ? Serait-elle capable de parcourir à la nage le bras de mer qui la séparait de la Crète ? Elle n'avait jamais connu un tel isolement, se retrouvant rarement à plus de quelques mètres d'un autre être humain et, à l'exception des moments où elle dormait, n'étant jamais privée de tout contact extérieur pendant plus d'une heure. Son absence d'indépendance lui apparut soudain comme une chaîne, et elle se secoua. Elle allait profiter de ce moment, ces quelques heures d'isolement représentaient à peine une poussière à l'aune de la vie solitaire à laquelle les anciens habitants de Spinalonga avaient dû être contraints.

Les épaisses murailles de la forteresse vénitienne la dominaient ; comment franchirait-elle cette bâtisse en apparence imprenable ? Elle remarqua alors, au centre d'un pan de mur arrondi, une petite ouverture, dans laquelle elle devait tout juste tenir debout.

Celle-ci faisait une minuscule entaille sombre dans la pierre ocre ; en s'approchant, Alexis vit que c'était l'entrée d'un long tunnel incurvé – dissimulant ainsi ce qui se trouvait à l'autre extrémité. Coincée entre la mer, dans son dos, et les hauts murs, devant elle, Alexis n'avait d'autre issue que ce passage oppressant. Il s'étendait sur plusieurs mètres et, lorsqu'elle quitta la pénombre pour la lumière éblouissante du début d'après-midi, elle constata que l'échelle des lieux avait changé du tout au tout. Elle se figea de stupéfaction.

Elle se tenait au pied d'une longue rue bordée de part et d'autre de petites maisons à deux niveaux. S'il fut un temps où elles avaient dû ressembler à celles de n'importe quel village crétois, aujourd'hui elles étaient dans un état d'abandon avancé. Les fenêtres aux gonds cassés pendaient, les volets oscillaient en grinçant sous l'effet de la légère brise marine. Alexis s'avança d'un pas hésitant dans la rue poussiéreuse, le regard attiré par le moindre détail : l'église, sur sa droite, à la lourde porte sculptée, le bâtiment qui, à en juger par la taille des châssis de ses fenêtres, accueillait un magasin, et celui, un peu plus grand et à l'écart, doté d'un balcon en bois, d'une porte cintrée et des vestiges d'un jardin clos. Un silence inquiétant régnait sur l'ensemble.

Des touffes de fleurs sauvages aux couleurs vives envahissaient le rez-de-chaussée des maisons, tandis qu'à l'étage des giroflées apparaissaient à travers les fissures. Beaucoup de numéros étaient encore lisibles et, en observant les nombres qui s'effaçaient – 11, 18, 29 –, elle songea que derrière chacune de ces portes des vies avaient été vécues. Elle poursuivit sa balade dans cet endroit ensorcelant, comme une somnambule. Ce n'était pas un rêve et, pourtant, ce décor semblait irréel.

Alexis dépassa ce qui avait dû être un café, puis une plus grande bâtisse et un bâtiment contenant plusieurs bassins en béton – sans doute un lavoir. À côté se trouvaient les ruines d'un vilain immeuble fonctionnel à deux étages ponctué de rambardes en fer forgé rectilignes. La taille de la construction offrait un contraste étrange avec les autres maisons, et Alexis eut du mal à concevoir que celui qui avait présidé à son édification, moins de soixante-dix ans plus tôt, avait pu y voir le comble de la modernité. À présent, l'air s'engouffrait par ses larges fenêtres béantes et des fils électriques pendaient des plafonds comme des amas de spaghettis agglutinés. C'était sans doute l'endroit le plus triste de tous.

À la sortie du village, elle déboucha sur un sentier, envahi par la végétation, qui menait à un endroit privé de toute trace de civilisation. Ce promontoire naturel tombait à pic dans la mer, une centaine de mètres plus bas. Arrivée là, elle s'autorisa à imaginer le malheur des lépreux et se demanda si, poussés par le désespoir, il leur était arrivé de venir ici et d'envisager d'y mettre un terme. Son regard se perdit à l'horizon. Jusqu'à maintenant, elle avait été si absorbée par l'atmosphère des lieux que toute réflexion la concernant avait disparu. Le fait d'être la seule personne sur cet îlot lui permit de prendre conscience d'une chose : la solitude ne signifiait pas nécessairement être seul. On pouvait se sentir seul au milieu d'une foule. Cette pensée lui donna la force qui lui manquait pour faire le choix qui s'imposait : à son retour, elle entamerait la prochaine étape de sa vie, seule.

Elle rebroussa chemin à travers le village muet et se reposa un temps sur un pas de porte en pierre, où elle se désaltéra avec l'eau qu'elle avait apportée. Il n'y avait pas un seul mouvement, à l'exception d'un lézard ou deux, détalant dans les feuilles sèches qui tapissaient le sol des maisons délabrées. À travers une fissure dans le mur devant elle, elle aperçut la mer et, au-delà, la Crète. Jour après jour, les lépreux devaient observer Plaka, capables de distinguer chaque maison, chaque bateau, peut-être même les villageois vaquant à leurs activités quotidiennes. Alexis commençait seulement à mesurer combien cette proximité avait dû les tourmenter.

Quelles histoires pouvaient raconter les murs de cette ville ? Ils avaient sans doute vu de grandes souffrances. La vie avait distribué de mauvaises cartes aux lépreux prisonniers de ce rocher. Habituée à faire parler les pierres, Alexis comprenait devant ces ruines que les habitants de cet endroit avaient connu bien d'autres émotions que le malheur et le désespoir. Si leur existence s'était résumée à une vie de misère, pourquoi y aurait-il eu des cafés ? Et un bâtiment qui accueillait selon toute vraisemblance une mairie ? Derrière la mélancolie, elle percevait des signes de normalité. Cette minuscule île avait accueilli une communauté : elle n'avait pas seulement été un lieu où venir attendre la mort.

Le temps avait filé. En regardant sa montre, elle constata qu'il était déjà 17 heures. Le soleil restait si haut dans le ciel et dardait des rayons si brûlants qu'elle avait perdu toute notion du temps. Elle bondit sur ses pieds, le cœur battant la chamade. Si elle avait apprécié le silence et la paix de Spinalonga, elle n'avait aucune envie que Gerasimo reparte sans elle. Elle s'engouffra dans le long tunnel noir pour rejoindre l'appontement de l'autre côté. Le vieux pêcheur l'attendait dans sa barque et, à l'instant où il l'aperçut, il remit le contact. Il ne comptait pas s'attarder plus que nécessaire.

Le trajet de retour jusqu'à Plaka ne dura pas plus de quelques minutes. Dès qu'elle repéra le bar et la voiture de location garée juste en face, Alexis se sentit soulagée. À cette heure de la journée, le village avait repris vie. Des femmes discutaient devant les maisons et, sur la placette ombragée à côté du café, des hommes s'étaient regroupés autour d'un jeu de cartes sous le nuage formé par l'épaisse fumée de leurs cigarettes brunes. Gerasimo et elle rejoignirent le bar dans un silence désormais familier ; ils furent accueillis par la femme qui devait être l'épouse du pêcheur. Alexis compta la somme et lui tendit les billets fatigués.

— Vous voulez boisson ? lui proposa la tenancière dans un mauvais anglais.

Alexis réalisa alors qu'elle avait non seulement besoin de se désaltérer mais aussi de se nourrir. Elle n'avait rien avalé de la journée et la chaleur, associée au trajet en mer, l'avait affaiblie. Se souvenant que l'amie de sa mère tenait une taverne, elle farfouilla dans son sac à dos à la recherche de l'enveloppe froissée qui contenait la lettre de Sophia. Elle montra l'adresse à la femme, qui la reconnut aussitôt et prit Alexis par le bras pour l'entraîner vers le bord de mer. À environ cinquante mètres, au bout de la route, se trouvait une taverne qui débordait sur une petite jetée. Cette oasis, avec ses chaises peintes en bleu et ses nappes à carreaux bleus et blancs, attira aussitôt la jeune femme et, dès qu'elle fut accueillie par le propriétaire, Stephanos, qui avait donné son nom au restaurant, elle sut qu'elle serait heureuse de s'y installer et d'admirer le coucher de soleil.

Stephanos possédait un point commun avec tous les autres taverniers qu'Alexis avait rencontrés : une épaisse moustache bien taillée. En revanche, contrairement à la majeure partie d'entre eux, il ne semblait pas manger autant de plats qu'il en servait. Étant la seule cliente – il était bien trop tôt pour les autochtones –, Alexis choisit une table juste au bord de l'eau.

— Fotini Davaras est-elle là aujourd'hui ? se risqua-t-elle à demander. Ma mère, qui a grandi ici, l'a connue, et j'ai une lettre pour elle.

Stephanos, qui parlait bien mieux anglais que le couple du bar, lui répondit que oui, sa femme était là, et qu'elle viendrait la trouver dès qu'elle aurait fini en cuisine. Il proposa ensuite de lui servir une sélection de spécialités locales afin qu'elle n'ait pas à s'embêter avec la carte. Une fois munie d'un verre de retsina frais et d'une corbeille de pain de campagne pour apaiser sa faim en attendant le dîner, Alexis se sentit balayée par une vague de bien-être. Cette journée de solitude lui avait procuré beaucoup de plaisir. Son regard se posa sur Spinalonga. Les lépreux y avaient vécu en détention, eux, mais cette vie leur avait-elle apporté quelque chose malgré tout ?

Stephanos revint les bras chargés de minuscules assiettes blanches, chacune contenant une petite portion de nourriture savoureuse et fraîche – crevettes, fleurs de courgettes farcies, tzatziki et petits friands au fromage. Alexis n'était pas sûre d'avoir jamais eu aussi faim de sa vie ni de s'être vu offrir des mets aussi appétissants.

Au moment de la servir, Stephanos s'était rendu compte qu'elle observait l'île. Il était intrigué par cette jeune Anglaise, qui avait passé l'après-midi sur Spinalonga, seule, comme Andriana, la femme de Gerasimo, le lui avait expliqué. Au cœur de l'été, plusieurs bateaux bourrés de touristes faisaient l'aller-retour quotidiennement, mais la plupart d'entre eux y restaient une demi-heure maximum avant de rejoindre en car l'une des énormes stations balnéaires plus bas sur la côte. Poussés par une curiosité morbide, ils en revenaient souvent déçus, à en juger par les bribes de conversation que Stephanos avait pu surprendre quand ces touristes prenaient le temps de manger à Plaka. Ils s'imaginaient sans doute voir autre chose que quelques maisons en ruine et une église aux issues barricadées avec des planches. Qu'espéraient-ils ? Voilà ce que Stephanos était toujours tenté de leur demander. Des cadavres ? Des béquilles oubliées ? Leur indifférence ne manquait jamais d'éveiller son irritation. Cette jeune femme n'était pas comme eux.

— Qu'avez-vous pensé de l'île ? lui demanda-t-il.

— J'ai été surprise. Je m'attendais à un endroit très mélancolique, ce qu'il est, mais j'ai senti autre chose. À l'évidence, les gens qui y ont vécu ne se sont pas contentés de passer leurs journées à s'apitoyer sur leur sort. Du moins, c'est l'impression que j'ai eue.

Sa réaction était pour le moins inhabituelle. Elle semblait heureuse de faire la conversation, et Stephanos, toujours désireux de pratiquer son anglais, ne comptait pas la décourager.

— Je ne sais pas vraiment d'où me vient cette impression, reprit-elle. Je me trompe ?

— Puis-je m'asseoir ?

Sans attendre de réponse, Stephanos tira une chaise, en raclant les pieds sur les planches. Il sentit d'instinct que cette jeune femme était réceptive à la magie de Spinalonga.

— Ma femme avait une amie là-bas, autrefois. Elle est l'une des rares ici à avoir encore des liens avec l'île. Tous les autres sont partis le plus loin possible après la découverte du remède. À l'exception du vieux Gerasimo, bien sûr.

— Gerasimo… était un lépreux ? s'étonna Alexis.

Cela expliquait sa hâte à quitter l'île. Intriguée par cette information, elle ajouta :

— Et votre femme, s'est-elle déjà rendue sur l'île ?

— De nombreuses fois. Elle en connaît plus sur le sujet que n'importe qui.

Des clients commençaient à arriver, Stephanos se leva de sa chaise en osier pour les installer et leur remettre des cartes. Maintenant que le soleil avait basculé de l'autre côté de l'horizon, le ciel avait pris une teinte rose foncé. Des hirondelles descendaient en piqué pour attraper des insectes dans l'air rafraîchi. Une éternité sembla s'écouler. Alexis avait mangé tout ce que Stephanos avait placé devant elle, mais elle avait encore faim.

Alors qu'elle envisageait de se rendre dans la cuisine pour choisir la suite, coutume répandue en Crète, son plat principal arriva.

— La pêche du jour, lui annonça la serveuse en déposant une assiette ovale. Du *barbouni*… ou rouget, je crois. J'espère que vous aimerez la façon dont je l'ai préparé, il est simplement grillé avec des herbes fraîches et un filet d'huile d'olive.

Alexis en resta bouche bée. Pas seulement à cause du plat magnifique devant elle, ni de l'anglais fluide de la femme, qu'elle parlait presque sans accent. Non, ce qui la surprit fut la beauté de celle-ci. Alexis s'était toujours demandé quel genre de visage avait pu provoquer le départ de mille navires. Sans aucun doute un comme celui de cette femme.

— Merci, finit-elle par répondre. Ça a l'air délicieux.

L'apparition se prépara à tourner les talons, puis se ravisa.

— Mon mari m'a dit que vous vouliez me voir.

Alexis leva des yeux étonnés vers elle. Sa mère lui avait parlé d'une femme de soixante-dix ans, mais celle qui lui faisait face était élancée, à peine ridée, et ses cheveux, relevés en un chignon sur le sommet du crâne, étaient encore de la couleur des châtaignes mûres. Ce n'était pas la vieille dame qu'Alexis s'attendait à rencontrer.

— Vous n'êtes pas… Fotini Davaras ? demanda-t-elle d'une voix hésitante en se levant.

— Si, elle-même, affirma-t-elle avec douceur.

— J'ai une lettre pour vous. De la part de ma mère, Sophia Fielding.

Le visage de Fotini s'éclaira.

— Vous êtes la fille de Sophia ! Mon Dieu, quelle merveilleuse surprise ! Comment va-t-elle ? Dites-moi, comment va-t-elle ?

Fotini accepta avec enthousiasme la lettre qu'Alexis lui tendait et la pressa contre sa poitrine comme s'il s'agissait de Sophia en personne.

— Je suis si heureuse ! Je n'ai pas eu de nouvelles depuis la mort de sa tante, il y a quelques années. Avant, elle m'écrivait tous les mois, puis elle a cessé, brusquement. Je me suis fait un sang d'encre quand mes dernières lettres sont restées sans réponse.

Alexis ignorait que sa mère entretenait une correspondance aussi régulière avec la Crète et s'étonna de n'avoir jamais vu, au cours de toutes ces années, une seule lettre portant un cachet de la poste grecque – elle s'en serait souvenu, ayant toujours pris le courrier sur le paillasson. Sa mère avait dû déployer des trésors d'ingéniosité pour dissimuler cet échange.

À présent, Fotini avait saisi Alexis par les épaules et la dévisageait de ses yeux en forme d'amandes.

— Voyons voir… Oui, oui, tu lui ressembles un peu. Et encore plus à la pauvre Anna.

Anna ? Chaque fois qu'Alexis s'était évertuée à obtenir de sa mère des informations sur ce couple en sépia, sur cette tante et cet oncle qui l'avaient élevée, elle n'avait jamais entendu ce nom.

— La mère de ta mère, s'empressa d'ajouter Fotini devant l'air interrogateur de la jeune femme.

Un léger frisson courut le long de la colonne vertébrale d'Alexis. Dans la lueur du crépuscule, face à cette mer d'un noir d'encre, elle faillit tomber à la renverse en entrevoyant l'étendue de la dissimulation de sa mère et en comprenant qu'elle s'adressait à quelqu'un qui détenait sans doute une partie des réponses.

— Viens, assieds-toi, assieds-toi. Tu dois manger le *barbouni*.

Alexis avait presque perdu l'appétit, mais elle obtempéra par politesse et prit place avec Fotini autour de la table. Même si elle rêvait de lui poser toutes les questions qui lui brûlaient les lèvres, Alexis se laissa interroger par Fotini, qui ne dissimulait pas sa curiosité. Comment allait sa mère ? Était-elle heureuse ? À quoi ressemblait son père ? Qu'est-ce qui l'amenait en Crète ?

Fotini était si chaleureuse qu'Alexis se surprit à répondre ouvertement. Cette femme aurait pu être sa grand-mère, tout en étant aux antipodes de l'image qu'Alexis s'en faisait, celle d'une petite vieille courbée et vêtue de noir. Son intérêt pour Alexis semblait sincère. Il y avait longtemps que la jeune femme n'avait pas parlé ainsi – à supposer que ce ne fût pas la première fois – et elle se confiait à présent sans détour à Fotini.

— Ma mère s'est toujours montrée très secrète sur sa jeunesse, dit-elle. Je sais seulement qu'elle est née près d'ici et a été élevée par son oncle et sa tante… Et qu'elle est partie l'année de ses dix-huit ans pour ne jamais revenir.

— C'est vraiment tout ce que tu sais ? s'étonna Fotini. Elle ne t'a rien raconté d'autre ?

— Non, rien du tout. Ce qui explique d'ailleurs en partie ma présence ici. Je veux en savoir plus. Je veux comprendre pourquoi elle a ainsi tourné le dos à son passé.

— Mais pourquoi maintenant ?

— Oh, pour un tas de raisons… répondit Alexis en baissant les yeux vers son assiette. Mais surtout à cause de mon petit copain. Je mesure depuis peu la chance que ma mère a eue de rencontrer mon père… J'avais toujours pensé que leur relation était normale.

— Je me réjouis de leur bonheur. Ça nous a paru très rapide à l'époque, mais nous étions tous confiants… Ils semblaient si heureux.

— C'est étrange, néanmoins. Je connais si peu ma mère. Elle ne parle jamais de son enfance, ni de sa vie ici…

— Vraiment ? l'interrompit Fotini.

— J'ai l'impression que lever le voile sur son passé pourrait m'aider. Elle a eu le bonheur de croiser la route de mon père, mais comment a-t-elle su qu'il était le bon ? Pour toujours ? Je suis avec Ed depuis plus de cinq ans, et je n'ai toujours pas la réponse. Sommes-nous faits l'un pour l'autre ?

Cette expansivité ressemblait peu à Alexis, d'habitude plus réservée, et elle sentit que son discours pouvait passer pour nébuleux, voire extravagant, aux yeux de quelqu'un qu'elle connaissait depuis moins de deux heures. De plus, elle s'était écartée de son projet initial : comment pouvait-elle s'attendre à ce que cette femme, en dépit de ses qualités d'écoute, s'intéresse à elle ?

Stephanos les rejoignit alors et débarrassa ; quelques minutes plus tard, il revint avec deux tasses de café et deux ballons remplis d'eau-de-vie couleur de miel foncé. Les autres clients étaient déjà repartis et, pour la seconde fois, la seule table occupée était celle d'Alexis.

Échauffée par le café brûlant et, davantage encore, par le Metaxa, Alexis demanda à Fotini depuis combien de temps elle connaissait sa mère.

— Quasiment depuis le jour de sa naissance, répondit-elle avant de s'interrompre, écrasée sous le poids de la responsabilité qui lui incombait.

Qui était-elle, elle, Fotini Davaras, pour révéler à cette jeune femme des choses sur son passé que sa propre mère avait de toute évidence tenu à lui dissimuler ? Se souvenant alors de la lettre glissée dans la poche de son tablier, Fotini la sortit et, attrapant un couteau sur la table voisine, l'ouvrit d'un mouvement vif.

Chère Fotini,

Je t'en prie, pardonne-moi mon si long silence. Je sais que tu n'attends pas d'explication, mais, crois-moi, je pense souvent à toi.

Je te présente ma fille, Alexis. Inutile de te demander de la traiter avec la gentillesse dont tu as toujours fait preuve à mon égard. Alexis est très curieuse de son histoire familiale – c'est compréhensible et, pourtant, je me suis toujours trouvée dans l'incapacité de lui répondre. N'est-il pas étrange que le passage du temps rende encore plus difficile l'évocation de certaines choses ?

Je sais qu'elle te posera beaucoup de questions – elle est historienne dans l'âme. Accepterais-tu d'y répondre ? Tes yeux et tes oreilles ont été les témoins de toute l'histoire… et je suis sûre que tu seras en mesure de lui faire un récit plus juste que moi.

Brosse-lui un tableau complet, Fotini. Elle t'en vouera une reconnaissance éternelle. Et, qui sait, à son retour en Angleterre, elle m'apprendra peut-être des choses que j'ignore. Accepterais-tu de lui montrer où je suis née et de l'emmener à Agios Nikolaos ?

Recevez, Stephanos et toi, l'expression de mon affection la plus sincère et salue bien chaleureusement tes fils de ma part.

Je te remercie, Fotini.
À toi, pour toujours,
Sophia

Lorsqu'elle eut terminé la lecture de la lettre, Fotini la replia, puis la glissa dans l'enveloppe. Elle releva les yeux vers Alexis, qui avait guetté avec curiosité la moindre de ses expressions.

— Ta mère m'a demandé de te raconter tout ce que je sais sur ta famille, mais ce n'est pas une histoire à écouter le soir, avant d'aller se coucher. La taverne ferme le dimanche et le lundi, et, comme nous sommes à la fin de la saison, j'aurai tout mon temps. Pourquoi ne resterais-tu pas un jour ou deux avec nous ? Ça me ferait très plaisir.

Les yeux de Fotini luisaient dans le noir, et Alexis n'aurait su dire s'ils étaient pleins de larmes ou brillants d'excitation. Elle comprit instinctivement que ces deux jours constituaient le meilleur des investissements ; elle ne doutait pas que l'histoire de sa mère l'aiderait davantage sur le long terme que la visite d'un énième musée. À quoi bon examiner les vestiges de civilisations disparues quand elle pouvait se nourrir de sa propre histoire ? Rien ne l'empêchait de rester. Il suffisait d'envoyer un texto laconique à Ed, l'informant qu'elle rentrerait dans un ou deux jours. Elle avait bien conscience que cela revenait à le traiter avec un mépris souverain, mais cette opportunité justifiait une pointe d'égoïsme. Au fond, Alexis était libre de faire ce qui lui chantait. La nuit était calme. La mer sombre et plate semblait presque retenir son souffle et, dans le ciel clair, la constellation la plus éclatante de toutes, Orion, le chasseur tué et placé sur la voûte céleste par les dieux, semblait attendre sa décision.

Une occasion pareille ne se représenterait peut-être jamais, celle de rassembler les pièces du passé familial avant qu'elles ne fussent dispersées par la brise. Elle savait qu'il n'y avait qu'une réponse possible.

— Merci, souffla-t-elle, soudain accablée par la fatigue, j'aimerais beaucoup rester.

2

Alexis dormit à poings fermés cette nuit-là. Fotini et elle montèrent se coucher à plus de 1 heure du matin et, sous les effets conjugués de la longue route jusqu'à Plaka, de l'après-midi à Spinalonga et du mélange capiteux des mezze et du Metaxa, elle sombra dans un sommeil profond et sans rêves.

Il était près de 10 heures lorsque la lumière éclatante du soleil filtra entre les épais rideaux en toile de jute, éclaboussant l'oreiller d'Alexis. Par réflexe, elle s'enfonça sous les draps pour se cacher le visage. Au cours des quinze derniers jours, elle n'avait dormi que dans des chambres inconnues et, chaque fois, en se réveillant, elle avait eu un moment de confusion, le temps de s'habituer à son environnement. Dans la plupart des pensions bon marché où ils étaient descendus avec Ed, les matelas s'affaissaient en leur milieu ou étaient percés par des ressorts. Elle n'avait jamais eu aucun mal à se lever, le matin. Ce lit-là était différent. En réalité, la chambre tout entière était différente. La table ronde recouverte d'une nappe en dentelle, le tabouret tapissé d'un tissu décoloré, les aquarelles encadrées, le bougeoir orné de coulures de cire, le bouquet de lavande odorante suspendu derrière la porte et le bleu pâle des murs assorti au linge de lit : autant de choses qui rendaient la pièce plus hospitalière que la propre chambre d'Alexis.

En ouvrant les rideaux, elle fut accueillie par la vue époustouflante sur la mer et l'île de Spinalonga, qui, avec la brume de chaleur, semblait encore plus lointaine que la veille.

Quand elle avait quitté La Canée, elle ne prévoyait pas de rester à Plaka. Elle s'était imaginé une brève rencontre avec la femme que sa mère avait connue dans son enfance, agrémentée d'une petite visite du village, avant de rentrer. Elle n'avait donc rien emporté d'autre qu'une carte et son appareil photo. Heureusement, Fotini avait aussitôt volé à son secours, lui fournissant le nécessaire – un tee-shirt de Stephanos pour la nuit et une serviette propre, bien qu'usée. Et, au réveil, Alexis trouva au pied du lit une chemise à fleurs – après la chaleur et la poussière de la veille, elle était trop heureuse de pouvoir se changer, même si ce n'était pas du tout son style. De toute façon, elle ne se sentait pas le cœur de refuser une attention aussi maternelle et généreuse. Quelle importance si les tons pastel, roses et bleus, de la blouse, s'assortissaient mal avec son short kaki ? Alexis s'aspergea le visage d'eau froide au-dessus du minuscule lavabo dans le coin avant d'examiner avec attention sa mine bronzée dans le miroir. Elle était aussi excitée qu'un enfant à l'instant de découvrir un chapitre crucial de son histoire. Aujourd'hui, Fotini serait sa Shéhérazade.

Après avoir revêtu le vêtement amidonné et repassé (ce à quoi elle n'était guère habituée), elle s'engagea dans l'escalier sombre, qui débouchait directement sur la cuisine, où l'attiraient les effluves puissants de café fumant. Fotini était installée devant une immense table en bois noueux, au milieu de la pièce. Bien que récurée avec soin, celle-ci semblait garder les traces du moindre morceau de viande, de la moindre herbe qui y avaient été découpés. Elle avait également dû être témoin d'un millier de crises de nerfs, encouragées par la chaleur intense des fourneaux. Fotini se leva pour accueillir la jeune femme.

— *Kalimera*[1], Alexis !

Elle portait une blouse semblable à celle qu'elle avait prêtée à la jeune femme, mais la sienne était dans un camaïeu de tons ocre assorti à la jupe à volants qui marquait sa taille fine et descendait presque jusqu'aux chevilles. Alexis n'avait pas été frappée à tort par sa beauté, la veille, malgré la lumière flatteuse du crépuscule. Son physique sculptural et ses grands yeux rappelaient les images de la grande fresque du palais de Minos, à Cnossos, ces portraits vifs qui avaient survécu aux outrages du temps durant des millénaires et dont la simplicité remarquable les faisait paraître contemporains.

— As-tu bien dormi ? s'enquit Fotini.

En réprimant un bâillement, Alexis acquiesça, puis sourit à la femme, qui s'occupait maintenant de garnir un plateau avec une cafetière, des tasses aux proportions généreuses, des soucoupes et une miche de pain tout juste sortie du four.

---

1. *Kalimera* signifie « bonjour » en grec. (*Toutes les notes sont de la traductrice.*)

— Je suis désolée, j'ai dû le réchauffer. Seule ombre au tableau : ici, le dimanche, le boulanger ne quitte pas son lit. Ce qui nous laisse le choix entre le pain sec et l'air frais, ajouta-t-elle avec un éclat de rire.

— Je me contenterai très bien d'air frais, tant qu'il est arrosé de café, répondit Alexis, en suivant Fotini à travers un de ces inévitables rideaux en plastique.

Sur la terrasse, les tables, qui avaient été débarrassées de leurs nappes en papier, semblaient étrangement nues avec leur plateau en Formica rouge.

Les deux femmes prirent place et observèrent la mer qui léchait les rochers à leurs pieds. Fotini versa l'épais liquide noir dans la porcelaine blanche. Après des semaines à ingurgiter des tasses de Nescafé, servies comme si les granulés insipides étaient un breuvage d'exception, Alexis eut l'impression de n'avoir jamais bu un café à l'arôme aussi riche que celui-ci. Le soleil, avec son éclat limpide et sa douce chaleur, faisait de septembre l'un des mois les plus accueillants en Crète. La fournaise du plein été avait disparu, ainsi que les vents chauds et déchaînés. Elles étaient assises l'une en face de l'autre à l'ombre de l'auvent, et Fotini recouvrit de sa main foncée et ridée celle d'Alexis.

— Je suis si heureuse que tu sois ici. Tu ne peux pas t'imaginer… J'ai été très blessée par le silence subit de ta mère… Même si je l'ai compris, ça a rompu un lien primordial.

— J'ignorais qu'elle avait l'habitude de vous écrire, répondit Alexis, se sentant presque obligée de s'excuser pour sa mère.

— Elle n'a pas eu une jeunesse facile, poursuivit Fotini, mais nous nous sommes tous efforcés de faire son bonheur.

Face à l'expression interloquée d'Alexis, Fotini réalisa qu'elle ne devait pas brûler les étapes. Elle leur resservit à chacune une tasse de café, le temps de réfléchir par où commencer son récit. Il lui faudrait sans doute remonter plus loin qu'elle ne l'avait pensé.

— Je pourrais te dire : « Commençons par le commencement », mais il n'y en a pas vraiment ici. L'histoire de ta mère est aussi celle de ta grand-mère et de ton arrière-grand-mère. Ainsi que de ta grand-tante. Leur destin était entrecroisé… Elles illustrent à la perfection ce que nous appelons la fatalité, en Grèce. Celle-ci est bien souvent le fait de nos ancêtres, et non des étoiles. Lorsque nous évoquons l'Antiquité, nous nous référons toujours au destin, mais nous ne parlons pas réellement d'une force incontrôlable. Bien sûr, certains événements capitaux semblent se produire sans raison et bouleverser le cours d'une vie, mais, en vérité, notre destinée est déterminée par les actions de ceux qui nous entourent et de ceux qui nous ont précédés.

Alexis sentait peu à peu l'inquiétude la gagner : le coffre-fort inviolable, qui avait renfermé depuis toujours le passé de sa mère, était sur le point d'être ouvert. Les secrets qu'il recelait se déverseraient et, pour la première fois, elle se demanda si c'était bien ce qu'elle voulait. Le regard perdu au loin, vers les contours flous de Spinalonga, elle repensait déjà avec nostalgie à son après-midi solitaire là-bas. Pandore s'était repentie d'avoir ouvert la boîte ; en irait-il de même pour elle ? Fotini remarqua la direction de son regard.

— Ton arrière-grand-mère a vécu sur cette île. Elle était lépreuse.

Fotini ne s'était pas attendue à ce que ses mots sonnent avec autant d'âpreté, de cruauté, et elle vit aussitôt l'effet qu'ils eurent sur Alexis.

— Une *lépreuse* ? répéta la jeune femme d'une voix étranglée par la surprise.

Cette pensée lui provoqua une réaction de dégoût, sans doute irrationnelle, qu'elle eut du mal à dissimuler. Elle savait pourtant que le pêcheur avait été atteint par la lèpre et avait pu juger, de ses propres yeux, qu'il ne portait aucun stigmate visible. Cependant, en apprenant que ce mal coulait dans son sang, elle fut horrifiée.

Ayant grandi à l'ombre de cette colonie, Fotini avait toujours considéré la lèpre comme faisant partie de la vie. Elle ne comptait plus les lépreux qu'elle avait vus à Plaka, avant leur traversée vers Spinalonga. Elle était également familière des différentes formes de la maladie : les victimes qu'elle défigurait et paralysait comme celles qu'elle ne semblait pas toucher. Ces dernières avaient d'ailleurs tout sauf l'apparence d'intouchables. Pour autant, elle comprenait la réaction d'Alexis, qui était la réaction naturelle de ceux dont le savoir se limitait aux récits de l'Ancien Testament et à l'image d'un malade sonnant sa cloche tout en criant : « Impur ! Impur ! »

— Laisse-moi t'expliquer un peu mieux, proposa Fotini. Je sais comment tu vois la lèpre, mais il est important que tu apprennes la vérité sur cette maladie, sinon la véritable Spinalonga t'éch[...] nalonga qui fut le foyer de tant d'ê[...]

Alexis ne détachait pas ses yeux [...] des eaux scintillantes. Les images con[...] sa visite lui revenaient : les vestiges d'éléga[...] à l'italienne, de jardins et de magasins, sur le[...] planait le spectre d'un mal qu'elle s'était représe[...] sous la forme d'une menace terrifiante, comme dans un film à grand budget. Elle avala une nouvelle gorgée de café.

— Je sais qu'elle ne s'avère pas fatale dans tous les cas, répliqua-t-elle, presque sur la défensive, mais les malades en ressortent toujours défigurés, non ?

— Pas autant que tu te l'imagines. Il ne s'agit pas d'un mal aussi contagieux et ravageur que la peste. Il met parfois des années à se développer. Les images que tu as pu voir représentent des malades mutilés ayant souffert durant des années, voire des décennies. Il existe deux types de lèpre, et l'un d'eux se développe beaucoup moins vite que l'autre. Aujourd'hui, on peut guérir des deux formes. Ton arrière-grand-mère, Eleni, n'a pas eu de chance, malheureusement ; elle était atteinte de la lèpre la plus foudroyante. Ni le temps ni l'histoire n'étaient de son côté.

Mortifiée par son ignorance, Alexis se reprochait sa réaction initiale, mais cette révélation lui avait fait l'effet d'un coup de tonnerre dans le plus bleu des ciels.

— Si ton arrière-grand-mère était infectée, ton arrière-grand-père, Giorgis, arborait de profondes cicatrices, lui aussi. Avant même l'exil de son épouse sur Spinalonga, il effectuait des livraisons sur l'îlot avec sa barque de pêcheur… et il a continué

lorsqu'[...]
jour[...]
sur[...]
l'[...]

elle s'y est installée. Autrement dit, il a suivi près jour les effets destructeurs de la maladie sa femme. À l'arrivée d'Eleni sur Spinalonga, ygiène laissait à désirer et, même si elle s'est consi- érablement améliorée au fil de son séjour, elle a subi certains dommages irréparables au cours des premières années. Je t'épargnerai les détails, comme Giorgis l'a fait avec Maria et Anna. Mais tu sais comment le mal agit, n'est-ce pas ? La lèpre attaque les terminaisons nerveuses, si bien qu'on ne sent rien quand on se brûle ou quand on se coupe. Voilà pourquoi les gens atteints de cette maladie sont susceptibles de s'infliger des lésions importantes aux conséquences dramatiques.

Fotini s'interrompit. Ayant à cœur de ne pas heurter la sensibilité de la jeune femme, elle était pourtant consciente que certains éléments de l'histoire lui feraient un choc. Elle marchait sur des œufs.

— Je ne veux pas que l'image que tu te feras de ta famille maternelle soit dominée par la maladie. Elle serait mensongère, s'empressa-t-elle d'ajouter. Tiens, j'ai des photos d'eux avec moi.

Sur le plateau en bois, à côté de la cafetière, se trouvait une grande enveloppe en papier kraft fatigué. Fotini répandit son contenu sur la table : certaines des photos étaient aussi petites que des billets de spectacle, d'autres avaient la taille de cartes postales. Certaines étaient brillantes, bordées de blanc, d'autres mates, mais toutes étaient en noir et blanc, souvent décolorées au point d'être floues. La plupart avaient été prises dans un studio, avant l'apparition des instantanés, et la raideur des sujets leur conférait un air aussi distant que celui du roi Minos.

Alexis s'intéressa d'abord au cliché qu'elle reconnaissait : le même que celui qui trônait sur la table de nuit de sa mère, celui qui représentait une femme en dentelle et un homme à la chevelure grise.

— Ta grand-tante Maria et ton grand-oncle Nikolaos, expliqua Fotini avec une pointe de fierté qui n'échappa pas à Alexis. Et là, ajouta-t-elle en tirant une photo abîmée de sous la pile, tu as la dernière photo de tes arrière-grands-parents avec leurs deux filles.

Elle la tendit à Alexis. L'homme faisait à peu près la même taille que la femme, mais était plus large d'épaules. Il avait des cheveux foncés et bouclés, une moustache bien taillée, un nez fort et des yeux qui souriaient, malgré sa mine sérieuse. Ses mains semblaient grandes par rapport à son corps. La femme à côté de lui, mince et dotée d'un cou de cygne, était d'une beauté saisissante : ses cheveux tressés et relevés sur le sommet de son crâne mettaient en valeur son large sourire spontané. Assises devant, deux fillettes en robes de cotonnade. L'une avait d'épais cheveux qu'elle portait détachés et qui lui arrivaient aux épaules, ainsi que des yeux presque aussi bridés que ceux d'un chat. Une lueur malicieuse allumait son regard, et ses lèvres charnues ne souriaient pas. L'autre avait une natte soignée, des traits plus délicats et un nez plissé par le sourire qu'elle adressait à l'objectif. On aurait pu la qualifier de maigre et, des deux, c'était celle qui ressemblait le plus à sa mère : elle avait entrelacé ses doigts dans son giron, adoptant une posture discrète, alors que l'autre, les bras croisés, foudroyait du regard le photographe, comme par défi.

— Voici Maria, dit Fotini en indiquant la fillette souriante. Et Anna, ta grand-mère, ajouta-t-elle en pointant un doigt sur l'autre. Et ce sont leurs parents, Eleni et Giorgis.

Elle étala les photos sur la table ; de temps à autre, la brise les soulevait délicatement, semblant les animer. Alexis posa les yeux sur les clichés des deux sœurs, bébés, puis écolières et enfin jeunes femmes – seul leur père était encore présent à cette époque-là. Il y en avait un autre d'Anna bras dessus bras dessous avec un homme en tenue traditionnelle crétoise. Une photo de mariage.

— Je suppose donc que c'est mon grand-père, hasarda Alexis. Anna est très belle sur celle-là, ajouta-t-elle d'un ton admiratif. Elle rayonne.

— Mmmm… L'éclat des jeunes amoureux, commenta Fotini.

Le soupçon d'ironie dans sa voix prit Alexis au dépourvu ; elle s'apprêtait à l'interroger lorsqu'une autre photo retint son attention.

— On dirait ma mère ! s'exclama-t-elle, en découvrant le nez aquilin et le doux sourire timide de la fillette.

— C'est bien elle. Elle devait avoir cinq ans à l'époque.

Comme toute collection de photographies familiales, cette sélection ne racontait que des fragments d'histoire. Seuls les clichés disparus, ou ceux qui n'avaient jamais existé, brosseraient un tableau complet. Si Alexis ne se leurrait guère, elle y voyait toutefois l'occasion d'entrevoir les ancêtres sur lesquels sa mère avait jeté un voile aussi longtemps.

— Tout a commencé ici, à Plaka, reprit Fotini. Juste derrière nous, là-bas. La famille Petrakis vivait à cet endroit.

Elle désigna une petite maison à l'angle d'une rue, juste à côté de la terrasse où elles sirotaient leur café. La bâtisse, aussi délabrée que n'importe laquelle dans ce village vétuste, conservait son charme. La chaux s'écaillait sur les murs, et les volets, sans doute repeints maintes fois depuis l'époque où les arrière-grands-parents d'Alexis y avaient vécu, étaient d'un bleu turquoise craquelé par la chaleur. Le balcon, au-dessus de la porte d'entrée, s'affaissait sous le poids d'énormes urnes, d'où débordaient des cascades de géraniums rouge vif, qui semblaient tenter de s'enfuir entre les barreaux sculptés de la rambarde en bois. Une maison typique que l'on retrouvait sur n'importe quelle île grecque et qui aurait pu être construite n'importe quand, au cours des derniers siècles. À l'instar des villages assez chanceux pour avoir échappé aux ravages du tourisme de masse, Plaka restait hors du temps.

— Ta grand-mère et sa sœur ont grandi là. Maria était ma meilleure amie, elle avait à peine plus d'un an de moins qu'Anna. Leur père, Giorgis, était pêcheur, comme l'essentiel des hommes du coin, et Eleni, sa femme, institutrice. En réalité, elle était bien plus que ça... Elle dirigeait quasiment l'école primaire. Celle sur le bord de la route, à Élounda. Tu as dû passer par cette ville en montant ici. Elle adorait les enfants, pas seulement ses filles, mais tous ceux à qui elle enseignait. Je crois qu'Anna avait du mal à l'accepter. C'était une fillette possessive qui détestait partager quoi que ce soit, à commencer par l'affection de sa mère. Mais Eleni était généreuse en tout, jamais avare de son temps pour les enfants, qu'il s'agisse de la chair de sa chair ou de ses élèves.

J'aimais m'imaginer comme la troisième fille de Giorgis et d'Eleni. J'étais sans arrêt fourrée chez eux. La vie avec deux frères était très différente, tu t'en doutes. Ma mère, Savina, ne semblait pas en prendre ombrage. Leur amitié, à Eleni et à elle, remontait à l'enfance et, comme elles partageaient tout depuis leur plus jeune âge, je présume que ma mère n'avait pas peur de me perdre. En vérité, je crois qu'elle a toujours caressé le rêve que Maria ou Anna finirait par épouser l'un de mes frères.

Petite, je passais sans doute plus de temps chez les Petrakis que chez moi, mais la situation s'est inversée plus tard, lorsque Anna et Maria sont plus ou moins venues s'installer avec nous.

La plage était notre terrain de jeux à cette époque, comme durant le reste de notre enfance. Elle variait d'un jour à l'autre, et nous ne nous en lassions jamais. On se baignait quotidiennement de fin mai à début octobre, et les grains de sable qui se nichaient entre nos orteils, puis se glissaient entre nos draps, nous réveillaient souvent au milieu de la nuit. Le soir, nous pêchions des picarels, de minuscules poissons. Et le matin, nous allions voir ce que les pêcheurs avaient pris. L'hiver, les courants plus forts déposaient des trésors sur le rivage : méduses, anguilles, poulpes et, plus rarement, une tortue. Et toute l'année, à la tombée du jour, nous allions chez Anna et Maria, où nous étions toujours accueillis par des fumets merveilleux… Eleni nous préparait des tourtes au fromage frais, et je ne me privais jamais d'en emporter une que je grignotais le temps de remonter jusque chez moi à l'heure du coucher.

— Ça avait l'air idyllique, remarqua Alexis, envoûtée par la description de cette enfance féerique.

Pourtant, ce n'était pas ce qui l'intéressait vraiment : elle voulait savoir ce qui avait bouleversé cet éden.

— Comment Eleni a-t-elle attrapé la lèpre ? demanda-t-elle de but en blanc. Les lépreux avaient-ils l'autorisation de quitter l'île ?

— Non, bien sûr que non. C'est d'ailleurs pour cette raison que Spinalonga était aussi redoutée. Au début du siècle dernier, le gouvernement avait déclaré que tous les lépreux de Crète devaient être confinés sur l'îlot. Dès que les médecins avaient établi leur diagnostic, les malades quittaient leur famille et s'installaient là-bas. On l'appelait le « village des morts vivants », et aucun autre terme n'aurait mieux convenu.

À cette époque, les gens étaient prêts à tout pour dissimuler les symptômes de la maladie, par peur des conséquences. La contamination d'Eleni n'avait rien de très étonnant. Elle ne prenait aucune précaution contre les éventuelles infections par ses élèves. Elle s'asseyait à côté d'eux pour suivre leurs progrès et elle était toujours la première à se précipiter si un enfant tombait dans la cour poussiéreuse. Or, il se trouva qu'un d'eux avait la lèpre.

Fotini marqua une pause.

— Et vous croyez que ses parents étaient au courant ? lança Alexis avec incrédulité.

— C'est presque certain. Ils savaient qu'ils ne reverraient plus jamais leur enfant si quelqu'un l'apprenait. Quand elle a découvert qu'elle était atteinte du mal, Eleni ne pouvait prendre qu'une décision responsable… ce qu'elle a fait. Elle a demandé à ce que chaque élève soit examiné afin d'identifier le malade, et un garçon de neuf ans, Dimitri, a été arraché à ses malheureux parents. Ils ont dû subir une épreuve terrible, mais imagine ce qui serait arrivé autrement… Tu as déjà vu des enfants jouer ensemble ? Contrairement aux adultes, ils ne gardent pas leurs distances. Ils se chamaillent, se bagarrent, se montent dessus. Nous savons aujourd'hui que la maladie ne se propage en général que suite à des contacts étroits et durables, mais à l'époque les gens craignaient que l'école d'Élounda ne devienne à son tour une colonie de lépreux, si l'enfant malade n'était pas mis à l'écart le plus vite possible.

— Ça a dû être très dur pour Eleni, commenta Alexis d'un air songeur. Elle qui avait une relation privilégiée avec ses élèves…

— Oui, une vraie tragédie, convint Fotini. Pour tous ceux que ce drame a touchés.

Alexis avait la gorge si sèche à présent qu'elle osait à peine ouvrir la bouche, de peur qu'aucun son ne franchisse ses lèvres. Pour se donner une contenance, elle poussa sa tasse vide vers Fotini, qui la remplit avant de la lui rendre. Tout en mélangeant avec soin le sucre dans le liquide sombre, Alexis se sentit aspirée par le tourbillon de chagrin et de souffrance d'Eleni.

Qu'avait-elle éprouvé ? Quitter son foyer pour être parquée sur une île à un jet de pierre de celui-ci… Se voir arracher ce qu'on avait de plus précieux au monde et l'avoir ensuite continuellement sous les yeux… Alexis pensait non seulement à son arrière-grand-mère, mais aussi au garçon, tous deux innocents et pourtant condamnés.

Fotini posa sa main sur celle d'Alexis. Peut-être s'était-elle jetée dans ce récit trop rapidement, sans connaître réellement cette jeune femme. Mais ce n'était pas un conte de fées, et elle ne pouvait pas se contenter de narrer certains épisodes et d'en taire d'autres. À se montrer trop prudente, elle risquerait de ne jamais lui livrer la véritable histoire. Un nuage traversa le visage d'Alexis. Contrairement à ceux, vaporeux et translucides, qui émaillaient le ciel bleu de cette matinée, celui-ci était sombre et menaçant. Jusqu'à présent, Alexis n'avait dû connaître d'autre ombre au tableau que le mystère entourant le passé de sa mère. Rien de plus qu'un point d'interrogation. Rien qui l'eût tenue éveillée la nuit. Elle n'avait pas connu la maladie, et encore moins la mort. Et elle se trouvait soudain confrontée aux deux.

— Allons faire un tour, Alexis, proposa Fotini en se levant. Nous demanderons à Gerasimo de nous emmener sur l'île plus tard dans la journée. Tu y verras plus clair sur place.

Une balade, c'était exactement ce qu'il lui fallait. La découverte de ces bribes de l'histoire maternelle, combinée à un excès de caféine, lui faisait tourner la tête. Tandis qu'elle descendait les marches de bois menant à la plage de galets en contrebas, Alexis avala de grandes goulées d'air salé.

— Pourquoi ma mère ne m'a-t-elle jamais rien dit ? demanda-t-elle.

— Je suis sûre qu'elle avait ses raisons, répondit Fotini, qui savait qu'il restait encore bien des secrets à dévoiler. Peut-être qu'elle t'expliquera son silence à ton retour en Angleterre.

Elles longèrent la plage, puis empruntèrent le chemin pierreux qui grimpait entre la lavande et les cardères sauvages, à l'écart du village. La brise était plus forte ici, et Fotini ralentit l'allure. Bien qu'en forme pour une femme de soixante-dix ans, elle n'avait plus l'endurance d'autrefois, et son pas se fit plus prudent à mesure que le sentier devenait plus escarpé.

Elle s'arrêta parfois, indiquant à une ou deux reprises des endroits de Spinalonga qui apparaissaient à leur vue. Elles finirent par atteindre un immense rocher lissé par le vent et la pluie, mais aussi par les promeneurs qui s'en servaient comme banc depuis la nuit des temps. Elles s'assirent pour admirer la mer ainsi que les massifs de thym qui proliféraient autour d'elles et bruissaient sous les assauts du vent. Ce fut dans ce décor que Fotini commença l'histoire de Sophia.

Au cours des jours suivants, Fotini confia à Alexis tout ce qu'elle savait, n'oubliant de soulever aucune pierre – du petit galet dissimulant un détail de l'enfance aux plus gros rochers de l'histoire de la Crète. Les deux femmes arpentèrent les sentiers côtiers, s'attardèrent des heures durant à la table du dîner et firent des petites excursions dans les villes et les villages alentour. Pendant qu'Alexis conduisait, Fotini continuait à assembler les pièces du puzzle de la famille Petrakis devant elle. Durant ces journées, Alexis sentit qu'elle devenait plus mature, plus sage, alors que Fotini, qui se replongeait dans son passé, se trouvait comme rajeunie. Le demi-siècle qui séparait les deux femmes s'amenuisa jusqu'à disparaître et, tandis qu'elles déambulaient, bras dessus bras dessous, on aurait presque pu les prendre pour deux sœurs.

DEUXIÈME PARTIE

3

1939

Le mois de mai offre à la Crète ses jours les plus parfaits et les plus heureux. Par une de ces journées-là, alors que les arbres ployaient sous les fleurs, et que les dernières neiges sur les hauteurs se transformaient en ruisseaux transparents, Eleni quitta Plaka pour Spinalonga. Le ciel sans nuages, d'un bleu éclatant, présentait un contraste cruel avec cette calamité. Une foule s'était assemblée pour assister à la scène, pour pleurer, pour agiter une dernière fois la main. Si l'école n'avait pas officiellement fermé ses portes à cause du départ d'une de ses institutrices, les salles de classe devaient résonner d'un silence assourdissant. Élèves comme enseignants les avaient désertées ; personne n'aurait raté l'occasion de dire adieu à leur chère Kyria[1] Petrakis.

Eleni Petrakis était aimée à Plaka et dans les villages environnants. Son charisme agissant aussi bien sur les enfants que sur les adultes, tous l'admiraient

1. *Kyria* signifie « madame » en grec.

et la respectaient. Ce qui s'expliquait aisément : la vocation d'Eleni était d'enseigner, et elle communiquait son enthousiasme dévorant aux enfants. « Il suffit d'aimer pour apprendre », tel était son credo. Elle n'avait pas inventé ces mots, mais les tenait du professeur, lui-même animé par un feu sacré, qui lui avait ouvert la porte du savoir et de l'enseignement vingt ans plus tôt.

La veille de son départ irrémédiable, Eleni avait rempli un vase de fleurs printanières. Elle l'avait placé au centre de la table et le petit bouquet pastel avait transformé la pièce, comme par magie. Elle avait toujours mesuré le pouvoir d'un geste simple, la force du détail. Elle savait, par exemple, que se souvenir de la date d'anniversaire d'un enfant ou de sa couleur préférée pouvait être la clé de son cœur, puis de son esprit. Si ses élèves retenaient ce qu'elle leur enseignait, c'était surtout parce qu'ils voulaient lui faire plaisir et non parce qu'ils y étaient obligés. Elle encourageait l'apprentissage en inscrivant des mots et des nombres sur des cartes colorées qu'elle suspendait au plafond, si bien qu'on aurait dit qu'une volée d'oiseaux exotiques survolaient en permanence sa classe.

Il n'y avait pas que leur institutrice préférée qui ferait la traversée jusqu'à Spinalonga ce jour-là. Les élèves devaient également se séparer d'un de leurs camarades : Dimitri, dont les parents avaient, une année durant sinon plus, inventé chaque jour une ruse inédite pour dissimuler les symptômes du mal qui le rongeait. De mois en mois, ils avaient dû trouver un nouveau moyen de camoufler ses taches : troquer ses culottes courtes contre un pantalon long, puis ses sandales ouvertes par d'épaisses bottines, ou lui interdire, l'été, de se baigner dans la mer avec ses amis, par crainte que les plaques sur son dos ne soient découvertes. « Dis que tu as peur des vagues ! » lui conseillait sa mère, ce qui, bien sûr, était ridicule ; tous les Crétois apprenaient depuis leur plus jeune âge à apprécier la puissance grisante des flots, et les enfants attendaient avec impatience ces jours où les vents étésiens transformaient la mer d'huile en océan déchaîné. Il n'y avait que les poules mouillées pour avoir peur des rouleaux ! Pendant des mois, le garçon de neuf ans avait vécu dans l'angoisse d'être découvert, convaincu au fond de son cœur qu'il était en sursis et finirait, un jour ou l'autre, par être démasqué.

Un étranger ignorant les circonstances exceptionnelles d'un tel rassemblement en ce matin de printemps aurait pu croire à un enterrement. La foule comptait près de cent personnes, pour l'essentiel des femmes et des enfants, plongés dans un silence triste. Assemblés sur la place du village, ils formaient un immense corps muet, qui respirait à l'unisson et attendait. Dans une ruelle adjacente, Eleni Petrakis ouvrit la porte de sa maison. En découvrant le spectacle inhabituel d'un tel attroupement sur la place, son premier instinct fut de se réfugier à l'intérieur. Ce n'était pas une option, pourtant. Giorgis l'attendait sur l'appontement, dans la barque où il avait déjà chargé ses affaires. Elle n'en avait emporté que peu ; son mari pourrait lui en apporter d'autres au cours des semaines à venir, et elle n'avait de toute façon aucune envie de dépouiller la maison familiale de choses qui ne lui étaient pas essentielles. Anna et

Maria restèrent derrière la porte close. Les dernières minutes qu'Eleni passa en leur compagnie furent les plus déchirantes de sa vie. Elle ressentait le besoin pressant de les toucher, de les étouffer sous ses baisers, de sentir leurs larmes brûlantes sur sa peau, d'apaiser leur corps tremblant. Mais elle ne pouvait rien faire de tout cela. Pas sans courir le risque de les exposer à la maladie. Leurs traits étaient déformés par le chagrin, leurs yeux gonflés. Il n'y avait plus rien à dire. Presque plus rien à ressentir. Leur mère les quittait. Ce soir-là, elle ne rentrerait pas de bonne heure, légèrement courbée sous le poids des livres, un peu pâle à cause de la fatigue, mais rayonnant du bonheur d'être chez elle avec les siens. Il n'y aurait jamais de retour.

Eleni aurait pu prédire en tous points le comportement de ses filles. Anna, l'aînée, lunatique depuis toujours, ne dissimulait jamais ses sentiments. Maria, quant à elle, plus calme et patiente, perdait ses moyens avec moins de facilité. Fidèle, chacune, à son caractère, Anna avait davantage laissé paraître sa peine que Maria au cours des jours précédents, et elle n'avait jamais autant démontré son incapacité à contrôler ses émotions que ce matin-là. Elle avait supplié sa mère de ne pas partir, l'avait conjurée de rester, à grand renfort de cris courroucés et de cheveux arrachés. Maria, en revanche, avait pleuré en silence d'abord, puis à gros sanglots déchirants que l'on entendait de la rue. Elles en arrivèrent finalement toutes deux au même point, rendues muettes par l'épuisement.

Eleni avait résolu de contenir l'éruption de chagrin qui menaçait de la submerger : elle pourrait s'y livrer tout son soûl une fois qu'elle serait loin de Plaka. En attendant, elle devait conserver son sang-froid, pour elles trois. Si elle cédait, elles seraient toutes perdues. Les filles resteraient à la maison ; elles s'épargneraient ainsi la vision de la silhouette rapetissant de leur mère, image qui aurait risqué de se graver à tout jamais dans leur mémoire.

Eleni n'avait jamais surmonté épreuve plus difficile, encore moins devant un tel public. D'innombrables paires d'yeux tristes l'observaient. Elle savait qu'ils étaient venus lui dire au revoir, mais elle aurait tout donné pour se retrouver seule. Chaque visage dans la foule lui était familier, chacun appartenait à un être aimé. « Au revoir, souffla-t-elle. Au revoir. » Elle garda ses distances. Son ancienne inclination pour les embrassades était morte dix jours plus tôt, à l'instant fatidique où elle avait noté la présence de taches suspectes à l'arrière de sa jambe. Elle n'avait eu aucun doute, surtout lorsqu'elle les avait comparées avec la photo du dépliant préventif distribué à la population. La terrible vérité lui était apparue aussitôt, sans qu'elle eût besoin de consulter un spécialiste. Elle savait, bien avant d'aller voir le médecin, qu'elle avait contracté une des maladies les plus redoutées. Les mots du *Lévitique*, que le prêtre du coin récitait plus souvent que de raison, résonnèrent dans son crâne :

> « S'il y a une tumeur d'un blanc rougeâtre, c'est un homme lépreux, il est impur : le sacrificateur le déclarera impur. Le lépreux, atteint de la plaie, portera ses vêtements déchirés et aura la tête nue ; il se couvrira la barbe et criera : "Impur ! Impur !" »

Beaucoup croyaient encore au respect à la lettre des instructions cruelles de l'Ancien Testament envers les lépreux. Ce passage était lu à l'église depuis des siècles, et l'image de l'impur – homme, femme ou enfant –, qui devait être mis au ban de la société, profondément ancrée dans les esprits.

Apercevant le sommet de la tête d'Eleni, qui fendait la foule, Giorgis sut que le moment qu'il appréhendait tant était arrivé. Il avait fait le trajet jusqu'à Spinalonga un millier de fois – il complétait son maigre revenu de pêcheur en livrant régulièrement la colonie de lépreux –, mais il ne se serait jamais imaginé devoir l'accomplir pour pareille raison. Prêt à partir, il regarda Eleni approcher, les bras serrés autour de son torse, la tête baissée. Il pensait que cette posture rigide lui permettrait de dompter ses émotions violentes et de les empêcher de jaillir malgré lui sous la forme d'un cri d'angoisse. Son don inné pour l'impassibilité fut renforcé par la retenue exemplaire de son épouse. À l'intérieur, cependant, il était dévasté par le chagrin. *Je dois me convaincre*, se dit-il, *que c'est un trajet comme un autre. Au millier de traversées déjà effectuées s'ajoutera celle-ci, puis un autre millier.*

Au moment où Eleni atteignait le ponton, la foule conserva le silence. Les pleurs d'un enfant furent aussitôt étouffés par sa mère. Au premier écart, la foule endeuillée perdrait pied. Le contrôle, le formalisme s'envoleraient et, avec eux, la dignité de ces adieux. Si ces quelques centaines de mètres parurent infranchissables à Eleni, elle avait presque rejoint la plateforme à présent, et elle se retourna pour jeter un dernier regard à l'assemblée. Bien que sa maison fût cachée, elle savait que les volets étaient restés clos, et que ses filles versaient des larmes dans le noir.

Soudain des pleurs se firent entendre. Les sanglots bruyants et bouleversants d'une femme, terrassée par la tristesse qu'Eleni s'efforçait de vaincre. Celle-ci se figea un instant. Ces sons semblaient faire écho à ses propres émotions, exprimer avec précision ce qu'elle ressentait à l'intérieur. Elle sut pourtant qu'elle n'en était pas l'auteur. Parcourue de remous, l'assistance détacha ses yeux d'Eleni pour regarder dans la direction opposée, à l'autre extrémité de la place, où se tenaient à côté d'un mulet attaché à un arbre un homme et une femme. Ainsi qu'un garçon, que sa mère dissimulait entièrement en l'étreignant : le sommet de sa tête atteignait à peine la poitrine de la femme, qui était pliée sur lui, les bras serrés autour de son corps, refusant de le laisser partir.

— Mon fils ! vociférait-elle, désespérée. Mon si cher fils !

D'un ton enjôleur, son mari tentait de la convaincre :

— Katerina, Dimitri doit y aller. Nous n'avons pas le choix. Le bateau attend.

Il écarta doucement les bras maternels pour libérer son fils. Elle prononça son nom une dernière fois, de façon presque inaudible :

— Dimitri...

Le garçon ne releva pas la tête, le regard rivé au sol.

— Viens, Dimitri, lui dit l'homme d'un ton ferme.

Et le garçon suivit son père. Il se concentrait sur ses godillots en cuir usés, n'ayant plus qu'à poser les pieds dans les empreintes laissées par ceux-ci dans la poussière. C'était mécanique : ils avaient joué à ce jeu si souvent... Son père faisait de grandes enjambées, et Dimitri sautait de foulée en foulée jusqu'à ce que ses petites jambes n'y arrivent plus et qu'il s'écroule en riant aux éclats. Cette fois pourtant, son père progressait avec lenteur et hésitation ; Dimitri n'eut aucun besoin de forcer l'allure. L'homme avait soulagé le mulet de la petite caisse contenant les affaires du garçon, et l'avait posée en travers de son épaule, qui avait tant porté le petit. La route pour atteindre le rivage à travers la foule lui parut longue.

La séparation entre le père et le fils fut brève, presque virile. Bien consciente du malaise, Eleni reporta toute son attention sur Dimitri : dorénavant, la responsabilité de la vie de cet enfant lui incombait.

— Viens, l'encouragea-t-elle, allons découvrir notre nouvelle maison.

Elle lui prit la main et l'aida à embarquer comme s'ils partaient à l'aventure, et que les paquets autour d'eux contenaient leur pique-nique.

La foule observa leur départ en silence. Il n'y avait pas de protocole pour cet événement. Fallait-il agiter la main ? Crier un au revoir ? Les visages blêmirent, les ventres se serrèrent, les cœurs s'alourdirent. Certains nourrissaient des sentiments ambivalents à l'encontre du garçon, auquel ils reprochaient la maladie d'Eleni et l'inquiétude qu'ils se faisaient pour leurs propres enfants. À cet instant précis, néanmoins, les mères et les pères n'éprouvaient plus que de la pitié pour les deux malheureux contraints de quitter leur famille à tout jamais. Giorgis écarta la barque de l'appontement et, bien vite, ses rames se lancèrent dans la bataille habituelle contre le courant.

Comme si la mer ne voulait pas qu'ils partent. La foule les suivit un temps, mais, dès que les silhouettes commencèrent à se brouiller, elle se dispersa.

Les dernières à tourner les talons et à quitter la place furent une femme, environ de l'âge d'Eleni, et une fillette. La femme, Savina Angelopoulos, avait grandi avec Eleni, et sa fille, Fotini, était la meilleure amie de sa fille cadette, Maria. Le fichu de Savina, qui dissimulait ses épais cheveux, mettait en valeur ses grands yeux doux. La maternité n'avait pas été tendre avec son corps, la rendant trapue et épaisse. En comparaison, Fotini paraissait aussi élancée qu'un arbuste d'olivier, mais elle avait hérité de sa mère ses beaux yeux. Lorsque la petite embarcation ne fut plus qu'un point à l'horizon, elles traversèrent la place d'un pas vif. Elles se dirigeaient vers la maison à la porte vert délavé, celle dont Eleni était sortie peu avant. Les volets étaient clos, mais le verrou n'ayant pas été poussé, la mère et la fille franchirent le seuil. Bientôt Savina prit les fillettes dans ses bras, leur prodiguant les caresses que leur propre mère, par sagesse, s'était interdites.

Comme le bateau approchait de l'îlot, Eleni serra encore plus fort la main de Dimitri. Elle se réjouissait d'être là pour s'occuper de ce pauvre enfant, fermant les yeux sur l'ironie de la situation. Elle l'élèverait comme son propre fils et veillerait à ce que son instruction ne soit pas interrompue par ce tragique revers de fortune. Ils étaient assez proches de Spinalonga maintenant pour qu'elle pût voir quelques personnes devant la forteresse, et comprendre qu'ils les attendaient. Pour quelle autre raison seraient-ils là ? Pas pour quitter l'île en tout cas.

Avec adresse, Giorgis orienta la barque vers l'appontement, puis aida Eleni et Dimitri à poser le pied sur la terre ferme. Il se surprit à éviter tout contact avec la peau du garçon, le prenant par le coude et non la main. Il concentra ensuite toute son attention sur l'amarre, qu'il noua à toute vitesse pour pouvoir décharger les bagages, et oublier qu'il quitterait l'îlot sans sa femme. Le cageot en bois du garçon et la caisse plus grande d'Eleni atterrirent à leur tour sur le quai.

Maintenant qu'ils étaient à Spinalonga, Eleni comme Dimitri avaient l'impression d'avoir traversé un vaste océan et laissé leurs anciennes vies à des milliers de kilomètres.

Quand Eleni se retourna une dernière fois, elle constata que Giorgis était parti. Ils étaient convenus la nuit précédente qu'il n'y aurait pas d'adieu, et ils avaient tous deux tenu parole. Giorgis se trouvait déjà à une centaine de mètres, le chapeau enfoncé sur les yeux, de sorte à ne voir que le bois foncé de sa barque.

4

La petite troupe qu'Eleni avait remarquée plus tôt s'approcha. Tandis que Dimitri restait muet, les yeux fixés sur ses pieds, Eleni tendit la main à l'homme qui venait les accueillir, pour montrer qu'elle considérait cet endroit comme son nouveau foyer. Elle se retrouva à serrer une main aussi crochue qu'une houlette, et tellement déformée par la lèpre qu'elle ne répondait plus au vieil homme. Mais son sourire en était d'autant plus éloquent, et Eleni lui adressa un poli *kalimera*. En retrait, Dimitri ne desserrait pas les dents – il resterait dans cet état de choc plusieurs jours encore.

À Spinalonga, la coutume voulait que les nouveaux membres de la colonie soient accueillis avec un certain degré de solennité, si bien qu'Eleni et Dimitri eurent l'impression d'avoir accosté une destination lointaine, rêvée, au terme d'un long voyage. En vérité, c'était le cas pour certains lépreux, à qui l'île offrait un refuge hospitalier à l'issue d'une vie d'errance. Bien des malades avaient vécu des mois, voire des années, en marge de la société, à dormir dans des cabanes et à se nourrir de chapardage. Pour eux, Spinalonga arrivait comme un soulagement, une trêve après avoir enduré les misères les plus abjectes en tant que parias.

L'homme qui les accueillit, Petros Kontomaris, était le gouverneur de l'île. Il avait été élu, en compagnie d'un groupe d'anciens, par les deux cents et quelques habitants, lors du vote annuel : Spinalonga était un modèle de démocratie, et la régularité des élections empêchait le mécontentement de s'installer, et la situation de dégénérer. Il était du devoir de Kontomaris d'accueillir tous les nouveaux arrivants. Seuls lui et une poignée d'individus désignés étaient autorisés à aller et venir par la grande porte.

Main dans la main, Eleni et Dimitri suivirent Petros Kontomaris dans le tunnel. Celle-ci en savait sans doute davantage sur la colonie que la plupart des Crétois, grâce aux informations que Giorgis lui rapportait. Néanmoins, la scène qu'elle découvrit la surprit. L'étroite rue devant eux était noire de monde, lui rappelant les jours de marché à Plaka. Les villageois allaient et venaient, munis de paniers remplis de victuailles ; un prêtre émergea d'une église, tandis que deux femmes âgées remontaient la rue, montées en amazones sur des bourriquets fatigués. Certains habitants observèrent les nouveaux venus, et beaucoup d'autres les saluèrent d'un mouvement de tête. Promenant son regard autour d'elle, Eleni craignait de paraître grossière, mais sa curiosité l'emportait. Les rumeurs qu'elle avait entendues étaient avérées : la plupart des lépreux n'affichaient pas plus de stigmates qu'elle.

Une femme, toutefois, la tête dissimulée sous un châle, s'arrêta pour les laisser passer, et Eleni aperçut un visage déformé par des nodules de la taille d'une noix. Elle réprima un frisson, n'ayant jamais rien vu d'aussi effroyable, et elle pria pour que cette vision eût échappé à Dimitri.

À la suite de Petros Kontomaris, ils remontèrent la rue, accompagnés d'un homme âgé qui conduisait les deux ânes supportant le poids de leurs biens. Le gouverneur engagea la conversation avec Eleni :

— Nous avons une maison pour vous, elle est libre depuis la semaine dernière.

Ce qui ne pouvait signifier qu'une chose à Spinalonga : un décès. Les malades continuaient à affluer, qu'il y eût ou non de la place, et l'île était surpeuplée. Puisque la politique du gouvernement consistait à encourager l'installation des lépreux à Spinalonga, il était dans son intérêt de limiter les troubles, et il fournissait donc régulièrement des fonds pour de nouvelles habitations ou des subsides pour la rénovation des anciennes. L'an passé, la crise du logement avait été évitée grâce à la construction d'un immeuble, inesthétique mais fonctionnel. Chaque insulaire avait pu retrouver un peu d'intimité. L'homme qui décidait de l'attribution d'un toit à chaque arrivée était Kontomaris. À ses yeux, Eleni et Dimitri constituaient un cas à part : ils devaient être considérés comme une mère et son fils et, pour cette raison, il avait résolu de les installer, non pas dans l'immeuble, mais dans la maison qui venait de se libérer sur la grand-rue. Dimitri, au moins, resterait à Spinalonga de longues années.

— Kyria Petrakis, dit-il, voici votre maison.

Au bout de l'artère principale, là où s'arrêtait la zone commerçante, se trouvait une maison isolée, légèrement en retrait. Eleni fut frappée de constater qu'elle ressemblait à la sienne en bien des points, avant de se dire qu'elle devait cesser de penser ainsi : la vieille bâtisse de pierre devant elle était son foyer à présent. Après avoir ouvert la porte, Kontomaris s'écarta pour lui laisser le passage. Il faisait si sombre à l'intérieur, malgré la luminosité au-dehors, que le cœur d'Eleni se serra. Pour la centième fois de la journée, la vie mettait son courage à l'épreuve. C'était sans doute un des meilleurs logements du village, et elle devait impérativement feindre l'enthousiasme, solliciter les talents d'actrice qui avaient tant contribué à rendre unique son style d'enseignement.

— Je vais vous laisser vous installer, déclara Kontamaris. Ma femme passera vous voir plus tard, pour vous faire faire le tour de la colonie.

— Votre femme ? s'exclama Eleni d'une voix trahissant son étonnement.

Habitué à ce genre de réaction, il répondit :

— Oui, ma femme. Nous nous sommes rencontrés et mariés ici. Et nous sommes loin d'être les seuls, vous savez.

— Oui, oui, je le crois volontiers, répliqua Eleni, décontenancée par sa propre ignorance.

Après l'avoir saluée en inclinant à peine le buste, Kontomaris prit congé. Une fois seuls, Eleni et Dimitri observèrent les lieux. La pièce contenait un tapis usé, un coffre en bois, une petite table et deux chaises aux pieds grêles. Des larmes brûlèrent les yeux d'Eleni. Voilà à quoi se réduirait son existence désormais : deux âmes dans un endroit sombre en plein jour et deux chaises qui semblaient prêtes à s'écrouler au moindre souffle – comment auraient-elles pu supporter le poids d'un être humain ? Quelle différence entre Dimitri et elle d'un côté, et ces meubles fragiles de l'autre ? Mais, encore une fois, elle se devait d'affecter la joie.

— Viens, Dimitri, montons découvrir l'étage !

Ils gravirent l'escalier. Au sommet, deux portes. Eleni poussa celle de gauche et pénétra dans la pièce pour ouvrir les volets. La lumière se déversa à l'intérieur. Les fenêtres donnaient sur la rue, et l'on pouvait apercevoir au loin le scintillement de la mer. Un lit en métal et une autre chaise en mauvais état, c'était tout ce que contenait cette cellule. Abandonnant Dimitri, Eleni se rendit dans la seconde chambre, plus petite encore, et plus grise. De retour dans la première, que Dimitri n'avait pas quittée, elle annonça :

— Tu dormiras ici.

— Ici ? demanda-t-il sans y croire. Tout seul ?

Il avait toujours partagé sa chambre avec ses deux frères et ses deux sœurs. Pour la première fois, son visage trahissait une émotion. Cette épreuve améliorait de façon inattendue au moins un aspect de son quotidien.

Quand ils redescendirent, un cafard détala sous leur nez pour disparaître derrière le coffre en bois, dans un coin. Eleni le chasserait plus tard, elle devait d'abord allumer les trois lampes à huile qui contribueraient à éclairer le logement lugubre. Dans sa caisse – qui contenait principalement les livres et le matériel dont elle aurait besoin pour instruire Dimitri –, elle trouva du papier et un crayon, puis établit une liste : trois longueurs de coton pour les rideaux, deux tableaux, des coussins, cinq couvertures, une grande marmite et quelques pièces de son service en porcelaine. Elle se doutait que l'idée de la savoir manger dans les mêmes assiettes décorées de fleurs et de branchages qu'eux plairait à ses filles et son mari. Il lui fallait aussi impérativement des graines. Si l'intérieur de la maison était sinistre, le jardinet offrait des possibilités dont Eleni se réjouissait – elle commençait déjà à réfléchir à ce qu'elle y ferait pousser. Giorgis serait de retour dans quelques jours, ce qui signifiait que, d'ici à une semaine ou deux, cet endroit pourrait enfin avoir le visage qu'elle souhaitait. Cette liste serait suivie de nombreuses autres, et Eleni savait que Giorgis satisferait ses demandes à la lettre.

Dimitri s'assit pour observer Eleni pendant qu'elle répertoriait leurs besoins essentiels. Cette femme, qui hier encore était son institutrice et qui désormais veillerait sur lui, non plus seulement entre 8 heures et 14 heures, mais à temps plein, l'impressionnait. Elle allait devenir sa mère, sa *meetera.* Pourtant, il ne l'appellerait jamais autrement que « Kyria Petrakis ». Il se demanda ce que sa véritable mère faisait à cet instant précis. Elle devait sans doute remuer le contenu de la grande cocotte noire, qu'elle servirait au dîner. Aux yeux de Dimitri, c'était à ça qu'elle consacrait l'essentiel de ses journées, tandis qu'il jouait avec ses frères et sœurs dans la rue. Les reverrait-il un jour ? Il regrettait tellement de ne pouvoir être avec eux, à chahuter dans la poussière. S'ils lui manquaient autant au bout de quelques heures seulement, qu'en serait-il au bout d'une journée, d'une semaine, d'un mois ? Sa gorge se serra, et le nœud devint douloureux au point que les larmes roulèrent sur ses joues. Kyria Petrakis s'approcha et l'étreignit en murmurant :

— Là, là, Dimitri. Tout ira bien… Tout ira bien.

Si seulement il avait pu la croire.

Cet après-midi-là, ils déballèrent leurs affaires. S'entourer d'objets familiers aurait dû alléger leur douleur, mais chacun d'entre eux apportait avec lui ses souvenirs, ne facilitant guère l'oubli. Chaque nouvelle babiole, chaque nouveau livre ou jouet leur rappelait, avec plus d'intensité que les précédents, ce qu'ils avaient laissé derrière eux.

L'un des trésors d'Eleni était une petite pendule que ses parents lui avaient offerte le jour de son mariage. Elle la plaça sur le manteau de la cheminée, bien au centre, et un doux tic-tac emplit enfin les longues plages de silence. Elle sonnait les heures et, à 15 heures tapantes, avant que l'écho du carillon ne se fût entièrement évanoui, on frappa un coup discret à la porte.

Eleni ouvrit en grand pour accueillir leur visiteuse, une petite femme au visage rond et aux cheveux grisonnants

— *Kalispera*[1], dit Eleni. Kyrios[2] Kontomaris m'avait annoncé votre visite. Entrez, je vous en prie.

— Je suppose que tu es Dimitri, lança aussitôt la femme en s'approchant du garçon, resté assis, la tête posée sur les mains. Viens, je vais vous montrer le village. Mon nom est Elpida Kontomaris, mais appelle-moi Elpida.

La gaieté de son ton était légèrement forcée, et son enthousiasme paraissait excessif, comme si elle était

1. *Kalispera* signifie « bonsoir ».
2. *Kyrios* signifie « monsieur ».

chargée d'emmener un enfant terrorisé se faire arracher une dent. Ils quittèrent l'obscurité de la maison pour la lumière de l'après-midi et tournèrent à droite.

— L'approvisionnement en eau est le point le plus important, commença-t-elle.

Sa voix monotone trahissait qu'elle avait déjà fait faire le tour de l'île à de nombreux arrivants. Chaque fois qu'une femme débarquait, Elpida avait la charge de l'accueillir. Elle n'avait jamais servi son petit laïus en présence d'un enfant, en revanche, elle devrait donc adapter certains éléments de son discours. Et contrôler la colère qui couvait dans ses intonations lorsqu'elle décrivait les commodités de l'île.

— C'est ici, dit-elle joyeusement en désignant une immense citerne au pied de la colline, que nous venons chercher l'eau. Et nous en profitons pour discuter et prendre des nouvelles les uns des autres.

En réalité, avoir à descendre plusieurs centaines de mètres pour aller chercher de l'eau, puis les remonter, l'irritait plus qu'elle n'aurait su le dire. Si elle en était encore capable, certains, plus diminués, réussissaient à peine à porter un récipient vide, alors un plein… Avant son installation à Spinalonga, elle avait rarement soulevé autre chose qu'un verre d'eau et, depuis, le transport de seaux faisait partie de son quotidien. Elle avait mis plusieurs années à s'y habituer. Le changement avait peut-être été plus radical pour Elpida que pour la plupart. Issue d'une famille fortunée de La Canée, elle ignorait tout des travaux manuels avant son arrivée, dix ans plus tôt ; jusqu'alors elle ne s'était servie de ses dix doigts que pour broder un dessus-de-lit.

À son habitude, Elpida s'efforça de faire bonne figure en présentant l'île et de n'évoquer que les points positifs. Elle présenta les quelques boutiques comme si c'étaient les meilleures d'Héraklion, indiqua où se tenaient le marché, deux fois par semaine, et le lavoir. Elle les emmena également à la pharmacie qui, pour beaucoup, était le bâtiment le plus important du village. Elle les informa des horaires d'ouverture du four du boulanger, ainsi que de la situation du *kafenion*, le café-bar caché dans une petite rue. Le prêtre passerait voir Eleni plus tard. En attendant, Elpida lui indiqua où il vivait et les emmena, Dimitri et elle, à l'église. Elle s'anima en évoquant pour le garçon les spectacles de marionnettes hebdomadaires à la mairie et, enfin, elle pointa l'école, vide ce jour-là, mais où, trois matins par semaine, se rassemblaient les rares élèves de l'île.

Elle parla à Dimitri des autres enfants de son âge et s'ingénia à lui tirer un sourire en lui décrivant leurs jeux. En dépit de ses efforts, cependant, il restait imperturbable.

Ce jour-là, à cause du garçon notamment, elle s'abstint d'évoquer l'agitation qui couvait sur l'île. Si beaucoup de lépreux avaient d'abord été reconnaissants du sanctuaire que l'île leur offrait, ils avaient fini par déchanter et par avoir le sentiment d'être oubliés, n'ayant droit qu'au confort minimum. Elpida savait qu'Eleni prendrait vite conscience de l'amertume qui rongeait la plupart des malades. Celle-ci flottait dans l'air.

En tant qu'épouse du gouverneur, elle se trouvait dans une position délicate. Petros Kontomaris avait certes été élu par les habitants de Spinalonga, mais son principal rôle consistait à servir d'intermédiaire entre l'État et ses concitoyens. Homme raisonnable, il connaissait les limites à ne pas franchir face aux autorités crétoises ; et pourtant Elpida le voyait se débattre constamment avec une minorité véhémente, parfois radicale, qui s'estimait mal traitée et menait campagne pour l'amélioration des infrastructures. Ils disaient camper dans les décombres des Turcs, alors même que Kontomaris avait fait son maximum pour améliorer leur sort depuis qu'il occupait ce poste, soit des années. Il avait négocié une pension mensuelle de vingt-cinq drachmes par insulaire, une subvention pour construire le nouvel immeuble, une pharmacie digne de ce nom, ainsi qu'une clinique et la visite régulière d'un médecin crétois. Il avait aussi obtenu que n'importe qui pût se voir allouer une parcelle où cultiver ses propres fruits et légumes, pour sa consommation personnelle ou pour les vendre sur le marché. En bref, il avait fait tout ce qui était humainement possible, et pourtant, la population de Spinalonga réclamait toujours plus, et Elpida n'était pas certaine que son mari aurait l'énergie de répondre à leurs attentes encore longtemps. Elle s'inquiétait sans arrêt pour lui. Il approchait la soixantaine, comme elle, mais sa santé faiblissait. La lèpre prenait peu à peu le dessus dans la bataille contre son corps.

Elpida avait assisté à d'importants changements depuis son arrivée, à mettre, pour la plupart, au crédit des efforts de son mari. Malgré tout, le vent de la révolte enflait de jour en jour. Le problème de l'eau était le principal sujet de grogne, surtout en été. Le système vénitien d'approvisionnement, construit plusieurs siècles auparavant, collectait les eaux de pluie et les stockait dans des citernes souterraines pour éviter qu'elles ne s'évaporent. Un système simple et ingénieux ; malheureusement, les conduites commençaient à s'effondrer. Du coup, de l'eau potable était acheminée depuis la Crète chaque semaine, mais il n'y en avait jamais assez pour permettre à plus de deux cents personnes de se laver et de boire. C'était donc une lutte quotidienne, même avec l'aide des mules, surtout pour les plus vieux et les plus diminués. En hiver, l'électricité posait problème. Un générateur avait été installé deux ans plus tôt, et tout le monde s'était réjoui d'avoir du chauffage et de la lumière durant les soirées glaciales, de novembre à février. Il en fut autrement, pourtant. Le générateur, tombé en rade au bout de trois semaines, ne fut jamais remis en service ; les demandes concernant les pièces de rechange n'aboutirent jamais, et la machine fut livrée aux mauvaises herbes.

L'eau et l'électricité n'étaient pas un luxe mais un besoin, et tous les habitants avaient conscience que les failles du système de ravitaillement en eau, en particulier, pouvaient diminuer leur espérance de vie. Elpida n'ignorait pas que, si le gouvernement se devait de rendre leurs vies tolérables, il ne s'intéressait à la question de leur bien-être que pour la forme. Les habitants de Spinalonga bouillaient de colère, et elle partageait leur fureur. Ils voulaient une source d'eau potable fiable. Ce qui avait donné lieu à de violents débats sur l'attitude à adopter. Elpida se souvenait de la fois où un groupe avait suggéré de prendre d'assaut la Crète et un autre de faire des otages. Mais quelles seraient leurs chances, sans bateaux, sans armes et, surtout, sans force ?

Il ne leur restait qu'à essayer de faire entendre leur voix. À cet égard, la force d'argumentation de Petros et sa diplomatie constituaient leur arme la plus efficace. Elpida se devait de garder ses distances avec le reste de la communauté, mais elle essuyait sans arrêt les plaintes, surtout de la part des femmes, qui pensaient qu'elle avait l'oreille de son mari. Lassée de la situation, elle faisait pression sur Petros pour qu'il ne se présente pas aux prochaines élections. N'avait-il pas déjà assez donné ?

Elpida ruminait ces pensées tout en guidant Eleni et Dimitri à travers les petites rues de Spinalonga. Quand elle remarqua que le garçonnet empoignait un pli de la large jupe d'Eleni comme pour se rassurer, elle étouffa un soupir. Quel genre de futur l'attendait-il ici ? Elpida en venait presque à espérer que celui-ci serait bref.

Les petites secousses que le garçon donnait à sa jupe rassuraient Eleni. Elles lui rappelaient qu'elle n'était pas seule, qu'elle avait quelqu'un sur qui veiller. Ce matin encore, elle avait un mari et deux filles, et la semaine dernière les regards curieux d'une dizaine d'élèves rivés sur elle. Tous ces gens avaient eu besoin d'elle, et elle s'était nourrie de ce besoin. Cette nouvelle situation la désarmait. Elle alla même jusqu'à se demander si elle n'était pas déjà morte et suivait seulement une chimère qui lui montrait les Enfers, lui expliquant où les âmes défuntes pouvaient laver leur linceul et acheter leur nourriture immatérielle. Sa raison, toutefois, la ramena à la réalité. Ce n'était pas Charon mais son propre mari qui l'avait escortée dans cet enfer, puis abandonnée. Elle se figea, Dimitri aussi. Son menton s'affaissa vers sa poitrine, et elle sentit d'énormes larmes embuer ses yeux. Pour la première fois, elle ne domina plus ses émotions. Sa gorge se contracta comme pour lui interdire de respirer, et un râle lui échappa lorsqu'elle voulut emplir ses poumons d'air. Elpida, qui s'en était tenue aux informations pratiques avec professionnalisme, se retourna et l'agrippa par les bras. Dimitri leva les yeux vers les deux femmes. Il avait vu sa mère sangloter pour la première fois ce jour-là. Maintenant, c'était au tour de son institutrice de laisser couler ses larmes sans retenue.

— N'ayez pas peur de pleurer, la consola Elpida. Le garçon verra beaucoup de larmes. Croyez-moi, nous n'en sommes pas avares à Spinalonga.

Eleni enfouit son visage dans l'épaule d'Elpida ; deux passants s'arrêtèrent pour les observer, curieux non des pleurs, mais des nouveaux arrivants. Dimitri détourna le regard, embarrassé ; il aurait voulu que la terre s'ouvre sous ses pieds pour l'engloutir, comme lors des séismes dont on lui avait parlé à l'école. La Crète en avait connu beaucoup, alors pourquoi pas un aujourd'hui ?

Elpida comprenait ce que ressentait Dimitri : les sanglots d'Eleni commençaient à l'atteindre elle aussi et, malgré sa compassion pour celle-ci, elle aurait voulu qu'elle se calme. Par chance, ils s'étaient arrêtés juste devant sa propre maison ; d'une poigne ferme, elle entraîna Eleni à l'intérieur, bien que gênée par la taille de son logis, dont elle savait qu'il offrait un contraste frappant avec celui des nouveaux venus. La demeure des Kontomaris, résidence officielle du gouverneur, datait de l'occupation vénitienne, avec un balcon, qui aurait pu être qualifié de majestueux, et un portique.

Ils vivaient là depuis six ans, et Elpida doutait si peu de la victoire de son époux à l'élection annuelle qu'elle ne s'était jamais imaginée vivre ailleurs. Sauf que maintenant elle l'encourageait à ne pas se représenter et qu'il faudrait bien sûr renoncer à ce confort si Petros s'y résolvait. « Mais qui prendrait ma suite ? » répétait-il à juste titre. Les seuls autres candidats évoqués par la rumeur n'avaient que peu de partisans. L'un d'entre eux était le chef des agitateurs, Theodoros Makridakis, et, si beaucoup de ses revendications étaient légitimes, son élection serait une catastrophe pour l'île. Son manque de diplomatie réduirait à néant toutes les négociations menées à bien avec le gouvernement, et il y avait de fortes chances qu'il parvienne seulement à priver les habitants de leurs rares privilèges, au lieu de leur en garantir de nouveaux. L'unique autre candidat, Spyros Kazakis, un homme bon mais faible, ne visait cette fonction que pour obtenir la demeure que tout le monde à Spinalonga convoitait.

L'intérieur détonnait avec celui de la plupart des autres maisonnettes de l'île. Les portes-fenêtres laissaient entrer la lumière sur trois côtés et, au milieu de la pièce, suspendu à une longue chaîne poussiéreuse, se trouvait un lustre, dont les petits cristaux colorés de toutes formes projetaient des dessins kaléidoscopiques sur les murs pastel.

Le mobilier était usé mais confortable, et Elpida indiqua à Eleni de s'asseoir. Dimitri fit le tour de la pièce, examinant les photos encadrées, ainsi que le contenu d'une vitrine renfermant les souvenirs précieux des Kontomaris : une cruche en argent, une longueur de dentelle au fuseau, des porcelaines raffinées, d'autres photos encadrées et, plus étonnant que le reste, des rangées et des rangées de petits soldats. Il resta planté devant la vitrine plusieurs minutes, hypnotisé non par les objets entreposés, mais par son reflet dans la vitre. Son visage lui semblait aussi étranger que la pièce dans laquelle il se tenait et il croisa son propre regard avec appréhension, comme s'il ne reconnaissait pas les yeux sombres qui le fixaient. Jusqu'alors, son univers avait été borné par les villes d'Agios Nikolaos et d'Élounda. Il ne connaissait rien, à part les quelques hameaux entre ces deux points, où vivaient ses cousins, tantes et oncles. Il avait l'impression d'avoir été transporté dans une autre galaxie. Derrière son reflet, il apercevait Kyria Kontomaris, qui serrait Kyria Petrakis dans ses bras afin d'apaiser ses larmes. Il observa la scène un moment avant de se concentrer sur les régiments de soldats disposés avec grand soin.

Lorsqu'il se retourna, Kyria Petrakis s'était ressaisie et tendait les bras dans sa direction.

— Je suis désolée, Dimitri.

Les pleurs de son institutrice avaient été pour lui une source de gêne aussi bien que de surprise, et il songea soudain qu'elle regrettait peut-être autant ses enfants que lui sa mère. Il tenta de se représenter ce que sa mère aurait ressenti si elle avait été envoyée à Spinalonga à sa place. Il prit les mains de Kyria Petrakis et les serra de toutes ses forces.

— Vous n'avez pas à l'être.

Elpida disparut dans la cuisine afin de préparer du café pour Eleni et de l'eau sucrée avec une rondelle de citron en guise de limonade pour Dimitri. À son retour, elle trouva ses visiteurs en train de discuter calmement. Le regard du garçon s'éclaira lorsqu'il aperçut le verre et il le vida d'un trait. Quant à Eleni, elle n'aurait su dire si elle le devait au café sucré ou à la bonté d'Elpida, mais elle se sentait rassérénée. Elle avait toujours assuré le rôle de la consolatrice, ayant plus de mal à recevoir qu'à donner. Ce revers de fortune la forçait à aller contre sa nature.

La lumière commençait à décliner en cette fin d'après-midi. Quelques minutes durant, ils se plongèrent chacun tellement dans leurs pensées, que le silence ne fut brisé que par le cliquetis discret de la porcelaine. Dimitri savoura son second verre de limonade. Il n'avait jamais pénétré dans une maison pareille, où la lumière faisait des arcs-en-ciel et où les chaises étaient plus confortables que tous les lits qu'il avait jamais connus. Elle était si différente de la sienne, où, la nuit venue, le moindre banc se transformait en couchage et le moindre tapis en couverture. Il avait cru que tout le monde vivait ainsi. À tort.

Quand ils eurent fini leur boisson, Elpida prit la parole.

— Voulez-vous continuer la visite ? demanda-t-elle en se levant. Quelqu'un vous attend.

Eleni et Dimitri lui emboîtèrent le pas, lui à contrecœur. Il avait apprécié cet endroit et espérait qu'il reviendrait un jour siroter une limonade. Peut-être trouverait-il le courage de demander à Elpida Kontomaris d'ouvrir la vitrine afin d'observer de plus près les soldats, ou même de jouer avec eux.

Plus haut dans la rue, ils rejoignirent un bâtiment qui avait plusieurs siècles de moins que la résidence du gouverneur. Avec ses lignes droites et franches, il ne possédait pas l'élégance classique de la demeure qu'ils venaient de quitter. Cette bâtisse fonctionnelle accueillait l'hôpital, où ils feraient leur prochain arrêt.

L'arrivée d'Eleni et de Dimitri à Spinalonga coïncidait avec la visite du médecin crétois. Sa présence, ainsi que l'édification de l'hôpital avaient été le résultat de la campagne menée par Petros Kontomaris pour améliorer le traitement des lépreux. Il avait d'abord fallu convaincre le gouvernement de financer le projet, puis persuader les habitants qu'un médecin prudent pouvait les soigner et les aider sans courir le risque d'être lui-même infecté. Ceux-ci avaient fini par céder et, tous les lundis, mercredis et vendredis, un praticien venait d'Agios Nikolaos. Cet homme, qui s'était proposé de lui-même quand beaucoup de ses collègues refusaient cette mission dangereuse, s'appelait Christos Lapakis. Jeune trentenaire jovial et rougeaud, il était très apprécié du service de dermato-vénérologie de l'hôpital ainsi que de ses patients à Spinalonga. La générosité de son tour de taille trahissait son hédonisme, lui-même expression de sa foi dans la nécessité de jouir sans tarder de l'instant présent. Sa famille déplorait son célibat, et il savait qu'il ne favorisait pas ses chances de trouver une épouse en travaillant dans une colonie de lépreux. Cela ne le préoccupait pas outre mesure : son métier le comblait, et il aimait l'idée de pouvoir améliorer, bien que de façon ténue, la vie de ces gens.

Il ne croyait ni à la vie après la mort ni aux secondes chances.

Le Dr Lapakis consacrait son temps sur Spinalonga à soigner des plaies ainsi qu'à conseiller de prendre des précautions supplémentaires et de faire de l'exercice. L'apparition des « jours du docteur », comme on les appelait, avait largement contribué à remonter le moral de la communauté et à améliorer la santé de beaucoup. En insistant sur les bienfaits de la propreté, de la stérilisation et de la physiothérapie, il leur donnait une raison de se lever le matin autre que celle de subir leur déchéance progressive. À son arrivée sur l'îlot, le Dr Lapakis avait été choqué par les conditions de vie de nombre de lépreux. Il était essentiel qu'ils nettoient leurs plaies. Pourtant, lors de sa première visite, il les avait découverts dans un état proche de l'apathie. Ils se sentaient oubliés, et les dommages psychologiques causés par leur isolement forcé étaient souvent pires que les séquelles physiques de la maladie. Beaucoup ne tenaient plus à la vie. Et pourquoi en aurait-il été autrement ? La vie ne tenait plus à eux.

Christos Lapakis soigna aussi bien les esprits que les corps. Il enseigna qu'il y avait toujours de l'espoir et qu'il ne fallait jamais baisser les bras. Il était autoritaire, voire brusque. « Si vous ne nettoyez pas vos plaies, vous mourrez », répétait-il. Il avait beau énoncer la vérité froidement, il savait par ailleurs montrer à ses patients qu'il se souciait d'eux, et leur expliquer comment s'occuper d'eux-mêmes. Il leur fit mesurer l'importance cruciale de la propreté de l'eau. L'eau était la vie. Et elle ferait la différence entre celle-ci et la mort. Lapakis soutenait Kontomaris avec ferveur et l'appuyait de tout son poids dans sa campagne pour obtenir de l'eau potable.

— Voici l'hôpital, leur annonça Elpida. Le Dr Lapakis vous attend. Il vient de finir sa consultation.

Introduits dans un endroit froid et blanc comme un sépulcre, ils s'assirent sur le banc qui courait le long d'un des murs de la pièce. Ils n'y restèrent pas longtemps. Le médecin venait déjà les accueillir ; il examina successivement la femme puis le garçon. Ceux-ci lui montrèrent leurs taches, qu'il ausculta avec soin, avant d'observer le reste de leurs corps, à la recherche d'éventuels signes de développement de la maladie qu'ils n'auraient pas remarqués eux-mêmes. Le pâle Dimitri avait quelques grandes plaques sèches sur le dos et les jambes, indiquant qu'à ce stade il était atteint de la forme la moins dangereuse de la maladie, la lèpre tuberculoïde. Les lésions sur les jambes et les pieds d'Eleni, plus petites et luisantes, inquiétèrent davantage le praticien. Elle avait sans aucun doute contracté la forme la plus virulente, la lèpre lépromateuse, et il était fort probable qu'elle avait été infectée bien avant l'apparition des symptômes.

Le pronostic du garçon n'était pas mauvais. La pauvre femme, en revanche, ne séjournerait pas longtemps sur l'île. Mais le visage du médecin ne trahit pas un seul instant son diagnostic.

5

Quand Eleni partit pour Spinalonga, Anna avait douze ans, et Maria dix. Giorgis se retrouva confronté à la difficulté de faire tourner la maison seul et, surtout, d'élever des filles sans leur mère. Des deux, Anna avait toujours été la plus difficile. Avant même de savoir marcher, elle était si turbulente qu'ils avaient du mal à la contrôler et, depuis la venue au monde de sa petite sœur, elle semblait en colère contre la vie. Giorgis ne fut donc pas surpris qu'avec l'absence d'Eleni Anna rechigne avec véhémence aux corvées ménagères, refusant de reprendre le tablier maternel sous prétexte qu'elle était l'aînée. Ce qu'elle fit cruellement comprendre à son père et à sa sœur.

À l'inverse, Maria avait bon caractère. Deux personnes dotées du tempérament d'Anna n'auraient pas pu vivre sous le même toit, et le maintien de la paix incomba à la cadette, qui devait pourtant souvent lutter contre son envie de réagir à l'agressivité d'Anna. Contrairement à celle-ci, Maria ne se sentait pas rabaissée par les travaux domestiques. Elle avait un sens pratique inné et aimait bien aider son père à cuisiner et à ranger, ce pour quoi Giorgis remerciait

Dieu en silence. Comme la plupart des hommes de sa génération, repriser une chaussette lui paraissait aussi impossible qu'aller sur la Lune.

Aux yeux du monde, Giorgis passait pour un homme de peu de mots. Malgré toutes les heures solitaires sur la mer, il n'aspirait pas à la discussion une fois sur la terre ferme. Il raffolait du bruit du silence, et lorsqu'il s'installait pour la soirée à la table du *kafenion* – par obligation virile plus que par besoin de rencontrer des gens –, il restait muet, écoutant les clients autour de lui comme il écoutait dans sa barque les vagues lapant la coque.

Si son cœur d'or et ses débordements d'affection n'étaient pas un secret pour sa famille, les gens qu'il ne fréquentait que de loin assimilaient parfois sa réserve à de l'insociabilité. Ceux qui le connaissaient mieux y voyaient la manifestation d'un stoïcisme discret, qui lui servirait dans cette épreuve terrible.

La vie avait rarement été tendre avec Giorgis. Pêcheur comme son père et son grand-père avant lui, ses innombrables séjours sur l'eau l'avaient endurci. De longues heures ennuyeuses à patienter dans le froid, mais aussi parfois d'interminables nuits à lutter contre les vagues déchaînées, avec la conscience aiguë que la mer, impulsive, pouvait l'engloutir à tout jamais. Une vie passée accroupi dans un caïque en bois. Mais un pêcheur crétois ne remettait jamais en question sa condition : pour lui, elle était le fruit du destin, pas d'un choix.

Depuis de nombreuses années déjà, bien avant l'exil d'Eleni, Giorgis complétait son revenu en assurant les livraisons sur Spinalonga. Il possédait désormais un bateau à moteur et s'y rendait une fois par semaine afin de déposer sur le quai des caisses remplies d'affaires et de produits pour les lépreux.

Les jours suivant le départ d'Eleni, Giorgis n'osa pas quitter ses filles d'une semelle. Leur désarroi semblait s'intensifier avec le temps, mais tôt ou tard elles devraient puiser en elles les ressources nécessaires pour continuer à vivre. Même si leurs voisins bienveillants leur apportaient de quoi se nourrir, c'était Giorgis qui devait s'assurer que ses filles mangeaient. Le premier soir où il fut contraint de préparer le repas lui-même, son incompétence affligeante tira presque un sourire à Maria. Anna, elle, ne sut que tourner en ridicule les efforts de son père.

— Je refuse de manger ça ! cria-t-elle en jetant sa fourchette dans son assiette de ragoût de mouton. Un animal affamé n'en voudrait pas !

Puis elle fondit en larmes pour la dixième fois de la journée et déguerpit dans sa chambre. Ce fut le troisième soir consécutif qu'elle n'avala rien d'autre que du pain.

— La faim viendra à bout de cette tête de mule, dit Giorgis avec légèreté à Maria, qui mastiquait patiemment un morceau de viande trop cuite.

Assis chacun à une extrémité de la table, ils ne se parlaient pas, et le silence n'était ponctué que par les cliquetis des fourchettes sur la porcelaine et les sanglots d'Anna.

Arriva enfin le jour où elles durent retourner à l'école, ce qui agit sur elles comme un charme. Dès qu'elles pensèrent à autre chose qu'à leur mère, leur chagrin commença à s'atténuer. Ce même jour, Giorgis put orienter la proue de sa barque vers Spinalonga. Avec un mélange étrange d'appréhension et d'excitation, il traversa l'étroite étendue d'eau. Eleni ignorait sa visite, il faudrait lui envoyer un message pour la prévenir. Cependant, les nouvelles allaient vite sur Spinalonga, et avant même qu'il eût fini d'attacher l'amarre au poteau, Eleni apparut au détour de l'immense muraille, dont elle ne quitta pas l'ombre.

Que pourraient-ils bien se dire ? Comment se conduire ? Ils ne se touchèrent pas alors qu'ils en brûlaient d'envie. Ils se contentèrent de prononcer leur prénom, comme ils l'avaient fait des milliers de fois auparavant. Mais les syllabes leur semblaient soudain comme des sons dépourvus de signification. Giorgis regretta alors d'être venu. Pendant une semaine, il avait fait le deuil de sa femme, et voilà qu'elle se tenait devant lui, aussi vivante et ravissante que jamais, accroissant encore la douleur insupportable de leur séparation imminente. Bientôt il lui faudrait retourner à Plaka. Chacune de ses visites se terminerait par un adieu déchirant. L'espace d'un instant, il se prit à souhaiter leur mort à tous deux.

La première semaine d'Eleni sur l'île était passée plus vite pour elle que pour Giorgis, mais lorsqu'elle apprit que son bateau avait été repéré sur la mer, une profonde détresse s'empara d'elle. Depuis son arrivée, elle avait eu beaucoup de distractions, presque assez pour ne pas avoir à l'esprit le bouleversement qui avait chamboulé sa vie ; à présent que Giorgis plongeait ses yeux vert foncé dans les siens, elle ne pensait plus qu'à une chose, l'amour qu'elle portait à cet homme fort, aux épaules larges, et la douleur dévorante à la perspective de le quitter à nouveau.

Ils s'interrogèrent d'un ton presque formel sur leur santé respective, puis Eleni prit des nouvelles des filles. Comment pouvait-il lui dire la vérité ? Tôt ou tard, elles finiraient par s'habituer à la situation, il le savait ; alors il serait en mesure de dire à sa femme en toute honnêteté comment elles allaient. La seule réponse sincère de leur échange, ce jour-là, vint d'Eleni, lorsque Giorgis lui posa la question suivante :

— Comment est-ce, ici ?

Joignant le geste à la parole, il désigna d'un mouvement de la tête la grande muraille.

— Bien moins terrible qu'on ne se le figure, et les choses n'iront qu'en s'améliorant, répliqua-t-elle avec une conviction et une détermination telles que Giorgis sentit aussitôt ses craintes s'envoler.

— Avec Dimitri, nous avons une maison rien que pour nous, et elle me rappelle un peu celle de Plaka. Le confort est plus spartiate, mais nous en tirons le meilleur parti. Nous avons un petit jardinet et, d'ici au printemps prochain, des herbes aromatiques y pousseront, si tu peux m'apporter des graines. Les rosiers qui encadrent la porte sont déjà en fleur et, bientôt, nous aurons aussi des primeroses. Ça prend tournure.

Giorgis fut soulagé en entendant ces mots. Eleni tira alors de sa poche une feuille de papier pliée en deux qu'elle lui remit.

— C'est pour les filles ? s'enquit-il.

— Non, pas du tout, répondit-elle d'un ton contrit. J'ai pensé qu'il était encore trop tôt… Mais j'aurai une lettre pour elles lors de ta prochaine visite.

Je t'ai préparé une liste des choses dont nous avons besoin pour la maison.

La jalousie lui serra le cœur, quand il l'entendit dire « nous ». Autrefois, cela signifiait Anna, Maria et lui. La réflexion amère qui suivit lui inspira presque immédiatement de la honte : à présent ce « nous » englobait aussi l'enfant haï qui leur avait arraché Eleni. Leur famille solide comme un roc avait éclaté, et il osait à peine songer à sa fragilité nouvelle. Giorgis peinait à se convaincre que Dieu ne les avait pas tous abandonnés. En un battement de cils, il était passé du statut de chef de famille à celui de père élevant seul deux petites filles. En d'autres termes, il avait changé de planète.

L'heure était venue de quitter Spinalonga. Les filles ne tarderaient pas à rentrer de l'école, et Giorgis voulait être là pour les accueillir.

— Je reviendrai bien vite, promit-il. Avec tout ce que tu m'as demandé.

— Je te propose quelque chose, répliqua-t-elle. Ne nous disons pas au revoir. Ce mot n'a pas vraiment de sens, si ?

— Tu as raison, pas d'au revoir.

En souriant, ils se détournèrent simultanément, Eleni vers l'entrée sombre du tunnel, et Giorgis vers sa barque. Aucun d'eux ne regarda en arrière.

Lors de sa visite suivante, Giorgis se vit confier une lettre pour les filles ; lorsqu'il la sortit de sa poche, Anna, dévorée par l'impatience, voulut la lui arracher des mains et la déchira.

— Mais cette lettre est pour nous deux ! se récria Maria. Je veux la lire aussi !

Anna se trouvait déjà sur le seuil.

— Je m'en fiche. Je suis l'aînée, j'ai le droit de la regarder en premier !

Elle pivota sur ses talons et détala dans la rue, laissant Maria à ses larmes de frustration et de colère.

À une centaine de mètres de là, une petite allée se faufilait entre deux maisons ; Anna s'y réfugia et, accroupie dans l'ombre, réunit les deux moitiés de la première lettre de sa mère pour la lire :

Chères Anna et Maria,

Je me demande comment vous allez. J'espère que vous êtes sages, gentilles et que vous travaillez dur à l'école. Votre père m'a raconté que ses premiers essais culinaires n'avaient pas été très concluants, mais je suis convaincue qu'il s'améliorera avec le temps et que, bientôt, il connaîtra la différence entre un concombre et une courgette ! J'espère que, d'ici peu, vous le seconderez en cuisine, mais en attendant soyez patientes avec lui.

Laissez-moi vous parler de Spinalonga. J'habite une petite masure dans la grand-rue, avec une pièce au rez-de-chaussée et deux chambres à l'étage, un peu comme chez nous. Il y fait très sombre, mais j'ai décidé de blanchir les murs à la chaux. Ensuite, j'accrocherai des photos et de la porcelaine, je suis sûre que ce sera très coquet. Dimitri se réjouit d'avoir sa propre chambre, lui qui a toujours partagé la sienne.

J'ai une nouvelle amie, Elpida, l'épouse du gouverneur. Ils sont tous deux très gentils et nous ont invités à manger plusieurs fois dans leur maison, la plus grande et la plus somptueuse de l'île. Ils ont des lustres, et les tables, ainsi que les chaises, sont toutes ornées d'un petit napperon de dentelle. Je crois que ça plairait beaucoup à Anna, surtout.

J'ai planté des boutures de géranium dans le jardinet et, comme chez nous, les roses fleurissent déjà. Je vous raconterai plein d'autres choses dans ma prochaine lettre. En attendant, soyez bien sages, je pense à vous chaque jour.

Tendres baisers,

Votre mère qui vous aime

P.-S. : J'espère que les abeilles travaillent dur... N'oubliez pas de récolter le miel.

Anna relut la lettre plusieurs fois avant de rentrer sans se presser ; elle savait qu'elle aurait des ennuis. À partir de ce jour-là, Eleni adressa des missives distinctes à chacune de ses filles.

La fréquence des visites de Giorgis à Spinalonga s'accrut, ses entrevues avec Eleni étaient sa bouffée d'oxygène. Il vivait pour ces moments, pour l'instant où il la voyait déboucher du tunnel. Parfois, ils s'asseyaient sur les bittes d'amarrage en pierre, d'autres fois, ils restaient debout à l'ombre des pins qui poussaient miraculeusement dans la terre sèche. Giorgis lui parlait des filles et lui confiait les frasques d'Anna.

— On dirait qu'elle est possédée par le diable, lui dit Giorgis, un jour. Le temps ne semble guère l'adoucir.

— Eh bien, heureusement que Maria n'a pas son caractère ! rétorqua Eleni.

— Si Anna est aussi insoumise, c'est sans doute parce que Maria ne semble pas capable d'une once de méchanceté, remarqua Giorgis. Moi qui croyais que les enfants cessaient de faire des caprices en grandissant.

— Je suis désolée de t'avoir laissé avec un tel fardeau, Giorgis, sincèrement, soupira Eleni, qui aurait pourtant donné n'importe quoi pour retrouver ces affrontements quotidiens avec Anna au lieu d'être prisonnière de cette île.

Giorgis n'avait pas encore quarante ans lorsque Eleni les avait quittés, mais l'inquiétude lui courbait déjà le dos et, au cours des quelques mois qui suivirent le départ de celle-ci, il vieillit au point d'en devenir méconnaissable. Ses cheveux aussi noirs que des olives prirent la teinte argentée des feuilles d'eucalyptus, et les gens le surnommèrent rapidement le « pauvre Giorgis ».

Savina Angelopoulos l'aidait de son mieux, tout en continuant à faire tourner sa propre maison. Les nuits calmes et sans lune, sachant que la pêche serait bonne, Giorgis sortait souvent en mer. À ces occasions-là, Maria partageait le lit étroit de Fotini, où elles dormaient tête-bêche, alors qu'Anna s'installait par terre, à côté d'elles, sur une couche de fortune, faite de deux couvertures épaisses. Maria et Anna mangeaient plus souvent chez les Angelopoulos que chez elles, un peu comme si la famille de Fotini s'était soudain agrandie et que cette dernière avait les sœurs dont elle avait toujours rêvé. Ces soirs-là, ils s'attablaient à huit : Fotini et ses deux frères, Antonis et Angelos, ses parents, ainsi que les Petrakis. Les jours où elle avait le temps, Savina montrait à Anna et Maria comment tenir une maison, battre un tapis et faire un lit, mais, la plupart du temps, elle finissait par accomplir ces tâches à leur place. Ce n'étaient encore que des enfants, et Anna, en particulier, se désintéressait des travaux ménagers. Pourquoi apprendre à repriser un drap, vider un poisson ou préparer une miche de pain ? Elle était bien décidée à ne jamais avoir besoin de pareils talents et, depuis son plus jeune âge, nourrissait le désir de s'enfuir et de prendre ses distances avec ce qu'elle considérait comme un labeur aliénant.

La vie des fillettes n'aurait pas été plus bouleversée si une tornade les avait emportées et déposées à Santorin. Elles suivaient une routine monotone, jour après jour, car seule une succession d'actions mécaniques leur donnait le courage de quitter leur lit le matin. Anna rechignait en permanence, s'interrogeant sur la raison d'être des choses ; Maria acceptait tout sans poser de questions. Elle savait que se plaindre ne servait à rien, sinon peut-être à aggraver la situation. Sa sœur ne possédait pas une telle sagesse.

— Pourquoi faut-il que j'aille chercher le pain chaque matin ? gémit-elle un jour.

— Ce n'est pas le cas, répliqua son père avec patience. Maria s'en charge un matin sur deux.

— Eh bien, pourquoi n'irait-elle pas tous les jours ? Je suis l'aînée et je ne vois pas pourquoi je dois lui rapporter du pain.

— Sans entraide, Anna, le monde cesserait de tourner. Maintenant va chercher du pain. Immédiatement !

Giorgis abattit brutalement son poing sur la table. Il était las de voir sa fille transformer la moindre obligation domestique en débat. Elle sentit d'ailleurs qu'elle avait poussé son père à bout.

À Spinalonga, pendant ce temps, Eleni tâchait en vain de s'habituer à ce qu'aucun Crétois n'aurait accepté. Elle se surprenait à essayer de changer tout ce qu'elle pouvait. De même que Giorgis ne parvenait pas à lui cacher ses inquiétudes, Eleni partageait avec lui ses préoccupations quant à son avenir sur l'île.

Le premier heurt avait eu lieu lors de sa rencontre avec Kristina Kroustalakis, la femme qui s'occupait de l'école.

— Je ne m'attends pas à ce qu'elle m'apprécie, pointa-t-elle, mais elle se conduit comme un animal acculé.

— Pourquoi réagit-elle de la sorte ? s'enquit Giorgis, même s'il connaissait la réponse.

— C'est une mauvaise enseignante, qui se soucie des enfants comme d'une guigne… et elle sait ce que je pense d'elle.

Giorgis soupira ; Eleni n'avait jamais mâché ses mots. Très vite, elle avait compris que l'école n'apporterait pas grand-chose à Dimitri. Il était rentré de sa première journée taciturne et maussade et, lorsqu'elle lui avait demandé ce qu'il avait fait, il avait répondu

— Rien.

— Comment ça, rien ? Tu as forcément appris quelque chose !

— La maîtresse a écrit les lettres de l'alphabet et les chiffres au tableau, et elle m'a envoyé au fond parce que j'ai dit que je les connaissais déjà. Ensuite, les plus grands ont dû résoudre des additions très simples et, quand j'ai crié une des réponses, j'ai été mis à la porte pour le restant de la journée.

Après cet incident, Eleni résolut d'instruire elle-même Dimitri, et certains camarades du garçon vinrent suivre ses leçons. Bientôt, ceux qui déchiffraient à peine les lettres et les chiffres surent lire et effectuer des additions. Au bout de quelques mois, la maisonnette d'Eleni s'était emplie d'élèves cinq matinées par semaine. Âgés de six à seize ans, ils venaient tous de Crète, dont ils avaient été chassés dès l'apparition des symptômes de la maladie, à l'exception d'un garçon né ici. Beaucoup avaient reçu les bases d'une éducation avant leur arrivée, mais la plupart, même les plus grands, n'avaient pas beaucoup progressé depuis qu'ils suivaient les cours de Kristina Kroustalakis. À force d'être traités comme des imbéciles, ils l'étaient restés.

La tension entre Kristina Kroustalakis et Eleni s'intensifia. Presque tout le monde s'accordait à dire qu'Eleni devrait reprendre la direction de l'école et toucher le généreux salaire qui allait de pair avec la fonction. Kristina Kroustalakis défendait son territoire, se refusant même à envisager la possibilité de partager son poste. Mais Eleni était opiniâtre. Elle tenait bon, non pas pour elle mais pour le bien des dix-sept enfants de Spinalonga, qui méritaient mieux que ce que leur apportait la nonchalante institutrice. Enseigner revenait à investir dans l'avenir, et Kristina ne voyait pas d'intérêt à dépenser de l'énergie pour des individus dont les jours étaient comptés.

Eleni finit par être convoquée devant le conseil des anciens pour plaider sa cause. Elle leur apporta différents travaux d'élèves, réalisés sous l'égide de Kristina Kroustalakis et sous la sienne.

— Cela démontre simplement qu'ils ont fait des progrès, protesta un ancien, dont l'amitié avec l'institutrice en poste n'était pas un secret.

Pour l'essentiel du conseil, en revanche, l'évidence sautait aux yeux : le zèle et l'implication d'Eleni donnaient de meilleurs résultats. Elle était convaincue que l'éducation ne servait pas seulement à obtenir un savoir nébuleux mais possédait une valeur intrinsèque : elle permettait aux enfants de s'améliorer. Que beaucoup eussent de fortes chances de ne pas voir leur vingt et unième anniversaire n'avait aucune importance à ses yeux.

Certaines voix s'élevèrent contre elle, mais la majorité du conseil se prononça en faveur de la destitution de l'institutrice en titre et de la nomination d'Eleni. À partir de ce jour-là, certains habitants la considérèrent comme une usurpatrice, mais elle se fichait royalement de leur avis. Seuls comptaient les enfants.

L'école fournissait à Dimitri presque tout ce dont il avait besoin : elle structurait sa journée, stimulait son esprit et lui offrait de la compagnie, en la personne d'un nouvel ami, Nikos, le seul enfant né sur l'île qui n'avait pas été ramené en Crète pour être adopté. Et ce parce qu'il avait présenté les symptômes de la maladie dès les premiers mois. S'il avait été en bonne santé, il aurait été arraché à ses parents, lesquels exultaient de pouvoir le garder, même s'ils se sentaient coupables de lui avoir transmis leur mal.

Le quotidien de Dimitri était si rempli qu'il l'empêchait de repenser à sa vie d'autrefois. Dans certains domaines, il jouissait de véritables améliorations. Ce petit garçon aux yeux sombres était moins accablé sous le poids des privations et de l'anxiété qu'en tant qu'aîné d'une fratrie de cinq enfants au sein d'une famille paysanne. Pourtant, chaque après-midi, au moment de quitter l'école pour retrouver la pénombre de sa nouvelle maison, il percevait l'inquiétude latente des adultes, dont il surprenait des bribes de conversation en longeant le *kafenion* ou dans la rue.

Parfois, de nouvelles rumeurs se mêlaient aux anciennes, à la sempiternelle discussion sur l'importance d'obtenir un nouveau générateur, et au débat éternel concernant l'approvisionnement en eau. Au cours des derniers mois, des bruits avaient couru au sujet d'un nouveau logement et de l'augmentation du montant de la pension versée à chaque membre de la colonie. Ayant toujours prêté une oreille attentive aux conversations d'adultes, Dimitri connaissait leur propension au rabâchage, tels des chiens rongeant le même os, sur lequel il n'y avait plus de viande depuis longtemps. Les petits événements comme les grands, maladie ou mort, faisaient l'objet de longues réflexions. Un jour, toutefois, un événement imprévu eut un impact considérable sur la vie de l'île.

Un soir, quelques mois après leur arrivée, Dimitri et Eleni furent dérangés pendant leur dîner par un tambourinement à la porte. C'était Elpida, essoufflée, les joues rougies par l'excitation.

— Eleni, viens, s'il te plaît, pantela-t-elle. Ils débarquent par bateaux entiers, et ils ont besoin de notre aide. Viens !

Eleni connaissait suffisamment Elpida pour savoir que si elle réclamait son aide, il n'y avait pas à poser de question. Brûlant de curiosité, Dimitri leur emboîta le pas dans la lueur crépusculaire, écoutant les explications de Kyria Kontomaris. Les mots se bousculaient sur ses lèvres :

— Ils viennent d'Athènes. Giorgis a déjà effectué deux allers-retours, et il va revenir une troisième fois. Ce sont des hommes, pour l'essentiel, mais j'ai repéré quelques femmes, également. Ils ressemblent à des prisonniers…

Tandis qu'ils atteignaient l'entrée du long tunnel menant au quai, Eleni se tourna vers Dimitri.

— Tu dois rester ici, lui dit-elle d'un ton sans appel. Remonte terminer ton dîner.

À travers le tunnel leur parvenaient les échos étouffés de voix graves, et Dimitri rêvait de connaître la raison d'une telle agitation. Les deux femmes s'engouffrèrent dans la galerie, disparaissant presque aussitôt. Il décocha un coup de pied dans une pierre, puis, après avoir vérifié qu'il n'y avait personne d'autre, se faufila dans le trou noir, en veillant à bien rester près de la paroi. Dès qu'il eut dépassé le coude du tunnel, il découvrit la cause du trouble.

En général, les nouveaux malades arrivaient un par un et étaient accueillis sans grande pompe par Petros Kontomaris, avant de se fondre le plus discrètement possible dans la communauté. Au début, chacun aspirait à l'anonymat, et beaucoup se muraient d'ailleurs dans le silence les premiers temps. Pourtant, ce soir-là, le débarquement ne se déroulait pas dans le calme. Au moment de quitter la petite embarcation de Giorgis, beaucoup des nouveaux arrivants perdaient l'équilibre avant d'atterrir lourdement sur le sol. Ils criaient et se tordaient de douleur. Depuis son poste d'observation, Dimitri comprit vite la raison de leur chute : ils n'avaient pas de bras, ou plutôt ils n'en avaient pas l'usage. En les examinant avec plus d'attention, il s'aperçut qu'ils portaient tous de drôles de vestes qui leur plaquaient les bras dans le dos.

Dimitri vit Eleni et Elpida se pencher afin de dénouer les courroies qui entravaient les nouveaux arrivants et les libérer de leur carcan de toile grossière. Affalées en tas dans la poussière, ces créatures n'avaient pas apparence humaine. L'une d'elles s'approcha en vacillant de l'eau et vomit ses tripes dans la mer. Bientôt suivie d'une deuxième, puis d'une troisième.

Aussi immobile que le mur de pierre qui le cachait, Dimitri observa la scène avec un mélange de fascination et de crainte. Les nouveaux se redressèrent progressivement, recouvrant un semblant de dignité. Alors qu'il se tenait à plusieurs centaines de mètres, le garçon sentait la colère et l'agressivité qui émanaient d'eux. Ils se réunirent autour d'un homme, qui tentait selon toute apparence de les calmer, et plusieurs prirent la parole en même temps, n'hésitant pas à élever la voix.

Dimitri les compta. Ils étaient dix-huit, et Giorgis repartait déjà vers la Crète. D'autres allaient encore arriver.

À Plaka, une foule s'était massée pour étudier la troupe surprenante sur l'appontement. Quelques jours auparavant, Giorgis avait apporté à Petros Kontomaris une lettre en provenance d'Athènes, le prévenant de l'arrivée imminente d'un groupe de lépreux. Optant pour la prudence, ils étaient convenus de ne rien dire. Le débarquement de plus de vingt malades provoquerait la panique des habitants de Spinalonga. Kontomaris savait seulement que ces lépreux lui étaient envoyés pour avoir créé des remous à l'hôpital d'Athènes. Les deux jours qu'avait duré leur transport du Pirée à Héraklion, ils avaient été traités comme du bétail, sur des flots déchaînés. Alors qu'ils souffraient d'insolation ou du mal de mer, ils avaient été embarqués sur un plus petit navire, en direction de Plaka. De là, Giorgis assurait leur transport, six par six, pour la dernière étape de leur périple. N'importe qui pouvait constater que la troupe dépenaillée et négligée ne survivrait pas longtemps à pareils traitements.

Les enfants du village, qui n'avaient pas froid aux yeux, s'étaient réunis pour observer la scène. Fotini, Anna et Maria en faisaient partie, et Anna interrogea son père, qui prenait quelques instants de répit avant d'accomplir le dernier trajet.

— Pourquoi sont-ils ici ? Qu'ont-ils fait ? Pourquoi ne sont-ils pas restés à Athènes ?

N'ayant pas de réponses précises à ces questions, Giorgis lui apprit néanmoins une chose. Lors du premier trajet vers Spinalonga, il avait écouté attentivement leurs conversations, et c'était celles d'hommes éduqués, qui savaient s'exprimer, en dépit de leur fureur et de leurs désillusions.

— Je ne sais pas, Anna, mais la colonie leur fera de la place, quoi qu'il arrive.

— Et notre mère ? s'entêta-t-elle. Sa vie sera pire que jamais !

— Je crois que tu te trompes, rétorqua Giorgis en puisant dans les réserves infinies de patience qu'il entretenait pour sa fille aînée. Ils seront sans doute ce qui est arrivé de mieux à la colonie depuis longtemps.

— Comment cela ? s'exclama Anna en bondissant d'incrédulité. Que veux-tu dire ? Ils ressemblent à des bêtes !

Elle avait raison sur ce point : ils ressemblaient d'autant plus à du bétail qu'ils étaient attachés les uns aux autres.

Tournant le dos à sa fille, Giorgis retourna à sa barque. Il n'y avait que cinq passagers, cette fois. Lorsqu'ils atteignirent Spinalonga, les autres faisaient les cent pas. Pour la première fois depuis trente-six heures, ils pouvaient se tenir debout. Les quatre femmes restaient à l'écart, en silence. Petros Kontomaris naviguait de l'un à l'autre, recueillant des informations – nom, âge, métier, nombre d'années écoulées depuis le diagnostic.

Tandis qu'il s'acquittait de cette tâche, il réfléchissait à toute allure : où diable allait-il les loger ? Chaque seconde de procrastination retardait l'instant où il les guiderait à travers le tunnel et leur apprendrait qu'ils n'avaient pas de logis et que, en conséquence, leur situation était peut-être pire qu'à Athènes. Si, par le passé, la plupart des nouveaux arrivants s'étaient révélés être des pêcheurs, des petits exploitants ou des boutiquiers, cette fois il avait affaire à des diplômés – avocat, enseignant, médecin, entrepreneur, rédacteur, ingénieur, et ainsi de suite… Autrement dit, une catégorie de la population n'ayant rien à voir avec celle qui occupait la colonie. Un instant, Kontomaris ne put s'empêcher de redouter cette bande de citoyens athéniens qui avaient tous l'air de mendiants.

L'heure était pourtant venue de les emmener, et Kontomaris ouvrit la marche. La nouvelle s'étant répandue comme une traînée de poudre, les villageois sortirent sur leurs perrons pour observer la scène. Arrivé à la place, le gouverneur s'immobilisa avant de faire face aux Athéniens. Il ne prit la parole que lorsqu'il fut sûr d'avoir leur attention :

— À l'exception des femmes, qui dormiront dans une chambre vide en haut de la rue, vous serez pour quelque temps hébergés à la mairie.

Des curieux s'étaient à présent approchés, et un murmure d'inquiétude parcourut l'assemblée à cette annonce. S'étant toutefois préparé à ce que son plan fût accueilli avec hostilité, Kontomaris poursuivit :

— Je vous en donne ma parole, il ne s'agit que d'une mesure temporaire. Notre population augmente de plus de dix pour cent avec votre arrivée, et nous attendons les subsides promis depuis longtemps par le gouvernement afin d'édifier de nouveaux logements.

La mairie servait habituellement de cadre aux rares événements culturels et représentait la possibilité d'une vie sociale et politique normale, ce qui expliquait l'indignation des villageois. En prenant cette décision, le gouverneur privait les habitants de Spinalonga d'un symbole. Mais quelle autre solution y avait-il ? Une seule chambre s'était libérée dans le « bloc », l'immeuble récent et sans âme, où résideraient les Athéniennes. Kontomaris allait demander à Elpida de les y escorter pendant qu'il installerait les hommes dans leur logement de fortune. Son cœur se serra quand il songea à la tâche qui incombait à sa femme : la seule chose qui différenciait ce bâtiment moderne d'une prison était que les portes fermaient de l'intérieur et non de l'extérieur.

Ce soir-là, Spinalonga devint la patrie des vingt-trois Athéniens. Bien vite, ceux qui étaient restés bouche bée mirent la main à la pâte, proposant nourriture, boisson et couvertures. Se défaire d'une de leurs rares possessions constituait un grand sacrifice, mais on pouvait compter sur les doigts d'une main ceux qui ne firent aucun geste.

Les premiers jours, la tension fut palpable. Tous attendaient de voir quel serait l'impact de ces nouveaux arrivants, mais, au cours des premières quarante-huit heures, ils furent quasiment invisibles, se reposant sur les lits improvisés. Le Dr Lapakis leur rendit visite et remarqua qu'ils souffraient tous, non seulement à cause de la lèpre, mais aussi d'un voyage rigoureux au cours duquel ils avaient été privés de nourriture, d'eau et d'un abri pour se protéger du soleil. Il leur faudrait plusieurs semaines, voire plusieurs mois ou même années, pour se remettre des mauvais traitements subis avant leur départ d'Athènes. Lapakis avait entendu dire qu'il n'y avait pas de véritable différence entre l'hôpital et la prison, située à quelques centaines de mètres de ce dernier, dans les faubourgs de la capitale. On racontait que les lépreux se nourrissaient des restes des prisonniers et s'habillaient avec les défroques prises sur les cadavres. Lapakis eut tôt fait de découvrir que ce n'était pas un mythe.

Tous les patients avaient subi des traitements barbares, et le groupe envoyé en Crète s'était placé à la tête de la rébellion. Pour la plupart instruits, ils avaient organisé une grève de la faim, fait passer clandestinement des lettres à des amis et des politiciens, ainsi qu'attisé le ferment de la contestation. Plutôt que d'accepter la moindre réforme, le chef de l'hôpital avait résolu de les renvoyer ou, pour reprendre les termes qu'il avait choisis, de les « transférer dans un lieu plus adapté ». Leur expulsion à Spinalonga avait marqué la fin d'une ère pour eux, et le début d'une nouvelle pour l'îlot.

Les femmes, qui recevaient la visite quotidienne d'Elpida, furent bientôt en état de découvrir les alentours, de prendre un café chez les Kontomaris et même de décider de ce qu'elles feraient pousser sur le lopin de terre qui leur avait été alloué. Elles comprirent bien vite l'amélioration que cette vie représentait par rapport à l'ancienne. Au moins méritait-elle enfin ce nom. Les conditions à l'hôpital avaient été épouvantables. Les flammes de l'enfer ne devaient pas être plus suffocantes que la chaleur de l'été dans les petites cellules aveugles. À quoi s'ajoutaient les rats qui grattaient le sol la nuit. Elles avaient vite eu l'impression de ne pas valoir plus que de la vermine.

Par contraste, Spinalonga était le paradis. Elle leur offrait une liberté infinie, de l'air frais, le chant des oiseaux et une rue où se promener ; ici, elles pourraient redécouvrir leur humanité. Au cours de leur long voyage depuis Athènes, certaines avaient envisagé de mettre fin à leurs jours, croyant faire route vers un endroit encore plus infernal. Ici, depuis leur fenêtre au premier étage, elles pouvaient voir le soleil se lever et elles se délectèrent plusieurs semaines du spectacle de l'aube colorant le ciel.

À l'instar d'Eleni, elles transformèrent l'espace qui leur avait été imparti en maison. Les tissus brodés aux fenêtres et les tapis jetés sur leurs lits le firent ressembler au traditionnel habitat crétois.

Pour les hommes, en revanche, ce fut une autre histoire. Affaiblis par la grève de la faim qu'ils avaient initiée à Athènes, ils se morfondirent des jours durant sur leur lit. Kontomaris veilla à ce qu'on leur dépose de la nourriture dans le hall de la mairie. Toutefois, lorsque les villageois retournèrent chercher leurs plats le lendemain, ils constatèrent que leurs offrandes avaient à peine été touchées. La grande marmite était toujours pleine à ras bord de ragoût de mouton ; un seul élément leur permit de s'assurer qu'ils étaient encore en vie : sur les cinq miches qu'ils avaient laissées à leur intention, seules trois restaient.

Le deuxième jour, ils mangèrent tout le pain et, le troisième, la cocotte fut entièrement vidée de son lapin en sauce. Cet appétit croissant signifiait le retour à la vie des pauvres créatures. Le quatrième jour, Nikos Papadimitriou sortit dans la rue, où il fut ébloui par le soleil éclatant. Cet avocat de quarante-cinq ans avait autrefois occupé le centre de la vie athénienne. Il se retrouvait désormais à la tête d'une bande de lépreux et prenait son rôle de porte-parole avec autant de sérieux que ses plaidoiries d'antan. Nikos était un provocateur-né, et, s'il n'avait pas étudié le droit, il aurait pu choisir une carrière criminelle. Ses tentatives d'opposition aux autorités, en fomentant une révolte à l'hôpital, n'avaient pas été couronnées de succès, mais il était plus déterminé que jamais à obtenir de meilleures conditions de vie pour ses camarades lépreux à Spinalonga.

S'il avait la langue acérée, Papadimitriou s'attirait toujours des partisans, grâce à son charme. Son principal allié et ami, Mihalis Kouris, un ingénieur, avait comme lui passé près de cinq ans dans l'hôpital athénien. Ce jour-là, Kontomaris leur fit visiter l'île. Par opposition à la réserve habituelle des nouveaux venus, les deux hommes ne tarissaient pas de questions : « Où se trouve la source ? » « Depuis combien de temps attendez-vous le générateur ? » « À quelle fréquence le médecin vient-il sur l'île ? » « Quel est le taux de mortalité ? » « Quels sont les projets de construction en cours ? »

Kontomaris leur répondit de son mieux, mais comprit à leurs grognements et soupirs que ses explications ne les satisfaisaient guère. Le gouverneur connaissait mieux que quiconque les limites de l'îlot. Il avait travaillé sans relâche, depuis six ans, à son amélioration et, dans bien des domaines, il avait réussi, même si les réponses de l'État se révélaient toujours en deçà des attentes des habitants. C'était une tâche ingrate et, tout en cheminant vers le cimetière à l'écart du village, il se demanda pourquoi il se fatiguait. Il avait beau se démener, ils finiraient tous là. Les trois hommes se retrouveraient sous une dalle, dans l'un des bunkers de béton souterrains, jusqu'à ce que l'on pousse leurs os pour faire de la place au cadavre suivant. La vanité de son combat et l'écho distant des questions incessantes de Papadimitriou lui donnèrent envie de s'asseoir pour pleurer. Il décida sur-le-champ de livrer la vérité sans fard aux Athéniens. Ainsi, il découvrirait si leur intérêt était réel.

— Je vous dirai tout ce que vous voulez savoir, annonça-t-il en s'arrêtant et en se tournant vers eux. Ce qui signifie que je vais me décharger d'une partie du fardeau sur vous, vous en avez conscience ?

Ils acquiescèrent, et Kontomaris leur exposa les carences de l'île. Il leur expliqua qu'il avait dû faire des pieds et des mains pour obtenir la moindre amélioration et leur parla des questions en cours de négociation. Ensuite, les trois hommes se rendirent chez le gouverneur : grâce au regard neuf de Papadimitriou et Kouris sur les infrastructures, ils établirent un nouvel état des lieux, présentant les travaux en cours, les projets à réaliser durant l'année à venir et les grandes lignes de ceux qu'il faudrait entreprendre dans les cinq ans. Ces perspectives suffiraient à donner aux habitants ce qui leur manquait : l'impression d'aller de l'avant.

À partir de ce jour-là, Papadimitriou et Kouris devinrent les premiers partisans de Kontomaris. Comme si la vie leur avait offert un nouveau départ. En quelques semaines, les propositions officielles présentant les spécifications des nouvelles constructions et listant les réparations nécessaires furent prêtes à être soumises à l'État. Rompu à l'art de faire pression sur les politiciens, Papadimitriou impliqua son cabinet d'avocats à Athènes, une entreprise familiale influente.

— Tous les habitants de cette île sont des citoyens grecs, insista-t-il. Ils ont des droits, et je me battrai pour les défendre.

À la surprise générale, sauf celle de Papadimitriou, le gouvernement mit moins d'un mois à accepter de leur verser la somme d'argent demandée.

Quant aux autres Athéniens, une fois tirés de leur torpeur, ils se jetèrent à corps perdu dans ces nouveaux projets. Ils ne se sentaient plus comme des invalides exilés, mais comme les membres d'une communauté où chacun apportait sa pierre à l'édifice. Septembre touchait à sa fin et, en dépit des températures moins caniculaires, l'eau restait un problème – avec ses vingt-trois nouveaux habitants, l'île en avait plus que jamais besoin. Il fallait agir, et Mihalis Kouris était l'homme de la situation.

À la fin des travaux de rénovation des tunnels, tout le monde guetta la pluie. Une nuit, début novembre, leurs prières furent exaucées. Dans un magnifique spectacle son et lumière, le ciel s'ouvrit et déversa bruyamment son contenu sur Spinalonga, la Crète et la mer alentour. Des grêlons de la taille de galets rebondissaient sur le sol, brisant les vitres et faisant détaler les chèvres vers les collines à la recherche d'un abri, tandis que les éclairs baignaient le paysage d'une lumière apocalyptique. À leur réveil, le lendemain matin, les villageois découvrirent leurs réservoirs remplis à ras bord d'une eau fraîche et claire. Ayant résolu le problème le plus urgent, les Athéniens se consacrèrent alors à la création de leurs propres logements. Entre la rue principale et la mer se trouvait une zone en ruine ; c'était là que les premiers Turcs avaient établi leur habitat. Leurs maisons, à présent de simples carcasses appuyées contre les murailles de la forteresse, formaient une enclave protégée. Avec une efficacité rarement vue en Crète, les vieilles bâtisses furent restaurées, renaissant de leurs décombres, pourvues de murs aussi solides que s'ils avaient été neufs, et de charpentes assemblées avec ingéniosité. Bien avant que les premières neiges ne couronnent le mont Dicté, les maisons étaient prêtes à être investies, et la mairie fut rendue à tous. Depuis longtemps déjà, la population de Spinalonga avait compris que les nouveaux arrivants avaient bien plus à leur apporter qu'à leur ôter.

À l'approche de l'hiver, la campagne pour le générateur battit de nouveau son plein. Le chauffage et la lumière devenaient les biens les plus précieux à la saison où les vents s'introduisaient par le moindre interstice, et où les courants d'air balayaient les maisons dans la lumière déclinante du milieu d'après-midi. Maintenant que l'État avait entendu une voix plus puissante à Spinalonga, de celles que l'on ne pouvait pas ignorer, ils ne tardèrent pas à recevoir une lettre leur garantissant que toutes leurs exigences seraient satisfaites. Beaucoup accueillirent cette nouvelle avec cynisme. « Je ne miserais pas une drachme sur cette promesse », disaient certains. « Tant que je n'aurai pas allumé de lampe chez moi, je n'y croirai pas », ajoutaient d'autres. Cet avis était partagé par ceux qui vivaient sur l'île depuis plusieurs années : la parole du gouvernement ne valait pas plus que la fine feuille qui l'apportait.

Dix jours avant l'arrivée de la totalité des pièces étiquetées avec soin, le générateur fut le sujet principal des lettres identiques qu'Eleni envoya à Anna et Maria :

Le générateur va changer nos vies du tout au tout. Il y en avait déjà un, ici, si bien que certaines installations électriques sont déjà en place et que deux des Athéniens savent, Dieu merci, comment les faire fonctionner. Chaque maison aura au moins une lampe et un petit chauffage, censés arriver avec le reste du matériel.

Anna lut sa missive un après-midi d'hiver. Un feu brûlait dans l'âtre, pourtant, elle voyait sa respiration former de petits nuages de vapeur dans l'air froid. Une bougie projetait une lueur vacillante sur la page. Anna approcha la lettre de la flamme et regarda celle-ci la grignoter, consumant lentement le papier jusqu'à ce qu'il ne reste plus qu'un minuscule morceau entre son pouce et son index, qu'elle laissa tomber dans la cire liquide. Pourquoi sa mère écrivait-elle aussi souvent ? S'imaginait-elle réellement que tout le monde avait envie de l'entendre se répandre sur sa vie comblée, et d'ici peu bien éclairée, aux côtés de ce garçon ? Leur père les forçait, Maria et elle, à répondre à chaque lettre, et Anna se débattait avec le moindre mot. Elle n'était pas heureuse, et elle n'avait nullement l'intention de prétendre le contraire.

Après avoir lu la lettre d'Eleni, Maria la montra à son père

— C'est une bonne nouvelle, non ? remarqua Giorgis. Et cela, grâce à ces Athéniens. Qui aurait pu penser qu'une troupe pareille ferait à ce point la différence ?

Dès le début de l'hiver, bien avant l'arrivée des vents âpres de décembre, l'île fut équipée en chauffage et, à la tombée de la nuit, ceux qui le souhaitaient pouvaient désormais jouir de la faible lumière d'une ampoule électrique.

Quand arriva la période de l'Avent, Giorgis et Eleni décidèrent de la façon de procéder pour Noël. Ce serait le premier qu'ils passeraient l'un sans l'autre depuis quinze ans. Les festivités n'avaient pas autant d'importance qu'à Pâques, mais c'était néanmoins une période de rites et de festins, où l'absence d'Eleni se ferait cruellement sentir.

Les quelques jours précédant et suivant Noël, Giorgis ne traversa pas le bras de mer agité pour aller voir Eleni. Non seulement les vents cinglants lui auraient meurtri les mains et le visage, mais, surtout, ses filles avaient besoin de lui. De son côté, Eleni devait accorder une attention toute particulière à Dimitri, et se plier, elle aussi, au jeu des traditions ancestrales. Selon leur habitude, les filles se présentèrent de porte en porte, obtenant des bonbons et des fruits secs en échange des mélodieux *kalanda* qu'elles entonnaient, et, après avoir assisté de bon matin à la messe le 25 décembre, elles festoyèrent avec la famille Angelopoulos, se régalant de porc et de délicieux *kourambiethes*, des biscuits aux noix préparés par Savina.

Les choses ne se déroulèrent pas très différemment à Spinalonga. Les enfants chantèrent sur la place, aidèrent à la confection des brioches décorées de croix byzantines, les *christopsomo* – le pain du Christ –, et mangèrent comme jamais. C'était la première fois que Dimitri prenait part à un tel festin de mets raffinés.

Durant les douze jours de festivités, Giorgis et Eleni répandirent un peu d'eau bénite dans chaque pièce de leur maison respective pour décourager les *kallikantzari*, esprits démoniaques saisonniers censés mettre les foyers sens dessus dessous. Le 1er janvier, jour de la Saint-Basile, Giorgis rendit visite à Eleni, chargé de cadeaux de la part des filles et de Savina. Le début de la nouvelle année marquait un tournant :

un cap avait été franchi, sans dommages, et la famille Petrakis pénétrait dans une nouvelle ère. Si Anna et Maria souffraient toujours de l'absence de leur mère, elles se savaient désormais capables de survivre sans elle.

6

1940

Après avoir traversé son meilleur hiver depuis des années, Spinalonga connut un printemps radieux. Les insulaires le devaient autant aux fleurs sauvages, qui tapissaient les flancs nord de l'île et s'immisçaient dans chaque fissure de la roche, qu'au sentiment de renouveau insufflé dans la communauté.

La rue principale du village qui, quelques mois plus tôt, ne consistait qu'en une suite de bâtiments décrépits, accueillait dorénavant une enfilade de boutiques coquettes, aux portes et volets fraîchement repeints en bleu ou vert foncé. Les commerçants y exposaient leurs marchandises avec fierté, et les villageois n'y pénétraient plus seulement par nécessité, mais aussi par plaisir. Pour la première fois, l'île développait une économie propre. Ses habitants procédaient à des échanges commerciaux : ils marchandaient, achetaient et vendaient, parfois avec bénéfice, parfois à perte.

Le *kafenion* prospérait lui aussi, et une nouvelle taverne ouvrit ses portes, qui fit de la *kakavia*, une soupe de poissons préparée quotidiennement, sa spécialité. L'une des boutiques les plus fréquentées de la grand-rue était celle du barbier, Stelios Vandis, l'un des coiffeurs les plus courus de Réthymnon, la deuxième ville de Crète, qui avait dû abandonner son commerce lorsqu'il avait été exilé à Spinalonga. Dès que Papadimitriou apprit qu'un tel artiste se trouvait parmi eux, il insista pour qu'il reprenne du service. Les Athéniens étaient de vrais paons, citadins vaniteux et coquets qui faisaient rafraîchir autrefois, deux fois par mois, la coupe de leurs cheveux et de leur moustache, celle-ci définissant presque à elle seule leur virilité. Leur vie allait encore s'améliorer, maintenant que quelqu'un pouvait les rendre de nouveau beaux. Ils n'aspiraient pas à l'originalité, simplement à pouvoir arborer une chevelure bien entretenue.

— Stelios, lançait toujours Papadimitriou, fais-moi une Venizélos !

Venizélos, le célèbre avocat crétois devenu Premier ministre de Grèce, passait pour avoir la plus belle moustache du Bassin méditerranéen, et les hommes du village répétaient en plaisantant que Papadimitriou devait prendre modèle sur lui, puisqu'il rêvait de régner sur l'île.

À mesure que ses forces déclinaient, Kontomaris s'appuya de plus en plus sur Papadimitriou, et la popularité de l'Athénien ne fit que croître parmi les habitants. Les hommes le respectaient pour ce qu'il avait accompli en aussi peu de temps, et les femmes aussi. Bientôt, il devint l'objet d'un véritable culte, sans aucun doute lié à son physique de star de cinéma. Comme l'essentiel des Athéniens, il avait toujours vécu en ville, ce qui le distinguait du Crétois moyen, voûté et ridé d'avoir passé l'essentiel de sa vie en plein air, à fouiller la terre ou la mer pour subvenir à ses besoins. Avant son installation sur l'île, et les travaux physiques auxquels il se livrait depuis, sa peau n'avait que rarement été exposée au soleil, et encore moins au vent.

S'il avait des ambitions, il ne se montrait pas pour autant impitoyable, et ne se présenterait aux élections que lorsque Kontomaris serait prêt à prendre sa retraite.

— Papadimitriou, je suis plus que disposé à céder ma place, lui annonça le vieil homme, début mars, un soir qu'ils jouaient au backgammon. Je te l'ai dit mille fois. Cette fonction a besoin de sang neuf… et regarde ce que tu as déjà accompli pour l'île ! Mes partisans te soutiendront sans le moindre doute. Crois-moi, je suis trop fatigué, maintenant.

Cette dernière remarque ne surprit guère Papadimitriou. En six mois, il avait vu la santé de Kontomaris se détériorer considérablement. Les deux hommes étaient proches depuis un moment, et il savait que le chef vieillissant l'avait choisi pour successeur.

— Je ne prendrai le relais que si tu es vraiment certain de vouloir partir. À mon avis, tu devrais encore t'accorder quelques jours de réflexion.

— J'y réfléchis déjà depuis des mois, rétorqua Petros en bougonnant. Je ne peux plus continuer, je le sais.

Les deux hommes poursuivirent leur partie dans un silence que seul le claquement des jetons troublait.

— Il y a une chose que je tiens à préciser, dit Papadimitriou, à l'heure de prendre congé, après la fin de la partie. Si je remporte les élections, je ne m'installerai pas dans ta maison.

— Mais ce n'est pas la mienne, riposta Kontomaris, c'est celle du gouverneur. Elle va de pair avec la fonction, depuis toujours.

Papadimitriou tira sur sa cigarette et, en recrachant un panache de fumée, résolut d'en rester là pour le moment. De toute façon, l'élection n'était pas gagnée d'avance. Il aurait deux autres concurrents, dont un vivait sur l'île depuis six ou sept ans et obtenait un large soutien. L'élection de Theodoros Makridakis semblait, aux yeux de Papadimitriou du moins, une réelle possibilité. Une grande partie de la population se laissait influencer par les critiques de Makridakis et, même si elle se délectait des fruits du dur labeur de Papadimitriou, et du changement radical des six derniers mois, elle continuait à penser qu'un homme aiguillonné par l'insatisfaction représenterait mieux ses intérêts. Il était facile de s'imaginer que le feu qui animait Makridakis lui permettrait d'accomplir des choses dont la raison et la diplomatie ne seraient pas capables.

Les élections annuelles, qui se tinrent fin mars, furent les plus serrées de l'histoire de Spinalonga : pour la première fois, les résultats semblaient importer. L'île avait un avenir, et prendre sa tête ne signifiait plus hériter d'un calice empoisonné. Trois hommes se présentèrent : Papadimitriou, Spyros Kazakis et Theodoros Makridakis. Le jour des élections, chaque citoyen, homme comme femme, vota. Même les malades confinés dans l'hôpital et qui avaient peu de chance de jamais quitter leur lit reçurent des bulletins et renvoyèrent des enveloppes scellées à la mairie.

Spyros Kazakis remporta une poignée de votes, et Makridakis, à la surprise et au soulagement de Papadimitriou, en récolta à peine une centaine. Ainsi, l'Athénien se tailla la part du lion. Les citoyens avaient écouté leur cœur, ainsi que leur sagesse. La démagogie de Makridakis trouvait peut-être un écho, mais les résultats pesaient plus lourd, et c'est ce qui valut à Papadimitriou d'être enfin reconnu. Cette élection marqua un moment charnière dans la civilisation de l'île.

— Concitoyens, dit le nouveau gouverneur, je souhaite pour Spinalonga ce que vous souhaitez également.

Ainsi s'adressa-t-il à la foule réunie sur la petite place devant la mairie, le soir suivant les élections. Le décompte venait d'être vérifié et les résultats proclamés.

— Nous avons déjà fait de Spinalonga un endroit plus accueillant et, à bien des égards, elle offre un cadre de vie plus agréable que certains villages qui nous approvisionnent, ajouta-t-il en désignant Plaka d'un geste de la main. Nous avons l'électricité, alors qu'eux, non. Un personnel médical assidu et les enseignants les plus zélés. En Crète, la plupart des gens gagnent tout juste de quoi assurer leur survie, connaissant souvent, contrairement à nous, la faim. La semaine dernière, certains habitants d'Élounda, ayant eu vent de notre prospérité, sont venus à la rame nous réclamer de la nourriture. Quel revirement de situation !

Un murmure d'approbation parcourut la multitude.

— Nous ne sommes plus les exclus qui mendiaient en criant : « Impur ! Impur ! » poursuivit-il. À présent, les autres viennent nous demander l'aumône.

Il marqua une pause assez longue pour que quelqu'un s'écrie :

— Un hourra pour Papadimitriou !

Une fois les acclamations terminées, le nouveau gouverneur apporta une touche finale à son discours :

— Nous sommes liés par une chose : la lèpre. Essayons de ne pas l'oublier quand les désaccords apparaîtront. Tant que nous avons la vie, efforçons-nous de la rendre aussi douce que possible. Voilà notre but commun !

Il leva la main, un doigt pointé vers le ciel en signe de célébration et de victoire.

— À Spinalonga ! s'exclama-t-il.

Les deux cents participants l'imitèrent en criant à l'unisson (on les entendit depuis Plaka) :

— À Spinalonga !

Profitant de la liesse générale, Theodoros Makridakis s'éclipsa : il caressait depuis longtemps le rêve de gouverner l'île, et sa déception était aussi amère qu'une olive verte.

Le lendemain après-midi, Elpida Kontomaris se mit à emballer ses affaires. D'ici un jour ou deux, Petros et elle devraient quitter les lieux et investir la maison de Papadimitriou. Si elle anticipait ce départ depuis longtemps, elle n'en était pas moins terrassée par l'appréhension, au point qu'elle avait du mal à trouver l'énergie de poser un pied devant l'autre. Elle procédait de façon décousue, son corps lourd rechignant à la tâche, et ses pieds déformés l'élançant plus que jamais. Lorsque le moment fut venu de s'attaquer aux objets de valeur que contenait la vitrine – les rangées de petits soldats, les miniatures en porcelaine et l'argenterie dans sa famille depuis des générations –, elle se demanda à qui ses biens iraient quand Petros et elle ne seraient plus. La lignée s'arrêterait avec eux deux.

Un coup discret frappé à la porte interrompit le cours de ses pensées. Il devait s'agir d'Eleni. Bien que largement occupée entre l'école et l'éducation de Dimitri, celle-ci avait promis de passer l'aider, et elle ne manquait jamais à sa parole. Alors qu'Elpida s'attendait à découvrir les traits délicats de son amie, elle fut surprise par la silhouette massive et vêtue de noir qui s'encadra dans la porte. Papadimitriou.

— *Kalispera*, Kyria Kontomaris. Puis-je entrer ? demanda-t-il avec douceur, bien conscient d'avoir suscité sa surprise.

— Oui… je vous en prie, répondit-elle en s'écartant pour lui céder le passage.

— Je viens vous dire une seule chose, expliqua-t-il au milieu des caisses à moitié pleines de livres, de porcelaines et de photographies. Vous n'avez pas à déménager. Je n'ai pas l'intention de vous prendre cette maison. C'est inutile. Petros a consacré une part si importante de sa vie à cette fonction que j'ai décidé de la lui laisser… en guise de pension, si vous voulez.

— Mais le gouverneur a toujours résidé ici. Cette demeure vous revient, Petros ne voudra pas en entendre parler.

— Je n'ai que faire des pratiques passées, rétorqua Papadimitriou. Je veux que vous restiez ici et, en tout état de cause, j'ai l'intention de vivre dans la maison que je suis en train de restaurer. Je vous en prie, insista-t-il. Ce sera mieux pour tout le monde.

Les yeux d'Elpida s'embuèrent de larmes.

— C'est si gentil de votre part, dit-elle en tendant les mains vers lui. Si gentil… Je ne doute pas de votre sincérité, mais j'ignore comment nous pourrons convaincre Petros.

— Il n'a pas le choix, répliqua Papadimitriou d'un ton sans appel. C'est moi qui décide à présent. Je veux que vous déballiez les affaires que vous avez rangées dans ces caisses et que vous les remettiez où elles se trouvaient. Je repasserai plus tard pour m'assurer que vous m'avez obéi.

Elpida savait qu'il ne s'agissait pas d'une toquade ; l'homme était sincère et il n'avait pas l'habitude qu'on lui résiste. C'était pour cette raison qu'il avait été élu. Tout en alignant les soldats de plomb sur leur étagère, elle s'efforça de comprendre pourquoi il était à ce point difficile de s'opposer à Papadimitriou. Ça ne tenait pas à sa seule stature. Isolée, cette qualité lui aurait uniquement permis de devenir un tyran. Il possédait un autre don, plus subtil. Parfois, il réussissait à convertir son auditoire à son point de vue rien qu'en modulant sa voix. À d'autres occasions, il obtenait le même résultat grâce à sa puissance de raisonnement. Sa verve d'avocat était plus affûtée que jamais, même sur l'île.

Avant que Papadimitriou ne reparte, Elpida lui proposa de venir dîner le soir même. Elle accomplissait des merveilles derrière les fourneaux : personne, ici, n'égalait ses talents de cuisinière, et seul un fou aurait décliné son invitation. Dès qu'il fut parti, elle se mit au travail, confectionnant ses recettes préférées, des *keftedes*, des boulettes de viande avec une sauce crémeuse au citron, ainsi qu'un *revani*, un gâteau de semoule au sirop.

Quand Kontomaris rentra chez lui ce soir-là, après avoir accompli ses derniers devoirs de gouverneur, son pas était plus léger. En franchissant le seuil, il fut assailli par des effluves délicieux, et Elpida vint l'accueillir avec son tablier, les bras grands ouverts. Ils s'enlacèrent, et il nicha sa tête dans son épaule.

— C'est fini, chuchota-t-il, enfin…

En s'écartant, il remarqua que rien n'avait changé dans la pièce. Les caisses qui l'encombraient encore le matin même avaient en revanche disparu.

— Pourquoi n'as-tu pas emballé nos affaires ? demanda-t-il avec plus qu'une pointe d'irritation dans la voix.

Le déménagement à venir l'épuisait d'avance. Il aurait tout donné pour être déjà installé dans sa nouvelle résidence et, voyant que les préparatifs n'avaient pas avancé d'un iota, il sentit son agacement et sa lassitude croître.

— Je l'avais fait, mais je les ai déballées, répondit Elpida d'un air mystérieux. Nous restons ici.

À cet instant précis, on frappa à la porte : Papadimitriou était arrivé.

— Kyria Kontomaris m'a invitée à dîner, dit-il simplement.

Une fois qu'ils furent assis, un verre d'ouzo bien plein à la main, Kontomaris retrouva sa contenance.

— Je crois comprendre que j'ai été victime d'une conspiration, lâcha-t-il. Je devrais être fâché, mais je vous connais assez bien tous les deux pour savoir que je n'ai pas mon mot à dire.

Son sourire contredisait son ton sévère et formel. En secret, il se réjouissait de la générosité de Papadimitriou, sachant ce que cette maison représentait pour sa femme. Ils trinquèrent tous trois au marché qu'ils venaient de conclure ; il ne serait plus jamais question entre eux du logement du gouverneur. Quelques protestations s'élevèrent parmi les membres du conseil, donnant lieu à des discussions animées. Qu'arriverait-il si un gouverneur futur venait à réclamer la demeure vénitienne ? Ils parvinrent néanmoins à trouver un compromis : le bail de la maison serait renouvelé tous les cinq ans.

Après les élections, les travaux de rénovation de l'île reprirent à bon train. Les efforts de Papadimitriou ne visaient pas seulement à lui assurer la victoire électorale. Les réparations et les constructions se poursuivirent jusqu'à ce que tout le monde fût pourvu d'un logement décent, ainsi que de son propre four, généralement dans la cour, et, plus important encore pour la fierté des villageois, de toilettes extérieures privatives.

Maintenant que la collecte d'eau était rationalisée, il y en avait pour tout le monde, et un lavoir communal fut bâti, un vrai luxe, où les femmes profitaient de leurs lessives pour discuter, transformant l'endroit en véritable ruche.

Leur vie sociale connut d'autres améliorations, plus exceptionnelles. La journée de travail de l'Athénien Panos Sklavounis, un ancien acteur, commençait lorsque celle des autres était terminée. Peu de temps après l'élection, il prit Papadimitriou à l'écart. Son approche était agressive, comme souvent chez les hommes. Il aimait le conflit et, à l'époque où il jouait à Athènes, il n'hésitait jamais à en venir aux mains.

— L'ennui se répand comme une traînée de poudre, ici. Les gens ont besoin de se divertir, expliqua-t-il. Si nombre d'entre eux ne peuvent rien espérer pour l'année prochaine, ils pourraient au moins faire des projets pour la semaine prochaine.

— Je vois ce que tu veux dire, et je te rejoins entièrement, répondit Papadimitriou, mais que proposes-tu ?

— Des divertissements, répondit-il. Des divertissements de grande envergure.

— Autrement dit ?

— Du cinéma.

Six mois plus tôt, une proposition si ambitieuse aurait paru aussi risible qu'annoncer aux lépreux qu'ils pouvaient, s'ils le souhaitaient, traverser le bras de mer à la nage pour aller voir un film à Élounda. À présent, toutefois, elle était du domaine du possible.

— Nous avons un générateur, répondit Papadimitriou, c'est un bon début, mais ça ne suffit pas, si ?

Occuper les soirées de leurs concitoyens de façon aussi réjouissante pourrait contribuer à canaliser les mécontentements qui continuaient de couver. *Les villageois ne pourraient pas être à la fois assis dans le noir devant un écran*, songea Papadimitriou, *et boire plus que de raison ou tramer des conspirations au* kafenion.

— Que te faudrait-il d'autre ? demanda-t-il.

La réponse de Sklavounis ne se fit pas attendre : il avait déjà évalué la contenance de la mairie et savait où récupérer un projecteur, un écran et des bobines de film. Il avait aussi, point crucial, estimé les coûts. Seul l'argent manquait, mais, comme beaucoup de lépreux avaient désormais une source de revenus, il pourrait faire payer l'entrée du cinéma et financer ainsi l'entreprise.

Quelques semaines après sa requête initiale, les murs du village se couvrirent d'affiches :

Samedi 13 avril
à 19 heures
À la mairie
Les Apaches d'Athènes
Entrée : 2 drachmes.

À 18 heures ce soir-là, plus d'une centaine de personnes faisaient la queue devant la mairie. Quatre-vingts autres s'y ajoutèrent avant l'ouverture des portes à 18 h 30, et le film projeté le samedi suivant fut accueilli avec le même enthousiasme.

Eleni trépignait d'excitation lorsqu'elle décrivit à ses filles la nouvelle attraction.

Nous raffolons des projections, qui constituent le point d'orgue de la semaine. Mais les choses ne se déroulent pas toujours comme prévu. Samedi dernier, les bobines sont restées à Agios Nikolaos. La déception a été telle qu'une émeute a failli éclater et que, pendant plusieurs jours, les gens ont affiché une mine de six pieds de long, comme si les récoltes avaient été catastrophiques ! Enfin, la bonne humeur a fini par revenir au fil de la semaine, et nous avons tous été soulagés en apercevant la barque de votre père chargée de bobines.

Bien vite, Giorgis se mit à leur apporter plus que le dernier film projeté à Athènes. Les actualités permirent au public de se tenir informé en temps réel des événements sinistres du monde extérieur. Même si des exemplaires de l'hebdomadaire crétois atteignaient l'île et si les habitants réussissaient parfois à capter le bulletin d'informations radiophonique, personne ne s'était imaginé le chamboulement que l'Allemagne nazie infligeait à l'Europe. À cette époque, pourtant, les citoyens de Spinalonga n'accordaient que peu d'intérêt aux exactions commises par les Allemands. Maintenant que les élections étaient derrière eux, Pâques approchait.

Les années précédentes, la plus grande fête chrétienne avait été célébrée sans pompe. Les festivités à Plaka étaient bien assez bruyantes.

Papadimitriou était bien résolu à ce que, cette année, ce fût différent. La commémoration de la résurrection du Christ à Spinalonga ne serait pas moins grandiose que toutes celles ayant lieu en Crète ou en Grèce continentale.

Le carême avait été scrupuleusement respecté. La plupart des membres de la communauté n'avaient consommé ni viande ni poisson durant quarante jours et, la dernière semaine, le vin et l'huile d'olive avaient été remisés dans les coins sombres. Le jeudi de la semaine sainte, la grande croix en bois de l'église, assez grande pour accueillir une centaine d'âmes, en les tassant autant que des grains dans un épi de blé, fut décorée de fleurs de citronniers. Une longue procession remonta la rue pour pleurer le Christ et lui baiser les pieds. La foule de croyants priait à voix basse, aussi bien dans l'église qu'à l'extérieur. Ce furent des instants poignants, surtout lorsque tous posèrent les yeux sur l'icône de saint Pantaléon, lequel, ainsi que le firent remarquer les lépreux les plus cyniques, était censé être le patron de la guérison. Beaucoup avaient perdu foi en lui depuis longtemps, mais sa destinée l'avait imposé pour l'Église. Jeune médecin du temps des Romains, il suivit les traces de sa mère et se convertit au christianisme, acte qui lui valut d'être persécuté. Les succès qu'il rencontra en guérissant les malades attirèrent les soupçons, et il fut arrêté puis écartelé sur une roue avant d'être ébouillanté.

Même si les citoyens de Spinalonga raillaient les pouvoirs de guérisseur du saint, ils participèrent tous le lendemain à la procession pour l'enterrement en grande pompe du Christ. Le cercueil, décoré de fleurs le matin même, fut promené dans les rues en fin d'après-midi. Le cortège défila avec beaucoup de solennité.

— Nous avons de l'entraînement, n'est-ce pas ? ironisa Elpida à l'oreille d'Eleni, alors qu'elles cheminaient lentement dans la grand-rue, prenant part à l'immense serpent qui arpentait le village pour rejoindre le flanc nord de l'île.

— En effet, convint-elle. Mais c'est différent. Cet homme ressuscite…

— Ce qui ne risque pas de nous arriver, intervint Theodoros Makridakis, qui marchait derrière elles et n'était jamais avare d'une remarque négative.

Si la résurrection semblait une idée invraisemblable, les croyants les plus fervents continuaient à espérer un corps nouveau et purifié après la mort.

Le samedi fut une journée paisible. Les hommes, les femmes et les enfants devaient la consacrer à pleurer la mort du Christ. Tous s'activèrent, néanmoins. Eleni organisa un atelier avec les enfants, qui peignirent des œufs avant de dessiner dessus au pochoir des petites feuilles. Pendant ce temps, d'autres femmes préparèrent les gâteaux traditionnels. De leur côté, les hommes se livrèrent à des activités moins pacifiques, égorgeant et préparant les agneaux, qui avaient été amenés par bateau quelques semaines plus tôt. Une fois ces tâches accomplies, les villageois se rendirent à l'église pour la décorer de rameaux de romarin, de feuilles de laurier et de branches de myrte. En tout début de soirée, l'odeur douce-amère de l'encens, qui s'échappait du bâtiment, emplit l'air, tandis que l'excitation générale était déjà palpable.

Eleni se tenait à l'entrée de l'église bondée. L'assemblée attendait en silence, guettant les premiers murmures du *kyrie eleison*. Le chant débuta si doucement d'abord qu'on aurait pu le prendre pour le bruissement de la brise dans les feuillages, mais ensuite il enfla, devenant presque tangible, emplissant le bâtiment avant d'exploser à l'extérieur. Les bougies s'étaient entièrement consumées et, par cette nuit sans lune et sans étoiles, le monde fut plongé dans le noir. Durant quelques instants, Eleni ne sentit rien d'autre que les lourds effluves de suif dont l'atmosphère était chargée.

À minuit, lorsque la cloche de l'église de Plaka se fit entendre par-dessus la mer d'huile, le prêtre alluma un cierge.

— Venez recevoir la lumière, commanda-t-il.

Papa Kazakos prononça les mots sacrés avec déférence, mais sincérité, et les insulaires obtempérèrent aussitôt. Les membres de l'assemblée les plus proches s'avancèrent, un cierge à la main, puis ils se tournèrent vers leurs voisins, et ainsi de suite, jusqu'à ce qu'une forêt de flammes illumine de son éclat vacillant l'intérieur comme l'extérieur de l'église. En moins d'une minute, les ténèbres se transformèrent en lumière.

Papa Kazakos, homme d'un naturel chaleureux, à la barbe abondante, qui aimait la bonne chère et était soupçonné par beaucoup, à juste titre, de ne pas avoir réellement fait carême, entama la lecture des Évangiles. C'était un passage familier, et bien des croyants parmi les plus âgés bougèrent les lèvres avec une synchronisation parfaite.

— *Christos anesti !* proclama-t-il à la fin de sa lecture.

(Christ est ressuscité.)

— *Christos anesti ! Christos anesti !* répéta la foule en chœur.

Le grand cri triomphal se répercuta en écho dans la rue encore un moment, le temps que les villageois se souhaitent bien des « années de bonheur » – « *Chronia polla !* » – et répondent avec enthousiasme : « *E pisis.* » (« Vous aussi. »)

Puis ce fut l'heure de rapporter les cierges chez soi.

— Viens, Dimitri ! lança Eleni. Voyons si nous réussissons à regagner la maison sans les éteindre.

S'ils y parvenaient, ils s'attireraient la bonne fortune pour l'année à venir et, par cette nuit d'avril paisible, cela n'avait rien d'impossible. En quelques minutes, les fenêtres de chaque foyer de l'île furent éclairées par un cierge.

La dernière étape du rituel consistait en l'embrasement d'un feu de joie, symbolisant le bûcher du traître, Judas Iscariote. Au fil de la journée, les villageois avaient apporté tout leur petit bois, et les buissons avaient été délestés de leurs branches mortes. Lorsque le prêtre l'alluma, des cris de joie s'élevèrent, encouragés par le crépitement des flammes, qui se transformèrent en clameur quand des feux d'artifice jaillirent dans le ciel tout autour. Les vraies festivités avaient commencé. Du village le plus reculé à la capitale, de Plaka à Athènes, la fête battait son plein et, cette année, elle serait aussi retentissante à Spinalonga que partout ailleurs. Soudain, les accords guillerets du bouzouki leur parvinrent depuis Plaka, signalant le début du bal.

Nombre de lépreux n'avaient pas dansé depuis des années, pourtant, à l'exception de ceux trop diminués pour marcher, ils furent tous encouragés à rejoindre la grande ronde qui tournait lentement. De leurs coffres poussiéreux, certains avaient tiré des costumes traditionnels, turbans à franges, hautes bottes et pantalons moulants pour les hommes, tuniques brodées et fichus aux couleurs vives pour les femmes.

Certains danseurs bougeaient à peine, mais les plus fringants se relayaient au centre de la piste, où ils tournoyaient et virevoltaient comme si c'était la dernière fois. Après les danses vinrent les chansons, les *mantinades*. Tantôt douces, tantôt mélancoliques, certaines ballades bercèrent les vieux et les enfants.

Lorsque le jour se leva, la plupart avaient rejoint leur lit, mais certains s'étaient assoupis dans la taverne, alourdis non seulement par le raki mais aussi par l'agneau délicieux dont ils s'étaient régalés. Depuis l'occupation des Turcs, Spinalonga n'avait jamais connu pareils réjouissances et hédonisme. Les habitants avaient fait la fête au nom de Dieu : le Christ était ressuscité et, de bien des façons, eux aussi étaient revenus de parmi les morts. Ils avaient connu la résurrection de leurs âmes.

Le reste du mois d'avril fut une période d'activité intense. De nouveaux lépreux athéniens étaient arrivés en mars, s'ajoutant à la demi-douzaine de Crétois ayant grossi les rangs de la colonie durant les mois d'hiver. Cela signifiait que des travaux supplémentaires de restauration étaient nécessaires et, tous le savaient, dès que les températures auraient augmenté, beaucoup de tâches seraient repoussées à l'automne. Le quartier turc était enfin terminé, et les réservoirs vénitiens entièrement restaurés. Les portes ainsi que les volets avaient été repeints, les tuiles sur le toit de l'église fixées.

Alors que Spinalonga renaissait de ses cendres, Eleni commença à décliner. En observant le processus infini de réfection, elle ne put s'empêcher de le comparer à la détérioration progressive de sa santé. Pendant des mois, elle s'était raconté que son corps résistait à la maladie et que cette dernière ne progressait pas ; soudain elle se mit à remarquer des changements, presque au jour le jour. Les petites bosses sur ses pieds proliféraient et, depuis plusieurs semaines maintenant, elle ne sentait plus ceux-ci lorsqu'elle marchait.

— Le médecin ne peut-il rien faire ? lui demanda Giorgis avec douceur.

— Non… je crois que c'est l'évolution normale.

— Comment va Dimitri ? reprit-il pour changer de sujet.

— Bien. Il est d'une grande aide, maintenant que j'ai du mal à me déplacer et, comme il a beaucoup grandi au cours des derniers mois, il peut porter les courses. J'ai l'impression qu'il est plus heureux ici qu'avant même si je ne doute pas que ses parents lui manquent.

— En parle-t-il parfois ?

— Il ne les a pas mentionnés depuis des semaines. Sais-tu qu'il n'a pas reçu une seule lettre ? Le pauvre enfant…

À la fin du mois de mai, la vie avait repris ses habitudes estivales, cette combinaison de longues siestes et de nuits étouffantes. Les mouches envahissaient l'atmosphère, et une brume de chaleur flottait sur l'île, de la mi-journée au crépuscule. Il n'y avait presque pas un mouvement durant les heures de chaleur cuisante. Un sentiment de permanence s'était installé parmi la population et, même s'il restait tacite, il donnait aux habitants de Spinalonga l'impression que la vie méritait d'être vécue. Un matin qu'elle se rendait à l'école en clopinant, Eleni se délecta de l'odeur puissante du café mêlée à celle plus sucrée du mimosa, du spectacle d'un homme descendant de la colline, sa mule chargée d'oranges, du bruit sourd des jetons de backgammon en ivoire sur la feutrine et du cliquetis des dés, qui ponctuaient le bourdonnement des conversations au *kafenion*. Comme dans n'importe quel village crétois, les femmes âgées installées sur le pas de leur porte saluaient les passants. Elles discutaient sans se regarder, de peur de manquer les allées et venues.

Il y avait beaucoup d'événements à Spinalonga. Un mariage même, de temps à autre. Une telle activité, couplée à la vie sociale florissante, imposa bientôt la création d'un journal pour tenir la population informée. Yiannis Solomonidis, qui avait travaillé dans une rédaction à Athènes, prit la direction du projet et, lorsqu'il eut récupéré une presse, imprima cinquante exemplaires de la gazette hebdomadaire, *L'Étoile de Spinalonga*. Cette simple feuille circula entre toutes les mains et fut dévorée avec intérêt. Au début, elle communiquait seulement les nouvelles paroissiales de l'île, le titre du film de la semaine, les horaires d'ouverture de la pharmacie, la liste des objets perdus, retrouvés et à vendre, ainsi que, bien sûr, les mariages et décès. Peu à peu, elle inclut un compte rendu des principales affaires en Crète, des tribunes et même des caricatures.

La gazette ne rapporta pas un événement crucial de novembre, toutefois. Pas une seule phrase, pas un seul mot sur la visite d'un mystérieux brun élégant, qui se serait sans doute aisément fondu dans la foule à Héraklion. À Plaka cependant, son arrivée fut remarquée par beaucoup : on ne voyait pas souvent un homme en costume en dehors des mariages et des enterrements, or, ni l'un ni l'autre n'était à l'ordre du jour.

7

Le Dr Lapakis avait informé Giorgis qu'il aurait besoin de lui pour conduire un visiteur à Spinalonga, puis le ramener à Plaka quelques heures plus tard. Celui-ci se nommait Nikolaos Kyritsis. Ce jeune trentenaire à l'épaisse chevelure brune paraissait mince au milieu des Crétois, et son costume bien taillé ne faisait que souligner sa ligne élancée. Sa peau était tendue sur ses pommettes saillantes. Si ses traits passèrent pour distingués aux yeux de certains, à d'autres ils semblèrent trahir une alimentation insuffisante. Aucune de ces assertions n'était fausse.

Nikolaos Kyritsis détonnait dans le cadre de Plaka. Il patientait sur le ponton sans bagage ni famille éplorée, contrairement à la plupart des gens que Giorgis embarquait, mais avec un porte-documents en cuir qu'il serrait sur son torse. Spinalonga recevait seulement la visite de Lapakis et des quelques représentants du gouvernement qui passaient en coup de vent pour évaluer les demandes de subvention. Cet homme constituait un cas à part, et Giorgis, surmontant son habituelle réserve en présence d'étrangers, engagea la conversation.

— Qu'allez-vous faire sur l'île ?

— Je suis médecin, répondit-il.

— Mais il y en a déjà un sur place, je l'ai déposé ce matin.

— Je sais. Je vais voir le Dr Lapakis justement. C'est un ancien collègue et un vieil ami.

— Vous n'avez pas la lèpre, si ?

— Non, répondit l'étranger en se déridant. Et un jour, aucun des habitants de cette île non plus.

Cette déclaration audacieuse précipita les battements du cœur de Giorgis. Des bribes d'information – ou simples rumeurs ? – transpiraient parfois à travers l'oncle ou l'ami d'untel, qui avait entendu parler d'une avancée dans le traitement de la lèpre. Les injections d'or, d'arsenic ou de venin de serpent par exemple étaient évoquées. Pourtant, de telles thérapies n'étaient pas abordables et, à supposer qu'elles le soient, on n'avait aucune garantie du résultat. À en croire les rumeurs, seuls les Athéniens pouvaient envisager de débourser de l'argent pour ces remèdes de charlatan. Tandis qu'il défaisait l'amarre de sa barque, Giorgis s'abandonna à un rêve éveillé. La santé d'Eleni s'était nettement dégradée au cours des derniers mois, et il avait peu à peu perdu espoir de voir apparaître un traitement qui lui permettrait de la ramener avec lui. Ainsi, pour la première fois depuis qu'il l'avait conduite à Spinalonga, dix-huit mois plus tôt, il se sentit plus léger. Un peu plus léger.

Papadimitriou accueillit le médecin sur le quai, et Giorgis regarda les deux hommes disparaître dans le tunnel, la silhouette allongée avec sa mince serviette en cuir dominée par celle, imposante, du gouverneur de l'île.

Un vent contraire soufflait en rafales glaciales, toutefois, Giorgis se surprit à fredonner. Les éléments ne réussiraient pas à le chagriner aujourd'hui.

En remontant la rue principale, Papadimitriou abreuvait Kyritsis de questions. Il connaissait assez bien son sujet pour savoir lesquelles poser. « Où en sont les dernières recherches ? Quand vont-ils commencer à expérimenter le traitement ? Quelle est votre implication ?… » Kyritsis ne s'attendait pas à cet interrogatoire, pas plus qu'il ne s'attendait à rencontrer quelqu'un comme Papadimitriou.

— Nous n'en sommes qu'au début, répondit-il avec prudence. J'appartiens à un vaste programme de recherche financé par l'Institut Pasteur, mais nous ne cherchons pas seulement un remède. De nouvelles directives concernant le traitement et la prévention ont été prises lors de la conférence du Caire, il y a deux ans, et c'est la principale raison de ma visite. Je tiens à m'assurer que nous faisons tout notre possible… Je ne veux pas que le traitement, si nous parvenons à le mettre au point, arrive trop tard pour les membres de la colonie.

Cette nouvelle déçut Papadimitriou, qui la chassa néanmoins d'une plaisanterie :

— Quel dommage ! J'avais promis à ma famille d'être avec elle à Noël, je comptais sur une potion magique.

Kyritsis était réaliste : plusieurs années pouvaient s'écouler avant qu'un traitement efficace ne soit administré aux habitants de l'île, et il ne tenait pas à faire naître des espoirs vains. La lèpre remontait presque aux origines du monde et ne disparaîtrait pas en un jour.

Sur le chemin de l'hôpital, Kyritsis fut frappé par ce qu'il découvrait. Ce village ressemblait à n'importe lequel, sauf qu'il était moins délabré que la plupart dans cette région de Crète. À l'exception de ceux qui affichaient des signes de la maladie qui auraient échappé à un observateur moins averti, les habitants seraient aisément passés pour des Crétois comme les autres, vaquant à leurs occupations quotidiennes. À cette période de l'année, peu de visages étaient entièrement exposés. Les hommes enfonçaient leurs chapeaux jusqu'aux oreilles et remontaient le col de leurs chemises, les femmes nouaient leurs châles de laine sur leurs têtes et leurs épaules, afin de se protéger du vent plus cinglant de jour en jour et de la pluie torrentielle qui transformait les rues en cours d'eau.

Les deux hommes longèrent les vitrines des boutiques aux volets de couleur vive, et le boulanger, qui sortait des miches dorées de son four, salua Kyritsis d'un signe de tête lorsque leurs regards se croisèrent. En réponse, le médecin effleura le bord de son chapeau. Juste avant d'atteindre l'église, ils quittèrent l'artère principale. Le bâtiment qui se dressait au-dessus d'eux paraissait particulièrement écrasant depuis la rue, bien plus considérable que les autres constructions de l'île.

Kyritsis et Lapakis, qui l'attendait à l'entrée principale, s'embrassèrent avec une affection spontanée et sincère. Les premiers instants, les salutations et les questions se bousculèrent, tant leur enthousiasme était débordant. « Comment vas-tu ? Depuis combien de temps es-tu ici ? Quoi de neuf à Athènes ? Je veux tout savoir ! » La joie des retrouvailles finit par céder le pas aux aspects pratiques : le temps filait. Lapakis offrit un tour rapide des lieux à Kyritsis, lui montrant le service de consultation, les salles de soins et le dortoir.

— Nous manquons cruellement de ressources. La plupart des patients devraient rester quelques jours, mais nous ne pouvons garder que les plus malades et renvoyons les autres chez eux, expliqua Lapakis d'un ton las.

Dix lits s'entassaient dans le dortoir, séparés entre eux par moins d'un demi-mètre et tous occupés, par des hommes ou des femmes, même s'il était difficile de les distinguer dans la faible lumière qui filtrait à travers les volets clos. L'essentiel des patients étaient condamnés. Kyritsis ne fut guère ébranlé, toutefois. Les conditions d'hospitalisation étaient cent fois pires à la clinique de lépreux d'Athènes, sans parler de l'odeur. Ici, au moins, on était attentif à l'hygiène, ce qui pouvait faire la différence entre la vie et la mort pour un lépreux.

— Tous ces malades traversent une phase offensive de la maladie, souffla Lapakis en s'appuyant au chambranle de la porte.

Leurs symptômes s'intensifiaient durant des jours, voire des semaines, et ils se retrouvaient en proie à des fièvres violentes et à des plaies douloureuses. S'ils pouvaient en ressortir plus affaiblis qu'auparavant, le corps remportait parfois la lutte contre la maladie et, au terme de leurs souffrances, il arrivait qu'ils soient guéris.

Les patients restaient silencieux, à l'exception des plaintes intermittentes de l'un d'entre eux et des gémissements continus d'un second. Se sentant de trop, les deux hommes quittèrent l'embrasure de la porte.

— Allons dans mon bureau, lança Lapakis, nous discuterons là-bas.

Il conduisit Kyritsis dans un long couloir sombre et ouvrit la dernière porte sur la gauche. Cette pièce-ci jouissait d'une belle hauteur de plafond et d'une magnifique vue. Les immenses fenêtres, qui montaient presque jusqu'en haut des murs, donnaient sur Plaka et les montagnes. Punaisé au mur, un plan de l'hôpital dans son état actuel et, en rouge, le tracé d'une extension. Remarquant que le dessin avait retenu l'attention de Kyritsis, Lapakis expliqua :

— Voici mes projets. Il nous faut un nouveau dortoir et plusieurs autres salles de soins. Je voudrais séparer les hommes et les femmes… Si on ne réussit pas à les sauver, on doit au moins pouvoir leur rendre leur dignité.

Kyritsis s'approcha pour examiner le schéma. Il savait que la santé publique ne constituait pas une priorité aux yeux du gouvernement, surtout quand les malades étaient condamnés, et il ne réussit pas à dissimuler son cynisme.

— Ces travaux représentent une sacrée somme.

— Je sais, je sais, repartit Lapakis avec lassitude, mais maintenant que les patients affluent de Grèce aussi bien que de Crète, l'État sera contraint de trouver des fonds. Et quand tu auras rencontré les habitants de cette île, tu comprendras qu'ils ne sont pas du genre à baisser les bras. Qu'est-ce qui t'amène en Crète, d'ailleurs ? Ta lettre, qui m'a fait grand plaisir, ne le précisait pas.

Ils se mirent à deviser avec la connivence de vieux amis, ayant étudié ensemble la médecine à Athènes. S'ils ne s'étaient pas vus depuis six ans, leur amitié n'avait pas souffert de cette séparation.

— C'est assez simple, en vérité, répondit Kyritsis. J'étais fatigué d'Athènes, et lorsque j'ai appris qu'un poste se libérait au département de dermato-vénérologie de l'hôpital d'Héraklion, j'ai postulé. Je savais que je pourrais y poursuivre mes recherches, surtout avec la colonie de lépreux ici. Spinalonga constitue un cadre idéal pour des études de cas. Accepterais-tu que je te rende des visites régulières et, plus important encore, penses-tu que les patients ne s'y opposeraient pas ?

— Je n'y vois pas le moindre inconvénient et suis certain qu'eux non plus.

— Il y aura même peut-être des nouveaux traitements à tester… Enfin, je ne promets rien de révolutionnaire. Pour être honnête, les résultats des derniers tests cliniques se sont révélés singulièrement décevants. Mais on ne va pas rester les bras croisés, non ?

Lapakis s'assit derrière son bureau. Il avait écouté son collègue avec beaucoup d'attention, et chacun des mots prononcés par Kyritsis lui avait mis du baume au cœur. Pendant cinq longues années, étant le seul médecin disposé à se rendre à Spinalonga, il avait traité un flux constant de malades et de mourants. Le soir, au moment de se déshabiller et de se coucher, il examinait son corps généreux à la recherche de signes de la maladie. Il savait, bien sûr, que c'était ridicule et que la période d'incubation pouvait s'étendre sur plusieurs mois ou années, toutefois, la peur le rongeait tellement qu'il ne se rendait que trois jours par semaine à Spinalonga. Il voulait se laisser une chance. Si son sens du devoir l'avait contraint à accepter ce poste, il redoutait que ses probabilités de vivre vieux soient aussi faibles que celles d'un homme jouant régulièrement à la roulette russe.

Pourtant, Lapakis avait de l'aide depuis un moment. Athina Manakis était arrivée à l'époque où le flot quotidien de malades le débordait. Cette praticienne d'Athènes s'était rendue de son propre chef à la léproserie lorsqu'elle avait découvert les premiers symptômes de la maladie, avant d'être envoyée à Spinalonga avec le reste des rebelles. Lapakis ne parvint pas à croire à sa fortune : non seulement elle était prête à vivre à l'hôpital, mais elle connaissait aussi la médecine générale. Les insulaires souffraient d'autres maux que la lèpre, oreillons, rougeole ou simple otite, et ces maladies n'étaient souvent pas traitées. Forte de ses vingt-cinq années d'expérience et de sa volonté de consacrer la moindre heure éveillée au travail, Athina Manakis représentait une aide de taille, et Lapakis ne se formalisait guère d'être traité comme un jeune collègue à former. S'il avait cru en Dieu, il l'aurait remercié du fond du cœur.

Or, à présent, surgi de nulle part, ou plus exactement de ce jour de novembre où le ciel et la mer rivalisaient de grisaille, Nikolaos Kyritsis débarquait et demandait l'autorisation de rendre des visites régulières. Lapakis en aurait pleuré de soulagement. C'en était fini de son travail solitaire et ingrat, de son isolement. Lorsqu'il quitterait l'hôpital à la fin de chaque journée, après s'être aspergé d'une solution soufrée dans l'ancien arsenal vénitien qui faisait désormais office de chambre de désinfection, il ne serait plus taraudé par l'impression de manquer à ses devoirs. Maintenant il y aurait Kyritsis, en plus d'Athina.

— Je t'en prie, ajouta Lapakis, viens aussi souvent que tu le souhaites. Tu ne peux pas savoir combien tes visites nous feront plaisir. Explique-moi tes travaux exactement.

— Eh bien, commença Kyritsis en retirant sa veste et en la plaçant avec soin sur le dossier de la chaise, certains chercheurs sont persuadés qu'on découvrira bientôt un traitement pour la lèpre. Je dépends toujours de l'Institut Pasteur d'Athènes, et notre directeur général désire faire avancer les choses au plus vite. Imagine un peu les conséquences, pas seulement pour les centaines de malades ici, mais pour les milliers à travers le monde, voire les millions en comptant l'Inde et l'Amérique du Sud. Pour ma part, je suis plus réservé : le chemin est encore long, toutefois, le moindre indice, le moindre cas nous aideront à brosser un tableau plus complet et à lutter contre la transmission de la maladie.

— Si seulement tu pouvais te tromper, rétorqua Lapakis. Je subis beaucoup de pression, ces derniers temps, de malades qui veulent recourir à des remèdes de charlatans. Ils sont si vulnérables qu'ils seraient prêts à n'importe quoi, surtout s'ils en ont les moyens. Alors, quels sont tes projets ?

— Il me faudrait plusieurs dizaines de patients, que je pourrais suivre de très près au cours des prochains mois ou, espérons-le, années. Mes recherches sur l'établissement du diagnostic n'ont pas beaucoup avancé, et dès que la maladie est déclarée, les patients viennent tous ici ! À ce que j'en ai vu, on ne peut que le leur souhaiter, mais j'aimerais observer l'évolution de la maladie.

Lapakis souriait. L'organisation qui se profilait leur serait profitable à tous deux. Des rangées de classeurs à tiroir occupaient un mur entier du bureau, du sol au plafond. Certains contenaient les dossiers médicaux de tous les citoyens vivants de Spinalonga. Ceux des défunts étaient transférés dans d'autres classeurs. Avant que Lapakis ne se porte volontaire pour travailler sur l'île, aucune trace écrite n'avait été conservée. Les traitements ne méritaient pas d'être consignés, et les évolutions notables se réduisaient aux dégénérescences graduelles dues à la maladie. Les seuls souvenirs des premières décennies de la colonie étaient réunis dans un grand registre noir, listant les noms des lépreux, leur date d'arrivée et de décès. Leur vie était réduite à une entrée unique dans ce funeste livre d'or, et leurs os gisaient à présent, mêlés et indissociables, sous les pierres des tombes communales à l'autre extrémité de l'île.

— J'ai des dossiers sur tous les occupants de l'île depuis que je travaille ici, soit 1934, expliqua Lapakis. Leur état initial y est décrit avec précision, et la moindre évolution est mentionnée. Je les ai classés par âge… cette logique m'a semblé en valoir une autre. Pourquoi ne les parcourrais-tu pas afin de choisir ceux que tu aimerais voir ? Je m'arrangerai pour les convoquer lors de ta prochaine visite.

Lapakis ouvrit le premier tiroir du classeur le plus proche, qui débordait de papiers, et d'un large geste du bras invita Kyritsis à les consulter.

— Je te laisse, il faut que je retourne au dortoir. Certains patients réclament mon attention.

Lorsque, une heure et demie plus tard, Lapakis regagna son bureau, plusieurs dossiers étaient empilés par terre ; celui du dessus indiquait le nom d'Eleni Petrakis.

— Tu as fait la connaissance de son mari ce matin, signala Lapakis. Le passeur.

Ils enregistrèrent tous les patients sélectionnés, puis les évoquèrent rapidement, l'un après l'autre. Kyritsis consulta alors l'horloge au mur : l'heure du départ était venue. Avant de rejoindre la chambre de désinfection – même s'il savait que cette douche n'avait aucun effet sur les bactéries –, il échangea une poignée de main virile avec son ami, qui le reconduisit à l'entrée du tunnel. Puis il rejoignit seul le quai, où Giorgis l'attendait pour la première étape de son long voyage de retour jusqu'à Héraklion.

Peu de mots furent échangés durant le trajet, à croire que les deux hommes avaient épuisé tous les sujets de conversation à l'aller. Lorsqu'ils atteignirent Plaka, toutefois, Kyritsis demanda à Giorgis s'il pourrait l'emmener à Spinalonga la semaine suivante, le même jour. Le pêcheur se réjouit de cette nouvelle, pas uniquement par appât du gain. Il était heureux de savoir que le nouveau médecin reviendrait.

Au mépris du froid mordant de décembre, des températures polaires de janvier et de février ainsi que des bourrasques de mars, Nikolaos Kyritsis se rendit à Spinalonga tous les mercredis. Ni Giorgis ni lui n'étaient hommes à parler pour ne rien dire, néanmoins, ils engageaient toujours la conversation durant la traversée.

— Kyrie Petrakis, comment allez-vous aujourd'hui ? demandait systématiquement Kyritsis.

— Bien, plût à Dieu, répondait Giorgis avec prudence.

— Et votre femme ? ajoutait le médecin.

Cette question donnait au pêcheur le sentiment de mener une vie ordinaire d'homme marié ; et aucun d'eux ne s'attardait sur l'ironie de la situation, puisque celui qui interrogeait connaissait la réponse mieux que l'autre.

Du haut de ses douze ans, Maria attendait avec autant d'impatience que son père les visites de Kyritsis, qui apportaient avec elles un souffle d'optimisme et attiraient souvent un sourire sur le visage de son père. Si elle n'en avait jamais parlé avec lui, elle le sentait. En fin d'après-midi, elle se rendait sur l'appontement et guettait leur retour. Emmitouflée dans son manteau de laine, elle s'asseyait et observait la petite embarcation qui franchissait les flots sous un ciel gris, puis attachait avec dextérité au ponton la corde que son père lui lançait.

En avril, les vents perdirent de leur mordant, et un changement subtil modifia l'atmosphère. La terre se réchauffait. Des anémones violettes ainsi que des orchidées rose pâle perçaient, et les oiseaux migrateurs, de retour d'Afrique où ils avaient passé l'hiver, survolaient la Crète. Tout le monde accueillit avec joie le changement de saison et la perspective prochaine de températures plus clémentes. Des changements moins positifs flottaient dans l'air, toutefois.

La guerre faisait rage en Europe depuis un certain temps déjà, mais, ce mois-là, la Grèce fut envahie à son tour. Les Crétois avaient désormais une épée de Damoclès au-dessus de leur tête. En face, le journal de l'île, *L'Étoile de Spinalonga*, publiait des informations régulières sur le sujet, et les actualités diffusées à l'occasion du film hebdomadaire entretenaient les inquiétudes de la population. Ce que tous redoutaient le plus se produisit alors : les Allemands jetèrent leur dévolu sur la Crète.

8

— Maria ! Maria ! hurlait Anna sous la fenêtre de sa sœur. Ils sont ici ! Les Allemands sont ici !

La panique était si perceptible dans la voix de celle-ci qu'en dévalant les marches deux par deux Maria se mit à guetter le martèlement métallique des bottines défilant dans la rue principale de Plaka.

— Où ? demanda-t-elle hors d'haleine, quand elle rejoignit sa sœur dehors. Où sont-ils ? Je ne les vois pas.

— Ils ne sont pas à Plaka, imbécile ! Pas encore du moins, mais ils ont débarqué en Crète et se dirigent peut-être par ici.

La pointe d'excitation dans son ton n'aurait pas échappé à ceux qui la connaissaient : aux yeux d'Anna, tout ce qui rompait la monotonie d'une existence régie par le cycle prévisible des saisons et la perspective de passer le reste de ses jours au même endroit méritait un accueil triomphal.

Elle était venue en courant de chez Fotini, où, avec un groupe de camarades, elle avait entendu l'annonce à la radio. Les parachutistes allemands venaient d'atterrir à l'ouest de la Crète. Les deux filles se précipitèrent sur la place du village : tout le monde s'y retrouvait dans de telles circonstances. L'après-midi touchait à sa fin, pourtant, le bar était bondé d'hommes et, fait plus inhabituel, de femmes, qui se disputaient pour entendre la radio, noyée bien sûr sous la clameur.

Le bulletin d'informations fut bref et sec : « Aux environs de 6 heures ce matin, des parachutistes se sont posés sur le sol crétois près de l'aérodrome de Maleme. Ils auraient tous succombé. »

L'annonce semblait donner tort à Anna : les Allemands n'étaient pas encore là. Comme à son habitude, elle avait dramatisé la situation, songea Maria. La tension dans l'air était palpable cependant. Athènes était tombé quatre semaines plus tôt, et depuis le drapeau nazi flottait sur l'Acropole. Si cette nouvelle était inquiétante, Maria, qui n'avait jamais mis les pieds à Athènes, avait l'impression que cette ville se trouvait à des milliers de kilomètres. Pourquoi les événements qui s'y déroulaient inquiétaient-ils les habitants de Plaka ? De surcroît, les troupes alliées qui venaient de débarquer en Crète garantissaient leur sécurité, non ? Sa confiance fut renforcée par les débats et conversations des adultes.

— Ils n'ont pas une chance ! ricana Vangelis Lidakis, le propriétaire du bar. La Crète, c'est autre chose que le continent. Ça n'arrivera jamais ! Regardez autour de vous ! Ils ne pourront pas franchir une montagnette avec leurs tanks !

— On ne peut pas dire qu'on ait réussi à repousser les Turcs, rétorqua Pavlos Angelopoulos, plus pessimiste.

— Ni les Vénitiens, ajouta une voix dans la foule.

— Eh bien, qu'ils approchent d'ici, ils verront ce qu'ils verront ! grogna un autre en tapant du poing dans sa paume ouverte.

Ce n'était pas une menace en l'air, et toute l'assemblée le savait. La Crète avait peut-être déjà été envahie, mais ses habitants avaient toujours opposé une résistance acharnée à l'ennemi. L'histoire de l'île était une longue suite de combats, de représailles et de patriotisme, et il n'y avait pas une maison sans fusil ou pistolet. Derrière la douceur apparente de la vie crétoise couvaient souvent des conflits, entre familles ou villages, et rares étaient les hommes qui, à quatorze ans passés, ne savaient pas se servir d'une arme.

Savina Angelopoulos, qui se tenait sur le seuil avec Fotini et les filles Petrakis, avait conscience de ce qui rendait la menace sérieuse cette fois : la rapidité des vols, tout simplement. Les avions allemands, qui avaient largué les parachutistes, pouvaient parcourir la distance entre leur base à Athènes et la Crète en à peine plus de temps qu'il n'en fallait aux enfants pour marcher jusqu'à l'école d'Élounda. Savina conserva le silence pourtant. Nonobstant la présence des dizaines de milliers de soldats alliés qui avaient évacué le continent, elle se sentait vulnérable. Elle ne partageait pas la confiance aveugle des hommes qui voulaient croire que la mort de quelques centaines de parachutistes allemands signifiait la fin de l'histoire. Son instinct lui dictait qu'il n'en serait rien.

En moins d'une semaine, la réalité de la situation se précisa. Chaque jour, le village se réunissait dans le bar, débordant sur la place par ces soirées de mai, les premières de l'année où la chaleur de la journée ne disparaissait pas avec le soleil. Bien qu'à une centaine de kilomètres du cœur de l'action, les citoyens de Plaka s'appuyaient sur les rumeurs et les bribes d'information apportées par le vent d'ouest tels des pétales de chardons. Certains parachutistes, en ayant apparemment réchappé par miracle, commençaient à prendre des points stratégiques. Selon les premiers récits, seuls les Allemands avaient trouvé la mort, transpercés par des tiges de bambou, étranglés par leurs propres parachutes dans des oliviers ou écrasés sur des rochers. À présent, cependant, la vérité finissait par se faire jour : un nombre inquiétant avait survécu, l'aérodrome avait servi de piste d'atterrissage à des milliers d'autres, et le vent tournait en faveur des agresseurs. Une semaine après le premier parachutage, l'Allemagne revendiquait la Crète.

Cette nuit-là tout le monde se rassembla dans le bar. Restées dehors, Maria et Fotini jouaient au morpion dans la poussière avec des bouts de bois. Elles dressèrent pourtant l'oreille quand certains élevèrent la voix.

— Pourquoi n'étions-nous pas prêts ? lança Antonis Angelopoulos avant d'abattre son verre sur la table en métal. On aurait dû se douter qu'ils arriveraient par voie aérienne.

Antonis avait un tempérament plus sanguin que son frère et il s'emportait facilement. Une lueur de colère allumait ses prunelles vertes, cachées derrière d'épais cils noirs. Les deux garçons différaient en tout point. Là où Angelos se caractérisait par une rondeur, tant physique que morale, Antonis était sec, émacié, tempétueux.

— Bien sûr que non, rétorqua Angelos avec un geste de dédain. Personne n'aurait pu le prévoir.

Ce n'était pas la première fois que Pavlos se demandait pourquoi ses fils ne trouvaient jamais de terrain d'entente. Après avoir tiré sur sa cigarette, il livra son verdict :

— Je partage l'avis d'Angelos. Personne ne s'attendait à une attaque aérienne. C'est du suicide dans un pays comme le nôtre, où on court le risque de se faire canarder dès qu'on a touché terre.

Pavlos avait raison. Pour la plupart des soldats, l'opération avait été suicidaire, mais les Allemands n'hésitaient pas à sacrifier quelques milliers d'hommes à leur cause et, avant que les Alliés n'aient eu le temps de coordonner la riposte, le principal aéroport crétois, à Maleme, près de La Canée était tombé entre leurs mains.

Durant les premiers jours, la vie suivit son cours habituel à Plaka. Personne ne savait quelles seraient les conséquences de la présence ennemie sur leur sol. Et tous avaient du mal à se remettre de la surprise causée par cette invasion. Les nouvelles laissèrent progressivement entendre que la réalité était encore plus inquiétante. En une semaine, quarante mille Alliés furent mis en déroute, et des milliers d'autres évacués. Au bar de Plaka, les débats allaient bon train et beaucoup échangeaient des messes basses sur la nécessité d'organiser la défense du village avant l'arrivée des Allemands. Les hommes se préparèrent à prendre les armes avec une ferveur religieuse. Le sang n'effrayait personne.

L'urgence de la situation se précisa lorsque les troupes ennemies marchèrent vers Agios Nikolaos et qu'une patrouille fut envoyée à Élounda. Un jour que les filles Petrakis rentraient de l'école, Anna s'immobilisa et tira sa sœur par la manche.

— Regarde, Maria ! s'écria-t-elle. Regarde qui descend la rue !

Le cœur de la cadette manqua un battement. Anna avait raison cette fois, les Allemands étaient là. Deux soldats fonçaient vers elles. Avaient-ils pour mission d'éliminer l'ensemble de la population locale ? Pourquoi venir, sinon ?

— Que faire ? murmura Maria, les jambes en coton.

— Continue à marcher, lui intima Anna.

— Ne devrait-on pas plutôt s'enfuir dans l'autre direction ?

— Ne sois pas bête. Et avance. Je veux voir à quoi ils ressemblent de près.

Elle agrippa sa sœur par le bras et la traîna à sa suite. Les militaires, impassibles, fixaient leurs yeux droit devant eux. Ils portaient d'épaisses vestes en laine grise, et leurs bottines renforcées claquaient en rythme sur la rue pavée. Quand ils doublèrent les filles, ils les ignorèrent.

— Ils ne nous ont même pas regardées ! s'écria Anna dès qu'ils furent hors de portée de voix.

À près de quinze ans, elle prenait comme un affront toute indifférence masculine.

Quelques jours plus tard à peine, Plaka reçut son petit détachement de soldats allemands. La famille qui habitait la première maison du village fut tirée du lit de bonne heure, sans égards.

— Ouvrez ! hurlèrent les militaires tout en tambourinant à la porte avec les crosses de leurs fusils.

Ils avaient beau ne pas parler un mot de leur langue, la famille comprit aussitôt l'ordre, ainsi que ceux qui suivirent. Ils devaient libérer leur logement d'ici à midi ou ils paieraient les conséquences de leur refus. À partir de ce jour-là, comme Anna l'avait anticipé non sans excitation, ils s'installèrent parmi eux et l'atmosphère du village s'assombrit.

Au quotidien, les habitants ne recevaient que peu de nouvelles officielles du reste de la Crète, toutefois, les rumeurs allaient bon train, et l'on rapportait notamment que des petits groupes d'Alliés se dirigeaient vers Sitia, à l'est. Un soir, au crépuscule, quatre soldats anglais déguisés en bergers descendirent des montagnes environnantes et entrèrent avec insouciance dans Plaka. Ils n'auraient pas reçu un accueil plus chaleureux s'il s'était agi de leur terre natale. La soif de nouvelles du terrain attira les villageois, mais aussi le désir de démontrer leur sens inné de l'hospitalité et de traiter n'importe quel étranger comme un envoyé de Dieu. Les Anglais furent d'excellents convives. Ils firent honneur à tout ce qu'on leur servit, après que l'un d'eux, celui qui maîtrisait le mieux le grec, leur eut livré un récit circonstancié des événements qui s'étaient déroulés sur la côte nord-ouest la semaine précédente.

— On s'attendait à tout sauf à ce qu'ils arrivent par les airs… et encore moins en si grand nombre, expliqua-t-il. On croyait à un débarquement par les côtes. Si beaucoup sont morts sur-le-champ, d'autres se sont posés sur la terre ferme sans encombre et se sont regroupés.

Le jeune Anglais marqua une hésitation avant d'ajouter :

— On en a aidé certains à trouver la mort.

Il le dit sans cruauté, pourtant, lorsqu'il poursuivit son compte rendu, bien des villageois se décomposèrent.

— Et certains blessés ont été découpés en morceaux par les gens du coin, ajouta-t-il, les yeux rivés sur sa bière.

Un autre Anglais sortit une feuille de papier de sa poche et la déplia ; après l'avoir aplatie avec soin, il l'étala sur la table devant lui. Sous le message imprimé en allemand, quelqu'un avait griffonné une traduction en grec et en anglais.

— Je crois que vous devriez tous voir ça. Le commandant de la brigade aérienne, le général Student, a communiqué ces ordres il y a deux jours.

Les clients se massèrent autour de la table pour lire.

Il a été établi que les civils crétois se sont rendus coupables de la mutilation et de la mise à mort de nos soldats blessés. Nous devons exercer des représailles sans délai ni modération.

Par la présente, j'autorise toutes les compagnies qui ont été victimes de ces atrocités à mettre en œuvre les mesures suivantes :

1. Tirer à vue.
2. Détruire les habitations.
3. Exterminer l'intégralité de la population masculine de toute commune cachant les responsables des crimes mentionnés ci-dessus.

Ceux qui ont assassiné nos soldats ne seront pas traduits devant un tribunal militaire.

« Exterminer l'intégralité de la population masculine… » Les mots sautèrent aux yeux des hommes.

Seul le bruit de leur souffle troublait le silence de mort : combien de temps encore pourraient-ils respirer librement ?

L'Anglais reprit la parole :

— Les Allemands n'ont jamais rencontré une telle résistance. Ils ont été pris au dépourvu. D'autant que celle-ci est aussi le fait des femmes, des enfants… et des prêtres. Ils attendaient une reddition complète, autant de votre part que de celle des Alliés. Sachez qu'ils ont déjà laissé libre cours à leur sauvagerie dans plusieurs villages de l'Ouest. Ils les ont rayés de la carte, n'hésitant pas à raser les églises et les écoles…

Il était incapable de poursuivre. Une vague de protestations enfla.

— Résisterons-nous ? gronda Pavlos Angelopoulos pour couvrir le brouhaha.

— Oui ! hurlèrent la quarantaine d'hommes réunis.

— Jusqu'à la mort ! tempêta Pavlos Angelopoulos.

— Jusqu'à la mort ! répéta la foule.

Même si les Allemands s'aventuraient rarement dehors après la tombée de la nuit, les clients se relayèrent pour monter la garde à la porte du bar. Ils discutèrent sans relâche, emplissant l'atmosphère d'une épaisse fumée et les tables d'une forêt argentée de bouteilles de raki vides. Sachant qu'il leur serait fatal d'être repérés en plein jour, les soldats partirent juste avant l'aube. Ils n'avaient d'autre choix que se terrer dans les collines. Par dizaines de milliers, les Alliés avaient été évacués à Alexandrie quelques jours plus tôt. Ceux qui restaient devaient éviter d'être pris par l'ennemi s'ils voulaient continuer leurs opérations vitales de renseignement sur le terrain. Le petit groupe se rendait justement à Sitia, où les Italiens avaient déjà pris le contrôle.

Les Anglais s'étonnèrent des effusions qui accompagnèrent leurs adieux avec leurs hôtes, qu'ils avaient rencontrés la veille seulement, mais les Crétois étaient habitués aux longues embrassades. Pendant la nuit, certaines femmes avaient apporté des provisions, en quantités telles que les soldats eurent du mal à tout emporter. Pourvus de quoi se nourrir pendant une quinzaine au moins, ils témoignèrent leur gratitude avec excès.

— *Efharisto, efharisto*, fit l'un d'eux, répétant le seul mot grec qu'il connaissait.

— De rien, de rien, rétorquaient les villageois. C'est nous qui vous remercions pour votre aide.

Tandis que les hommes buvaient et discutaient au bar, Antonis Angelopoulos, le frère aîné de Fotini, s'était éclipsé pour aller rassembler quelques affaires : un couteau pointu, une couverture de laine, une chemise de rechange et le petit fusil que son père lui avait donné pour ses dix-huit ans. Il ajouta *in extremis* la flûte en bois qui partageait une étagère avec la lyre de son père, plus précieuse et ornée. Antonis en jouait depuis l'enfance et, ignorant quand il rentrerait, il ne voulait pas la laisser.

Alors qu'il bouclait son sac en cuir, Savina apparut dans l'encadrement de la porte. Il était difficile de trouver le sommeil, ces derniers jours. Sur le qui-vive, les habitants de Plaka étaient régulièrement tirés de leurs lits par les éclairs éblouissants des bombes détruisant les villes et les villages de Crète. Comment pourraient-ils dormir quand ils s'attendaient à ce que leur propre maison soit touchée par un obus ou à ce que les voix stridentes des Allemands qui vivaient désormais au bout de la rue s'élèvent ? Savina, qui n'avait fermé qu'un œil, fut vite réveillée par le bruit des pas sur le sol de terre battue et du raclement du fusil sur le mur lorsque Antonis le prit au crochet. Sa mère était la dernière personne qu'il voulait croiser : elle pourrait essayer de l'arrêter.

— Que fais-tu ? demanda-t-elle.

— Je vais les aider. Je guiderai ces hommes… Ils ne survivront pas un jour dans les montagnes sans l'aide de quelqu'un qui les connaît.

Antonis se lança ensuite dans une défense animée, comme s'il s'attendait à rencontrer une opposition farouche. À sa grande surprise néanmoins, Savina hocha la tête en l'écoutant. Même si son instinct maternel lui dictait plus que jamais de le protéger, elle savait qu'il faisait le bon choix.

— Tu as raison. C'est notre devoir de les soutenir de notre mieux.

Elle serra son fils, qui se défila rapidement : il ne voulait pas rater les quatre étrangers, qui avaient peut-être déjà quitté le village.

— Sois prudent, chuchota-t-elle à son ombre. Promets-le-moi.

Antonis courut au bar. Les adieux terminés, les soldats se trouvaient toujours sur la place. Il se précipita vers eux.

— Je vous servirai de guide, les informa-t-il. Vous aurez besoin de quelqu'un qui connaît les grottes, les crevasses et les ravins. Et je pourrai vous apprendre à survivre, vous montrer où se cachent les œufs d'oiseaux, les baies comestibles, l'eau potable.

Un murmure d'approbation échappa aux Anglais, et celui qui parlait grec s'approcha.

— La nature est traître sur cette île, nous l'avons souvent découvert à nos dépens. Nous te sommes très reconnaissants.

Pavlos se tenait en retrait. Comme sa femme, il éprouvait un mélange de peur et d'admiration devant l'engagement de son aîné. Il expliquait la terre à ses deux fils depuis leur plus jeune âge, et il ne doutait pas qu'Antonis soit capable d'aider ces hommes à se nourrir dans des contrées en apparence stériles tout en évitant l'empoisonnement. Celui-ci savait même quel type de broussailles faisait le meilleur tabac. Fier du courage d'Antonis et touché par son enthousiasme teinté de naïveté, Pavlos l'embrassa puis, avant que les cinq silhouettes disparaissent à l'horizon, tourna les talons et prit le chemin de la maison, où sa femme devait l'attendre.

À l'occasion de sa visite à Eleni, le lendemain, Giorgis lui fit le récit de ces événements.

— Pauvre Savina ! s'écria-t-elle. Elle va se ronger les sangs.

— Quelqu'un devait y aller… et l'aventure le tentait, répondit-il d'un ton léger pour dédramatiser le départ d'Antonis.

— Combien de temps sera-t-il parti ?

— Personne ne le sait. Ça revient à demander combien de temps durera cette guerre.

Leurs deux regards se perdirent vers Plaka, au-delà du bras de mer. Quelques silhouettes s'agitaient au bord de l'eau, vaquant à leurs activités quotidiennes. À cette distance, tout paraissait normal. Nul n'aurait pu en déduire que la Crète était occupée par des forces ennemies.

— Les Allemands vous ont-ils créé des ennuis ?

— On se rend à peine compte de leur présence, rétorqua-t-il. Ils patrouillent dans la journée et deviennent invisibles la nuit. On se sent observés en permanence, ceci dit.

Ne souhaitant pas qu'Eleni prenne conscience de la menace qui pesait au-dessus de leurs têtes, Giorgis changea de sujet.

— Comment te sens-tu ?

La santé de sa femme continuait à décliner. Les lésions sur son visage s'élargissaient, et sa voix se faisait rocailleuse.

— J'ai la gorge un peu sèche, reconnut-elle, mais ce n'est qu'un rhume, j'en suis sûre. Parle-moi des filles.

Giorgis était habitué à ce qu'elle refuse de s'appesantir sur cette question.

— Anna me paraît plus joyeuse ces derniers temps. Elle travaille dur à l'école. Malheureusement, elle ne s'améliore pas à la maison. Elle est même plus paresseuse que jamais. Elle accepte tout juste de laver sa propre assiette, alors imagine débarrasser celle de sa sœur ! J'ai presque renoncé à l'embêter avec…

— Tu ne devrais pas lui permettre de s'en tirer à si bon compte, l'interrompit Eleni. Elle va prendre de mauvaises habitudes. Et toutes les corvées reviennent à Maria.

— J'en suis bien conscient… Maria est très réservée en ce moment, je crois que l'occupation allemande la perturbe plus qu'Anna.

— Elle a déjà traversé tant d'épreuves, la pauvre enfant… soupira-t-elle, submergée par la culpabilité d'avoir abandonné ses deux filles. La situation est tellement étrange. Nous sommes presque entièrement épargnés par la guerre ici. Je me sens isolée comme jamais. Si je pouvais partager cette peur avec vous…

Sa voix douce se mit à frémir, et elle ravala ses sanglots pour ne pas s'effondrer devant son mari. À quoi bon ?

— Nous ne courons aucun danger, Eleni.

Il mentait bien sûr. Antonis n'était pas le seul fils du village à avoir rejoint la Résistance, et les récits des débordements sadiques des Allemands face au moindre soupçon de trahison faisaient trembler Plaka. La vie semblait suivre son cours normal, cependant. Chaque journée imposait ses tâches saisonnières. Lorsque la fin de l'été approcha, il fallut fouler le raisin, à l'automne, récolter les olives, sans parler des chèvres à traire, du fromage à fabriquer et du métier à tisser à faire tourner toute l'année. Le matin, le soleil se levait, le soir, la lune éclairait la nuit de sa lumière argentée et les étoiles scintillaient, tous indifférents aux événements du monde.

Les tensions ne faiblissaient pas. La résistance crétoise s'organisait au fur et à mesure, et beaucoup d'autres hommes quittèrent le village pour participer au conflit. Tous partageaient l'impression que, tôt ou tard, la situation changerait pour le pire. Des communes semblables à la leur avaient connu de terribles représailles, pour avoir nourri en leur sein des *andarte* – des résistants.

Un jour de début 1942, un groupe d'enfants, dont Anna et Maria, emprunta le chemin côtier pour rentrer à Plaka après l'école.

— Regardez ! s'exclama Maria. Regardez… il neige !

Les flocons avaient cessé de tomber depuis plusieurs semaines déjà, et les sommets enneigés allaient commencer à fondre. Alors d'où venaient ces rafales blanches autour d'eux ?

Maria fut la première à comprendre : ce n'étaient pas des flocons, mais du papier. Quelques instants plus tôt, un petit avion était passé au-dessus de leurs têtes en vrombissant, cependant ils avaient à peine relevé la tête, habitués à ce que les Allemands survolent cette partie de la côte. L'appareil avait largué des tourbillons de tracts, et Anna en attrapa un.

— Regardez ! Ça vient des Fritz !

Ils s'agglutinèrent autour d'elle pour en prendre connaissance.

AVERTISSEMENT AU PEUPLE DE CRÈTE

SI VOTRE COMMUNE ABRITE OU RAVITAILLE DES SOLDATS ALLIÉS OU DES MEMBRES DE LA RÉSISTANCE, VOUS SEREZ SÉVÈREMENT PUNIS.

SI VOUS VOUS ÊTES RENDU COUPABLE D'UN CRIME DE TRAHISON, DE VIOLENTES REPRÉSAILLES FRAPPERONT IMMÉDIATEMENT VOTRE VILLAGE.

Les feuilles volantes qui continuaient à pleuvoir formaient un tapis blanc qui tournoyait autour des pieds des enfants avant d'être entraîné vers la mer et de se confondre avec l'écume. Ils observèrent en silence.

— Nous devons en rapporter à nos parents, suggéra l'un d'eux en en ramassant une poignée. Nous devons les prévenir.

Ils reprirent la route, les poches pleines de ces tracts de propagande et le cœur palpitant.

D'autres communes avaient reçu le même avertissement, pourtant, le résultat ne fut pas celui qu'escomptaient les Allemands.

— Tu as perdu la tête, lâcha Anna quand son père se contenta de hausser les épaules. Comment peux-tu écarter aussi facilement une menace pareille ? Ces *andarte* mettent nos vies en danger. Tout ça parce qu'ils ont le goût de l'aventure !

Anticipant l'explosion paternelle, Maria s'était réfugiée dans un coin de la pièce. Giorgis inspira profondément, s'efforçant de réprimer sa colère.

— Tu crois vraiment qu'ils le font pour le plaisir ? Qu'ils aiment grelotter dans ces grottes et brouter l'herbe comme des animaux ? Comment oses-tu ?

Anna se tassa : si elle adorait provoquer ces scènes, elle avait rarement vu son père en proie à une telle rage.

— Tu n'as pas entendu leurs récits, poursuivit-il, tu ne les as pas vus pénétrer dans le bar en chancelant au milieu de la nuit, affamés. Avec des chaussures aux semelles si usées qu'elles sont à peine plus épaisses qu'une pelure d'oignon. Et les os de leurs pommettes qui menacent de percer leurs joues ! Ils le font pour toi, Anna, et pour Maria et moi.

— Et pour notre mère, souffla la cadette.

Tout ce que Giorgis avait dit était vrai. En hiver, lorsque les sommets étaient coiffés de neige et que les vents tourmentaient en gémissant les chênes verts tordus, les résistants manquaient de mourir de froid. Ils trouvaient refuge dans les grottes qui émaillaient les montagnes au-dessus des villages et, pour s'abreuver, ils léchaient les stalactites qui gouttaient. Certains découvraient ainsi les limites de leur endurance. À l'inverse, l'été, ils étaient accablés par la chaleur et les cours d'eau étaient asséchés.

Des tracts comme ceux qu'avaient envoyés les Allemands ne faisaient que renforcer la détermination des Crétois à résister. La patrouille ennemie déboulait dans Plaka de plus en plus souvent, fouillant les maisons à la recherche d'indices de la Résistance et soumettant Vangelis Lidakis, le seul homme présent durant la journée, en tant que tenancier du bar, à de véritables interrogatoires. Les autres travaillaient aux champs ou étaient en mer. Les Crétois savaient tirer parti de la peur constante des Allemands de sortir de nuit : ceux-ci se méfiaient trop du paysage escarpé et rocailleux, qui les rendaient vulnérables.

Une nuit de septembre que Giorgis et Pavlos étaient installés à leur table habituelle, trois inconnus pénétrèrent dans le bar. Les deux hommes interrompirent brièvement leur conversation avant de la reprendre au son de leurs chapelets, qu'ils dévidaient sans relâche. Avant l'Occupation et l'organisation de la Résistance, les étrangers se faisaient rares au village, mais plus à présent. L'un d'eux s'approcha de leur table.

— Père, dit-il doucement.

Pavlos redressa vivement la tête, la mâchoire décrochée par la surprise. Le jeune homme, encore adolescent et idéaliste, qui avait rejoint la cause des résistants l'année précédente, était méconnaissable. Antonis flottait dans ses vêtements, et il avait dû faire deux tours à sa ceinture pour retenir son pantalon.

Le visage de Pavlos était encore mouillé de larmes lorsque Savina, Fotini et Angelos arrivèrent. Le fils de Lidakis avait été aussitôt dépêché pour les prévenir. C'était la réunion d'êtres qui, jusqu'à présent, n'avaient pas été séparés plus d'un jour. La famille d'Antonis éprouvait du bonheur mais aussi de la souffrance en voyant celui-ci affamé, les traits tirés, et vieilli de dix ans.

Deux Anglais l'accompagnaient. Rien cependant dans leur apparence ne trahissait leur nationalité. Ils avaient la peau hâlée et d'imposantes moustaches qu'ils avaient appris à tailler selon le style local. De plus, ils maîtrisaient désormais suffisamment le grec pour mener une conversation avec leurs hôtes et leur raconter les rencontres avec les soldats ennemis, auprès desquels ils s'étaient fait passer pour des bergers crétois. Ils avaient sillonné l'île au cours de l'année passée – l'une de leurs missions consistait à observer les mouvements des troupes italiennes. Les quartiers généraux de ceux-ci se trouvaient à Néapoli, la ville la plus importante du Lassithi, la province de Plaka, et les Italiens ne semblaient pas y avoir d'autre occupation que manger, boire et prendre du bon temps, en particulier avec les prostituées du coin. Les troupes postées à l'ouest de l'île, en revanche, ainsi que leurs manœuvres, étaient plus difficiles à suivre.

Lorsque leurs estomacs étrécis furent gonflés de ragoût de mouton et que leurs têtes tournèrent sous l'effet du *tsikoudia*, les trois hommes se mirent à raconter des histoires.

— Quel cuisinier, votre fils ! dit l'un des Anglais à Savina. Il fabrique le meilleur pain à la farine de gland.

— Et le meilleur ragoût d'escargots au thym ! plaisanta le second.

— Pas étonnant que vous soyez aussi maigres, répondit-elle. Antonis savait à peine faire cuire une pomme de terre avant son départ.

— Antonis, raconte-leur la fois où nous avons convaincu les Fridolins que nous étions frères.

Et ainsi de suite pour le grand plaisir de tous… Ils transformaient les moments de peur et d'inquiétude en anecdotes savoureuses. Ensuite, on sortit les lyres de sous le bar et on entonna des chants. Les Anglais s'ingénièrent à retenir les paroles des *mantinades*, qui parlaient d'amour et de mort, de lutte et de liberté, maintenant que leurs cœurs et leurs voix se confondaient presque avec ceux des Crétois.

Antonis passa la nuit chez ses parents, et les Anglais furent accueillis par des familles disposées à courir ce risque. C'était la première fois depuis près d'un an qu'ils s'allongeaient sur autre chose que le sol dur. Comme ils devaient partir avant l'aube, ils ne jouirent que brièvement du confort des matelas de paille. Dès que chacun eut enfilé ses bottines montantes et entortillé son turban noir autour de sa tête, ils quittèrent le village. Même un habitant du cru les aurait pris pour de vrais bergers. Rien n'aurait pu les trahir. Rien, sinon quelqu'un prêt à se laisser soudoyer.

La famine prenait de telles proportions sur l'île qu'il n'était pas rare d'entendre parler d'insulaires ayant accepté des « drachmes allemandes » en échange d'un tuyau sur les résistants. La faim pouvait corrompre les plus honnêtes, et de telles dénonciations conduisirent aux pires atrocités, exécutions de masse ou destruction de communes entières. Les vieux et les invalides brûlaient dans leur lit, tandis que les hommes étaient contraints de déposer les armes avant d'être abattus de sang-froid. Le danger bien réel interdisait à Antonis de rendre trop souvent visite à sa famille, de peur de mettre en danger ceux auxquels il tenait le plus.

Durant la guerre, Spinalonga fut le seul endroit de Crète à ne pas voir de soldats et à être préservé du mal le plus nocif de tous : l'Occupation. Si la lèpre avait séparé des parents et des amis, les Allemands réussirent encore mieux à briser tout ce qu'ils touchaient.

La présence ennemie eut néanmoins une conséquence pour la colonie : les visites de Nikolaos Kyritsis cessèrent aussitôt, tous les trajets superflus passant pour suspects aux yeux de l'occupant. À contrecœur, le médecin abandonna temporairement ses recherches. De toute façon, l'appel des blessés et des mourants autour de lui ne pouvait rester sans réponse. Les répercussions de cette invasion sanglante sur tous ceux qui avaient des compétences médicales furent considérables ; ils travaillaient sans relâche auprès des malades et des mutilés, pansant, fixant des attelles et soignant ceux qui souffraient de dysenterie, de tuberculose ou de paludisme, qui proliféraient dans les hôpitaux de campagne. Lorsqu'il rentrait chez lui le soir, Kyritsis était si rompu qu'il pensait rarement aux lépreux, qui étaient encore l'objet de toute son attention peu de temps auparavant.

L'absence du médecin fut sans doute le plus lourd tribut à payer pour les habitants de Spinalonga. Au cours des mois où il leur avait rendu une visite hebdomadaire, ils avaient nourri des espoirs pour l'avenir. Désormais, le présent était redevenu leur seule certitude.

Les trajets de la barque de Giorgis étaient plus réguliers que jamais. Il découvrit bien vite que les Athéniens n'avaient aucune difficulté à s'offrir les mêmes produits de luxe qu'avant-guerre, bien qu'ils dussent débourser des sommes multipliées par deux ou trois.

Un soir qu'il réparait ses filets avec ses amis pêcheurs sur le quai, il se justifia :

— Je serais fou de poser trop de questions. Ils ont l'argent pour me payer, de quel droit irais-je leur demander comment ils peuvent acheter des produits au marché noir ?

— Mais certains ici n'ont plus qu'une poignée de farine, répliqua l'un des pêcheurs.

L'envie suscitée par la fortune des Athéniens occupait la plupart des conversations du bar.

— Pourquoi mangeraient-ils mieux que nous ? s'interrogea Pavlos. Et je ne parle pas du chocolat et du tabac de qualité !

— Ils ont les moyens, voilà tout, riposta Giorgis. Même s'ils sont privés de leur liberté.

— La liberté ! ironisa Lidakis. Tu appelles ça la liberté ? Notre pays est sous la coupe de ces satanés Fritz, nos jeunes sont brutalisés et nos vieux calcinés sous leur propre toit ! C'est eux qui sont libres ! ajouta-t-il en pointant un doigt sévère en direction de Spinalonga.

Conscient qu'une discussion ne mènerait nulle part, Giorgis ne pipa mot. Ses amis, qui avaient pourtant bien connu Eleni, oubliaient parfois qu'elle vivait sur l'île. Et certains s'excusaient parfois entre leurs dents de leur manque de tact. Seuls le Dr Lapakis et lui connaissaient la vérité sur l'île. S'il n'en voyait que l'entrée et les imposantes murailles, il avait entendu beaucoup d'histoires de la bouche de sa femme.

À l'occasion de sa dernière visite, il avait découvert de nouveaux changements en elle. Les excroissances disgracieuses s'étaient d'abord étendues à sa poitrine et à son dos avant de gagner son visage. À présent, elle avait du mal à se faire comprendre et, même si Giorgis l'imputait parfois à l'émotion, il n'en ignorait pas la véritable raison. Elle avait l'impression d'avoir la gorge serrée et promettait d'aller consulter le Dr Lapakis à ce sujet. Entre-temps, elle s'efforçait de se montrer enjouée afin que Giorgis ne rentre pas découragé auprès de ses filles.

Il savait pertinemment que la maladie prenait le dessus et que, à l'instar de la majorité des lépreux de l'île, pauvres comme fortunés, elle perdait espoir.

Giorgis avait grandi en compagnie des hommes avec lesquels il réparait ses filets et qu'il retrouvait au bar, pour jouer au backgammon et aux cartes. Et il aurait partagé leur opinion si les liens qu'il entretenait avec Spinalonga ne l'avaient pas transformé. Cette épreuve lui avait ouvert les yeux. Il gardait pourtant son calme et excusait leur ignorance, car c'était bien ce dont il s'agissait.

Giorgis continuait à livrer l'île. Quelle importance si le contenu des paquets avait été échangé sous le manteau ? Lui-même regrettait de ne pouvoir offrir à ses filles des produits auxquels seuls certains habitants de Spinalonga avaient accès. Il apportait aussi ses plus belles dorades et ses plus beaux loups de mer à la colonie, une fois qu'Anna et Maria avaient mangé leur content bien sûr. La maladie et l'exclusion ne faisaient pas de ces habitants des criminels. Ce qu'on semblait pourtant oublier à Plaka.

Les soldats ennemis, qui redoutaient l'île et ses centaines de lépreux, ne s'opposaient pas aux livraisons : ils craignaient plus que tout de les voir débarquer en Crète à la recherche de vivres. L'un des malades profita néanmoins de la situation pour tenter de s'échapper. C'était à la fin de l'été 1943, et l'armistice italien avait conduit au renforcement de la présence allemande dans la province du Lassithi.

Un après-midi, Fotini, Anna, Maria et cinq ou six autres enfants jouaient sur la plage. Ils étaient habitués à la présence des militaires parmi eux, et celui qui y faisait sa ronde n'excita pas leur intérêt.

— Faisons des ricochets ! lança l'un des garçons.

— Oui ! Le premier à vingt ! répondit un second.

L'endroit ne manquait pas de galets plats et lisses qui rebondirent bientôt avec légèreté sur la surface immobile de la mer, alors que les enfants cherchaient tous à remporter le pari.

Soudain, l'un d'eux s'exclama :

— Arrêtez ! Arrêtez ! Il y a quelqu'un !

Il avait raison : un nageur se dirigeait vers eux. Le soldat, qui l'avait également repéré, l'observait, les bras croisés. Les enfants bondirent et hurlèrent au lépreux de faire demi-tour, escomptant une issue qui lui serait fatale.

— Qu'est-ce qui lui prend ? s'écria Maria. Il ne sait donc pas qu'il va être tué ?

La progression du fuyard était lente mais régulière. Soit il n'avait pas vu l'ennemi, soit il était décidé à prendre le risque, même suicidaire, tant il ne supportait plus la vie dans la colonie. Les enfants s'époumonaient toujours, lorsque l'Allemand pointa son fusil pour tirer. La peur les réduisit tous au silence. Il attendit que l'homme ne soit plus qu'à une cinquantaine de mètres de la plage, puis il visa. Une exécution de sang-froid. Un simple exercice de tir. À ce stade de la guerre, on entendait sans arrêt des histoires cruelles de mises à mort, mais les enfants n'en avaient encore jamais été témoins. Ils comprirent alors la différence entre les fables et la réalité. Une unique balle fendit l'eau, l'écho de la détonation se répercuta dans les montagnes, puis une traînée rougeâtre auréola lentement la mer d'huile.

Anna, la plus âgée de tous, s'en prit au soldat :

— Fumier ! Sale fumier !

Certains des plus jeunes versèrent des larmes de terreur et de surprise. D'innocence perdue. Les villageois, par dizaines, s'étaient précipités hors de chez eux et se lamentaient déjà. Des rumeurs au sujet de la nouvelle tactique ennemie avaient atteint Plaka au cours de la semaine : à la moindre suspicion d'attaque, les Allemands enlèveraient toutes les fillettes du coin et les retiendraient en otages. Craignant pour la sécurité de leurs enfants, les villageois s'imaginèrent aussitôt que le militaire sur la plage avait commis une atrocité à l'encontre de l'un d'eux. Et ils étaient prêts, même sans armes, à le réduire en pièces. Avec une impassibilité extrême, l'Allemand pivota vers la mer et désigna l'île d'un geste de défi. Le corps avait coulé depuis longtemps, mais la flaque de sang flottait encore à la surface telle une nappe de pétrole.

Anna, qui avait l'âme d'une chef de bande, cria aux adultes inquiets :

— Un lépreux !

Leur attitude changea en un instant. Certains se soucièrent à peine de la disparition d'un malade : il en restait plein. Le temps que les parents s'assurent que leurs enfants étaient bien indemnes, le militaire avait disparu. Tout comme les dernières traces de la victime. Plaka pouvait l'oublier.

Giorgis, toutefois, n'y parvint pas. Les sentiments qu'il entretenait pour les habitants de Spinalonga étaient tout sauf impartiaux. Cette nuit-là, lorsqu'il monta dans son vieux caïque délabré et rejoignit l'île, Eleni lui apprit que le jeune lépreux froidement exécuté s'appelait Nikos. Apparemment, il profitait souvent de l'obscurité pour quitter la colonie et rendre visite à sa femme et son fils. La rumeur précisait qu'il avait trouvé la mort le jour du troisième anniversaire de celui-ci, car il avait voulu le voir avant la tombée de la nuit.

Les enfants de Plaka n'avaient pas été les seuls témoins de l'assassinat de Nikos. Une foule s'était également réunie à Spinalonga. Il n'existait aucune règle pour interdire aux lépreux telle folie, et peu pouvaient compter sur la main d'un mari, d'une femme ou d'un amant pour les empêcher de commettre une imprudence. Nikos était comme un homme affamé, dont la faim occupait toutes les pensées éveillées. Il se languissait de la présence de son épouse et, plus encore, de la chair de sa chair, de ce petit garçon épargné par la maladie, miroir de sa propre jeunesse. Son désir lui avait coûté la vie.

Cette nuit-là Nikos fut pleuré sur la petite île. Une cérémonie eut lieu à l'église et une veillée organisée, même s'il n'y avait pas de corps à enterrer. La mort n'était jamais ignorée à Spinalonga ; on la considérait avec autant de dignité que n'importe où en Crète.

Après cet incident, un nuage d'inquiétude obscurcit en permanence le front de Fotini, d'Anna, de Maria et des autres enfants qui jouaient sur la plage ce jour-là. Alors qu'ils profitaient avec insouciance du bonheur de l'enfance sur l'étendue de galets chauds, leurs vies avaient basculé.

9

Bien que le lépreux exécuté à quelques mètres du rivage ne représente rien aux yeux de la plupart des villageois, la haine qu'ils vouaient aux Allemands s'approfondit. Cet événement avait apporté la réalité de la guerre sur le seuil de leur maison. Les réactions variaient. Beaucoup ne trouvaient la paix qu'auprès de Dieu et les églises étaient souvent bondées de prieurs agenouillés. Certains des anciens, comme la grand-mère de Fotini, passaient tant de temps en compagnie du prêtre que la douce odeur de l'encens l'accompagnait partout.

— Mamie sent la bougie ! s'écriait Fotini en dansant autour de l'aïeule, qui souriait avec indulgence à son unique petite-fille.

Dieu ne semblait guère faire d'efforts pour entretenir sa foi, pourtant, elle était persuadée qu'il était de leur côté dans cette guerre. Les récits de destruction et de profanation de lieux saints intensifiaient même sa foi. Les *panygeria*, les fêtes des saints, continuaient à être célébrées. Les prêtres sortaient les icônes des reliquaires et les portaient en procession, suivis par la fanfare du village, dans une cacophonie presque impie de cuivres et de tambours. Les festins et les sons des feux d'artifice manquaient peut-être pour que les réjouissances soient complètes, mais lorsque les reliques avaient regagné la sûreté du trésor, les gens se livraient à des danses païennes et entonnaient leurs chants lancinants avec plus de passion qu'en temps de paix. La fureur et la frustration suscitées par l'Occupation étaient noyées dans les meilleures bouteilles. Mais, au lever du jour, quand la sobriété revenait, le monde reprenait ses couleurs habituelles. Alors, ceux dont la foi n'avait pas la solidité du roc commençaient à se demander pourquoi Dieu n'avait pas répondu à leurs prières.

Si ces démonstrations mêlées de sacré et de profane provoquaient la perplexité des Allemands, ils n'eurent pas la bêtise de les interdire. Ils firent néanmoins ce qui était en leur pouvoir pour perturber les célébrations, exigeant d'interroger le prêtre au moment de l'office ou décidant de procéder à des fouilles quand le bal battait son plein.

À Spinalonga, on allumait quotidiennement des bougies pour les souffrances des Crétois. Les lépreux n'ignoraient pas que ceux-ci vivaient dans la peur des exactions nazies et priaient afin que l'Occupation prenne fin au plus vite.

Le Dr Lapakis, qui croyait davantage au pouvoir de la médecine qu'à l'intervention divine, perdit peu à peu ses illusions, conscient que les recherches et les expérimentations avaient été plus ou moins abandonnées. Comme ses lettres à Kyritsis restaient sans réponse depuis des mois, il était parvenu à la conclusion que son collègue avait des affaires plus urgentes à régler et se résigna. Lapakis augmenta ses visites à

Spinalonga de trois à six par semaine. Certains malades réclamaient une attention permanente, et Athina Manakis ne pouvait faire face seule. Eleni était une de ces patientes.

Giorgis n'oublierait jamais le jour où, en accostant l'île, au lieu de la silhouette élancée de sa femme, il découvrit celle plus massive d'Elpida, son amie. Le cœur du pêcheur se mit à battre la chamade. Qu'était-il advenu d'Eleni ? Elle n'avait jamais manqué une de ses visites. Elpida prit la parole la première.

— Ne t'inquiète pas, Giorgis, dit-elle, insufflant à sa voix des accents rassurants, Eleni va bien.

— Où est-elle alors ? rétorqua-t-il sans réussir à dissimuler sa panique.

— Elle doit rester quelques jours à l'hôpital. Le Dr Lapakis la garde en observation le temps que sa gorge aille mieux.

— Et elle ira mieux ?

— Je l'espère. Je suis certaine que les médecins font tout ce qui est en leur pouvoir.

Elle veillait à ne pas trop s'avancer, ne connaissant pas plus que Giorgis les chances de survie d'Eleni. Il laissa les paquets qu'il était venu livrer et retourna à Plaka. C'était un samedi, et Maria remarqua que son père rentrait plus tôt qu'à l'accoutumée.

— Tu n'es pas resté longtemps, dit-elle. Comment va notre mère ? T'a-t-elle remis une lettre ?

— Non, je suis désolé. Elle n'a pas eu le temps d'écrire cette semaine.

Jusqu'alors il avait réussi à éviter les mensonges. Il quitta la maison pour se dérober à toute question supplémentaire.

— Je serai de retour à 16 heures, expliqua-t-il. Je dois réparer mes filets.

Maria sentit que quelque chose clochait, et cette impression ne la quitta pas de la journée.

Eleni passa les quatre mois suivants à l'hôpital, trop faible pour traverser le tunnel et retrouver Giorgis. Chaque jour, au moment d'accompagner Lapakis à Spinalonga, il la cherchait en vain, espérant la découvrir sous les pins. Chaque soir le médecin lui faisait un compte rendu, expurgé dans les premiers temps.

— Son corps continue à lutter contre la maladie, disait-il.

Ou encore :

— Je crois que sa température a légèrement baissé aujourd'hui.

Néanmoins, il comprit rapidement qu'il alimentait de faux espoirs et que plus ceux-ci seraient étayés, plus Giorgis aurait de peine quand les derniers instants arriveraient – ce dont il ne doutait malheureusement pas. Il ne mentait pas en affirmant que le corps d'Eleni luttait. Celui-ci était engagé dans une bataille féroce, la moindre cellule tentait de résister aux bactéries. Ces fortes fièvres pouvaient avoir deux issues : la détérioration ou l'amélioration. Les lésions sur les jambes, le dos, le cou et le visage s'étant à présent multipliées, la douleur l'assaillait de toutes parts, et aucune position ne lui laissait de répit. Son corps était recouvert d'ulcères que Lapakis soignait, suivant aveuglément le principe selon lequel en évitant l'infection il réussirait à repousser les assauts du mal.

Ce fut à cette époque qu'Elpida emmena Dimitri à l'hôpital. Il habitait désormais chez les Kontomaris, arrangement que tous espéraient temporaire, mais qui semblait de plus en plus susceptible de devenir permanent.

— Bonjour, Dimitri, souffla faiblement Eleni.

Puis, tournant la tête vers Elpida, elle parvint à ajouter un mot :

— Merci.

Celle-ci sut lire entre les lignes : Eleni remettait le garçon de treize ans entre ses mains, espérant ainsi que son esprit connaîtrait une forme de tranquillité.

Eleni avait été installée dans une petite pièce qu'elle occupait seule, à l'écart des regards des autres patients – de la sorte, ils ne la dérangeaient pas plus qu'elle ne troublait leur sommeil, au cœur de la nuit, lorsque son agonie était au comble, et que ses draps étouffaient ses gémissements enfiévrés. Athina Manakis s'occupait d'elle pendant ces heures sombres, introduisant de force des cuillerées de soupe entre ses lèvres et épongeant son front brûlant. Les quantités de nourriture ingérée par Eleni diminuèrent jusqu'à ce que, une nuit, elle ne puisse plus rien avaler. Même l'eau ne glissait plus dans sa gorge.

Le lendemain matin, lorsque Lapakis arriva, elle peinait à reprendre son souffle et se montra incapable de répondre à la moindre de ses questions d'usage. Il comprit alors qu'Eleni venait d'entrer dans un nouveau stade, sans doute final, de la maladie.

— Kyria Petrakis, je dois examiner votre gorge, lui dit-il gentiment.

Avec les nouvelles plaies qui étaient apparues autour de ses lèvres, elle aurait du mal à ouvrir la bouche assez grand pour lui permettre de regarder à l'intérieur. L'examen ne fit que confirmer les craintes de Lapakis. Il échangea un regard avec le Dr Manakis, qui se tenait de l'autre côté du lit.

— Nous allons revenir dans quelques instants, annonça-t-il à Eleni en lui prenant la main.

Les deux médecins refermèrent la porte derrière eux en quittant la pièce. D'une voix basse, qui laissait transparaître l'urgence de la situation, il expliqua :

— Elle a au moins une dizaine de lésions dans la gorge, et son épiglotte est enflammée. À tel point que je ne peux pas voir son pharynx. Nous devons la soulager de notre mieux… Je ne crois pas qu'elle en ait pour longtemps.

Il retourna dans la chambre, s'assit à côté du lit et serra la main d'Eleni. Les râles qu'elle poussait semblaient s'être aggravés en son absence. Il avait franchi cette étape avec de nombreux patients, lorsqu'il ne pouvait plus rien pour eux, à part leur tenir compagnie. Grâce à sa position en surplomb, l'hôpital jouissait de la plus belle vue de l'île. Sans quitter le chevet d'Eleni et en écoutant sa respiration de plus en plus heurtée, il laissa son regard se perdre par l'immense fenêtre ouvrant sur la mer et Plaka. Il pensa à Giorgis, qui prendrait sa barque plus tard dans la journée pour faire la course avec les moutons jusqu'à Spinalonga.

Eleni ne respirait plus maintenant que par halètements, et ses yeux écarquillés étaient emplis de larmes et de peur. Voyant qu'elle ne s'éteindrait pas en paix, Lapakis lui agrippa les deux mains, comme pour tenter de la rassurer. Il s'écoula deux, peut-être trois heures avant que son agonie ne cesse enfin. Elle poussa son ultime râle en essayant, dans un effort vain, de reprendre son souffle une dernière fois.

Le médecin savait ce qu'il fallait dire à une famille qui venait de perdre un être cher : que celui-ci s'était éteint paisiblement. Lapakis avait déjà fait ce mensonge et il recommencerait volontiers. Il quitta l'hôpital à la hâte pour retrouver Giorgis sur le quai.

La barque tanguait sur les flots du début de printemps. Le pêcheur fut surpris de découvrir le médecin, qui avait l'habitude de le faire attendre en fin de journée. Quelque chose dans sa posture provoqua aussitôt la nervosité de Giorgis.

— Pouvons-nous prendre un moment avant de repartir ? lui demanda Lapakis.

Il devait lui annoncer la nouvelle sans tarder, puis laisser le temps à Giorgis de se ressaisir avant de rentrer affronter ses filles. Après l'avoir aidé à débarquer, il croisa les bras et fixa le sol, tout en remuant nerveusement une pierre de la pointe du pied.

Giorgis sut avant même que le médecin ait parlé que celui-ci allait anéantir tous ses espoirs.

Ils s'installèrent sur le muret de pierre qui avait été érigé autour des pins et dirigèrent tous deux leur regard vers la mer.

— Elle est morte, murmura Giorgis.

Ce n'étaient pas seulement les rides de détresse sur le visage de Lapakis, creusées par une journée éprouvante, qui avaient trahi la nouvelle. Un homme sent que sa femme n'est plus.

— Je suis sincèrement désolé, dit le médecin. Nous ne pouvions plus rien faire. Elle est morte sans souffrir.

Il prit Giorgis par les épaules, et celui-ci enfouit son visage dans ses mains avant de verser des larmes si grosses et abondantes qu'elles éclaboussèrent ses chaussures sales et la poussière autour d'elles. Ils restèrent ainsi plus d'une heure. Il était près de 19 heures – la nuit avait presque fini de tomber et l'air de se rafraîchir – lorsque ses larmes se tarirent. Giorgis, aussi sec qu'un linge essoré, avait atteint ce stade où l'épuisement et une étrange sensation de soulagement succédaient aux premières vagues de chagrin.

— Les filles doivent se demander où je suis. Nous devons y aller.

Tandis que, ballottés sur les flots, ils se dirigeaient dans le noir vers les lumières de Plaka, Giorgis confessa à Lapakis qu'il n'avait pas parlé à ses filles de la dégradation de la santé d'Eleni.

— Tu as eu raison, le réconforta Lapakis. Il y a un mois, je croyais encore qu'elle pourrait gagner la bataille. Il faut toujours garder espoir.

Giorgis rentra bien plus tard que prévu, et ses filles commençaient à s'inquiéter. À la seconde où il franchit le seuil, elles surent qu'un drame s'était produit.

— C'est notre mère, je me trompe ? s'écria Anna. Il lui est arrivé quelque chose !

Giorgis empoigna le dossier d'une chaise, les traits déformés par la douleur. Maria s'approcha pour l'enlacer.

— Assieds-toi, père. Raconte-nous ce qui s'est passé… s'il te plaît.

En s'installant, il tenta de reprendre une contenance. Quelques minutes s'écoulèrent avant qu'il ne puisse parler.

— Votre mère… est morte.

Il buta presque sur les mots.

— Morte ! s'écria Anna. Mais nous ne savions même pas qu'elle mourrait un jour !

Anna n'avait jamais accepté que la maladie d'Eleni ne puisse avoir qu'une seule issue, fatale. Comme Giorgis avait caché à ses filles la détérioration de la santé d'Eleni, la nouvelle leur fit un choc énorme. Elles avaient l'impression que leur mère était morte deux fois, et la peine éprouvée cinq ans auparavant fut entièrement ravivée. Anna avait à peine mûri depuis ses douze ans, et sa première réaction fut de s'emporter contre leur père : s'il les avait préparées, ce cataclysme ne se serait pas abattu sur elles avec une telle violence.

L'image qu'Anna et Maria gardaient de leur mère avait été entretenue par la photographie de Giorgis et d'Eleni accrochée au mur à côté de la cheminée. Leurs souvenirs consistaient surtout en impressions générales, elles se rappelaient la bonté de celle-ci et la joie qui accompagnait la routine quotidienne. Ayant depuis longtemps oublié la vraie Eleni, elles n'en avaient que cette vision idéalisée dans sa tenue traditionnelle – jupe richement drapée, tablier étroit et sublime *saltamarka* (corsage brodé aux manches fendues jusqu'aux coudes). Avec son visage souriant et ses longs cheveux tressés enroulés autour de son crâne, elle était l'archétype de la beauté crétoise, capturée à tout jamais lorsque l'obturateur de l'appareil photo s'était refermé. Ses filles avaient du mal à accepter l'irrévocabilité de sa disparition, nourrissant depuis toujours l'espoir de son retour, surtout depuis que l'on évoquait un traitement. À présent celui-là était réduit à néant.

On entendit depuis la rue, et même la place du village, les sanglots d'Anna qui s'était réfugiée dans sa chambre. Les larmes de Maria ne coulèrent pas aussi facilement. Elle voyait en son père un homme diminué par le chagrin. La mort d'Eleni ne signifiait pas seulement la fin de son espérance et de l'attente, mais aussi d'un amour. Si sa vie avait été chamboulée par l'exil de sa femme, à présent elle était dévastée sans espoir de reconstruction.

— Elle s'est éteinte dans la paix, dit-il à Maria ce soir-là pendant qu'ils dînaient en tête à tête.

Ils avaient mis un couvert pour Anna, néanmoins, ils n'avaient pas réussi à la traîner au rez-de-chaussée, sans parler de la forcer à manger.

Rien n'avait préparé le père et les filles à la disparition d'Eleni. Ils avaient toujours considéré la réduction de leur cellule familiale à trois membres comme temporaire. Durant quarante jours, une lampe à huile brûla dans la pièce principale pour lui rendre hommage, et les portes et les fenêtres de leur maison restèrent closes. Eleni avait été enterrée à Spinalonga, dans une tombe du cimetière communal, mais on honora sa mémoire au village en allumant un cierge dans l'église à la limite d'Agia Marina, si proche de la mer que l'eau en léchait les marches.

Au bout de quelques mois, même Maria et Anna avaient fait leur deuil. Leur tragédie personnelle avait éclipsé un temps des événements au retentissement plus large, toutefois, lorsqu'elles sortirent de leur cocon de chagrin, elles constatèrent que le monde poursuivait sa course imperturbable.

En avril, le kidnapping du général Kreipe, commandant de la 22e division d'infanterie en Crète, accrut encore la crispation. Avec l'aide de membres de la Résistance, Karl Kreipe avait été enlevé par des Alliés déguisés en Allemands et transporté de ses quartiers généraux dans les faubourgs d'Héraklion aux montagnes sur la côte sud de l'île. De là, le plus important prisonnier de guerre des Alliés fut embarqué pour l'Égypte. Beaucoup craignirent que les représailles à ce rapt audacieux soient encore plus barbares que jamais. L'une des pires vagues de répression eut lieu en mai. En rentrant de Néapoli, Vangelis Lidakis avait croisé des villages calcinés.

— Ils les ont détruits ! s'emporta-t-il. Rayés de la carte !

Les clients du bar prêtèrent une oreille incrédule à ses récits, et leur cœur se durcit lorsqu'il leur décrivit les colonnes de fumée s'élevant des cendres des maisons au sud du plateau du Lassithi.

Quelques jours plus tard, Plaka récupéra une copie du bulletin d'informations publié par les Allemands, grâce à Antonis venu rendre une visite rapide à ses parents pour les rassurer. Le ton du texte était plus menaçant que jamais :

> Les villages de Margarikari, Lokhria, Kamares, Saktouria ainsi que ceux, voisins, de la province d'Héraklion ont été rasés et leurs habitants liquidés.
>
> Ces communes avaient protégé des groupuscules communistes, et nous jugeons l'ensemble de la population coupable de ne pas avoir rapporté ces félonies.

Des bandits ont écumé la région de Saktouria avec l'appui indéfectible des habitants, qui leur ont fourni un hébergement. À Margarikari, le traître Petrakgeorgis a célébré, au vu et au su de tous, les fêtes de Pâques.

Écoutez bien, Crétois. Sachez reconnaître vos véritables ennemis et vous protéger de ceux qui attirent les représailles sur vous. Nous vous avons toujours mis en garde contre les dangers d'une collaboration avec les Anglais. Notre patience a des limites. L'épée nazie détruira tous ceux qui s'associent aux criminels et aux Alliés.

À force de circuler de main en main, la feuille était devenue aussi mince que du papier à cigarette. Bien que lu et relu, le message des Allemands ne réussit pas à refroidir la détermination des villageois.

— Ça prouve juste qu'ils sont en train de perdre espoir, décréta Lidakis.

— Oui, mais nous aussi, rétorqua sa femme. Combien de temps encore pourrons-nous le supporter ? Si on cessait d'aider les *andarte*, on réussirait à fermer l'œil.

Les conversations se prolongèrent jusqu'au milieu de la nuit. Capituler et coopérer allait à l'encontre de l'instinct de la plupart des Crétois. Ils devaient résister. Se battre. D'autant qu'ils aimaient ça. De la brouille inconséquente entre deux familles à la querelle vieille de dix ans et sanglante, les hommes recherchaient le conflit. La plupart des femmes, en revanche, priaient avec ardeur pour le retour de la paix – et la résolution vacillante de l'occupant leur donnait d'ailleurs le sentiment que leurs prières étaient entendues.

Si l'impression et la diffusion de telles menaces pouvaient effectivement passer pour un acte désespéré, il n'en restait pas moins que des villages entiers avaient été détruits par les flammes. Les maisons n'étaient plus que des ruines fumantes, les silhouettes d'arbres tordus et noircis défiguraient la nature alentour. Anna insista auprès de son père pour qu'ils disent tout ce qu'ils savaient à l'ennemi.

— Pourquoi risquer la destruction de Plaka ?

— C'est en partie de la propagande, lui opposa Maria.

— Mais pas tout ! riposta Anna.

La guerre de l'information n'était pas l'apanage des Allemands : les Anglais orchestraient leur propre campagne. Ils publièrent des bulletins annonçant que les positions de l'ennemi faiblissaient, répandant la rumeur d'un débarquement anglais et exagérant les succès de la Résistance. La « Kapitulation » en était le thème central, et les Allemands trouvaient souvent, à leur réveil, d'immenses *K* peinturlurés sur leurs guérites et leurs véhicules. Même dans des petits villages comme Plaka, les mères guettaient avec inquiétude le retour de leurs fils quand ils partaient perpétrer ces actes de vandalisme. Les garçons, bien sûr, si enthousiastes à l'idée de participer à l'effort général, ne s'imaginaient pas une seconde qu'ils couraient un danger.

Si ces tentatives de sape pouvaient passer pour mineures, elles contribuèrent néanmoins à leur échelle à changer le cours du conflit. Le vent commençait à tourner dans toute l'Europe, et la poigne nazie donnait ses premiers signes de faiblesse. En Crète, le moral des troupes était si bas que certaines entamaient une retraite, quand elles ne désertaient pas carrément.

Ce fut Maria qui remarqua que la petite patrouille stationnée à Plaka avait levé le camp. À 18 heures précises, celle-ci faisait toujours une démonstration de force : elle descendait puis remontait la rue principale d'un pas menaçant et interrogeait quelques passants en route.

— Il y a quelque chose qui cloche, annonça-t-elle à Fotini.

Il ne lui fallut pas longtemps pour mettre le doigt dessus : il était déjà 18 h 10, et le martèlement familier des bottines sur les pavés n'avait pas encore retenti.

— Tu as raison, répondit Fotini. C'est calme.

La tension semblait même s'être dissipée.

— Allons faire un tour, proposa Maria.

Plutôt que de se rendre sur la plage, selon leur habitude, les deux filles empruntèrent la rue principale jusqu'à la sortie du village. À l'endroit où se trouvait la maison que les Allemands avaient investie. La porte d'entrée et les volets étaient grands ouverts.

— Je vais jeter un coup d'œil à l'intérieur, lança Fotini.

Dressée sur la pointe des pieds, elle se pencha par la fenêtre donnant sur la rue et aperçut une table vide, à l'exception d'un cendrier débordant de mégots de cigarette, ainsi que quatre chaises dont deux renversées.

— On dirait qu'ils sont partis ! s'écria-t-elle. J'entre !

— Es-tu sûre qu'il n'y a personne ? demanda Maria.

— À peu près, chuchota Fotini en franchissant le seuil.

À l'exception de quelques ordures çà et là, d'un journal allemand qui jaunissait sur le plancher, l'habitation était vide. Les deux filles rentrèrent en courant prévenir Pavlos, qui se rendit aussitôt au bar. En une heure la nouvelle s'était répandue dans le village et, ce soir-là, beaucoup se retrouvèrent sur la place pour fêter la libération de leur petit coin d'île.

Quelques jours plus tard, le 11 octobre 1944, Héraklion fut libérée à son tour. Alors qu'ils avaient fait couler beaucoup de sang, les Allemands furent pourtant escortés aux portes de la ville dans le calme, et il n'y eut aucun mort. Les Crétois réservaient la violence aux collaborateurs. Des troupes occupèrent encore l'ouest de l'île plusieurs mois, néanmoins.

Un matin, à la fin du printemps suivant, Lidakis avait poussé le volume de la radio, pendant qu'il lavait les verres des clients de la veille. Comme toujours il procédait à la va-vite, les plongeant dans un baquet d'eau verdâtre avant de les essuyer avec un torchon qui avait déjà servi à éponger des flaques par terre. Il fut contrarié par l'interruption du programme musical, mais le ton solennel de l'annonce éveilla sa curiosité.

> Aujourd'hui, 8 mai 1945, les Allemands ont officiellement capitulé. D'ici à quelques jours, toutes les troupes ennemies se seront retirées de la région de La Canée, et la Crète sera de nouveau libre.

Comme la musique reprenait, Lidakis se demanda s'il avait été victime d'une hallucination. Passant la tête par la porte de son bar, il aperçut Giorgis qui venait dans sa direction.

— Tu as entendu ?

— Oui ! répondit Lidakis.

Ainsi, c'était vrai. La tyrannie était terminée. Même si les Crétois n'avaient jamais douté de réussir à chasser l'ennemi, ils ne continrent pas leur joie. Il faudrait organiser une grande fête pour clore la période de festivités qui allait débuter.

TROISIÈME PARTIE

10

1945

C'était comme s'ils avaient respiré un gaz toxique et que l'atmosphère se remplissait à nouveau d'oxygène. Les résistants regagnaient leurs villages, souvent après avoir parcouru des centaines de kilomètres, et des bouteilles de raki étaient débouchées pour célébrer chaque retour. Moins de quinze jours après la défaite allemande avait lieu la fête d'Agios Constantinos, qui servit de prétexte pour perdre la raison. En se dissipant, le nuage laissait place à la folie. D'un bout à l'autre de l'île des chèvres engraissées et des moutons bien nourris rôtissaient sur des broches. Et si les feux d'artifice retentissants rappelaient à certains les explosions qui avaient éventré les villes et déchiré le ciel au début du conflit, personne ne s'attarda sur cette comparaison : tous voulaient regarder en avant, pas en arrière.

Pour les festivités d'Agios Constantinos, les filles de Plaka revêtirent leurs plus beaux atours. Elles se rendirent à l'église, bien sûr, mais ce n'était pas la nature sacrée de l'événement qui les intéressait le plus. Ces adolescentes voulaient profiter de la permissivité des adultes qui continuaient à considérer leurs paroles et leurs actes comme ceux d'enfants innocentes. Ce ne serait que plus tard, lorsque leur féminité deviendrait manifeste, que leurs parents prendraient conscience de la réalité et se mettraient à les surveiller de près, parfois trop tard. La plupart de ces filles auraient déjà volé des baisers aux garçons du village et accepté des rendez-vous galants dans les oliveraies ou les champs sur la route entre Élounda et Plaka.

Si ni Maria ni Fotini n'avaient jamais embrassé personne, Anna avait déjà eu des flirts. Rien ne la rendait plus heureuse que la compagnie de la gent masculine, qui la dévorait du regard quand elle jouait avec ses cheveux ou affichait un sourire enjôleur.

— Ça va être spécial ce soir, je le sens, annonça-t-elle.

— Pourquoi donc ? lui demanda Fotini.

— La plupart des garçons sont rentrés, voilà pourquoi.

Le village comptait plusieurs dizaines de jeunes hommes qui étaient encore de simples garçons lorsqu'ils avaient rejoint les rangs des *andarte* au début de l'Occupation. Depuis leur retour, certains s'étaient engagés au côté des communistes, prenant ainsi part à la lutte contre les forces de droite qui couvait en Grèce continentale et entraînait de nouvelles privations comme de nouveaux massacres.

Le frère de Fotini, Antonis, était resté à Plaka. S'il sympathisait avec les idéaux de la gauche et la campagne de réformes menée sur le continent, il était plus que désireux, après quatre années d'absence, de retrouver son foyer. Il avait pris les armes pour défendre la Crète, et c'était là qu'il voulait être. Durant cette période, ses membres élancés et puissants s'étaient développés, si bien qu'il n'avait plus rien de l'échalas vacillant qui était redescendu de la montagne lors de la guerre. À présent, il avait non seulement une moustache mais une barbe, qui le vieillissait d'au moins cinq ans, lui qui en avait vingt-trois. Son régime alimentaire, fait de pousses, d'escargots et de tous les animaux sauvages qu'il avait réussi à prendre au collet, lui avait inculqué un sentiment de toute-puissance.

Ce fut sur ce personnage romantique qu'Anna jeta son dévolu, ce soir-là. Elle n'était pas la seule, mais elle avait confiance : elle obtiendrait au moins un baiser. Elle attirerait son attention dès le début des danses. Et il serait bien le seul homme du village à ne pas la remarquer. Anna ne passait pas inaperçue : mesurant une demi-tête de plus que les autres filles, elle avait aussi les cheveux les plus longs, les plus ondulés et les plus brillants, qui lui tombaient à la taille même lorsqu'ils étaient tressés. Le blanc de ses grands yeux en amande était aussi éclatant que la chemise en coton immaculé qu'elle arborait, et elle découvrait des dents pareilles à des perles quand elle riait et conversait avec ses amies, parfaitement consciente que sa beauté était l'objet des regards attentifs des jeunes hommes. Tous attendaient le moment où la musique, en s'élevant, lancerait le début des véritables festivités. Anna rayonnait dans le crépuscule de cette grande journée de fête, et les autres filles restaient dans son ombre.

Des tables et des chaises avaient été installées sur trois côtés de la place, et sur le quatrième une longue table à tréteaux accueillait le poids de dizaines de plats remplis de tourtes au fromage, de saucisses pimentées, de gâteaux, ainsi que des pyramides d'oranges luisantes et d'abricots mûrs. L'odeur du mouton grillé qui se répandait dans l'atmosphère faisait saliver les villageois. Le déroulement de la soirée suivait un protocole strict. La bonne chère et l'alcool viendraient plus tard ; d'abord on danserait.

Dès que l'orchestre attaqua les premières mesures, les pieds se mirent à virevolter et à frapper le sol. Les adultes se levèrent, les garçons et les filles s'éparpillèrent. Bientôt la piste poussiéreuse fut envahie. La ronde de femmes se mit à tourner à l'intérieur du cercle d'hommes. Anna sut que tôt ou tard elle se retrouverait face à Antonis et qu'ils feraient quelques pas de danse ensemble. *Comment lui montrer que je ne suis pas seulement l'amie de sa petite sœur ?* se demandait-elle.

Elle n'eut pas besoin d'attendre longtemps, Antonis se tenait déjà devant elle. Les mouvements lents du *pentozali* lui donnèrent le loisir d'examiner son regard insondable sous les franges à pompons de sa coiffe traditionnelle. Beaucoup de jeunes portaient le *sariki*, ce couvre-chef militaire, pour montrer qu'ils étaient devenus des hommes, pas uniquement parce qu'ils en avaient l'âge, mais parce qu'ils avaient du sang sur les mains, comme ces guerriers intrépides qui avaient marqué l'histoire crétoise, les *pallikaria*. Dans le cas d'Antonis, c'était celui de plusieurs soldats ennemis. Il priait pour ne plus jamais avoir à entendre le cri de surprise qu'on arrachait à la victime lorsqu'on lui enfonçait une lame dans la chair tendre entre les omoplates, suivi d'un râle étranglé.

Anna adressa son plus beau sourire au garçon devenu homme, qui ne le lui rendit pas. Au lieu de cela, il planta ses prunelles dans celles de la jeune fille et soutint son regard avec une telle intensité qu'elle fut presque soulagée lorsqu'ils durent changer de cavaliers. À la fin du morceau, le cœur battant toujours la chamade, elle rejoignit ses amies sur le côté pour observer le groupe d'hommes, dont Antonis, qui tournoyaient à présent devant elles comme des toupies humaines. C'était un spectacle étourdissant. Ils bondissaient à plusieurs dizaines de centimètres au-dessus du sol, emportés par la synchronisation parfaite de la lyre à trois cordes et du luth, qui insufflaient à leur chorégraphie une énergie haletante.

Les femmes mariées et les veuves regardèrent avec attention les acrobaties, même si la performance ne leur était pas destinée : elle s'adressait aux beautés nubiles, rassemblées dans un coin de la place. Alors que le rythme de la musique et du tambour atteignait son paroxysme, Anna acquit la certitude qu'Antonis, le séduisant guerrier, tourbillonnait pour elle seule. Le public applaudit et acclama les danseurs lorsqu'ils eurent terminé, tandis que l'orchestre, marquant à peine une pause, se lançait dans un nouvel air. Un groupe d'hommes légèrement plus mûrs se dirigea alors vers le centre de la piste.

Anna n'avait pas froid aux yeux. Elle fondit sur Antonis, qui se servait un verre de vin d'une grande jarre en terre cuite. S'il avait souvent vu Anna chez lui, il l'avait à peine remarquée avant ce soir-là. La petite fille d'avant l'Occupation avait été remplacée par une femme aux formes voluptueuses.

— Bonsoir, Antonis.

— Bonsoir, Anna.

— Tu as dû t'entraîner à danser dans les montagnes, pour réussir de telles pirouettes.

— Il n'y a que des chèvres là-haut, s'esclaffa-t-il. Mais je t'accorde qu'elles ont les pattes agiles. Nous en avons peut-être tiré quelques leçons.

— M'inviteras-tu à danser bientôt ? demanda-t-elle en élevant la voix afin de couvrir les accords sonores de la lyre et le roulement du tambour.

— Oui, dit-il en laissant enfin un sourire s'épanouir sur ses lèvres.

— Bien. Je t'attendrai là-bas, répondit-elle avant de s'éloigner.

Antonis avait l'impression qu'Anna ne s'était pas offerte à lui pour un *pentozali* uniquement. Aux premières notes, il alla la chercher et la conduisit par la main à l'intérieur du cercle. L'enlaçant par la taille, il huma le parfum incroyablement sensuel de sa transpiration, plus enivrant que toutes les odeurs qu'il connaissait. Même la lavande et les pétales de rose semblaient fades en comparaison. Lorsqu'ils eurent accompli les derniers pas, il sentit le souffle brûlant d'Anna lui caresser l'oreille.

— Retrouve-moi derrière l'église, susurra-t-elle.

Elle savait qu'une visite là-bas n'aurait rien de louche le jour où l'on fêtait un saint – de surcroît, Agios[1] Constantinos partageait cette célébration avec sa femme, Agia Eleni, et la jeune fille en profiterait pour honorer la mémoire de sa mère. Elle se faufila discrètement dans la ruelle derrière le bâtiment et,

1. *Agios* signifie « saint » et *Agia*, « sainte ».

quelques instants après, Antonis la cherchait dans le noir. Les lèvres entrouvertes d'Anna trouvèrent aussitôt les siennes.

La dernière fois qu'il avait reçu un baiser si merveilleux, il avait dû débourser de l'argent. Pendant les derniers mois du conflit, il avait régulièrement fréquenté les bordels de Réthymnon. Les prostituées adoraient les *andarte* et leur accordaient un tarif spécial, surtout quand ils étaient aussi séduisants qu'Antonis. Leur commerce était le seul qui avait fleuri durant l'Occupation : privés de leurs épouses depuis longtemps, les hommes cherchaient du réconfort auprès d'elles, et les jeunes hommes en profitaient pour parfaire leur expérience sexuelle, ce qui n'aurait pas été permis chez eux. Ces étreintes avaient toutefois été dépourvues de sentiments. À présent, Antonis tenait entre ses bras une femme qui embrassait comme une professionnelle mais devait encore avoir sa virginité et, surtout, qui lui inspirait un véritable désir. Il n'y avait aucun doute là-dessus. La moindre parcelle de son corps brûlait de prolonger ce baiser lascif. Son esprit n'était pas en reste. Maintenant qu'il était rentré pour de bon, on attendait de lui qu'il prenne une épouse et s'installe, or, cette jeune femme débordant d'amour se trouvait déjà sous son toit depuis un moment. Il était écrit qu'elle lui appartiendrait.

— Nous devons y retourner, dit Anna en brisant leur étreinte. (Elle savait que son père remarquerait son absence si elle s'attardait davantage.) Allons-y séparément.

Elle se glissa dans l'église, où elle resta quelques minutes, le temps d'allumer un cierge devant l'image d'une Vierge à l'Enfant et de réciter une prière silencieuse, les lèvres encore humides des baisers d'Antonis.

En regagnant la place, son attention fut attirée par l'agitation qu'avait suscitée l'arrivée d'une grande berline – on en voyait rarement sur une île où la plupart des gens se servaient encore de leurs deux jambes ou d'une bête à quatre pattes pour leurs déplacements. Elle s'arrêta afin d'observer les passagers qui en descendaient. Elle reconnut immédiatement le chauffeur, un homme distingué d'une soixantaine d'années : Alexandros Vandoulakis, un riche propriétaire terrien qui vivait dans une vaste ferme près d'Élounda et jouissait d'une bonne réputation, tout comme sa femme, Eleftheria. Ils employaient une dizaine de villageois, dont Antonis, qu'ils avaient accueillis les bras ouverts après sa longue absence, et ils offraient des salaires généreux. Ils ne tiraient pas seulement leur richesse d'oliveraies qui s'étendaient sur des milliers d'hectares. Ils possédaient la même surface de terres fertiles sur le plateau du Lassithi, où ils cultivaient en quantité des pommes de terre, des céréales et des pommes. À huit cents mètres d'altitude, le climat clément réservait rarement de mauvaises surprises, et les champs verdoyants ne manquaient jamais d'eau grâce à la fonte des neiges provenant des montagnes alentour. Alexandros et Eleftheria Vandoulakis passaient souvent les mois les plus chauds à Néapoli, à une vingtaine de kilomètres de là, dans leur grande maison de ville, remettant leur domaine d'Élounda entre les mains de leur fils, Andreas. Leur fortune était d'une rare ampleur.

Il n'y avait toutefois rien de surprenant à ce qu'une famille aussi cossue vienne faire la fête avec des pêcheurs, des bergers et des paysans. Des scènes identiques se produisaient un peu partout en Crète. Les communes entières se réunissaient pour festoyer, et les propriétaires des fermes environnantes y prenaient part. Ils n'auraient pas pu organiser une plus belle fête, même avec leurs moyens, et ils voulaient partager la liesse. Ayant souffert eux aussi, ils avaient autant de raisons de célébrer leur libération. La mélancolie des *mantinades* et l'enthousiasme des *pentozali* parlaient à tous, que l'on possède quatre-vingt-dix oliviers ou quatre-vingt-dix mille.

Les deux filles Vandoulakis, puis leur frère aîné Andreas s'extirpèrent à leur tour de la voiture. Ils furent aussitôt accueillis par des villageois et installés à une bonne table avec l'une des meilleures vues sur la piste. Andreas toutefois ne resta pas longtemps assis.

— Venez, dit-il à ses sœurs, allons danser nous aussi.

Il les entraîna vers le cercle, où elles se mêlèrent à la foule de danseuses, ayant revêtu les mêmes costumes traditionnels. Anna les suivit, réalisant soudain que l'occasion d'exécuter quelques pas avec Andreas Vandoulakis allait sans doute se présenter et qu'elle ne devait pas la laisser passer. Elle prit part au *pentozali* suivant et planta son regard dans celui du jeune homme, exactement comme elle l'avait fait avec Antonis moins d'une heure auparavant.

Le bal fut bientôt suspendu. La viande grillée à point avait été débitée en épaisses tranches, et les assiettes circulaient pour que chacun puisse se régaler. Si Andreas avait retrouvé les siens, son esprit était ailleurs.

Il avait vingt-cinq ans, et ses parents le pressaient de prendre femme. Alexandros et Eleftheria étaient dépités de le voir refuser systématiquement les filles de leurs amis et connaissances. Les jugeant austères, mielleuses ou tout simplement ternes, Andreas refusait d'avoir affaire à elles, aussi généreuses soient leurs dots.

— Qui est cette fille, celle avec la chevelure incroyable ? demanda-t-il à ses sœurs en indiquant Anna.

— Comment veux-tu que nous le sachions ? répondirent-elles en chœur. Une des filles du coin, sans doute.

— Elle est très belle. Voilà à quoi j'aimerais que ma femme ressemble.

Lorsqu'il se leva, Eleftheria lança un regard entendu à son mari. Puisque l'absence de dot n'aurait aucune conséquence sur la fortune d'Andreas, il pouvait bien épouser celle qu'il souhaitait, non ? Elle venait elle-même d'un milieu beaucoup plus modeste qu'Alexandros, ce qui n'avait affecté en rien leur existence. Elle désirait le bonheur de son fils, et elle était prête pour ça à défier les conventions.

Andreas fonça vers le groupe de filles, qui mangeaient la viande tendre avec leurs doigts. Son physique n'avait rien de remarquable, il avait hérité les traits heurtés de son père et le teint jaunâtre de sa mère, mais ses origines familiales lui donnaient un maintien qui le distinguait des autres, à l'exception de son géniteur. Lorsque les jeunes femmes remarquèrent qu'Andreas se dirigeait vers elles, elles essuyèrent à la hâte leurs mains sur leur jupe et léchèrent la graisse sur leurs lèvres.

— L'une de vous m'accorderait-elle une danse ? lança-t-il en fixant Anna.

Il avait l'assurance d'un homme conscient d'appartenir à une classe sociale supérieure, et il n'y avait qu'une réponse possible. Se lever et accepter la main tendue.

Après avoir répandu leur cire sur les tables, les bougies avaient fini par s'éteindre, mais la lune qui s'était levée projetait son éclat lumineux dans le ciel d'un noir d'encre. Le raki comme le vin avaient coulé à flots et les musiciens, enhardis par l'ambiance, jouèrent de plus en plus vite, jusqu'à ce que les danseurs semblent une fois de plus voler dans les airs. Andreas serrait Anna dans ses bras. La tradition voulait qu'on change de cavalière en cours de route, pourtant, à cette heure de la nuit on pouvait l'ignorer, et il décida qu'il ne la troquerait pas contre une matrone édentée pourvue de deux pieds gauches. Anna était parfaite. Personne ne pouvait lui arriver à la cheville.

Alexandros et Eleftheria Vandoulakis n'étaient pas les seuls à regarder leur fils courtiser cette jeune femme. Attablé avec ses amis, Antonis observait avec hébétude la scène qui se déroulait devant ses yeux tout en noyant sa déception dans l'alcool. L'homme pour qui il travaillait était en train de séduire la fille qu'il désirait. Plus il buvait, plus il broyait du noir. Même lorsque, pendant la guerre, il avait dû dormir à la belle étoile et subir des trombes d'eau ou des vents cinglants, il n'avait pas connu un tel abattement. Quelle chance avait-il de garder Anna pour lui, si son concurrent était l'héritier d'une partie importante du Lassithi ?

Installé à l'opposé, Giorgis jouait au backgammon avec un groupe de vieux. Son regard naviguait du plateau de jeu à l'endroit où Anna continuait à danser avec le plus beau parti de ce côté-ci d'Agios Nikolaos.

La famille Vandoulakis finit par donner le signal du départ. Eleftheria sentait que son fils n'aurait aucune envie de les suivre, toutefois, dans l'intérêt de la belle villageoise et de sa réputation, il le fallait. Andreas avait la tête sur les épaules : s'il voulait se démarquer des traditions et avoir la liberté de choisir lui-même sa femme plutôt que de se laisser manœuvrer par ses parents, il devait les mettre de son côté.

— Je dois y aller, souffla-t-il à Anna, mais je veux te revoir. Je te ferai porter un message demain. Il te dira quand.

Il s'exprimait comme un homme habitué à donner des ordres et obtenir satisfaction. Anna n'avait rien à objecter, se rendant compte pour une fois qu'acquiescer était la bonne réponse. Celle qui lui permettrait peut-être enfin de quitter Plaka.

11

— Hé ! Antonis ! Attends une minute !

C'était un ordre exprès, une injonction de maître à esclave. Andreas avait arrêté sa camionnette à quelques mètres de l'endroit où Antonis taillait de vieux oliviers stériles et lui faisait signe. Celui-ci s'interrompit et prit appui sur sa hache. Il n'était pas encore habitué à obéir au doigt et à l'œil à son jeune patron. Son errance des années passées, bien qu'effroyablement rude et inconfortable, lui avait néanmoins procuré la joie de la liberté, et il avait du mal à se faire tant à la routine quotidienne qu'à l'idée qu'il devait se mettre au garde-à-vous à chaque fois qu'on lui donnait un ordre. Comme si ça ne suffisait pas, l'homme qui l'interpellait sans prendre la peine de descendre de son véhicule suscitait son ressentiment pour une autre raison. Antonis aurait aimé planter sa hache dans le cou d'Andreas Vandoulakis.

Il luisait. Son front était couvert de gouttelettes de transpiration et sa chemise lui collait dans le dos. On n'était qu'à la fin du mois de mai, mais les températures grimpaient déjà. Il ne se rendrait pas au rapport, du moins pas immédiatement. D'un geste nonchalant, il déboucha la gourde posée à ses pieds et avala une gorgée d'eau.

Anna… Avant la semaine dernière, Antonis avait à peine remarqué son existence et ne lui avait en aucun cas accordé une seule pensée. Pourtant, le soir de la fête, elle avait éveillé en lui un feu qui l'empêchait désormais de trouver le sommeil. Sans fin il revivait la scène de leur baiser. Celui-ci n'avait duré que dix petites minutes, peut-être moins même, cependant, à ses yeux, la moindre seconde s'était étirée autant qu'une journée entière. Puis tout s'était envolé. La possibilité de l'amour lui avait été arrachée sous son nez. Il avait observé Andreas Vandoulakis depuis l'instant où il l'avait vu danser avec Anna. Il avait su alors, bien avant que les deux camps s'organisent, que la bataille était perdue d'avance. Toutes les chances étaient contre lui.

Antonis rejoignit ensuite Andreas, qui ne se formalisa pas de sa nonchalance.

— Tu vis à Plaka, n'est-ce pas ? demanda-t-il. J'aimerais que tu remettes cette lettre de ma part. Aujourd'hui.

Il lui tendit une enveloppe. Antonis n'eut pas besoin de la regarder pour savoir à qui elle était adressée.

— Je m'en chargerai à l'occasion, répondit-il avec une indifférence feinte avant de plier la lettre en deux et de la fourrer dans la poche arrière de son pantalon.

— Je tiens à ce qu'elle arrive aujourd'hui, insista Andreas d'un air sévère. N'oublie pas.

Après avoir démarré dans un vrombissement retentissant, il fit demi-tour et quitta le champ en trombe, soulevant un nuage de terre séchée qui flotta dans l'air et emplit les poumons d'Antonis de poussière.

— Et pourquoi devrais-je m'occuper de ta satanée lettre ? s'écria Antonis lorsque Andreas disparut au loin. Va au diable !

Il savait que cette missive scellerait son destin misérable, mais il savait aussi qu'il n'avait d'autre choix que de s'assurer qu'elle atterrirait entre les bonnes mains. Andreas Vandoulakis le découvrirait rapidement, s'il manquait à son devoir, et Antonis le paierait cher. L'enveloppe, qui passa la journée dans sa poche, craquait chaque fois qu'il s'asseyait et le mettait au supplice : il s'imaginait en train de la déchirer, de la froisser en boule avant de la jeter dans un ravin ou de la regarder se consumer dans un petit feu de broussailles. Il ne fut guère tenté de l'ouvrir en revanche. Et il n'en avait nul besoin d'ailleurs : il devinait parfaitement son contenu.

Anna fut surprise de trouver Antonis sur son seuil ce soir-là. Il avait frappé à la porte, espérant qu'elle ne serait pas là, toutefois, ses prières n'avaient pas été entendues, et elle apparut avec ce large sourire qu'elle adressait sans discernement à tous ceux qui croisaient sa route.

— J'ai une lettre pour toi, expliqua-t-il sans lui laisser le temps d'ouvrir la bouche. De la part d'Andreas Vandoulakis.

Les mots lui écorchaient les lèvres, mais il éprouvait une satisfaction perverse en se forçant à les prononcer sans trahir la moindre émotion. Anna écarquilla les yeux, ne dissimulant pas son excitation.

— Merci, dit-elle avant de lui prendre des mains l'enveloppe ramollie et froissée, tout en veillant à éviter son regard.

Elle semblait avoir oublié la ferveur de leur baiser. Ne représentait-il donc rien à ses yeux ? s'étonna Antonis. Sur l'instant, il avait cru que c'était un commencement, maintenant, pourtant, il comprenait que ce moment, chargé pour lui de promesses d'avenir, n'avait été pour elle qu'une façon de jouir du présent.

En la voyant passer d'un pied sur l'autre, il comprit qu'elle avait hâte de se retrouver seule et de lire la lettre. Elle recula d'un pas et le salua avant de refermer la porte sur lui, comme une gifle.

Anna ouvrit de ses mains tremblantes l'enveloppe, elle voulait savourer cet instant. Qu'allait-elle découvrir ? Une déclaration passionnée et bien tournée ? Des mots qui exploseraient sur la page comme un feu d'artifice ? Des sentiments aussi bouleversants qu'une étoile filante par une nuit claire ? Comme toute jeune fille de dix-huit ans s'attendant à lire de la poésie, Anna allait être déçue :

Chère Anna,

J'aimerais te revoir. Accepterais-tu de venir déjeuner chez nous avec ton père dimanche prochain ? Mes parents sont impatients de faire votre connaissance à tous les deux.

Ton dévoué Andreas Vandoulakis

Si le contenu du message la réjouissait – la perspective de fuir Plaka se rapprochait –, son ton protocolaire la refroidissait. Anna s'était imaginé qu'avec son éducation supérieure Andreas maîtrisait le langage, mais cette note rédigée à la hâte contenait autant d'émotion que les grammaires d'ancien grec qu'elle avait été heureuse de laisser derrière elle en quittant l'école.

Le déjeuner eut lieu, suivi de nombreux autres. Anna était toujours chaperonnée par son père, ainsi que l'exigeait la bienséance, scrupuleusement respectée chez les riches comme chez les plus modestes. Les six premières fois, à midi tapant, un domestique vint chercher le père et la fille avec la voiture d'Alexandros Vandoulakis pour les conduire dans la grande demeure à portique de Néapoli, et les raccompagna à 15 h 30 précises chez eux. Les rencontres suivaient systématiquement le même déroulement. À leur arrivée, Anna et Giorgis étaient introduits dans un salon de réception spacieux, où le moindre meuble était recouvert d'un napperon de dentelle blanche richement brodé et où de la porcelaine fine, presque transparente, était entreposée dans l'imposant buffet. Eleftheria Vandoulakis leur offrait une petite assiette de confiture avec un minuscule verre de liqueur et attendait qu'ils reposent la vaisselle vide sur le plateau. Puis ils rejoignaient la sombre salle à manger où, depuis les murs lambrissés, des peintures à huile d'ancêtres à la fière moustache toisaient les convives. Là encore, le cérémonial se prolongeait. Alexandros faisait son apparition et, tout en se signant, lançait : « Bienvenue », à quoi les hôtes répondaient à l'unisson : « Bénis soyez-vous de nous recevoir. » À force de répéter les mêmes gestes et de prononcer les mêmes mots, Anna finit par savoir, à la minute près, ce qui allait se passer.

Visite après visite, ils se perchaient autour de la table en bois sombre sur des chaises à haut dossier sculpté, acceptant poliment tous les plats qu'on leur servait. Eleftheria s'ingéniait à mettre ses invités à l'aise ; elle s'était retrouvée à leur place, quelques années plus tôt, lorsque les parents d'Alexandros devaient se prononcer sur leur mariage, et elle se rappelait la froideur de ces échanges comme si c'était hier. Malgré les efforts généreux de celle-ci, la conversation était guindée. Giorgis et Anna avaient la douloureuse impression d'être traduits devant un tribunal. Rien de plus naturel, pourtant. Si Andreas faisait la cour à Anna, sans qu'aucun mot n'ait encore été prononcé dans ce sens, les termes de cet engagement devaient être définis.

À l'approche du septième déjeuner, la famille Vandoulakis avait pris ses quartiers d'hiver dans la grande propriété d'Élounda, où ils résidaient de septembre à avril. Anna commençait à s'impatienter. Andreas et elle ne s'étaient pas retrouvés seuls depuis le bal en mai, ainsi qu'elle s'en plaignit un soir à Fotini et à Savina.

— Qui pourrait parler d'intimité d'ailleurs, alors que le village entier nous regardait ! Pourquoi est-ce aussi long ?

— Parce que c'est mieux pour vous deux et que rien ne presse vos familles, répondit Savina dans sa sagesse.

Anna, Maria et Fotini s'étaient retrouvées chez les Angelopoulos sous le prétexte d'apprendre à manier l'aiguille. En réalité, leur réunion avait un seul objet : réfléchir à ce qu'elles appelaient désormais « l'affaire Vandoulakis ». Anna se sentait comme une bête sur un marché, évaluée par des acheteurs potentiels. Elle était pourtant décidée à ne pas laisser son enthousiasme s'émousser. Elle venait de fêter ses dix-huit ans et, ayant quitté l'école depuis longtemps, n'avait plus qu'une ambition : faire un beau mariage.

— Je dois seulement considérer les prochains mois comme un jeu de patience. De toute façon, père réclame toute notre attention.

En réalité, c'était Maria qui s'occupait de Giorgis – et qui devrait sans doute mettre de côté son rêve d'enseigner. Mais celle-ci se mordit la langue. Il valait mieux éviter de chercher la confrontation avec Anna, même quand sa sœur était bien lunée.

Ce ne fut qu'au printemps de l'année suivante qu'Alexandros Vandoulakis acquit la certitude qu'en dépit de leurs différences de richesse et de condition sociale l'union d'Andreas et d'Anna ne représenterait pas une erreur. Après tout, outre sa beauté remarquable, elle avait pour elle une certaine intelligence et l'attachement sincère qu'elle portait au jeune homme. Un jour, après un énième déjeuner, les deux pères retournèrent seuls dans le salon de réception. Alexandros Vandoulakis n'y alla pas par quatre chemins.

— Nous sommes bien conscients du déséquilibre entre nos deux familles, mais nous avons aussi la certitude qu'une union n'aurait aucune répercussion, ni d'un côté ni de l'autre. Ma femme m'a convaincu qu'Andreas serait plus heureux avec votre fille qu'avec n'importe quelle autre femme, alors tant qu'Anna est prête à s'acquitter de ses devoirs d'épouse et de mère nous n'avons pas d'objection à ces noces.

— Je suis dans l'incapacité de vous offrir une vraie dot, répondit Giorgis, enfonçant une porte ouverte.

— Nous le savons pertinemment, le rassura Alexandros. Sa dot consistera à promettre d'être une bonne compagne et de s'investir dans la gestion du domaine. C'est un travail considérable, qui exige quelqu'un de compétent. Je prendrai ma retraite dans quelques années, et Andreas se retrouvera avec une lourde charge sur les épaules.

— Je suis sûr qu'elle fera de son mieux, rétorqua simplement Giorgis.

Il était complètement perdu. Intimidé par le pouvoir et la fortune de cette famille qui se reflétaient dans la démesure de leur intérieur : les grands meubles sombres, les tapis luxueux et les icônes précieuses aux murs. Mais peu importait qu'il ne se sente pas chez lui ici, songea-t-il. Anna, elle, ne donnait aucun signe de malaise dans ce cadre aussi étranger à Giorgis qu'un pays lointain. Elle se révélait capable de boire délicatement dans un verre en cristal, de manger élégamment et de prononcer les bonnes paroles, comme si elle le faisait depuis sa naissance. Il savait, bien sûr, qu'elle jouait un rôle.

— Sa bonne éducation compte plus que tout. Votre femme l'a bien élevée, Kyrie Petrakis.

À l'évocation d'Eleni, Giorgis conserva le silence. Si les Vandoulakis n'ignoraient pas que la mère d'Anna était décédée quelques années plus tôt, il ne souhaitait pas qu'ils en découvrent davantage.

Lorsqu'ils rentrèrent à Plaka, cet après-midi-là, Maria les attendait. Elle semblait sentir que cette rencontre avait été décisive.

— Eh bien ? T'a-t-il fait sa demande ?

— Pas encore, répondit sa sœur. Mais il le fera, je n'ai aucun doute.

Maria savait que celle-ci désirait plus que tout au monde devenir Anna Vandoulakis, et elle partageait son souhait. Ce mariage lui permettrait de quitter le village et d'accéder à un monde où elle n'aurait pas à cuisiner, faire le ménage, coudre ou tisser.

— Nous ne les avons pas trompés, reprit Anna. Ils ont vu notre maison et ils ne s'imaginent pas que j'apporterai davantage que quelques bijoux hérités de notre mère, c'est…

— Ils sont au courant ? l'interrompit Maria, incrédule.

— Ils savent seulement que notre père est veuf, rétorqua Anna. Et ils n'ont pas besoin d'en savoir plus.

Ainsi le sujet fut-il clos aussi brusquement que le couvercle d'une boîte qu'on referme.

— Quelle est la prochaine étape ? s'enquit Maria, déplaçant la discussion sur un terrain moins glissant.

— Attendre, répliqua Anna. Attendre jusqu'à ce qu'il se déclare. Mais c'est une véritable torture, et je vais en mourir s'il ne se dépêche pas.

— Je suis sûre qu'il ne tardera pas. De toute évidence, il t'aime… Tout le monde le dit.

— Comment ça, tout le monde ? cingla-t-elle.

— Aucune idée, d'après Fotini, les employés du domaine partagent cet avis.

— Et qu'en sait-elle ?

Maria prit conscience qu'elle en avait trop dit. Si les filles Petrakis avaient eu peu de secrets l'une pour l'autre dans leur enfance, cela avait bien changé au cours des derniers mois. Fotini avait confié à Maria que son frère avait des sentiments pour Anna, et que sa souffrance était accrue par les conversations incessantes des travailleurs sur les fiançailles imminentes du fils de leur maître avec une fille du village. Pauvre Antonis…

Anna tourmenta sa sœur jusqu'à tant qu'elle avoue.

— Antonis est obsédé par toi, je suppose que tu le sais. Il rapporte à Fotini ce qui se chuchote là-bas, et tout le monde prétend qu'Andreas va bientôt te demander ta main.

L'idée d'être l'objet des discussions et des débats séduisit Anna, qui adorait se retrouver au centre de l'attention. Elle voulut des détails.

— Que racontent-ils d'autre ? Allez, Maria, dis-moi !

— Qu'il fait une mésalliance.

Non seulement, Anna ne s'attendait pas à cette réponse, mais ce n'était vraiment pas ce qu'elle rêvait d'entendre. Elle riposta avec véhémence :

— Est-ce que je me soucie de ce qu'ils pensent ? Pourquoi n'épouserais-je pas Andreas Vandoulakis ? Je n'aurais jamais donné ma main à quelqu'un comme Antonis Angelopoulos. Il ne possède que la chemise qu'il a sur le dos !

— Tu ne devrais pas parler ainsi du frère de notre meilleure amie… Dois-je te rappeler qu'il n'est aussi démuni que parce qu'il est parti se battre pour son pays pendant que d'autres restaient bien au chaud et s'en mettaient plein les poches ?

La remarque de Maria était trop acerbe au goût d'Anna. Elle s'emporta contre sa sœur, qui préféra battre en retraite, comme toujours lorsqu'une dispute éclatait entre elles. La cadette prit la fuite et, courant bien plus vite que son aînée, disparut rapidement dans le dédale de petites rues à l'extrémité du village.

Maria était un modèle de modération. À l'inverse d'Anna, fantasque au point de ne pouvoir contenir ses sentiments et ses opinions, elle était très réfléchie. En général, elle gardait pour elle ce qui se passait dans sa tête ou son cœur, ayant constaté que les explosions émotionnelles ou les propos inconsidérés étaient souvent suivis de regrets. Au cours des dernières années, elle avait appris à mieux contrôler encore ce qu'elle ressentait. Ainsi donnait-elle l'apparence d'être satisfaite de sa vie et ce, principalement, pour protéger son père. Parfois, néanmoins, elle s'autorisait le luxe d'un éclat de spontanéité, qui pouvait avoir la violence d'un coup de tonnerre dans un ciel sans nuage.

En dépit de l'opinion des travailleurs du domaine et des doutes persistants d'Alexandros Vandoulakis, les fiançailles eurent lieu en avril. Après le déjeuner, qui s'était déroulé dans une atmosphère plus glaciale que jamais, on avait laissé les deux jeunes gens seuls dans le salon. Anna avait tant anticipé cette demande que, lorsque Andreas finit par la faire, elle n'éprouva presque rien. Elle avait répété dans sa tête la scène un si grand nombre de fois qu'elle se faisait l'impression d'une actrice. Elle était comme anesthésiée, désincarnée.

— Anna, dit Andreas, j'ai une requête à te présenter.

Il n'y avait aucun romantisme, aucune originalité, et encore moins de magie dans cette déclaration. Elle était aussi fonctionnelle que les lames du plancher sur lesquelles ils se tenaient.

— Accepterais-tu de devenir ma femme ?

En répondant oui, Anna remportait un pari avec elle-même et faisait un pied de nez à ceux qui la croyaient incapable d'épouser un propriétaire terrien. Voilà quelles furent ses premières pensées au moment de donner sa main à Andreas et de l'embrasser passionnément pour la première fois.

Comme le voulait la coutume, Anna fut couverte de cadeaux par ses futurs beaux-parents pendant la période des fiançailles. Vêtements somptueux, dessous en soie et bibelots de valeur… Ainsi, bien que son propre père n'ait que peu de moyens, elle ne manquerait de rien quand elle serait enfin une Vandoulakis.

— J'ai l'impression que c'est ma fête tous les jours, dit-elle à Fotini, venue admirer la dernière livraison de produits luxueux en provenance d'Héraklion.

La petite maison à Plaka embaumait un parfum d'extravagance et, en cette période d'après-guerre où seules les femmes les plus riches pouvaient s'offrir une paire de bas en soie, les filles du village faisaient la queue pour contempler le trousseau d'Anna. Les caracos et les chemises de nuit en satin couleur perle étaient enveloppés dans plusieurs épaisseurs de papier de soie, comme dans un film hollywoodien. Lorsque Anna dépliait ces articles pour les montrer à ses amies, le tissu glissait entre ses doigts comme de l'eau. Même dans ses rêves les plus fous, elle n'avait pas osé imaginer une telle somptuosité.

Une semaine avant les noces, les préparatifs pour la traditionnelle couronne de pain commencèrent à

Plaka. Le large cercle de pâte, qu'on avait fait lever sept fois, fut décoré de motifs complexes, représentant une centaine de fleurs et de feuilles et, lors de la dernière étape de la cuisson, il prit une belle teinte dorée. Le rond symbolisait l'intention de la mariée de rester avec son mari du début à la fin. Pendant ce temps, chez les Vandoulakis, les sœurs d'Andreas entreprirent de décorer la chambre nuptiale dans les futurs appartements du couple, avec des couronnes de lierre, de grenade et de feuilles de laurier.

Une fête magnifique avait scellé les fiançailles et pour le mariage, en mars suivant, les Vandoulakis ne regardèrent pas à la dépense. Avant la cérémonie, les invités se présentèrent chez eux : des gens aisés d'Élounda, d'Agios Nikolaos et de Néapoli aussi bien que des travailleurs agricoles et des habitants de Plaka, par dizaines. En découvrant Anna, ces derniers retinrent leur souffle. Une quantité de pièces d'or suffisante pour remplir la chambre forte d'une banque s'entrechoquaient sur sa poitrine et de lourdes boucles d'oreilles pendaient à ses lobes. Elle resplendissait dans la lumière printanière et semblait tout droit sortie des contes des *Mille et Une Nuits* avec sa robe de mariée traditionnelle, d'un rouge profond.

Giorgis l'observa avec un mélange de fierté et d'effarement, arrivant à peine à croire qu'il s'agissait de sa propre fille. Comment lui, humble pêcheur, avait-il pu engendrer cette apparition ? À cet instant il regretta plus que jamais l'absence d'Eleni. Il se demandait ce qu'elle aurait pensé en voyant son aînée rejoindre une famille aussi importante.

Maria avait aidé Anna à se préparer le matin. Celle-ci tremblait si violemment que sa sœur avait dû boutonner sa robe à sa place. Elle savait que son aînée avait atteint son but ultime et elle lui faisait confiance pour avoir répété son rôle de *grande dame*[1] si souvent dans ses rêveries qu'elle n'aurait aucune difficulté à le tenir.

— Dis-moi que c'est réel, avait soufflé Anna. Je n'arrive pas à croire que je vais vraiment devenir Kyria Vandoulakis !

— C'est bien réel, l'avait rassurée Maria, s'interrogeant sur ce que pouvait être la vie dans une aussi belle demeure.

Elle espérait que cela ne se résumait pas à porter de magnifiques bijoux et vêtements. Même Anna verrait vite la limite d'une existence pareille.

L'assemblée hétéroclite donna à ces noces un caractère inhabituel, mais pas autant que le fait d'organiser la fête précédant la cérémonie chez le marié plutôt que chez la mariée. Tout le monde en comprenait la raison sans qu'elle ne soit exprimée. Quel genre de festivités aurait pu proposer Giorgis Petrakis ? Les dames élégantes de Néapoli ricanèrent à cette simple idée, comme elles l'avaient fait en apprenant que le fils Vandoulakis épousait la fille d'un pauvre pêcheur. « À quoi diable pensent ses parents ? » avaient-elles raillé. Mais elles avaient mis leur mouchoir dessus, et tous les invités s'étaient régalés d'un repas d'agneau rôti, de fromage et de vin, issu de la récolte des Vandoulakis. Quand les

1. En français dans le texte.

deux cents estomacs furent pleins, la cérémonie eut lieu. Une procession bigarrée de voitures, de camionnettes et de carrioles traînées par des mules rejoignit Élounda.

Les rites étaient les mêmes pour tous les Crétois, riches comme pauvres. Deux *stephana*, des couronnes de fleurs séchées et d'herbes maintenues par un ruban, étaient placées sur la tête des mariés par le prêtre, avant d'être échangées trois fois pour cimenter leur union. Celles-ci seraient ensuite encadrées par la belle-mère d'Anna puis accrochées au-dessus du lit du jeune couple afin que personne ne puisse piétiner ce mariage, ainsi que le disait le proverbe. Pendant l'essentiel de la cérémonie, les échanges sacrés furent noyés dans le brouhaha, mais lorsque les mariés joignirent leurs mains avec celles du prêtre, le silence tomba sur l'église. Dès qu'ils entamèrent leur lente ronde autour de l'autel, la danse d'Isaïe, les convives surent que ce serait bientôt terminé.

Suivant les jeunes mariés, qui voyageaient dans un attelage, ils reprirent la route de la demeure des Vandoulakis, où des tables à tréteaux avaient été dressées pour un nouveau festin. On mangea, but et dansa jusqu'au bout de la nuit, puis juste avant le lever du soleil une salve fut tirée, signalant la fin de la fête.

Après le mariage, Anna ne donna presque plus signe de vie à Plaka. Au début, elle venait voir son père une fois par semaine, mais avec le temps, elle finit par lui envoyer une voiture, si bien que ses apparitions au village se firent de plus en plus rares et espacées. En tant qu'épouse du futur chef de l'exploitation, sa position sociale avait énormément changé. Et c'était exactement ce qu'elle avait désiré : rompre tout lien avec son passé.

S'investissant entièrement dans sa nouvelle fonction, Anna découvrit vite que ses devoirs de belle-fille étaient aussi importants que ceux d'épouse. Elle passait chaque journée en compagnie d'Eleftheria et de ses amies, qu'il s'agisse de les recevoir ou de leur rendre visite et, comme elle l'avait espéré, ces femmes vivaient dans une oisiveté telle qu'elle confinait à la paresse. Sa principale tâche consistait à aider Eleftheria à tenir la maison Vandoulakis, ce qui impliquait surtout de s'assurer que la domestique avait préparé assez à manger pour le retour des hommes le soir.

Anna brûlait d'envie de modifier la décoration des deux propriétés, de les débarrasser de leurs tentures sombres et meubles foncés. Elle harcela Andreas jusqu'à ce qu'il prenne sa mère à part pour lui demander la permission, et Eleftheria se tourna ensuite vers celui à qui revenaient les décisions. Il en était ainsi pour tout.

— Je ne veux pas que la demeure d'Élounda subisse trop d'altérations, répondit Alexandros Vandoulakis. En revanche, Anna peut donner un coup de neuf à celle de Néapoli, si elle y tient.

Se jetant dans cette tâche avec passion, la jeune épouse s'enthousiasma bientôt pour les tissus et les papiers peints, rendant d'innombrables visites à un importateur de produits français et italiens qui possédait une boutique élégante à Agios Nikolaos. Cette activité occupait son temps comme son esprit, et Andreas en récoltait les fruits : il la trouvait d'humeur enjouée à la fin de chaque journée.

Il incombait aussi à Anna de régler les fêtes des *panegyria* que les Vandoulakis organisaient pour leurs travailleurs. Anna ne se faisait pas oublier dans ces occasions. Sentant parfois le regard d'acier d'Antonis Angelopoulos sur elle, elle ne se dérobait pas. Il avait même l'audace, parfois, de lui adresser la parole.

— Kyria Vandoulakis, disait-il avec une déférence outrée et une révérence exagérée. Comment vous portez-vous ?

Ses manières faisaient tressaillir Anna, qui rétorquait avec un laconisme de circonstance :

— Bien, je vous remercie.

Puis elle lui tournait le dos. De quel droit cet homme, par son regard et ses façons, remettait-il en question la supériorité d'Anna ?

Si le mariage d'Anna bouleversa son existence, il transforma aussi celle de Maria. La cadette devait maintenant assumer officiellement le rôle de maîtresse de la maison Petrakis. Elle qui avait dépensé beaucoup d'énergie à satisfaire les désirs de son aînée et à l'apaiser se retrouvait soudain soulagée d'un poids considérable. Elle en profita pour redoubler de vigueur dans ses tâches quotidiennes et accompagner le plus souvent possible son père lorsqu'il effectuait des livraisons à Spinalonga.

Aux yeux de Giorgis, qui ne pouvait pas fleurir la tombe d'Eleni, chaque visite à l'île était une occasion de se la remémorer. Il continuait à conduire le Dr Lapakis qu'il fasse beau ou mauvais. Durant ces trajets, le médecin lui parlait de son travail, confessant que beaucoup de lépreux étaient mourants à présent et qu'il regrettait le temps où Kyritsis venait.

— Il nous apportait une note d'espoir, lâcha-t-il d'un air las. Je n'y croyais pas beaucoup moi-même, mais je voyais bien les effets de ces espérances. Certains lépreux avaient besoin d'avoir la foi, de s'imaginer que Kyritsis réussirait un jour à les soigner pour ne plus penser à la mort. Ceux-là n'ont plus de raison de vivre dorénavant.

Lapakis avait reçu des lettres de son ancien collègue, qui regrettait amèrement son absence. Kyritsis s'employait encore à reconstruire l'hôpital d'Héraklion, qui avait subi beaucoup de dommages pendant la guerre, et n'avait pas de temps à consacrer à ses recherches. Lapakis commençait à désespérer, et se mit à épancher son cœur devant Giorgis. La plupart auraient mis un genou à terre et imploré Dieu, mais n'étant pas croyant il se tournait vers son fidèle batelier, dont les souffrances surpasseraient toujours les siennes.

Si à Spinalonga certains continuaient à succomber au mal qui les rongeait, la vie n'avait pas perdu toute saveur pour ceux atteints de la forme la moins virulente de lèpre. Depuis la fin de la guerre, on projetait deux films par semaine, le marché prospérait, et le journal se développait. Dimitri, à présent âgé de dix-sept ans, instruisait les enfants de cinq et six ans, tandis qu'un enseignant expérimenté se chargeait des plus grands. Il résidait toujours chez les Kontomaris, à la grande joie de tous. Un sentiment général de satisfaction imprégnait l'atmosphère de l'île. Même Theodoros Makridakis avait perdu l'envie de semer le trouble. S'il aimait encore lancer un débat au bar, il avait depuis longtemps abandonné l'idée de reprendre le poste de gouverneur. Nikos Papadimitriou excellait trop à cette fonction.

Maria et Fotini traversèrent les années suivantes en observant leur routine de tâches quotidiennes comme s'il s'agissait d'une danse reprenant inlassablement la même séquence de pas. Avec trois fils, Savina Angelopoulos avait grandement besoin de l'aide de sa fille, énergique et efficace, pour nourrir les hommes de la maisonnée et veiller sur eux. En bref, Fotini comme Maria étaient attachées à Plaka par leurs devoirs domestiques.

Si Eleni aurait sans doute souhaité une vie meilleure, loin du village, pour sa cadette, elle n'aurait pas pu rêver d'une fille plus consciencieuse qu'elle. Celle-ci ne doutait pas une seconde que sa place soit auprès de son père, même si elle avait autrefois entretenu le rêve de se tenir, un bout de craie à la main, devant une classe, comme sa mère.

Durant ces années, les deux jeunes femmes partagèrent leurs joies et leur existence à l'horizon limité, sans jamais y voir la moindre raison de se plaindre. Il y avait l'eau à aller chercher au puits, le bois à ramasser, le balai à passer, le métier à tisser à faire tourner, les repas à préparer et les tapis à battre. Maria se rendait souvent sur la colline couverte de thym, en surplomb de Plaka, pour y récolter le miel de ses abeilles ; celui-ci était si sucré qu'elle n'avait pas besoin d'acheter de sucre. Dans les arrière-cours, des pots débordaient de basilic ou de menthe et les *pithoi*, d'immenses jarres ayant un jour servi à stocker de l'eau ou de l'huile d'olive, accueillaient des géraniums et des lis dès qu'elles se fendillaient.

Héritières d'un folklore millénaire, les jeunes femmes avaient désormais l'âge d'apprendre les savoir-faire que l'on se transmettait de génération en génération, à l'oral. La grand-mère de Fotini, source inépuisable, leur montra comment teindre la laine en extrayant le jus des pétales d'iris, d'hibiscus et de chrysanthèmes ou comment tresser les herbes colorées pour en faire de jolis paniers et dessous-de-plat. D'autres femmes leur apprirent les bénéfices magiques de certaines herbes, et les deux amies entreprirent de longues randonnées dans les montagnes pour cueillir de la sauge, des pousses de ciste et de la camomille, réputées pour leur pouvoir apaisant. Les bons jours, elles revenaient avec un plein panier de la plus précieuse des herbes, *origanum dictamus*, censée aider à la cicatrisation mais aussi à guérir les maux de gorge et de ventre. Maria avait toujours la bonne potion pour son père lorsqu'il était malade et, bien vite, sa réputation de guérisseuse se répandit dans le village.

À l'occasion de leurs longues promenades en montagne, elles ramassaient aussi des *horta*, ces légumes sauvages riches en fer, élément important de tout régime sain. Petites, elles avaient fabriqué des tourtes en sable sur la plage, et désormais elles les confectionnaient à la manière des adultes, avec de la pâte et des herbes.

L'une des principales tâches de Maria, de la fin de l'automne au début du printemps, consistait à ne pas laisser le feu s'éteindre dans la cheminée. Il ne fournissait pas seulement la chaleur qui les empêchait de perdre l'esprit quand les vents d'hiver rugissaient dehors, il gardait aussi en vie l'esprit du foyer ou *spiti*, symbole divin de l'unité, et le leur, plus que n'importe lequel, exigeait un entretien constant.

Si ces corvées auraient paru lourdes à n'importe quelle citadine, ou même à Anna, qui se prélassait dorénavant dans le luxe, Maria trouvait toujours le temps de discuter et de comploter. La maison de Fotini fournissait le cadre idéal de ces activités. Le désœuvrement étant assimilé à un péché, les femmes échangeaient des commérages en cousant et en brodant. Ces travaux avaient le double avantage d'occuper leurs mains et de préparer leur avenir. Tout le linge que contenait la dot d'une mariée – taies d'oreiller, coussins, nappes et couvre-lits – était tissé et brodé par celle-ci, sa mère ou la mère de sa mère. Anna constituait une exception. Au cours des quelques années où elle avait rejoint le cercle de couturières plus expérimentées qu'elle, elle avait seulement réussi à terminer le coin d'une taie d'oreiller. Cette attitude était bien sûr symptomatique de sa rébellion perpétuelle. Son entêtement ne manquait pas de subtilité toutefois : tandis que les autres femmes avançaient leur ouvrage en discutant, elle faisait de grands gestes dans les airs et ne piquait que rarement le tissu de son aiguille. Elle avait bien de la chance de se retrouver dans une famille qui pourvoyait à tous ses besoins.

À certaines périodes de l'année, les filles prêtaient main-forte aux travailleurs saisonniers : elles participaient à la récolte du raisin et étaient les premières à grimper dans les cuves pour fouler les grains, puis, avant que l'automne ne cède le pas à l'hiver, elles secouaient les troncs des oliviers afin de faire tomber les fruits en cascades dans les paniers. Ces jours-là étaient propices au rire et à la séduction, et ces besognes communes s'achevaient par des réjouissances.

Les unes après les autres, ces jeunes femmes insouciantes quittaient la bande pour épouser celui qu'on leur avait le plus souvent choisi. En général, un jeune homme de Plaka ou d'un village voisin comme Vrouhas ou Selles. Leurs parents se connaissaient depuis des années et avaient même parfois prévu l'union de leur progéniture respective bien avant que ceux-ci ne sachent compter ou écrire leur propre nom. Lorsque Fotini annonça ses fiançailles, le monde de Maria s'écroula. Elle fit pourtant mine de se réjouir, se reprochant en silence sa jalousie quand elle s'imaginait, elle, jusqu'à la fin de sa vie, sur le pas de sa porte en compagnie de petites vieilles, à faire de la dentelle au crochet pendant que le soleil se couchait.

Fotini, comme Maria, avait vingt-deux ans à présent. Durant des années, son père avait approvisionné en poissons la taverne du bord de mer, et son propriétaire, Stavros Davaras, était un bon ami autant qu'un client fiable. Son fils, Stephanos, travaillait déjà avec lui et reprendrait en son temps l'affaire, qui accueillait un flot régulier de clients la semaine et un torrent les jours de fête et les dimanches. Pavlos Angelopoulos considérait Stephanos comme un bon parti pour sa fille, et les liens que les deux familles avaient déjà tissés firent le lit de cette union. Les jeunes gens se connaissaient depuis l'enfance et ne doutaient pas de leur capacité à nourrir des sentiments ajoutant une étincelle à ce qui n'était au fond qu'un arrangement. Les familles s'accordèrent sur une dot modeste et, au terme de l'habituelle période de fiançailles, le mariage eut lieu. Maria se consola en songeant que Fotini ne vivrait pas plus loin d'elle qu'avant. Même si celle-ci avait désormais des devoirs différents et plus lourds – aider à la taverne tout en faisant tourner la maison et en apprenant l'art délicat de cohabiter avec sa belle-famille –, les deux amies continueraient à se voir quotidiennement.

Résolue à ne pas trahir son désarroi d'être la dernière d'un groupe qui diminuait à vue d'œil, Maria se jeta corps et âme dans ses devoirs filiaux, accompagnant de plus en plus souvent son père à Spinalonga et s'assurant que l'ordre et la propreté régnaient chez eux. Autant de tâches qui ne suffisaient pas à combler une jeune femme. Si son dévouement pour Giorgis était loué par tous, son célibat la dévalorisait par ailleurs. Celui-ci était perçu comme une malédiction et pouvait devenir une source constante d'humiliation dans un endroit comme Plaka. Si elle ne finissait pas par trouver un fiancé, le respect que lui valait son abnégation aurait tôt fait de tourner au mépris. Il restait malheureusement peu de jeunes hommes libres au village, et Maria ne pouvait pas envisager d'épouser un étranger. Il était impensable de déraciner Giorgis de Plaka en déménageant. Elle avait donc, songeait-elle, autant de chances de se marier que de voir sa chère mère franchir de nouveau le seuil de la maison.

12

1951

Mariée depuis quatre ans désormais, Anna s'épanouissait dans son nouveau milieu. Elle aimait Andreas avec affection et répondait volontiers à sa passion. Aux yeux de tous, la jeune femme semblait une épouse parfaite. Elle avait conscience cependant que la famille attendait l'annonce d'une grossesse. L'absence de bébé ne l'inquiétait pas le moins du monde. Elle avait largement le temps et appréciait trop l'insouciance dont elle jouissait pour vouloir la sacrifier à la maternité. Eleftheria avait abordé le sujet un jour qu'elles discutaient de la décoration d'une des chambres d'amis à Néapoli.

— Les filles dormaient là quand elles étaient petites, dit-elle. De quelle couleur voudrais-tu la peindre ?

Persuadée que sa belle-fille saisirait l'occasion et évoquerait ses projets d'enfantement, Eleftheria fut déçue d'entendre Anna se prononcer pour le vert pâle.

— Il s'accordera avec le tissu que j'ai commandé pour recouvrir les fauteuils.

Anna, Andreas et les parents de celui-ci passaient les mois d'été dans la majestueuse villa néoclassique de Néapoli, dont la jeune femme avait revu l'aménagement. Eleftheria trouvait les tentures délicates et les meubles fragiles fort peu commodes, mais elle avait compris qu'il ne fallait pas se dresser en travers du chemin de sa belle-fille. En septembre, la famille rejoignait la résidence principale d'Élounda, qu'Anna adaptait aussi peu à peu à son goût, nonobstant les penchants de son beau-père pour le mobilier sombre, comme tous ceux de sa génération. Elle se rendait souvent à Agios Nikolaos pour faire des emplettes et, cet après-midi de la fin de l'automne, elle rentrait justement d'une de ses visites à sa tapissière pour vérifier l'avancement de sa dernière paire de rideaux. Elle s'engouffra dans la cuisine, où un homme était attablé, qui lui tournait le dos. Elle lui planta un baiser sur le crâne.

— Bonsoir, trésor, lança-t-elle. Comment s'est passée l'extraction aujourd'hui ?

C'était le premier jour d'extraction de l'huile d'olive, et cette date avait son importance : les presses étaient remises en marche après des mois d'inactivité, et les machines pouvaient se révéler très capricieuses. Des milliers de litres d'huile seraient extraits des innombrables paniers remplis d'olives, et il était essentiel que l'opération se déroule sans encombre. Le liquide doré qui s'écoulait dans les *pithoi* constituait la base de la fortune familiale et, aux yeux d'Anna, chaque jarre correspondait à une nouvelle longueur de tissu, une nouvelle robe ajustée par une couturière, au moyen de plis et de pinces, pour que celle-ci épouse ses formes. Plus que le reste, ses vêtements la distinguaient des villageoises, qui portaient les mêmes larges jupes froncées que leurs grands-mères un siècle auparavant. Ce jour-là, pour se protéger des vents mordants de novembre, Anna avait revêtu un manteau émeraude qui moulait sa poitrine et ses hanches avant de dévaler en bouillons extravagants jusqu'à terre. Un col de fourrure, remonté sur sa nuque, lui réchauffait les oreilles et lui caressait les joues.

Tandis qu'elle traversait la pièce en sentant la doublure en soie de son manteau bruisser contre ses jambes, elle gazouillait, rapportant les détails de sa journée. Elle mettait de l'eau à chauffer pour se préparer du café lorsque l'homme se leva de sa chaise. En se retournant, Anna laissa échapper un cri de surprise.

— Qui êtes-vous ? demanda-t-elle d'une voix étranglée. Je… je vous ai pris pour mon mari.

— C'est bien ce que j'avais compris.

Il souriait, amusé par sa méprise. Maintenant qu'elle se tenait face à lui, Anna voyait que l'inconnu qu'elle avait salué si affectueusement, bien que n'étant pas son mari, lui ressemblait en tous points. La carrure, les cheveux et même la taille correspondaient à ceux d'Andreas. Ils avaient tous deux un nez fort, caractéristique des Vandoulakis, sans parler de ces yeux légèrement bridés. Lorsqu'il prit la parole, Anna se décomposa. De quel mauvais tour était-elle victime ?

— Je suis Manolis Vandoulakis, dit-il en lui tendant la main. Vous devez être Anna.

Elle connaissait l'existence d'un cousin, car ce nom survenait quelques fois dans la conversation, mais rien de plus. Elle n'aurait jamais pu s'imaginer une copie conforme de son mari.

— Manolis… répéta-t-elle.

C'était un nom agréable. Cependant, elle devait reprendre le contrôle de la situation après avoir commis une telle bévue et embrassé un parfait inconnu.

— Andreas est-il informé de votre présence ?

— Non, je suis arrivé il y a une heure et j'ai décidé de faire la surprise à tout le monde. En tout cas, ça a fonctionné avec vous ! On dirait que vous venez de croiser un revenant !

— C'est vrai, répondit Anna. La ressemblance entre vous deux est frappante.

— Je n'ai pas revu Andreas depuis dix ans, mais nous étions le portrait craché l'un de l'autre, petits. Les gens nous prenaient toujours pour des jumeaux.

Si Anna se le figurait sans mal, elle apercevait à présent une foultitude de détails qui distinguaient cette version de son mari de l'original. Si Manolis avait les mêmes épaules larges qu'Andreas, il était plus mince et ses omoplates saillaient sous sa chemise. Des rides profondes entouraient ses yeux rieurs : il était bien content du tour qu'il lui avait joué. C'était un jouisseur, on le voyait à son sourire.

Sur ces entrefaites, Andreas et son père arrivèrent, et les retrouvailles avec Manolis furent accompagnées de cris de bonheur et de surprise. Bientôt les trois hommes s'installèrent autour d'une bouteille de raki, et Anna s'éclipsa pour aller veiller aux préparatifs du dîner. Lorsque Eleftheria rentra une heure plus tard, une seconde bouteille de raki avait déjà été vidée, et Manolis comme elle versèrent des larmes de joie en s'embrassant. Des lettres furent immédiatement envoyées aux sœurs d'Andreas et, le dimanche suivant, une grande fête de famille célébra le retour de Manolis après dix ans d'absence.

Ce jeune esprit libre avait passé l'essentiel de ce temps-là en Grèce continentale, dilapidant un héritage considérable. Sa mère était morte en couches, et son père s'était éteint cinq années plus tard à l'âge de trente ans, d'une crise cardiaque. Manolis avait grandi en s'entendant répéter que son père avait eu le cœur brisé et il avait décidé de vivre comme si chaque jour pouvait être le dernier. Cette philosophie lui convenait à merveille, et même son oncle Alexandros, qui faisait office de tuteur depuis la mort de Yiannis Vandoulakis ne réussissait pas à le raisonner. Enfant, Manolis s'était rendu compte que les gens autour de lui s'acquittaient sans relâche de corvées, ne s'octroyant du bon temps qu'à l'occasion des fêtes des saints et le dimanche. Il voulait jouir de la moindre seconde de sa vie, lui.

Si le souvenir de ses parents s'effaçait avec le passage du temps, on lui rapportait souvent qu'ils avaient vécu des vies exemplaires. Quel bien leur sagesse leur avait-elle fait ? Elle n'avait pas tenu la mort à l'écart, si ? Le destin les avait arrachés comme un aigle fondant sur sa proie. Au diable les devoirs : si la fatalité ne pouvait pas être déjouée, autant voir ce que la vie avait à lui offrir d'autre que quelques années sur une colline crétoise avant d'être enterré dessous.

Dix ans plus tôt, il avait quitté le foyer. À l'exception de lettres ponctuelles à ses oncle et tante – certaines d'Italie, d'autres de Yougoslavie, mais pour l'essentiel d'Athènes – qui visaient à leur prouver qu'il était encore en vie, il n'eut que peu de contacts avec sa famille. Alexandros n'ignorait pas que si son frère aîné, Yiannis, n'était pas mort si jeune, Manolis serait aujourd'hui l'héritier naturel du domaine plutôt que son fils. Mais de telles considérations étaient vaines. Au lieu de la promesse de terres, Manolis avait hérité d'une somme coquette à l'âge de dix-huit ans. Somme qu'il avait largement dépensée à Rome, Belgrade et Athènes.

— Mener la grande vie a un prix, confia-t-il à Andreas peu après son retour. Les plus belles femmes sont comme le bon vin, chères même si elles justifient la dépense.

À présent, néanmoins, les femmes d'Europe l'avaient entièrement plumé, et il ne lui restait plus que les drachmes dans sa poche et le serment que lui avait fait son oncle de l'embaucher.

Son retour provoqua de nombreux remous, non seulement dans la vie de son oncle et de sa tante, mais aussi dans celle d'Andreas. Ils n'avaient que six mois d'écart et étaient comme de vrais jumeaux. Petits, ils partageaient tout, pensées comme souffrances. Toutefois, depuis leur dix-huitième anniversaire, ils avaient pris des chemins tellement divergents qu'il était difficile d'imaginer les conséquences du retour de Manolis.

Celui-ci tombait cependant à point nommé. Alexandros Vandoulakis prévoyait de prendre sa retraite l'année suivante, et Andreas aurait bien besoin d'un bras droit pour s'occuper du domaine. Ils s'accordaient tous à penser qu'il valait mieux confier ce rôle à Manolis plutôt qu'à un étranger, et même si Alexandros nourrissait des doutes quant au sérieux de son neveu, il les mit de côté. Manolis était de la famille après tout.

Durant plusieurs mois, il résida dans la demeure des Vandoulakis. Même s'il y avait largement la place de l'accueillir, en décembre, Alexandros lui fournit une maison. Manolis avait apprécié la vie de famille et le sentiment d'appartenir à une dynastie dont il avait choisi de s'éloigner durant dix ans, mais son oncle attendait de lui qu'il se marie et, à cet effet, insista pour qu'il ait son propre chez-soi.

— Tu auras du mal à trouver une femme disposée à vivre dans un foyer où il y a déjà deux maîtresses, lui dit-il. Introduire une troisième femme ici, ce serait aller au-devant des ennuis.

La bâtisse dédiée à Manolis avait appartenu à un ancien gérant du domaine. Sise à l'extrémité d'un petit chemin, à un kilomètre de la résidence principale, elle contenait quatre chambres et un vaste salon, ce qui était plus que suffisant pour un célibataire. Manolis continua toutefois à rendre des visites régulières à la demeure des Vandoulakis. Il voulait être nourri et choyé comme Alexandros ou Andreas, et il y avait deux femmes pour s'en charger. Sa conversation et sa gaieté étaient si appréciées qu'il était toujours le bienvenu, mais Alexandros insistait pour qu'il rentre dormir chez lui.

Manolis avait mené une vie frivole, papillonnant de-ci, de-là, laissant dans son sillage une traînée de promesses en l'air. Enfant déjà, il abusait de la patience des autres. Par goût du défi, il avait tenu sa main au-dessus d'une flamme, attendant que la peau commence à brûler, et une autre fois il avait sauté du plus haut rocher sur la côte d'Élounda, s'écorchant si grièvement le dos que l'eau autour de lui avait viré au rouge. Dans les capitales étrangères, il pariait de l'argent jusqu'à ce qu'il ne lui reste plus que sa chemise, puis il faisait un retour spectaculaire. Il était ainsi. Malgré lui, il se surprit à jouer un jeu identique à Élounda, à la différence près que désormais il était contraint de rester. Il ne pouvait plus fuir, même s'il le voulait.

À la grande surprise de son oncle, Manolis mit du cœur à l'ouvrage. Il ne partageait cependant pas l'implication de son cousin. Andreas déjeunait toujours dans les champs pour gagner du temps, alors que Manolis, qui préférait fuir le soleil de plomb, avait pris l'habitude de venir s'installer à la grande table de la cuisine des Vandoulakis. Anna n'y voyait aucun inconvénient, appréciant sa présence.

Leurs échanges ne se faisaient pas tant sur le mode de la conversation que sur celui du flirt. Manolis faisait rire Anna, parfois aux larmes. L'inclination qu'elle montrait pour ses taquineries suffisait à le tenir loin des oliveraies jusqu'à une heure avancée de l'après-midi.

Lorsque Eleftheria était présente, elle s'inquiétait du manque de sérieux de son neveu.

— Les hommes n'ont rien à faire à la maison dans la journée, fit-elle une fois remarquer à Anna. C'est le territoire des femmes. Leur place est dehors.

Ignorant la réprobation de sa belle-mère, Anna accueillit plus que jamais Manolis à bras ouverts. Selon elle, leur complicité ne faisait que sanctionner leur amitié. Il n'était pas rare qu'une femme mariée jouisse d'une plus grande indépendance que lorsqu'elle était jeune fille, si bien que personne ne s'étonna qu'Anna prenne la liberté de passer une heure par jour, parfois plus, en compagnie de son « cousin ». Quelques-uns cependant avaient remarqué la fréquence des visites de Manolis, et on commença à jaser.

Ce printemps-là, un midi que Manolis s'attardait encore plus que de coutume, Anna s'avisa de leur imprudence et, pour la première fois, frémit en songeant au danger qu'elle courait. Ces derniers temps, au moment de partir, il lui faisait un baisemain théâtral. Elle aurait pu y voir un geste anodin s'il ne pressait pas longuement son majeur au centre de sa paume. De surcroît, il lui touchait souvent les cheveux. Ce n'était que de la matière morte, s'esclaffait-il. Et puis c'était elle qui avait commencé, raillait-il, quand elle avait embrassé un parfait inconnu… sur les cheveux. Ainsi se prolongeait le petit jeu. Il avait cueilli des fleurs des champs ce jour-là et lui tendit à son arrivée un bouquet de coquelicots. Elle fut touchée par cette attention, en particulier quand il en sortit un du bouquet pour l'accrocher à son corsage. Ses gestes étaient adroits et elle ne put s'empêcher de se demander si sa main rugueuse avait réellement effleuré la peau de sa poitrine par accident. Sentant, un instant plus tard, une caresse sur sa nuque, ses doutes s'envolèrent.

Anna avait beau être impulsive, quelque chose la retenait. *Mon Dieu*, se disait-elle, *je suis sur le point de perdre la tête. Qu'est-ce qui me prend* ? Elle se vit dans cette grande cuisine, à quelques centimètres à peine d'un homme qui, s'il lui ressemblait comme un frère jumeau, n'était pas son époux. Et elle imagina ce qu'en déduirait un observateur extérieur qui longerait la fenêtre. Même si elle essayait de s'en persuader, elle savait que la scène ne pouvait pas prêter à confusion. Manolis était sur le point de l'embrasser. Elle avait encore le choix.

Son mariage la satisfaisait en tous points. Andreas était tendre, aimant et il lui laissait le champ libre pour procéder aux aménagements qu'elle désirait dans la maison. Elle s'entendait très bien avec ses beaux-parents. Et pourtant, Andreas et elle s'étaient rapidement installés dans une routine, et leur existence suivait un cours si réglé qu'il y avait peu de chance que le demi-siècle à venir leur réserve beaucoup de surprises. Après avoir connu l'excitation d'entamer une nouvelle vie, Anna découvrait à présent que celle-ci serait tout aussi ennuyeuse que la précédente. Au fond, il lui manquait seulement le frisson du secret, de l'interdit. Quant à savoir s'il méritait qu'on y sacrifie le reste, elle l'ignorait.

Je dois mettre un terme à ce badinage, songea-t-elle. *Sinon je pourrais tout perdre*. Elle apostropha Manolis avec son habituelle arrogance, comme elle le faisait quand ils jouaient à ce petit jeu : elle répondait à ses démonstrations de charme en le traitant comme son inférieur.

— Écoutez, jeune homme, dit-elle, vous savez que mon cœur est déjà pris. Vous pouvez offrir ces fleurs à une autre.

— Vraiment ? Et qui me suggérez-vous donc ?

— Eh bien, ma sœur n'a toujours pas de promis ! Vous pourriez les lui porter !

Elle s'entendit ajouter, comme si la voix provenait d'une étrangère :

— Je devrais l'inviter à déjeuner dimanche prochain. Vous l'apprécierez.

Le dimanche suivant, on fêtait la Saint-Giorgis, ce qui constituait un prétexte idéal pour convier Maria et son père. Aux yeux d'Anna, c'était davantage un devoir qu'un plaisir : elle ne se sentait aucun point commun avec sa petite sœur et n'avait rien à dire à son père. Le restant de la semaine, elle rêva à la caresse de Manolis, guettant avec impatience le moment où ils se retrouveraient de nouveau seuls. Avant que cela ne se produise toutefois, elle devrait subir la corvée d'un repas familial.

À cette époque, certaines denrées manquaient encore en Crète, mais ces pénuries ne semblaient guère affecter les Vandoulakis, surtout les jours où l'on considérait, de façon bien commode, que festoyer était un devoir religieux. Giorgis fut enchanté de recevoir le message.

— Maria, regarde ! Anna nous invite à déjeuner.

— C'est trop généreux de la part de madame, rétorqua-t-elle avec une ironie inhabituelle. Quand ?

— Dimanche, dans deux jours.

Maria se réjouissait secrètement de cette invitation. Elle désirait resserrer les liens avec sa sœur, sachant que leur mère l'aurait souhaité. Son appréhension s'accrut pourtant à l'approche du jour dit. Giorgis, quant à lui, sortant enfin de son long deuil, était heureux de revoir son aînée.

Anna réprima un frisson en entendant les pétarades de la camionnette que son père venait d'acquérir et, traînant les pieds, descendit l'immense escalier pour les accueillir. Manolis, qui était déjà arrivé, l'avait précédée à la porte d'entrée.

Maria ne ressemblait en rien à l'image qu'il s'en était faite. Elle avait les plus grands yeux qu'il ait jamais vus, écarquillés par la surprise.

— Je suis Manolis, dit-il en s'avançant, la main tendue. Le cousin d'Andreas.

Anna écrivait si rarement à sa sœur et à son père qu'ils ignoraient tout de ce parent perdu de vue.

Manolis, toujours dans son élément en présence d'une jolie femme, se sentait d'autant plus à l'aise que celle-ci joignait l'innocence à la beauté. Aucun détail ne lui échappa : la taille fine, la poitrine bien dessinée et les bras musclés par des années de travaux physiques. Elle était fragile et forte à la fois.

À 13 heures, ils prirent tous place autour de la table pour déjeuner. Entre Alexandros, Eleftheria, leurs deux filles et leur famille respective, il y avait au moins douze convives. La conversation fut animée.

Manolis avait décidé à l'avance de séduire la jeune sœur d'Anna. Le don juan qu'il était le faisait surtout par habitude. Il ne s'était cependant pas attendu à ce que Maria soit aussi jolie et se laisse taquiner aussi volontiers. Tout le long du repas il badina avec elle et, bien que peu habituée à une telle désinvolture, elle eut des reparties à la hauteur des siennes. Sa modestie la distinguait tant de la plupart des femmes qu'il avait rencontrées qu'il finit par abandonner son marivaudage pour la questionner sur elle-même. Il découvrit qu'elle connaissait les herbes sauvages et leurs pouvoirs guérisseurs, et ils discutèrent librement de la place de celles-ci dans un monde où les limites de la science semblaient repoussées de jour en jour. Maria et Anna étaient aussi dissemblables qu'une perle brute et un diamant taillé. L'une possédait un lustre naturel et une forme irrégulière unique. L'autre avait été travaillée et polie pour révéler tout l'éclat de sa beauté. Manolis aimait ces deux sortes de joyaux, et cette douce jeune femme au regard bon, si dévouée à son père, ravit son cœur. Dénuée du moindre artifice, elle possédait une naïveté qui, contre toute attente, le séduisait.

Anna vit Manolis attirer Maria dans son champ magnétique, à coups d'anecdotes et de plaisanteries. Puis elle vit sa sœur succomber au charme de celui-ci. Avant la fin du repas, Anna comprit ce qu'elle avait fait. Elle avait tendu Manolis à sa sœur sur un plateau d'argent ; et à présent elle voulait le récupérer.

Spinalonga
dans les années 1920

Spinalonga dans les années 1930,
un minaret datant de l'Empire ottoman,
toujours debout.

Fin des années 1940, des patients et l'équipe médicale.

La Porte du Lion, datant de la période vénitienne.

Années 1950, des patients et des membres de l'équipe médicale rejoignent Spinalonga.

Des infirmières et des infirmiers
à l'extérieur de la salle
de désinfection.

Un groupe de patients à Spinalonga
(en compagnie d'un documentariste non identifié).

Épaminondas Remoundakis, un ancien patient de Spinalonga, dans les années 1960, à l'hôpital d'Agia Varvara à Athènes.
Remoundakis, avocat, a été à l'origine d'améliorations spectaculaires pour la condition des patients sur l'île, en exigeant le respect de leurs droits élémentaires en tant qu'êtres humains.

Spinalonga
de nos jours

13

La semaine suivante, Manolis sembla déboussolé, ce qui ne lui ressemblait guère. Comment séduire Maria ? Elle était si différente des autres femmes, sans oublier que les règles régissant les relations à Plaka n'avaient rien à voir avec celles des villes où il avait vécu. Dans la campagne crétoise, le moindre geste, le moindre mot était surveillé. Il en avait eu parfaitement conscience lorsqu'il rendait visite à Anna et, même s'il avait toujours veillé à ne pas franchir certaines limites, il savait qu'il jouait avec le feu. Il avait vu en Anna une femme désœuvrée, qui s'était éloignée du village où elle avait grandi, satisfaisant ainsi son ambition d'avoir une position où les gens étaient payés pour accomplir les corvées qui auraient sinon occupé ses journées. Elle avait gravi l'échelle sociale, mais se retrouvait isolée, sans amies, et Manolis avait volontiers comblé ce vide. Une femme qui recherchait son regard si avidement, qui souriait si facilement : il aurait été grossier de l'ignorer.

Maria se démarquait en tout point de sa sœur. Non seulement elle n'avait pas l'ambition d'épouser un homme étranger à son village, mais elle ne semblait même pas désireuse de se marier. Elle se satisfaisait apparemment de sa vie dans une maisonnette avec son père, alors qu'elle possédait toutes les qualités qu'un homme recherchait chez une femme. Manolis ne l'aurait jamais admis, cependant, l'indifférence de Maria contribuait largement à l'attraction qu'elle exerçait sur lui. Il avait le temps toutefois, et saurait se montrer patient, certain de réussir à la conquérir tôt ou tard. Les Vandoulakis ne manquaient pas d'assurance. Ils craignaient rarement de ne pas parvenir à leurs fins. Manolis avait beaucoup d'atouts. À commencer par le fait que Fotini avait protégé son amie des rumeurs au sujet d'Anna et de lui. Antonis était une source intarissable de cancans. Plus de cinq années s'étaient écoulées depuis ce baiser qui avait signifié si peu pour Anna et tant pour lui, mais le rejet de la jeune femme lui restait en travers de la gorge. Il la méprisait et observait avec un plaisir malveillant les allées et venues du cousin de son époux, de plus en plus fréquentes depuis qu'Eleftheria et Alexandros Vandoulakis avaient pris leurs quartiers à Néapoli. Antonis racontait tout à Fotini, chaque fois qu'il venait dîner à la taverne du bord de mer, où elle vivait désormais.

— Il est resté déjeuner au moins deux heures la semaine dernière, jubila-t-il un soir.

— Épargne-moi tes histoires, lui répliqua Fotini d'un ton sec en lui servant un verre de raki. Et je ne veux pas qu'elles arrivent aux oreilles de Maria.

— Et pourquoi donc ? Sa sœur est une cocotte, tu crois qu'elle l'ignore ?

— Bien sûr qu'elle l'ignore ! Et toi aussi. Qu'est-ce que ça peut bien faire que le cousin de son mari passe du temps avec elle ? Ils sont de la même famille.

— S'il lui rendait visite à l'occasion, ce ne serait pas pareil, mais il est fourré là-bas tous les jours. Tu connais beaucoup de familles dans ce cas ?

— Eh bien, peu importe ce que tu penses, Maria n'a pas besoin de le savoir… Ni Giorgis ! Il a assez souffert. Le mariage d'Anna avec un homme fortuné était ce qui pouvait lui arriver de mieux… Tu as intérêt à tenir ta langue. Je suis sérieuse, Antonis.

Fotini avait pesé ses mots. En abattant la bouteille sur la table, elle foudroya son frère du regard. Elle protégeait Giorgis et Maria comme s'ils étaient la chair de sa chair et voulait à tout prix les préserver de ces rumeurs malfaisantes. Une part d'elle ne parvenait pas à y croire de toute façon. Pourquoi Anna prendrait-elle ainsi le risque de tout perdre ? Et puis elle entretenait l'espoir que Manolis, l'objet des calomnies d'Antonis, remarquerait un jour Maria. Depuis le déjeuner le jour de la fête de la Saint-Giorgis, celle-ci en parlait sans cesse, répétant le moindre détail de leur conversation.

Manolis venait souvent à Plaka. Giorgis l'avait introduit auprès de la population masculine, qui l'avait accueilli chaleureusement et le jeune homme était bientôt devenu un client régulier du bar. On avait presque autant de chances de l'y trouver que n'importe quel villageois, jouant au backgammon, ou discutant politique sous un épais nuage de fumée. Même dans ce petit village, les questions de politique internationale occupaient une part importante des conversations. La distance n'empêchait pas les Crétois de se passionner pour les événements qui se déroulaient ailleurs en Grèce.

— C'est la faute des communistes ! s'exclama un soir Lidakis en tapant du poing sur le comptoir.

— Comment peux-tu dire ça ? riposta quelqu'un d'autre. Sans la monarchie, le continent aurait deux fois moins d'ennuis !

Et ainsi de suite, parfois jusqu'à une heure avancée. « Mettez deux Grecs ensemble et vous aurez une dispute », disait le proverbe et, la plupart des soirs de la semaine, l'établissement accueillait au moins vingt clients et autant de disputes qu'il y avait d'olives dans les bocaux.

Les vues de Manolis étaient plus étendues que celles de la plupart des villageois – qui en général n'avaient pas été plus loin qu'Héraklion, voire La Canée –, et il apportait un regard neuf sur nombre de sujets de discorde. Veillant à ne pas se vanter de ses conquêtes féminines, qui avaient pourtant constitué un thème récurrent de ses voyages, il divertissait son public avec ses histoires sur les Italiens, les Yougoslaves et leurs frères grecs du continent. Tout le monde appréciait sa vivacité et la gaieté qu'il semait autour de lui. Chaque fois que le débat retombait, Manolis avait une anecdote ou deux à raconter, pour le plaisir de chacun. Le récit de ses aventures dans le vieux quartier turc d'Athènes, sur la place d'Espagne à Rome et dans les troquets de Belgrade, tous fascinants, étaient accueillis dans un silence que seul troublait le son des chapelets qu'on dévidait. Il n'avait nul besoin de broder pour amuser son public. Son bref emprisonnement, le bateau dérivant au milieu de la Méditerranée ou le duel qu'il avait livré dans les rues derrière un port yougoslave constituaient autant d'histoires véridiques. C'étaient celles d'un homme ayant voyagé sans responsabilités ni soucis, du moins au début. Elles démontraient à la fois son intrépidité et sa sensibilité. Mais, ne voulant pas passer pour un homme indigne de Maria, Manolis édulcorait sa narration par endroits.

Même Antonis avait cessé de bouder dans son coin chaque fois que le cousin de son patron débarquait et il l'accueillait avec chaleur. Ils avaient trouvé dans la musique un terrain d'entente, tout comme dans leur longue absence, qui leur avait donné plus d'expérience du monde que les aînés grisonnants avec lesquels ils buvaient. Petit, Manolis avait appris à jouer de la lyre, et, au cours de ses voyages, elle avait fait office de compagne, voire de planche de salut – étant parfois l'unique recours contre la faim. Il avait souvent été contraint de chanter pour pouvoir dîner, et cet instrument était le seul bien qu'il n'avait jamais mis en jeu. Il la laissait désormais derrière le comptoir, à un crochet et, lorsque le niveau du raki avait bien descendu dans la bouteille, il la sortait pour arracher à ses cordes une plainte vibrante et frémissante qui flottait dans l'air nocturne.

De même, la flûte en bois d'Antonis, son *thiaboli*, ne l'avait pas quitté durant ses années de résistance. Sa douce mélodie avait empli des centaines de grottes et de refuges, apaisant les cœurs et les âmes de ses camarades ou les aidant simplement à tuer le temps pendant les longues heures d'attente ou de garde. Si Manolis et Antonis n'avaient pas grand-chose en commun, la musique était un territoire neutre où la richesse et l'origine sociale n'avaient aucune importance. Ils jouaient souvent ensemble, pendant une heure, ensorcelant leur auditoire et ceux qui avaient laissé leurs fenêtres ouvertes.

Personne n'ignorait que les parents de Manolis avaient joui d'une grande fortune qu'il avait émiettée, et la plupart des villageois l'accueillaient comme l'un des leurs, contraint de suer sang et eau pour gagner sa vie et aspirant à se marier pour fonder une famille. La simplicité de la vie plus posée de Manolis avait ses avantages. Même s'il ne voyait pas souvent Maria, ce qui était pourtant la motivation initiale de ses visites à Plaka, il y découvrait beaucoup de qualités appréciables. Les liens entre amis d'enfance, la loyauté familiale et un mode de vie qui n'avait pas eu besoin d'évoluer en un siècle. S'il réussissait à séduire Maria, ou une autre beauté du coin, il pourrait enfin avoir l'impression d'appartenir à une communauté. À l'exception des fêtes des saints toutefois, rares étaient les occasions de croiser Maria.

Le soin que ces petits villages appliquaient au respect de la bienséance le rendait fou. La constance des traditions avait beau être un des attraits de cette existence, il trouvait ridicule qu'il soit aussi compliqué de courtiser une femme. Il ne pouvait pas dévoiler ses intentions à Anna, à laquelle il ne rendait de toute façon presque plus visite – ayant dû mettre un terme à cette habitude pour se consacrer pleinement à la conquête de Maria. Ainsi qu'il s'y attendait, Anna s'était montrée très acide la dernière fois.

— Eh bien, merci de venir me voir !

— Je préfère éviter de déjeuner ici. Ma fainéantise commence à faire jaser.

— À votre guise, avait-elle cinglé, les yeux emplis de larmes de colère. Vous avez de toute évidence terminé votre petit jeu avec moi. Je suppose que vous avez choisi une autre victime.

Sur ces mots, elle avait quitté la pièce d'un pas furibond et claqué la porte avec fracas.

Manolis regretterait leur complicité et l'étincelle dans le regard d'Anna, mais ce prix, il était disposé à le payer.

Puisque personne ne se chargeait de lui préparer à manger chez lui, Manolis dînait souvent dans l'une des tavernes d'Élounda ou de Plaka. Tous les vendredis, il se rendait dans le restaurant de Fotini, que son mari et elle tenaient ensemble désormais. Un soir de juillet, il s'installa à une table qui donnait sur la mer et Spinalonga. L'île, avec sa forme d'œuf immense à moitié englouti, faisait tellement partie du paysage qu'il y pensait rarement. Comme tout un chacun, il se demandait parfois à quoi la vie pouvait ressembler là-bas sans jamais s'attarder sur ces réflexions. Spinalonga était simplement là, un rocher colonisé par des lépreux.

Tandis qu'avec sa fourchette il piochait dans l'un des minuscules picarels posés devant lui, quelque chose attira son regard. Dans la lumière déclinante du crépuscule, un petit bateau revenait de l'île, laissant une traînée d'écume triangulaire dans son sillage. Deux personnes se trouvaient à bord et, lorsque l'embarcation atteignit l'appontement, il lui sembla reconnaître Maria.

— Stephanos ! Est-ce bien Maria avec Giorgis ? On ne voit pas souvent une femme pêcher, si ?

— Ils ne reviennent pas de la pêche, répondit Stephanos. Ils faisaient une livraison aux lépreux.

— Ah, lâcha Manolis, soudain pensif. Il faut bien que quelqu'un s'en charge.

— Giorgis s'en occupe depuis des années. Ça rapporte plus que la pêche... et le revenu est plus régulier, répondit Stephanos en déposant une assiette de pommes de terre sautées devant lui. Mais il le fait surtout...

Fotini, qui avait laissé traîner une oreille, comprit aussitôt la tournure que cette conversation menaçait de prendre. Stephanos risquait bien, en toute bonne foi, d'oublier que Giorgis souhaitait que la famille Vandoulakis ignore les circonstances tragiques de la mort d'Eleni.

— Regarde ce que je t'apporte, Manolis ! s'écria-t-elle en fondant sur lui avec une assiette d'aubergines. Je viens de les préparer. J'ai mis de l'ail, j'espère que ça te plaira. Tu nous excuses un instant ?

Entraînant son mari par le bras, elle le conduisit dans la cuisine.

— Fais attention, enfin ! Nous devons tous oublier que la mère d'Anna et de Maria a séjourné à Spinalonga. C'est la seule solution. Il n'y a aucune honte, bien sûr, mais Alexandros Vandoulakis pourrait voir les choses d'un autre œil.

— Je sais, je sais, rétorqua Stephanos, penaud. Ça m'est sorti de la tête. C'était vraiment idiot de ma part. Manolis est si souvent fourré ici que je ne me souviens plus qu'il a maintenant des liens avec Anna.

— Je ne songe pas qu'à elle, reconnut Fotini. Maria a des sentiments pour Manolis. Ils ne se sont rencontrés qu'une fois, chez Anna, mais elle me parle sans cesse de lui.

— Vraiment ? La pauvre fille a certes besoin d'un mari, cependant, ce type m'a tout l'air d'une fripouille. Enfin, le choix est restreint ici, non ? ajouta-t-il, habitué à tout voir en noir et blanc.

Comprenant ce que manigançait sa femme, il s'avisa qu'elle et lui devaient jouer un rôle pour réunir Maria et Manolis.

Une semaine plus tard, une occasion de les faire se rencontrer se présenta. Lorsque Manolis s'installa à la taverne, Fotini se glissa par la porte de derrière et courut chez les Petrakis. Giorgis était sorti jouer au backgammon après le repas, et Maria se fatiguait les yeux sur un livre à la lumière faiblissante.

— Il est là ! lança Fotini, hors d'haleine. Manolis dîne au restaurant. Pourquoi ne descendrais-tu pas le voir ?

— Je ne peux pas, que dirait mon père ?

— Pour l'amour de Dieu, Maria, tu as vingt-trois ans ! Un peu de courage ! Ton père n'a pas besoin de le savoir.

Elle empoigna son amie par le bras, laquelle ne lui opposa qu'une faible résistance : elle brûlait d'envie de la suivre, en réalité.

— Que vais-je lui dire ? s'inquiéta-t-elle.

— Ne t'en fais pas, la rassura Fotini. Les hommes de son genre ne laissent pas ce souci aux autres, du moins pas longtemps. Il saura comment alimenter la conversation.

Fotini avait vu juste. Dès leur arrivée à la taverne, Manolis prit les choses en main. N'interrogeant pas Maria sur la raison de sa présence, il lui proposa de s'asseoir à sa table et demanda de ses nouvelles depuis leur dernière rencontre, avant de la questionner sur la santé de son père. Puis, avec une audace que peu auraient dans une telle situation, il lança :

— Un nouveau cinéma vient d'ouvrir à Agios Nikolaos. Accepteriez-vous de m'y accompagner ?

Maria, déjà rouge d'émotion, piqua un fard. Baissant les yeux, elle eut du mal à répondre.

— J'aimerais beaucoup, finit-elle par murmurer, mais ce n'est pas vraiment l'usage par ici… Aller au cinéma avec quelqu'un qu'on connaît à peine.

— Voici ce que je vous propose : je vais demander à Fotini et Stephanos de venir avec nous, ils nous serviront de chaperons. Allons-y lundi, c'est bien le jour de fermeture de la taverne, non ?

Avant qu'elle n'ait eu le temps de se tracasser et d'énumérer toutes les raisons de refuser, le rendez-vous était fixé. Trois jours plus tard, ils iraient tous à Agios Nikolaos.

La conduite de Manolis fut irréprochable, et ces sorties adoptèrent un rythme hebdomadaire. Chaque lundi aux environs de 19 heures, ils partaient tous les quatre voir le dernier film à l'affiche avant de dîner.

Giorgis se réjouissait de voir sa fille courtisée par ce séduisant et charmant jeune homme qu'il appréciait depuis plusieurs mois. Bien qu'il fît sa cour avec une modernité surprenante – il l'emmenait au cinéma et au restaurant alors même qu'aucun accord de principe n'avait été conclu –, Giorgis songea qu'il fallait vivre avec son temps. De surcroît, la présence de chaperons permettait de contenir les murmures désapprobateurs des vieilles chouettes du village.

Ils s'entendaient bien tous les quatre, et ces sorties hors de Plaka ajoutaient du relief à leur existence. Ces moments étaient toujours pleins de joie, les blagues de Manolis et ses pitreries provoquant souvent l'hilarité de ses compagnons. Maria se mit à rêver de pouvoir observer ce beau visage expressif, ridé par la vie et les rires, pour le restant de ses jours. Parfois, quand il plongeait ses yeux dans les siens, elle sentait que les poils de sa nuque se dressaient et que ses paumes devenaient moites. Il lui arrivait d'être surprise par un frisson, même lorsque la soirée était chaude. Elle n'avait jamais fait l'expérience des flatteries et des taquineries auparavant. Manolis était une vraie tache de couleur sur la toile monotone de son quotidien ! Par moments, elle se demandait s'il était capable de prendre quoi que ce soit au sérieux. Sa légèreté se révélait si contagieuse… Maria, qui n'avait pas connu de bonheur si frivole, commençait à se dire que cette euphorie ressemblait à de l'amour.

Le sort de son père continuait à peser sur sa conscience qu'adviendrait-il de lui si elle se mariait ? La plupart du temps, la mariée quittait sa famille et s'installait dans celle de son mari. Manolis étant orphelin, la question ne se posait pas, pour autant, il était inenvisageable de lui proposer de vivre dans leur maisonnette. Elle tournait et retournait le problème dans sa tête, sans jamais se soucier que Manolis ne l'ait pas encore embrassée.

Celui-ci se tenait à carreau, ayant depuis longtemps résolu que seule une conduite irréprochable lui permettrait de gagner le cœur de Maria. Ce qui ne l'empêchait pas de s'étonner de l'absurdité de la situation : dans un autre pays, il aurait déjà conduit une fille dans son lit, quand ici il avait à peine appris son prénom. Il avait déjà passé des dizaines d'heures avec Maria, mais ne l'avait pas encore touchée. Si elle éveillait son ardeur, l'attente avait le goût délicieux de la nouveauté. Certain que sa patience serait récompensée, il ne l'en désirait que davantage. Durant les premiers mois de sa cour, lorsqu'il scrutait son pâle visage ovale, encadré par un halo de tresses noires, elle détournait le regard en rougissant, de peur de croiser le sien. Avec le temps, cependant, il la vit s'enhardir et soutenir les œillades qu'il lui adressait. S'il avait été plus attentif, il aurait eu le plaisir d'apercevoir une veine palpiter sur le cou délicat de la belle, avant qu'elle ne laisse naître un délicieux sourire sur ses lèvres. S'il lui volait sa virginité sans attendre, il serait contraint de quitter Plaka. Bien qu'ayant déjà défloré des dizaines de filles, il n'avait aucune envie de causer la disgrâce de la charmante Maria. Et surtout, une petite voix intérieure le pressait de se retenir : il était temps de s'établir.

De son côté, Anna se consumait de jalousie et de ressentiment. Manolis l'avait à peine honorée de sa présence depuis que Giorgis et Maria étaient venus déjeuner, et à l'occasion des réunions familiales il avait gardé ses distances. Comment osait-il la traiter de la sorte ? Bientôt, elle apprit par son père qu'il courtisait Maria. Cherchait-il juste à la provoquer ? Si seulement elle pouvait trouver l'occasion de lui montrer que son petit jeu la laissait de marbre… Aucune ne se présenta malheureusement, et Anna ne put exorciser cette obsession. Afin de se changer les idées, elle se jeta à corps perdu dans des travaux de décoration de plus en plus extravagants. Elle ne parvenait pas à oublier, cependant, que les événements suivaient leur cours à Plaka et, ne pouvant se confier à personne, la colère s'accumulait en elle comme la vapeur dans une cocotte-minute.

Dérouté par sa mauvaise humeur, Andreas lui demandait sans arrêt quelle en était la raison et se voyait répondre qu'elle voulait qu'on lui fiche la paix. Il baissa les bras. Il sentait depuis un moment que la lune de miel, avec ses regards tendres et ses mots doux, était finie, et il investit toute son énergie dans le domaine. Eleftheria avait remarqué le changement, elle aussi. Anna, si joyeuse et animée quelques mois plus tôt, semblait constamment exaspérée. Pour la première fois, celle-ci devait contraindre sa nature et contenir ses émotions. Elle aurait voulu hurler, se lamenter, s'arracher les cheveux par poignées. Pourtant, quand Maria et son père lui rendaient une visite de temps à autre, Manolis n'était même pas évoqué.

D'instinct, Maria sentait que son amitié avec Manolis empiétait sur le territoire de sa sœur, qui considérait sans doute la famille Vandoulakis comme sa chasse gardée. Pourquoi envenimer la situation en en parlant ? N'imaginant pas une seconde les tourments qui consumaient Anna, elle se figurait que sa contrariété était due au fait qu'elle n'était toujours pas enceinte.

Un soir de février, six mois après le début des sorties hebdomadaires, Manolis vint trouver Giorgis au bar. Le vieil homme, qui lisait le journal, releva la tête.

— Puis-je m'asseoir, Giorgis ? demanda Manolis avec déférence.

— Oui, répondit-il en reprenant sa lecture. Cet endroit ne m'appartient pas.

— J'aimerais vous poser une question et je n'irai pas par quatre chemins. Accepteriez-vous de me donner la main de votre fille ?

Giorgis replia le quotidien avec soin, puis le posa sur la table. Manolis eut l'impression qu'une éternité s'écoulait avant qu'il ne réponde.

— Si j'accepterais ? Bien sûr ! Tu courtises la plus jolie fille du village depuis près de six mois… Je commençais à désespérer que tu te décides ! Il était temps !

La fanfaronnade de Giorgis dissimulait sa joie profonde : à présent, ses deux filles appartiendraient à l'une des familles les plus puissantes de la province. Ce sentiment ne découlait pas d'un quelconque snobisme, mais du soulagement réel de savoir que leur avenir à toutes deux était garanti. Un père ne pouvait pas rêver mieux pour ses enfants, surtout un simple pêcheur. Derrière Manolis, à travers les fenêtres en partie masquées, il apercevait les lumières clignotantes de Spinalonga. Si seulement il avait pu partager ce moment avec Eleni.

À court de mots, il tendit la main pour serrer celle de Manolis. Son expression était bien assez éloquente.

— Merci, je veillerai sur elle. Et je peux vous assurer que nous veillerons sur vous aussi, dit-il, conscient qu'avec ce mariage Giorgis se retrouverait seul. Hé ! lança-t-il à Lidakis, apporte-nous ton meilleur *tsikoudia* ! Nous avons quelque chose à célébrer ! C'est un miracle, je ne suis plus orphelin !

Habitué aux effets d'annonce de Manolis, avant d'apporter d'un pas traînant une bouteille et deux verres, Lidakis lança :

— Comment cela ?

— Giorgis a accepté d'être mon beau-père ! Je vais épouser Maria !

Il y avait quelques autres clients au bar ce soir-là et, avant même que la principale concernée n'en soit informée, plusieurs hommes trinquèrent à son avenir avec Manolis.

Plus tard, quand Giorgis rentra, Maria se préparait à aller se coucher. Lorsqu'il referma à la hâte la porte pour empêcher le vent de février de chasser la chaleur, elle remarqua son expression étrange. Un mélange d'excitation et de plaisir.

— Maria, dit-il en la prenant par les deux bras, Manolis m'a demandé ta main.

Partagée entre la joie et la douleur, elle courba la tête. La gorge serrée, elle souffla :

— Quelle réponse lui as-tu faite ?

— Celle qui te réjouira. Oui, bien sûr !

De toute sa vie, Maria n'avait jamais été en proie à un tel maelström d'émotions. Son cœur lui semblait un chaudron où plusieurs ingrédients se décomposaient afin de se mêler et former un tout. La peur lui serra la poitrine : que se passait-il ? Était-il naturel que le bonheur ressemble à la nausée ? De même qu'elle ne parvenait pas à imaginer la douleur d'autrui, elle ignorait ce que les autres ressentaient quand ils aimaient. Elle était à peu près certaine de son amour pour Manolis. Entre son charme et son esprit, difficile de ne pas être séduite. Cependant, lier son destin au sien pour toujours était autre chose. L'inquiétude la dévorait. Qu'adviendrait-il de son père ?

— C'est merveilleux, vraiment merveilleux, mais toi ? rétorqua-t-elle sans dissimuler son alarme. Je ne peux pas t'abandonner.

— Ne te ronge pas les sangs pour moi. Je resterai ici, je ne veux pas quitter Plaka. J'ai trop à faire.

— Comment cela ? demanda-t-elle alors qu'elle connaissait pertinemment la réponse.

— Spinalonga. L'île a besoin de moi… tant que j'aurai la force nécessaire pour manœuvrer ma barque. Le Dr Lapakis compte sur moi, et tous les habitants aussi.

Les trajets du village à la colonie étaient plus fréquents que jamais. Chaque mois, Giorgis accompagnait de nouveaux patients ainsi que des vivres, mais aussi des matériaux de construction pour le programme de rénovation subventionné par le gouvernement. Il était un maillon essentiel de la chaîne. Et Maria comprenait son attachement à l'île. Ils en parlaient rarement, pourtant, elle savait que c'était sa façon de conserver un lien avec Eleni.

Le père comme la fille eurent un sommeil troublé, et le matin leur sembla ne jamais vouloir arriver. Ce jour-là, un dimanche, Giorgis devait conduire Maria chez Manolis, dans le domaine Vandoulakis. Celui-ci les accueillit sur le perron. Maria découvrait pour la première fois la maison qui allait devenir son foyer. Il ne lui fallut pas longtemps pour calculer qu'elle faisait quatre fois la taille de celle de son père et pour être découragée à la perspective de s'y installer.

— Bienvenue, lança Manolis, réussissant à la rassurer avec ce petit mot. Entrez, tous les deux, ne restez pas dehors.

C'était le jour le plus froid de l'hiver. Une tempête couvait, et les vents semblaient provenir de plusieurs directions à la fois, enroulant des tourbillons de feuilles mortes autour de leurs chevilles. En pénétrant à l'intérieur, Maria fut d'abord frappée par le manque de lumière et d'ordre. Manolis les emmena dans une pièce de réception légèrement plus rangée et soignée, avec ses napperons de dentelle et ses photographies aux murs.

— Ma tante et mon oncle ne vont pas tarder, expliqua-t-il avec nervosité presque, avant d'ajouter à l'intention de Maria : Votre père a consenti à ma demande. Et vous, voulez-vous bien m'épouser ?

Elle marqua un temps avant de répondre. Un temps qui leur parut à tous deux durer une éternité. Pris d'un doute subit, il l'implora du regard.

— Oui, finit-elle par répondre.

— Elle l'a dit ! rugit Manolis, ayant subitement regagné son assurance.

Il la serra, lui baisa les mains et la fit tourner sur elle-même jusqu'à tant qu'elle l'implore de la lâcher. Il y aurait toujours des surprises avec Manolis, et son exubérance la laissait pantelante. Cet homme était un *pentozali* vivant !

— Tu vas être ma femme ! répéta-t-il en passant au tutoiement dans l'excitation. Mon oncle et ma tante sont si impatients de te revoir, Maria. Avant leur arrivée, nous devons aborder un sujet important. Giorgis, viendrez-vous vous installer avec nous ?

Manolis n'avait évidemment pas eu le temps d'évoquer cette question avec Maria et ignorait donc que le sujet était sensible.

— C'est très gentil de ta part, mais je ne peux pas quitter le village. Maria le comprend, n'est-ce pas ? dit-il en s'en remettant à sa fille.

— Bien sûr que je comprends. Tant que tu viens ici aussi souvent que possible… Et nous passerons te voir à Plaka presque tous les jours.

Giorgis savait que Maria tiendrait parole. Elle ne suivrait pas l'exemple d'Anna, dont les lettres et les venues s'étaient réduites comme peau de chagrin à présent.

Manolis ne s'expliquait pas l'attachement de son beau-père à cette vieille maison dans Plaka, toutefois, il n'avait pas l'intention d'insister. Le son des pneus sur l'allée pavée venait de résonner, bientôt suivi du claquement des portières. Alexandros et Eleftheria étaient là, et Manolis les introduisit. Des poignées de main chaleureuses furent échangées. Si les routes des Vandoulakis et des Petrakis ne s'étaient pas croisées depuis plusieurs mois, les effusions étaient sincères. En tant que chef de famille, Alexandros avait le devoir de prendre la parole :

— Giorgis et Maria… Quel plaisir renouvelé de vous accueillir dans notre famille. Mon frère et sa femme, les regrettés parents de Manolis, se seraient autant réjouis que nous du bonheur que Maria apportera à notre neveu.

Ces mots venaient du cœur, et Maria rougit de gêne et de plaisir. Alexandros et Eleftheria savaient que cette jeune fille n'avait pas d'autre dot que quelques broderies et dentelles pour agrémenter l'intérieur sévère et dépouillé de Manolis. Ils ne soulignèrent pas cet aspect, ayant plus à gagner qu'à perdre de l'union de leur neveu avec une fille de la région. Ce mariage leur permettrait de tenir la promesse qu'ils avaient faite de veiller à son bien-être. Quand Manolis avait disparu en Europe, Alexandros avait eu l'impression d'avoir échoué. Aucun des engagements qu'il avait pris auprès de Yiannis n'avait été satisfait. Pendant l'essentiel de ces dix années, Alexandros n'aurait su dire si son neveu était en vie ni dans quel pays il se trouvait. Une fois marié à Maria, Manolis serait attaché à Élounda et continuerait à prêter main-forte à Andreas dans l'administration du vaste domaine.

Ils trinquèrent tous les cinq à leur santé.

— *Iassas !* s'écrièrent-ils en chœur en entrechoquant leurs verres.

La discussion tomba bientôt sur la date des noces.

— Marions-nous la semaine prochaine ! suggéra Manolis.

— Ne sois pas ridicule, riposta Eleftheria, prise de panique. Tu n'imagines pas le temps qu'il faut pour organiser une belle fête ! Au moins six mois !

Manolis plaisantait bien sûr, mais il poussa la taquinerie.

— Je suis sûr qu'on pourrait presser les choses. Allons voir immédiatement le prêtre. Venez, il acceptera peut-être de célébrer le mariage aujourd'hui !

Une part de lui était sincère. Il était désormais aussi impatient qu'un tigre désireux de fondre sur sa proie. Son esprit s'emballait. Maria, si belle, si pâle et ferme, ses cheveux éparpillés sur l'oreiller, un rayon de lune filtrant à travers les rideaux et éclairant son corps parfait. Attendre. Six mois entiers. Mon Dieu, comment tiendrait-il aussi longtemps ?

— Nous devons respecter les vœux de tes parents, intervint Alexandros. À la lettre ! ajouta-t-il, trop conscient de l'impétuosité de Manolis.

Celui-ci lui coula un regard amusé : son oncle pensait qu'il avait besoin qu'on lui serre la vis et, en dépit de l'affection qu'il avait pour lui, il adorait entrer dans son jeu pour le tourmenter.

— Bien sûr que nous suivrons leurs souhaits à la lettre, conclut-il d'une voix sincère. Je le promets.

À la première occasion, Maria courut annoncer la nouvelle à Fotini.

— Une seule chose m'inquiète, dit-elle. Mon père.

— Mais nous serons là pour garder un œil sur lui, Stephanos et moi, ainsi que mes parents, la rassura son amie. Allez, Maria, il est temps que tu te maries. Ton père le comprend, j'en suis certaine.

Maria tenta de chasser ses doutes, pourtant, sa sollicitude pour Giorgis semblait toujours se dresser entre elle et tout sentiment de bonheur.

14

Une fête cimenta les fiançailles de Manolis et de Maria, où tout Plaka fut convié. Les deux jeunes gens se sentaient bénis des dieux. Tant d'amies d'enfance de Maria avaient été mariées par leur père à un homme qu'elles n'aimaient pas et pour lequel elles devraient apprendre à cultiver des sentiments comme s'il s'était agi de géraniums en pots. La plupart des unions étaient le fruit de négociations pragmatiques, et Maria se réjouissait donc de faire un mariage d'amour. Elle en vouait une certaine gratitude à sa sœur, pourtant, l'occasion de lui exprimer sa reconnaissance ne se présentait jamais : elles se voyaient rarement. À la surprise générale – surprise teintée d'inquiétude –, Anna n'assista même pas à la fête de fiançailles. Elle chargea Andreas de l'excuser, lequel vint accompagné de ses parents.

Manolis adorait l'idée du mariage. Convaincu que l'époque de son libertinage et de ses errances était bel et bien révolue, il se délectait de la perspective d'être choyé par quelqu'un et peut-être, même, d'avoir des enfants. Contrairement à Maria, qui remerciait un dieu chaque semaine à l'église, il attribuait sa chance à plusieurs divinités mythiques, notamment Aphrodite, qui lui avait servi cette magnifique femme sur un plateau d'argent. Il aurait préféré rester célibataire plutôt qu'en épouser une sans attraits qui ne lui aurait inspiré aucun sentiment et se félicitait que Maria réunisse toutes ces qualités.

Le soir de la fête, la place du village fourmillait de monde et résonnait de cris de joie. Stephanos fit passer d'énormes plateaux de nourriture, tandis que Maria et Manolis se mêlaient aux convives.

À un moment de la soirée, celui-ci entraîna son cousin à l'écart.

— Andreas, dut-il presque hurler pour couvrir le vacarme de l'orchestre, accepterais-tu d'être notre *koumbaros* ?

Le *koumbaros*, ou témoin, jouait un rôle capital lors de la cérémonie, presque aussi important que le prêtre et, le moment venu, plût à Dieu, il devenait le parrain du premier-né.

Andreas attendait cette demande. Il aurait même été vexé si Manolis ne la lui avait pas faite, tant cet honneur semblait lui incomber naturellement : ils étaient davantage que des frères, plus proches que des jumeaux, et qui aurait été mieux placé pour renforcer les liens entre les jeunes mariés que lui, qui était aussi le beau-frère de Maria ? La proposition ne le surprit certes pas, mais il n'en fut pas moins heureux.

— Rien ne me ferait plus plaisir, cousin ! J'en serai très fier !

Manolis inspirait des instincts protecteurs à Andreas. Celui-ci se souvenait encore très bien de la mort de son oncle et de la période qui avait suivi, lorsque Manolis s'était installé chez eux. Andreas, qui avait toujours été un enfant stable et sérieux, n'aurait pu être plus différent de son cousin, plus sauvage et moins obéissant. Ils s'étaient rarement chamaillés, contrairement à la plupart des fratries, et n'avaient jamais éprouvé la moindre jalousie l'un pour l'autre. Ils avaient chacun rencontré, à cinq ans, un frère et un camarade de jeu. Andreas bénéficia de l'influence de ce cousin audacieux, et de toute évidence Manolis avait bien besoin de l'autorité que son oncle et sa tante étaient à même d'exercer. Andreas, de six mois l'aîné, endossa naturellement le rôle de protecteur, tandis que Manolis le détournait du droit chemin et l'incitait à se montrer plus téméraire à l'occasion de leurs expéditions d'adolescents.

Maria reçut le premier des nombreux cadeaux qui viendraient constituer son trousseau, et les réjouissances se prolongèrent jusqu'à l'aube, après quoi Plaka devint le village le plus calme de Crète. Même les chiens, épuisés, n'aboieraient pas avant que le soleil ne soit très haut dans le ciel.

Lorsque Andreas rentra au domaine, tout le monde dormait. Alexandros et Eleftheria avaient pris congé un peu plus tôt, et un silence inquiétant régnait dans la maison obscure. En se glissant dans la chambre, il entendit Anna remuer.

— Bonjour, murmura-t-il doucement au cas où elle aurait juste bougé dans son sommeil.

En vérité, elle n'avait pas fermé l'œil de la nuit. Elle s'était tournée et retournée, ivre de colère à l'idée de la liesse qui emplissait Plaka. Elle se représentait tout à fait le sourire éclatant de sa sœur, le regard ténébreux de Manolis fixé sur elle, et la façon dont il avait dû l'enlacer par la taille le temps de gober les félicitations des convives.

Lorsque Andreas alluma sa lampe de chevet, elle roula vers lui.

— Alors, s'enquit-elle, tu t'es bien amusé ?

— La fête était magnifique. Et Manolis m'a demandé d'être témoin !

Occupé à se déshabiller, Andreas avait répondu sans la regarder et ne vit pas qu'elle avait le visage mouillé de larmes.

Anna n'avait pas réussi à se préparer à ce nouveau coup du sort, pourtant inévitable. Son mari jouerait désormais un rôle de choix dans la vie de Manolis et celle de Maria, qui lierait leur destin à tous, la condamnant à avoir éternellement sous le nez le bonheur de sa sœur. Elle bascula sur le côté pour enfouir sa tête dans l'oreiller.

— Bonne nuit, Anna, dors bien, lui dit Andreas en la rejoignant sous les draps.

Quelques secondes plus tard, le lit vibrait sous ses ronflements.

Mars et ses jours frais passèrent rapidement, le printemps arriva avec une explosion de bourgeons et de fleurs et, au début de l'été, l'organisation du mariage était bien avancée. La date fut fixée pour octobre, les réjouissances seraient arrosées par les premières bouteilles de la récolte annuelle. Maria et Manolis continuaient leurs sorties hebdomadaires en compagnie de Fotini et Stephanos. La virginité de la future mariée étant une condition tacite de la validation du contrat de mariage, personne ne négligeait le pouvoir de la tentation : il valait donc mieux pour tout le monde qu'une jeune femme ne se retrouve pas seule avec son fiancé avant la nuit de noces.

Un soir de mai, alors qu'ils étaient tous les quatre installés autour d'un verre à Agios Nikolaos, Maria remarqua que Fotini rayonnait. Elle comprit que son amie avait quelque chose à leur annoncer.

— Qu'y a-t-il, Fotini ? On dirait que tu nous caches quelque chose !

— En quelque sorte, oui… Nous allons avoir un bébé ! bredouilla-t-elle.

— Tu es enceinte ! C'est merveilleux ! s'exclama Maria en prenant la main de son amie. Pour quand est-ce prévu ?

— D'ici à sept mois, je crois… J'en suis encore au tout début.

— Soit quelques mois après notre mariage… Je viendrai à la taverne tous les deux jours, rétorqua Maria, qui bouillonnait de joie.

Ils trinquèrent à la bonne nouvelle. Les deux amies avaient l'impression qu'hier encore elles faisaient des châteaux de sable, alors qu'à présent elles parlaient de mariage et de maternité.

Plus tard dans l'été, s'inquiétant de ne pas avoir vu sa sœur depuis longtemps et s'étonnant de l'absence totale d'intérêt que celle-ci portait à ses futures noces, Maria résolut d'aller la trouver avec Manolis. C'était l'un des jours les plus chauds d'août, à cette période de l'année où les températures élevées baissaient à peine la nuit. Cette initiative était audacieuse : ils n'avaient pas été invités et n'avaient pas reçu de mot laissant entendre que sa majesté Anna ait envie de les voir. Maria avait bien compris le message. Pourquoi celle-ci se comporterait-elle de la sorte, sinon pour signifier sa désapprobation ? Pourtant, Maria avait bien l'intention de ne pas en rester là. Elle lui avait adressé plusieurs lettres – notamment une racontant la fête de fiançailles que son aînée, soi-disant malade, avait ratée, et une autre décrivant les magnifiques dessous qu'elle avait reçus pour son trousseau –, demeurées sans réponse. Anna avait le téléphone, mais Maria et Giorgis non, si bien que les communications avaient tout bonnement été rompues entre eux.

Tandis que Manolis remontait la route familière à la sortie d'Élounda, négociant les virages avec l'aisance de celui qui les avait déjà pris mille fois, la nervosité de Maria croissait. *Courage*, se disait-elle. *Ce n'est que ta sœur.* Elle ne parvenait pas à s'expliquer les affres où la plongeait cette simple rencontre avec un membre de sa famille.

Maria fut la première à descendre de voiture. Manolis semblait traîner : après avoir trituré la clé pour la sortir du contact, il se recoiffa dans le rétroviseur. Elle l'attendait, impatiente. Il actionna la grande poignée ronde – après tout, c'était un peu sa deuxième maison –, et comme elle refusait de tourner, il souleva le heurtoir avant de le cogner trois fois. La porte s'ouvrit enfin, non pas sur Anna, mais sur Eleftheria.

Elle fut surprise de découvrir les deux jeunes gens. Il était inhabituel de se présenter chez autrui sans s'être annoncé au préalable, cependant, Manolis n'était pas du genre à s'embêter avec des questions d'étiquette, elle le savait et l'embrassa chaleureusement.

— Entrez, entrez, dit-elle. Quelle bonne surprise ! Si vous m'aviez prévenue, j'aurais pu prévoir un dîner… Enfin, je vais nous trouver de quoi grignoter et boire…

— Nous sommes venus voir Anna en réalité, l'interrompit son neveu. Comment va-t-elle ? Elle ne nous a donné aucune nouvelle depuis des mois.

— Vraiment ? Ah, je vois… Je n'étais pas au courant. Je vais monter la chercher et l'informer de votre présence, rétorqua Eleftheria en les quittant aussitôt.

Depuis la fenêtre de sa chambre, Anna avait vu la voiture arriver. Que faire ? Jusqu'à présent, elle avait réussi à repousser l'inévitable, persuadée que si elle gardait ses distances avec Manolis ses sentiments finiraient par s'estomper. Elle le voyait pourtant tous les jours de la semaine : elle avait l'impression de se retrouver face à lui lorsque son mari rentrait en fin de journée, et les nuits où celui-ci lui faisait l'amour, à travers ses paupières mi-closes, elle imaginait Manolis. L'intensité des sentiments qu'elle entretenait pour cette version intrépide d'Andreas était aussi intacte que le jour où son cousin avait glissé une fleur entre ses seins ; il suffisait qu'elle pense à lui pour se mettre en émoi. Elle brûlait d'envie de revoir ce sourire pétillant qui attisait sa passion et lui donnait des frissons, mais toute rencontre aurait dorénavant lieu en présence de Maria. Maria qui lui rappellerait que Manolis ne lui appartiendrait jamais.

Elle avait voulu croire qu'elle maîtrisait la situation. Jusqu'à cette soirée. À présent, elle était acculée. Les deux personnes qu'elle aimait et détestait le plus au monde l'attendaient en bas.

Eleftheria frappa doucement à sa porte.

— Anna, ta sœur et son fiancé sont là ! lança-t-elle à travers le battant. Veux-tu descendre ?

Sa belle-fille ne lui avait rien confié, bien sûr, toutefois, Eleftheria la soupçonnait de s'être attachée plus que de raison à Manolis. Elle était la seule à connaître la fréquence de leurs tête-à-tête, et la seule à savoir qu'Anna n'était pas souffrante le jour des fiançailles. Ce jour-là encore, elle percevait les réticences de la jeune femme à abandonner sa chambre. Il ne fallait pas aussi longtemps pour venir ouvrir. Elle patienta quelques instants avant de frapper à nouveau, de façon plus insistante cette fois.

— Anna ?

— J'arrive ! répondit-elle d'un ton sec. Je vous rejoindrai quand je serai prête.

Quelques instants plus tard, après avoir fardé sa bouche en rouge et brossé ses beaux cheveux brillants, Anna quitta sa chambre. Elle prit une profonde inspiration, puis poussa la porte du salon de réception. Elle avait tout de la *grande dame*[1], même si Eleftheria était la véritable maîtresse de maison, et traversa la pièce d'un pas majestueux pour aller saluer sa cadette, en déposant un baiser sur chacune de ses joues, du bout des lèvres. Ensuite seulement elle se tourna vers Manolis et lui tendit une main pâle et molle.

— Bonjour, dit-elle avec un sourire. C'est une surprise de vous trouver ici. Une excellente surprise.

Anna avait toujours su jouer la comédie. Et pour bien des raisons elle se réjouissait d'être en présence de cet homme, qui avait été l'objet de son obsession

1. En français dans le texte.

charnelle. Surtout qu'il était encore plus viril et désirable que dans son souvenir. Au bout de ce qui lui parut de longues minutes – seules une ou deux secondes avaient dû s'écouler en réalité –, elle s'avisa qu'elle ne lui avait pas lâché la main. Et qu'elle avait la paume moite. Elle la retira d'un geste vif.

— Cela faisait si longtemps que nous ne nous étions pas vues, débuta Maria. Les semaines filent à une vitesse… Tu sais que nous nous marions en octobre, n'est-ce pas ?

— Oui, oui, c'est une nouvelle merveilleuse. Absolument merveilleuse.

Eleftheria, qui s'était affairée dans la cuisine, en revenait avec un plateau chargé de verres et de soucoupes remplies d'olives, de cubes de feta, d'amandes et d'une tourte aux épinards. Elle avait dû accomplir des miracles pour confectionner un tel assortiment de *mezze* en si peu de temps, pourtant, elle s'excusa de ne pas pouvoir leur offrir un repas digne de ce nom. Continuant à s'agiter, elle sortit une carafe d'ouzo du buffet et servit tout le monde.

Ils s'assirent, Anna sur le bord de son siège, Manolis bien calé dans le sien, parfaitement à l'aise. La pièce était baignée de la douce lumière orangée du coucher de soleil, filtrant à travers les rideaux de dentelle, et bien que le ton de la conversation fût guindé, Anna s'efforçait d'alimenter l'échange formel, comme l'exigeait sa position.

— Donne-moi des nouvelles de notre père. Comment va-t-il ?

Maria n'aurait su dire si Anna se souciait vraiment de lui, pour autant, elle n'aurait jamais osé imaginer qu'elle s'en fichait royalement.

— Il va bien. Il se réjouit de notre mariage. Nous lui avons proposé de venir vivre avec nous, mais il nous a opposé un refus catégorique. Il tient à rester à Plaka.

Maria avait toujours excusé l'apparente indifférence de sa sœur : elle habitait loin, elle avait un rôle d'épouse à tenir, sans parler de tous les devoirs sans doute inhérents au domaine. Elle savait toutefois que sa propre existence connaîtrait désormais les mêmes bouleversements. Et si Anna pouvait s'investir davantage dans sa relation avec leur père, ou du moins essayer de lui rendre visite plus régulièrement, elle soulagerait Maria d'un grand poids. Elle s'apprêtait à aborder le sujet quand des éclats de voix leur parvinrent depuis le couloir.

Alexandros et Andreas rentraient d'une tournée d'inspection sur leurs terres du Lassithi, et même si les cousins se voyaient régulièrement pour discuter affaires, ils s'embrassèrent comme des amis perdus de vue. On remplit à nouveau les verres, et les deux maîtres de maison s'installèrent avec eux.

Maria percevait une tension dans l'air sans réussir à en identifier la cause. Si Anna semblait heureuse de faire la conversation, elle ne pouvait s'empêcher de remarquer que sa sœur s'adressait davantage à Manolis qu'à elle. Peut-être était-ce dû à leur position respective dans le salon : il était assis face à Anna, tandis qu'Andreas et Maria occupaient chacun l'extrémité d'une longue banquette, de part et d'autre d'Eleftheria.

Manolis avait oublié la puissance d'attraction qu'Anna exerçait sur lui. Elle possédait une grâce aguicheuse, et il se remémora leurs marivaudages de la mi-journée avec un sentiment approchant la nostalgie. Il avait beau s'être rangé, le séducteur en lui n'était jamais très loin.

Eleftheria remarqua qu'Anna avait changé. La jeune femme qui faisait si souvent la tête, répondant par monosyllabes, était particulièrement enjouée ce soir-là. Même dans la lumière déclinante, son sourire était éclatant. Et elle accueillait tout ce qui sortait de la bouche de Manolis avec une complaisance presque mielleuse.

À son habitude, celui-ci dominait les échanges. Anna avait du mal à contenir sa colère en l'entendant systématiquement se référer à Maria comme à sa « magnifique fiancée », mais finit par en conclure qu'il le faisait dans le but délibéré de la contrarier. Il continuait à la taquiner, songea-t-elle, à jouer avec elle comme autrefois, rappelant ainsi qu'il n'avait pas oublié leurs badinages. Le regard qu'il posait sur elle, la façon dont il s'inclinait pour lui parler comme s'ils étaient seuls dans la pièce, tout cela venait le confirmer. Si seulement ils avaient pu réellement être seuls… Cette heure écoulée en compagnie de Manolis la mettait à la fois aux anges et au supplice.

La discussion porta surtout sur le mariage. L'heure de la cérémonie, la liste des invités et le rôle d'Andreas en tant que *koumbaros*. Il faisait presque nuit quand Maria et Manolis prirent congé. Leurs yeux s'étaient habitués à la pénombre grandissante, et Eleftheria n'alluma une petite lampe de table qu'au moment de leur départ, pour éviter qu'ils s'emmêlent les pieds dans un tapis ou se cognent dans un guéridon.

— Je voudrais t'entretenir d'une dernière chose, Anna, dit Maria, résolue à ne pas partir sans avoir rempli sa mission. As-tu l'intention d'aller voir notre père prochainement ? Je sais que tu es très occupée, mais ça lui ferait grand plaisir.

— Oui, oui, bien sûr, répondit-elle avec une déférence inhabituelle. Je l'ai traité avec négligence, ce qui est vraiment inacceptable de ma part. Je descendrai à Plaka d'ici à quelques semaines. Que diriez-vous du troisième mercredi de septembre ? Cela vous conviendrait-il ?

Si elles semblaient anodines, ces questions étaient empreintes de malveillance. Anna savait pertinemment que, pour Maria, un mercredi de septembre valait un mercredi d'avril, de juin ou d'août, ou même un lundi ou un mardi. Elle accomplissait la même routine domestique six jours par semaine et, à l'exception du dimanche, peu lui importait le jour de cette rencontre. D'autant que Maria s'attendait à ce que sa sœur propose une date moins lointaine. La réponse qu'elle fit n'en laissa rien transparaître toutefois.

— Ce serait parfait. Je le préviendrai alors. Et je suis sûre qu'il s'en réjouira. En général, il revient de Spinalonga avec le Dr Lapakis vers 17 heures.

Anna la maudit intérieurement d'avoir mentionné l'île. Ils avaient si bien réussi ces cinq dernières années à cacher la nature de leurs liens avec la colonie de lépreux aux Vandoulakis. Et à présent Maria avait autant intérêt qu'elle à garder leur passé secret. Pourquoi ne pouvaient-ils donc pas tout simplement l'oublier ? Personne n'ignorait que Giorgis effectuait des livraisons à Spinalonga et assurait le transport du médecin de l'île. Ces activités étaient déjà bien assez honteuses, quel besoin d'y faire sans cesse référence ?

Tout le monde s'embrassa une dernière fois, puis les fiancés remontèrent en voiture. Si Anna lui avait paru légèrement à cran, Maria avait toutefois l'impression que la glace avait commencé à se rompre. Car elle avait beau s'évertuer à ne pas juger sa sœur, à ravaler ses critiques, elle n'était pas une sainte.

— Il est vraiment temps qu'Anna aille à Plaka, fit-elle remarquer à Manolis. Maintenant que je vais quitter notre père, elle devra s'y rendre plus souvent.

— Je serais surpris qu'elle se plie à cette exigence, rétorqua-t-il. Elle n'accepte pas qu'on lui dicte sa loi. Et le moins qu'on puisse dire, c'est qu'elle ne supporte pas la contrainte.

Son commentaire dérouta Maria : il parlait d'elle comme s'il la comprenait. La personnalité d'Anna n'était certes pas complexe, cependant, elle fut surprise de constater qu'il l'avait cernée avec autant de pertinence.

Désormais, Maria comptait les jours jusqu'aux noces : plus que quatre semaines. Si elle regrettait qu'elles ne passent pas plus vite, l'idée de quitter son père continuait à lui peser, et elle était bien décidée à faire tout ce qui était en son pouvoir pour faciliter cette transition. Elle entreprit donc de ranger la maison de fond en comble en prévision de son départ. Une corvée qu'elle avait repoussée durant l'été, lorsque les températures caniculaires troublaient l'air, tant à l'intérieur qu'à l'extérieur. À présent que l'atmosphère avait fraîchi, c'était le jour idéal pour entreprendre une telle tâche.

Anna avait justement prévu de passer ce jour-là, et elle avait laissé certaines affaires qu'elle pourrait vouloir remporter, notamment des jouets. *Qui sait, elle en aura peut-être bientôt besoin*, songea Maria, persuadée qu'un bébé ne tarderait pas à arriver.

Un ménage de printemps à l'automne. La maisonnette était bien entretenue – Maria y veillait –, mais il y avait un vieux buffet rempli de bols et d'assiettes qui auraient bien besoin d'être lavés, des meubles à cirer, des chandeliers à polir et plusieurs cadres qui n'avaient pas été dépoussiérés depuis des mois.

Tout en vaquant à ces corvées, Maria écoutait la radio et fredonnait sur les mélodies crachotantes. Il était 15 heures.

L'une de ses chansons préférées, de Mikis Theodorakis, retentit soudain. Les accords énergiques du bouzouki lui donneraient du cœur à l'ouvrage et elle monta le volume au maximum. La musique noya le bruit de la porte d'entrée, si bien que Maria, qui lui tournait le dos, ne vit pas Anna se glisser dans la pièce et s'asseoir sur une chaise.

Celle-ci observa sa cadette pendant une dizaine de minutes. Elle n'avait pas la moindre intention de l'aider, ayant revêtu une belle robe de cotonnade blanche brodée de minuscules fleurs bleues. Elle tirait une satisfaction perverse à regarder Maria peiner de la sorte, sans parvenir à s'expliquer comment celle-ci pouvait récurer des étagères avec insouciance, en chantonnant. La réponse était à chercher du côté de Manolis. Évidemment ! Maria devait être la femme la plus heureuse du monde ! Cette idée lui était insupportable. S'agitant sur sa chaise, elle racla les pieds sur le sol et fit sursauter sa sœur.

— Anna ! s'écria-t-elle. Depuis combien de temps es-tu assise là ?

— Une éternité, répondit-elle d'un air indolent, espérant que Maria serait énervée de découvrir qu'elle l'avait observée.

Descendant de la chaise sur laquelle elle avait grimpé, celle-ci retira son tablier.

— Je nous prépare de la limonade ? demanda-t-elle, oubliant aussitôt le tour que son aînée venait de lui jouer.

— Oui, je te remercie. Il fait encore très chaud pour septembre, non ?

Maria était déjà occupée à trancher des citrons, qu'elle pressa au-dessus d'un pichet avant de diluer leur jus avec de l'eau, d'ajouter du sucre et de mélanger le tout avec énergie. Après qu'elles eurent bu chacune deux verres, Anna lança :

— Pourquoi t'affaires-tu comme ça ? Tu ne t'arrêtes donc jamais ?

— Je prépare la maison pour notre père, répondit Maria. J'ai rassemblé quelques-unes de tes affaires, ajouta-t-elle en désignant un petit tas de jouets, des poupées, une flûte et même un métier à tisser d'enfant.

— Tu en auras peut-être usage aussi vite que moi, riposta Anna, sur la défensive. Je ne doute pas que Manolis et toi voudrez perpétuer le nom des Vandoulakis une fois mariés.

Elle peinait à contenir la jalousie qu'elle éprouvait pour Maria et cette seule sortie trahissait toute sa rancœur. Elle ne parvenait même plus à se délecter de la liberté dont elle jouissait sans enfants. À l'image des écorces de citrons pressés sur la table, elle était vide, amère.

— Qu'y a-t-il, Anna ?

Maria ne put s'empêcher de poser la question, même si elle savait qu'elle s'engageait sur un terrain très glissant.

— Je vois bien que quelque chose ne va pas, compléta-t-elle. Tu peux m'en parler.

Anna n'avait aucune intention de se confier à Maria. C'était la dernière personne à qui elle ouvrirait son cœur. Elle était venue voir son père, pas partager un moment d'intimité entre sœurs.

— Tout va très bien, rétorqua-t-elle sèchement. Écoute, je vais aller saluer Savina et je repasserai plus tard, quand notre père sera rentré.

Lorsque Anna tourna les talons pour sortir, Maria remarqua que son dos était humide, à tel point que le tissu fin de sa robe ajustée était devenu transparent. Si le tourment de celle-ci ne faisait plus aucun doute, elle comprenait aussi qu'elle n'en découvrirait pas la raison. Anna s'épancherait peut-être auprès de Savina, qui pourrait ensuite éclairer Maria. Des années durant, les émotions de son aînée avaient été transparentes, aussi simples à lire que les affiches fleurissant sur les troncs d'arbre pour annoncer la date et l'heure d'un concert. Anna ne gardait rien pour elle, avant. À présent, au contraire, elle emmitouflait ses sentiments et les gardait bien au chaud.

Maria reprit son ménage pendant une heure environ, jusqu'au retour de Giorgis. Pour la première fois sans doute, elle n'éprouva pas d'inquiétude à la perspective de le laisser. Il paraissait fort pour un homme de son âge et survivrait sans elle, elle en avait la certitude. Ces derniers temps, il semblait moins accablé par la marche du monde, et il retrouvait si souvent ses amis au bar que les soirées solitaires seraient heureusement rares.

— Anna est passée tout à l'heure, dit-elle d'un ton badin. Elle ne devrait plus tarder.

— Où est-elle allée ?

— Voir Savina.

À cet instant, Anna les rejoignit. Elle embrassa son père avec affection, et ils s'assirent pour discuter pendant que Maria leur servait à boire. Ils abordèrent beaucoup de sujets sans en approfondir aucun. À quoi Anna s'occupait-elle ? Avait-elle fini ses travaux de décoration dans les deux demeures ? Comment se portait Andreas ? Giorgis ne posa pas les questions dont Maria brûlait de connaître la réponse : Anna était-elle heureuse ? Pourquoi venait-elle si rarement à Plaka ? Pas un seul mot sur les noces futures. Au terme d'une heure vite écoulée, Anna se leva pour partir. Ils se dirent au revoir, et Giorgis accepta une invitation à déjeuner pour le dimanche suivant.

Après le dîner, comme son père s'était rendu au *kafenion*, Maria décida de s'acquitter d'une dernière tâche. Elle retira ses chaussures pour monter sur une chaise branlante – elle voulait atteindre le fond d'un grand placard –, et remarqua aussitôt une marque étrange sur son pied. Son cœur manqua un battement. Selon l'éclairage, celle-ci devait être à peine visible. Comme une ombre inversée, une zone sèche légèrement plus pâle que le reste. On aurait dit qu'elle s'était brûlé le pied au soleil et que sa peau en pelant avait laissé une tache de dépigmentation. Il n'y avait peut-être aucune raison de s'alarmer, pourtant, l'angoisse commençait à la ronger. Maria avait l'habitude de se baigner le soir, dans la pénombre, et elle aurait pu rester des mois sans rien remarquer. Elle en parlerait à Fotini dès que possible, mais elle ne voulait pas inquiéter son père tout de suite. Ils avaient déjà l'esprit accaparé par assez de choses.

Maria connut la nuit la plus atroce de sa vie. Elle garda les yeux grands ouverts presque jusqu'à l'aube. Si elle ne pouvait pas avoir de certitude, elle entretenait néanmoins peu de doutes sur l'origine de cette marque. Les heures se succédèrent à une lenteur douloureuse, tandis qu'elle se tournait et se retournait, torturée par la peur. Lorsqu'un sommeil profond finit par l'emporter, brièvement, elle rêva de sa mère et de flots déchaînés ballottant Spinalonga comme un navire. Le lever du jour fut un soulagement. Elle irait trouver Fotini de bonne heure. Son amie était toujours debout dès 6 heures pour laver la vaisselle de la veille et préparer le repas du soir. Personne ne travaillait autant qu'elle au village, alors qu'elle entrait dans le dernier trimestre de sa grossesse.

— Maria ! Que fais-tu ici aussi tôt ? s'exclama Fotini, remarquant aussitôt que son amie était préoccupée. Allons prendre un café.

Elles s'assirent à la grande table de la cuisine.

— Qu'y a-t-il ? reprit-elle. On dirait que tu n'as pas fermé l'œil de la nuit. Le mariage te rend nerveuse ?

Maria redressa la tête : les cernes sous ses yeux embués de larmes étaient aussi sombres que le café qu'elle n'avait pas touché.

— Maria, parle-moi ! insista Fotini en recouvrant la main de son amie. Raconte-moi ce qui ne va pas !

— Ça, répondit-elle.

Elle se leva et posa son pied sur la chaise avant d'indiquer la zone de peau sèche et décolorée.

— Tu vois ? ajouta-t-elle.

Fotini se pencha pour observer. Elle comprenait pourquoi Maria était aussi bouleversée à présent. Grâce aux dépliants qu'on leur distribuait régulièrement, les villageois étaient capables d'identifier les premiers symptômes de la lèpre, et cette marque semblait bien en être un.

— Que dois-je faire ? souffla Maria, les joues mouillées de larmes. Je ne sais pas quoi faire…

Fotini conservait son calme.

— Pour commencer, tu n'en parles à personne ici. Ce n'est peut-être rien, mais les gens n'hésiteront pas à tirer des conclusions hâtives, surtout les Vandoulakis. Il te faut un vrai diagnostic. Ton père ramène le médecin presque tous les soirs, non ? Pourquoi ne lui demanderais-tu pas de t'examiner ?

— Le Dr Lapakis est un bon ami de mon père, mais il est presque trop proche, et quelqu'un pourrait apprendre sa visite. Il y avait un autre médecin, qui venait avant la guerre. J'ai oublié son nom, je crois qu'il exerce à Héraklion. Mon père se rappellera.

— Pourquoi n'essaierais-tu pas d'aller le voir, alors ? Avec ton mariage, tu n'auras aucune peine à trouver une excuse justifiant un tel déplacement.

— Mais ça veut dire que je dois en parler à mon père, sanglota-t-elle.

Elle avait beau sécher ses larmes, de nouvelles jaillissaient. Il n'y avait pas d'autre solution : si elle pouvait le cacher à tout Plaka, elle devait prévenir Giorgis, soit la seule personne qu'elle voulait vraiment protéger.

Elle rentra chez elle. 8 heures venaient de sonner, toutefois, son père était déjà parti : elle devrait attendre jusqu'au soir. Pour se changer les idées, elle reprit le travail qu'elle avait commencé la veille, s'y adonnant avec une vigueur et une énergie renouvelées, faisant briller les meubles et allant gratter les grains de poussière au fond des placards et des tiroirs.

Vers 11 heures, quelqu'un frappa à la porte. C'était Anna. Levée depuis plus de sept heures, Maria était épuisée.

— Bonjour, murmura-t-elle. Déjà de retour ?

— J'ai oublié quelque chose. Mon sac. Il a dû glisser derrière le coussin.

Elle s'approcha aussitôt du fauteuil et trouva, comme elle le pensait, le petit sac taillé dans le même tissu que la robe qu'elle portait la veille.

— Voilà, je savais bien que je le dénicherais là.

Maria se hissa sur un tabouret pour se reposer.

— Tu veux boire quelque chose ? proposa-t-elle.

Anna la fixait, l'air ébahi. Après s'être tortillée sur son siège, Maria en descendit. Sa sœur la suivit du regard, les yeux rivés sur ses pieds nus. Elle avait remarqué la marque sinistre, il était trop tard pour la dissimuler.

— D'où vient cette tache sur ton pied ? demanda-t-elle.

— Aucune idée, rétorqua Maria. Ce n'est sans doute rien.

— Attends, laisse-moi regarder ! insista Anna.

Maria n'avait pas l'intention de se battre, d'autant que celle-ci s'était déjà baissée.

— J'ai l'intention d'aller consulter quelqu'un pour m'assurer que ce n'est pas grave, dit-elle d'un ton ferme.

— Tu en as parlé à notre père ? Et Manolis, il l'a vue ?

— Aucun d'eux n'est encore au courant.

— Et quand comptes-tu les en informer ? Parce que si tu ne le fais pas, je devrai m'en charger. J'ai bien l'impression qu'il s'agit de la lèpre.

Elle connaissait aussi bien que Maria les conséquences d'un tel diagnostic.

— Écoute, j'ai prévu d'en discuter avec notre père ce soir. Mais personne d'autre ne doit être mis au courant. Ce n'est peut-être rien.

— Tu te maries dans moins d'un mois, alors ne traîne pas. Et dès que tu auras le verdict, viens me l'annoncer.

Devant le ton brusque de sa sœur, Maria se surprit à penser que celle-ci se réjouissait de la possibilité qu'elle ait contracté la terrible maladie.

— Si tu ne m'as pas donné de nouvelles d'ici à quinze jours, je repasserai.

Sur ces mots, elle disparut, claquant la porte derrière elle. À l'exception des battements précipités du cœur de Maria, le seul vestige de la visite d'Anna était une vague odeur de parfum français dans l'air.

Ce soir-là, Maria montra son pied à Giorgis.

— C'est le Dr Kyritsis que nous devons aller trouver. Il travaille dans le principal hôpital d'Héraklion. Je vais lui écrire de ce pas.

Il n'en dit pas plus, mais la peur lui nouait le ventre.

15

Moins d'une semaine après avoir envoyé sa lettre, Giorgis reçut une réponse du Dr Kyritsis.

Cher Kyrie Petrakis,

J'ai bien reçu votre courrier et suis navré d'apprendre ces nouvelles concernant votre fille. Je suis bien entendu disposé à vous recevoir tous les deux et vous attendrai jeudi 24 septembre à midi.

Je tiens à profiter de cette lettre pour vous dire la peine que m'a causée la mort de votre charmante épouse. Je sais qu'elle remonte à quelques années maintenant, mais je n'ai découvert cette triste disparition que récemment, venant juste de reprendre contact avec le Dr Lapakis.

En vous assurant de mon amitié,

Bien à vous,

Nikolaos Kyritsis

Le père comme la fille furent soulagés qu'il leur propose un rendez-vous aussi rapide, quelques jours plus tard à peine ; ils ne pensaient à rien d'autre qu'au pied de Maria.

Après le petit-déjeuner le jeudi matin, ils entreprirent le voyage de trois heures jusqu'à Héraklion.

Personne ne s'en étonna, s'imaginant, comme l'avait prédit Fotini, qu'ils allaient régler une affaire liée au mariage. Ce soir-là, les femmes qui discuteraient sur le pas de leur porte signaleraient d'ailleurs qu'une fiancée qui avait besoin de nouvelles robes ou de compléter son trousseau se rendait tout naturellement à la capitale.

La route de la côte, souvent venteuse, était longue. Lorsque, à l'approche de la ville, Maria découvrit l'immense port vénitien, elle aurait donné n'importe quoi au monde pour ne rien avoir à faire dans cet endroit. De toute sa vie, elle n'avait jamais vu une telle poussière ni un tel capharnaüm, sans parler du fracas assourdissant des camions et des travaux. Giorgis n'avait pas mis le pied en ville depuis la guerre et, à l'exception des hautes murailles qui avaient supporté stoïquement les bombardements allemands, il ne reconnaissait presque plus rien. Ils roulaient au hasard, hébétés, apercevant de vastes places avec des fontaines. Au bout d'un moment néanmoins, ils remarquèrent non sans irritation qu'ils tournaient en rond. Ils finirent par repérer le bâtiment récent de l'hôpital, et Giorgis se gara devant.

Il était presque midi, et le temps qu'ils s'orientent dans le dédale de couloirs et trouvent enfin le service du Dr Kyritsis, ils étaient en retard.

— On aurait dû prévoir plus de temps, geignit Giorgis, contrarié.

— Ne t'inquiète pas, je suis sûre qu'il comprendra que ce n'est pas notre faute si la ville a été transformée en labyrinthe… Tout comme l'hôpital.

Une infirmière les accueillit et leur posa quelques questions pendant qu'ils patientaient dans le corridor étouffant. Le Dr Kyritsis n'en avait pas pour longtemps. Assis en silence, ils aspiraient les effluves d'antiseptique caractéristiques des lieux. Ils n'avaient pas grand-chose à se dire et s'occupèrent en observant le spectacle sous leurs yeux : les infirmières qui s'affairaient, les patients en chaise roulante qui les doublaient parfois… Enfin l'une d'elles les accompagna jusqu'au bureau.

Si la guerre avait transfiguré Héraklion, elle avait laissé des marques plus impressionnantes encore sur le médecin. Il avait conservé sa silhouette élancée, mais sa tignasse noire avait pris une teinte argentée, et le temps comme le travail acharné avaient imprimé leur empreinte sur son visage lisse. Il faisait bien ses quarante-deux ans.

— Kyrie Petrakis, dit-il en contournant son bureau pour venir lui serrer la main.

— Voici ma fille Maria.

— Despineda[1] Petrakis. Il y a plus de dix ans que je ne vous ai vue, mais je me souviens de vous enfant, rétorqua Kyritsis en lui donnant une poignée de main. Asseyez-vous, je vous prie, et expliquez-moi la raison de votre visite.

Maria entreprit, d'une voix nerveuse d'abord, de décrire les symptômes.

— Il y a deux semaines, j'ai remarqué une tache claire sur mon pied gauche. Elle est un peu desséchée et insensible. Avec les antécédents de ma mère, je ne pouvais pas l'ignorer. Voilà pourquoi nous sommes ici.

1. *Despineda* signifie « mademoiselle ».

— Il n'y a que cette lésion ? Vous n'en avez pas d'autre ailleurs ?

Maria coula un regard à son père. Depuis quinze jours, elle en avait découvert de nouvelles. Personne ne l'avait vue nue, et, même en se dévissant le cou devant le petit miroir de sa chambre, elle avait du mal à scruter son dos. Nonobstant la pénombre, elle avait pourtant repéré plusieurs autres taches.

— Si, dit-elle. J'en ai plusieurs.

— Il va falloir que je les examine et, si besoin, que j'effectue quelques prélèvements de peau.

Le médecin se leva, et Maria le suivit dans son cabinet, laissant Giorgis avec les planches d'anatomie qui émaillaient les murs. Kyritsis observa d'abord la macule sur son pied, puis celles sur son dos. Il éprouva ensuite leur insensibilité, avec une plume et une épingle. Il ne faisait pas le moindre doute que les terminaisons nerveuses étaient atteintes, cependant, le médecin n'était pas sûr à cent pour cent qu'il s'agisse de la lèpre. Il prit des notes détaillées, puis fit un schéma de l'emplacement des lésions sur le corps.

— Je suis désolé, Despineda Petrakis, je vais devoir procéder à quelques prélèvements. Ce ne sera pas long, quoique un peu douloureux.

Maria resta sagement assise pendant que Kyritsis et une infirmière préparaient des lames de verre et réunissaient les outils nécessaires. Il y avait encore un mois, elle montrait le dernier élément de son trousseau à ses amies, une paire de bas en soie, plus légers que l'air et aussi transparents que des ailes de libellule. Quand elle les avait essayés, ils avaient glissé sur sa peau, habillant ses jambes fines d'un voile invisible. Seule la couture à l'arrière indiquait qu'elles n'étaient pas nues. Elle avait ensuite enfilé les chaussures qu'elle porterait le jour de ses noces. À présent, le pied qu'elle avait introduit dans le soulier étroit allait être écorché. Le médecin la tira de sa rêverie :

— Despineda Petrakis, voulez-vous bien vous allonger sur la banquette ?

Le scalpel, aussi tranchant qu'un rasoir, s'enfonça d'à peine deux millimètres dans sa peau, pourtant, Maria eut l'impression que l'incision était beaucoup plus profonde. Et lorsqu'il recueillit quelques cellules de pulpe sous la couche de peau desséchée afin de les observer au microscope, elle se sentit comme un morceau de viande sur le billot du boucher. Elle tressaillit, des larmes de douleur et de peine lui montèrent aux yeux. Kyritsis effectua un second prélèvement sur son dos, puis l'infirmière lui appliqua aussitôt une pommade antiseptique et du coton.

Lorsque les saignements eurent cessé, Maria regagna le bureau du médecin.

— Bien, dit-il, j'aurai les résultats de ces prélèvements d'ici à quelques jours. Je chercherai d'éventuelles traces du bacille de Hansen, seule preuve absolue de la présence de la lèpre. Je peux vous communiquer le résultat par écrit ou, si vous le préférez, vous pouvez revenir me voir et je vous l'annoncerai en personne. Personnellement, je trouve qu'il vaut mieux pour tout le monde que le diagnostic soit délivré de vive voix.

Le trajet était peut-être pénible, mais ni Maria ni Giorgis n'étaient prêts à recevoir cette nouvelle par la poste.

— Nous reviendrons, répondit-il pour eux deux.

Le prochain rendez-vous fut fixé avant leur départ. Le Dr Kyritsis les attendrait à la même heure la semaine suivante. D'un professionnalisme hors pair, il n'avait pas donné un seul indice du résultat qu'il anticipait. Ne voulant ni les inquiéter ni leur donner de faux espoirs, il affichait une neutralité presque indifférente.

Jamais semaine n'avait paru aussi interminable à Maria. Son amie Fotini était la seule à savoir qu'elle se tenait au bord d'un précipice. Elle s'occupait le plus possible à des tâches ménagères, pourtant, rien ne réussissait à détourner son esprit de ce qui pouvait arriver le jeudi suivant.

Le mardi, Anna lui rendit visite ; elle était dévorée par l'impatience : Maria avait-elle fait des examens ? Quels en étaient les résultats ? Pourquoi n'avait-elle pas encore la réponse ? Et quand l'aurait-elle ? Ces interrogations n'étaient teintées ni de compassion ni d'inquiétude. Après que Maria y eut répondu par monosyllabes, Anna finit par repartir.

Dès que celle-ci eut disparu, Maria se précipita à la taverne, perturbée par la réaction vindicative et presque enthousiaste d'Anna à son sort.

— Je présume que si elle te questionne autant, c'est parce qu'elle craint les éventuelles conséquences pour elle, lui dit Fotini en lui serrant la main de toutes ses forces. Mais n'y pensons pas, Maria. Nous devons garder espoir.

La jeune femme se terrait chez elle depuis plusieurs jours. Elle avait envoyé un message à Manolis pour l'informer qu'elle était souffrante et ne pourrait pas le voir avant la semaine suivante. Heureusement, il ne demanda aucune précision et, lorsqu'il croisa

Giorgis au bar de Plaka, celui-ci confirma les dires de sa fille avant d'assurer à son futur gendre qu'elle se rétablirait au plus vite. Maria souffrait d'être loin de son fiancé. La gaieté de Manolis lui manquait, et le chagrin l'écrasait chaque fois qu'elle pensait au mariage qui n'aurait peut-être pas lieu.

Le jeudi arriva enfin. Maria et Giorgis reprirent la route d'Héraklion, et cette fois ils trouvèrent l'hôpital plus facilement. C'était au tour de Kyritsis d'être en retard. L'infirmière s'en excusa auprès d'eux : il avait été retenu, mais serait là d'ici une demi-heure. Maria était dans un état second. Jusqu'à présent, elle avait réussi à canaliser son angoisse, cependant, les trente minutes d'attente supplémentaires dépassaient les limites de sa patience, et elle se mit à arpenter le couloir pour se calmer.

À son arrivée, le médecin se répandit en excuses et les introduisit aussitôt dans son bureau. Son attitude différait du tout au tout par rapport à leur précédente entrevue. Il ouvrit le dossier de Maria posé devant lui, puis le referma, comme s'il avait besoin d'y vérifier quelque chose. Ce n'était pas le cas, bien sûr. Il savait exactement ce qu'il devait annoncer et n'avait aucune raison de prolonger le calvaire de ses visiteurs. Il entra dans le vif du sujet :

— Despineda Petrakis, je suis au regret de vous apprendre que la présence de bactéries dans vos lésions cutanées indique que vous avez contracté la lèpre.

Il n'aurait su dire qui était le plus dévasté du père ou de la fille. Celle-ci était le portrait craché de sa défunte mère, et la cruauté du destin qui se répétait n'échappait pas à Kyritsis. Il détestait ces instants.

Bien sûr, il avait à sa disposition des phrases apaisantes toutes faites – « La maladie en est encore au début, nous devrions pouvoir vous aider », ou « Je crois que nous avons pris le mal assez tôt ». Néanmoins, les mauvaises nouvelles, de quelque façon qu'on les délivre, restaient mauvaises, cataclysmiques et cruelles.

Le père et la fille conservèrent le silence en découvrant que leur pire cauchemar s'était réalisé. Ils imaginèrent tous deux Spinalonga, ne doutant plus à présent que le destin de Maria l'y conduirait. Si l'inquiétude l'avait rendue malade les jours suivant la découverte de la première tache, elle avait fini par se persuader que tout irait bien. Imaginer le pire aurait été tout bonnement insupportable.

C'était à Kyritsis de combler le silence assourdissant qui était tombé sur la pièce et, tandis que les Petrakis prenaient la mesure de la situation, il s'ingénia à les rassurer :

— C'est une nouvelle très dure pour vous, et je suis navré d'en être le porteur. Vous devez savoir toutefois que la recherche a fait de grandes avancées dans le domaine de la lèpre. À l'époque de votre femme, Kyrie Petrakis, les méthodes pour traiter le mal et soulager la douleur étaient à mon sens encore très archaïques. Des progrès réels ont été accomplis au cours des dernières années, et j'espère sincèrement que vous pourrez en bénéficier, Despineda Petrakis.

Maria gardait les yeux rivés au sol. Elle entendait le médecin parler comme s'il se trouvait loin, très loin. Quand il prononça son nom cependant, elle releva la tête.

— Selon moi, poursuivit-il, le mal peut mettre huit ou dix ans avant de se développer. Vous êtes pour le moment atteinte du type de lèpre le moins offensif, et si vous prenez soin de votre santé par ailleurs, elle ne devrait pas évoluer vers la forme lépromateuse.

Que veut-il dire ? se demanda Maria. *Que je suis condamnée à mort, mais que mon agonie sera plus longue ?* Tout haut elle s'enquit, d'une voix qui était à peine plus qu'un souffle :

— Alors… Et maintenant ?

Pour la première fois depuis qu'elle était entrée dans le bureau, Maria affronta le regard de Kyritsis. Elle lut dans ses yeux qu'il n'avait pas peur de la vérité et qu'il ne se déroberait pas à ses questions. Pour son père, sinon pour elle, elle devait être courageuse. Elle ne devait pas pleurer.

— Je vais écrire une lettre au Dr Lapakis afin de lui exposer la situation, et d'ici à la semaine prochaine il faudra que vous rejoigniez Spinalonga. Je suppose que cela va de soi, mais je vous conseille d'en informer le moins de monde possible, à l'exception de vos proches. Les gens continuent à avoir des opinions dépassées sur la lèpre et s'imaginent qu'ils peuvent l'attraper en se tenant dans la même pièce que le malade.

Giorgis intervint alors :

— Bien sûr que nous le savons. Quand on habite en face d'une léproserie, il ne faut pas longtemps pour découvrir ce que la plupart pensent à ce sujet.

— Leurs préventions sont dénuées de tout fondement scientifique, insista Kyritsis. Votre fille a pu attraper cette maladie n'importe où et n'importe quand... Toutefois, beaucoup de gens sont trop ignorants pour le comprendre, je le crains.

— Je crois que nous ferions mieux d'y aller maintenant, lança Giorgis à l'intention de Maria. Nous savons tout ce qu'il y a à savoir.

— Oui. Merci, docteur.

Maria avait retrouvé sa contenance. Il ne lui restait qu'une chose à faire. Elle ne passerait pas le restant de ses jours au côté de Manolis près d'Élounda, mais seule, à Spinalonga. L'espace d'un instant, elle fut tentée d'en terminer avec tout cela. Si au cours de la semaine précédente elle avait erré dans les limbes, à présent son avenir n'était plus indéterminé. Il était plus que certain, même.

Kyritsis leur ouvrit la porte.

— Une dernière chose, ajouta-t-il. J'ai entretenu une correspondance régulière avec le Dr Lapakis et je reprendrai mes visites sur l'île très bientôt. Je suivrai donc votre traitement.

Ils écoutèrent ses paroles de réconfort. Même si sa sollicitude était louable, elle ne les soulagea nullement.

À la sortie de l'hôpital, Maria et Giorgis furent accueillis par un soleil éclatant. Tout autour d'eux les gens vaquaient à leurs occupations, inconscients du malheur qui venait de frapper les deux villageois. L'existence de ces passants n'avait pas changé depuis leur réveil. Ils ne se doutaient pas que Maria enviait cette routine triviale dont elle serait privée dans quelques jours. En l'espace d'une heure, sa vie et celle de son père avaient basculé. Ils étaient arrivés à l'hôpital avec une once d'espoir et l'avaient quitté en l'ayant définitivement perdue.

Le silence semblait le refuge le plus confortable. Au début du moins. Au bout d'une heure de route environ, Maria prit la parole :

— Par où devons-nous commencer ?

— Il faut prévenir Manolis, puis Anna et la famille Vandoulakis. Nous n'aurons pas besoin d'informer d'autres personnes. Le bruit se répandra tout seul.

Ils énumérèrent les détails à régler avant le départ de Maria. Il y en avait peu. Avec l'imminence de son mariage, elle s'était déjà préparée à abandonner la maison de son père.

Lorsqu'ils atteignirent Plaka, ils trouvèrent la voiture d'Anna garée devant chez eux. C'était la dernière personne au monde que Maria voulait voir. Elle aurait préféré aller quérir du réconfort auprès de Fotini. Anna, qui avait conservé une clé, les attendait à l'intérieur. Elle avait eu le temps de regarder la nuit tomber. La teneur de la nouvelle ne faisait aucun doute. Leur mine décomposée était bien assez éloquente, pourtant, Anna, plus insensible que jamais, fit voler le silence en éclats.

— Alors ? Quel est le résultat ?

— Positif.

Cette réponse déboussola Anna. Positif ? C'était une bonne chose, non ? Pourquoi ces têtes d'enterrement, dans ce cas ? Elle était elle-même devant un dilemme, ignorant ce qu'elle souhaitait le plus. Si sa sœur n'avait pas la lèpre, celle-ci épouserait Manolis – issue qui ne la satisferait pas. Cependant, si Maria avait la lèpre, les conséquences pour Anna seraient immédiates. La famille Vandoulakis découvrirait que Maria n'était pas la première des Petrakis à devoir s'exiler sur l'île de Spinalonga. Cette issue-là n'était donc pas plus favorable, néanmoins, elle n'arrivait pas à décider laquelle des deux constituait un moindre mal.

— C'est-à-dire ? s'entendit-elle demander.

— Que j'ai la lèpre, répondit Maria.

Les mots étaient bruts. Même Anna laissa le silence s'étirer. Ils savaient tous trois ce que cela impliquait, les questions seraient superflues.

— Je vais aller en entretenir Manolis dès ce soir, lança Giorgis d'un air décidé. Puis Alexandros et Eleftheria Vandoulakis demain. Ils doivent tous être informés le plus tôt possible.

Sur ce, il s'éclipsa. Ses filles s'assirent ensemble un moment, même si elles n'avaient rien à se dire. Anna allait revoir ses beaux-parents avant de se coucher et elle hésitait à leur parler avant son père. Atténuerait-elle le choc que leur causerait la situation en la leur annonçant elle-même ?

Malgré l'heure avancée, Giorgis était sûr de trouver Manolis au bar du village. Il fondit sur lui et n'y alla pas par quatre chemins :

— Je dois te parler, Manolis. Seul à seul.

Ils s'installèrent à une table du fond, où personne ne pourrait entendre leur conversation.

— J'ai une mauvaise nouvelle, malheureusement. Maria ne pourra pas t'épouser.

— Que s'est-il passé ? Pourquoi donc ? Dites-moi !

L'incrédulité de Manolis était sincère. Il savait que Maria était souffrante depuis quelques jours, mais il n'avait rien imaginé de grave.

— Vous devez me dire de quoi il s'agit ! insista-t-il.

— Elle a la lèpre.

— La lèpre ! rugit-il.

Le mot résonna dans la salle, réduisant les autres clients au silence. La plupart étaient habitués à ce mot cependant, et quelques secondes plus tard les conversations avaient repris.

— La lèpre… répéta-t-il en baissant la voix.

— Oui, la lèpre. Après-demain je l'accompagnerai à Spinalonga.

— Comment l'a-t-elle attrapée ? s'enquit Manolis, s'inquiétant aussitôt pour sa propre santé.

Quelle réponse apporter à cette question ? La maladie mettait parfois des années à se manifester, et il était tout à fait possible que Maria ait été contaminée par sa mère. Giorgis pensa immédiatement à Anna et aux retombées possibles pour elle. La probabilité qu'elle ait, elle aussi, contracté la lèpre était infinitésimale, toutefois, la famille Vandoulakis ne se laisserait peut-être pas convaincre facilement.

— Je n'en ai aucune idée. Pourtant, il y a peu de chances qu'elle l'ait transmise à quiconque.

— J'ignore quoi dire. C'est une nouvelle si terrible…

Tout en parlant, Manolis recula sa chaise. Un geste inconscient mais chargé de sens. Il n'était pas du genre à compatir ni à rechercher la consolation. Giorgis fut surpris par ce qu'il voyait. Manolis n'avait pas l'expression tragique d'un homme brisé d'apprendre qu'il ne pourrait pas épouser la femme de ses rêves. Il était choqué, en aucun cas détruit.

Si le jeune homme avait beaucoup de peine pour Maria, ce n'était pas la fin du monde. Il avait des sentiments sincères pour elle, néanmoins, il avait aimé passionnément des dizaines d'autres femmes dans sa vie, et il gardait les pieds sur terre. Son cœur trouverait tôt ou tard un autre objet d'affection ; Maria n'était pas l'unique amour de sa vie. Il ne croyait pas à une telle chose d'ailleurs. Son expérience lui avait appris que l'amour était une commodité, et il croyait que ceux qui en étaient largement pourvus à la naissance en auraient toujours à donner à une autre femme. Pauvre Maria ! À ce que Manolis savait de la lèpre, c'était la pire maladie qu'un être humain puisse connaître… Enfin, Dieu soit loué, il aurait pu l'attraper lui aussi si elle l'avait découvert plus tard.

Les deux hommes discutèrent un moment avant que Giorgis ne prenne congé. Il devait se lever de très bonne heure pour se présenter chez Alexandros et Eleftheria. À son arrivée, le lendemain matin, les quatre Vandoulakis l'attendaient déjà. Une domestique l'introduisit nerveusement dans le salon lugubre, où Alexandros, Eleftheria, Andreas et Anna étaient assis, telles des statues de cire glacées, muettes, le regard fixe.

Sachant que l'histoire de sa famille allait inévitablement refaire surface, Anna avait avoué à Andreas que sa mère était morte à Spinalonga. Elle escomptait que son honnêteté jouerait à son avantage, mais elle avait été détrompée. Si Alexandros Vandoulakis était un homme intelligent, ses vues sur la lèpre ne différaient pas de celles d'un paysan ignorant. En dépit des protestations réitérées d'Anna et de ses explications – la lèpre ne se transmettait que par des contacts étroits et durables et, même dans ces circonstances, les risques de contamination étaient infimes –, il semblait croire au mythe ancestral d'une maladie héréditaire. Rien n'aurait pu le convaincre qu'une malédiction ne venait pas de frapper sa famille.

— Pourquoi avez-vous caché la lèpre de Maria jusqu'au dernier instant ? s'enquit-il, bouillonnant de rage. Vous avez jeté l'opprobre sur les Vandoulakis !

Eleftheria tenta de contenir son mari, cependant, il était déterminé à aller jusqu'au bout de sa colère.

— Pour sauver notre honneur et notre nom, nous garderons Anna. Toutefois, nous n'oublierons pas votre tromperie ! Car ce n'est pas une, mais deux lépreuses que compte votre famille. Heureusement que le mariage de Manolis et de votre fille n'a pas encore eu lieu... Je ne vois pas d'autre motif de consolation. Dorénavant, nous vous serons reconnaissants de ne pas vous approcher de notre foyer. Anna viendra vous voir à Plaka. Vous n'êtes plus le bienvenu ici, Giorgis.

Alexandros n'exprima pas la moindre inquiétude pour Maria, n'eut pas une seule pensée pour l'infortune qui l'accablait. Les Vandoulakis faisaient front commun, et même la douce Eleftheria ne desserrait pas les dents, craignant de s'attirer les foudres de son mari si elle prenait la défense des Petrakis. Sentant que le moment de partir était venu, Giorgis quitta la maison de sa fille aînée pour la dernière fois, sans un mot. Sur le chemin du retour, des sanglots lui secouèrent la poitrine : il pleurait l'éparpillement définitif de sa famille. Elle était comme réduite à néant désormais.

16

À la maison, Giorgis trouva Maria en compagnie de Fotini. Les deux femmes interrompirent leur conversation dès qu'il franchit le seuil, comprenant que l'entretien avec la famille Vandoulakis s'était mal déroulé. Giorgis avait la mine encore plus pâle et défaite que ce à quoi elles s'attendaient.

— Ces gens ne connaissent donc pas la pitié ? s'écria Maria en se précipitant vers son père pour le consoler.

— Essaie de ne pas leur en vouloir, Maria. Ils ont beaucoup à perdre compte tenu de leur position.

— Peut-être bien, mais qu'ont-ils dit ?

— Qu'ils étaient désolés que le mariage ne puisse avoir lieu.

D'une certaine façon, Giorgis ne mentait pas. Il omettait seulement une grande partie de la vérité. Quel serait l'intérêt de rapporter à Maria qu'ils ne voulaient plus jamais le voir, que, s'ils daignaient garder Anna parmi eux, le père de celle-ci n'était plus le bienvenu dans leur famille ? Giorgis saisissait l'importance de l'honneur et la valeur d'un nom, et si Alexandros Vandoulakis avait le sentiment que la famille Petrakis risquait de le salir, quel autre choix avait-il que de se retirer ?

Maria comprenait la distance de son père, ayant elle-même l'impression d'avoir traversé ces derniers jours dans une sorte de brume, comme si quelqu'un d'autre avait vécu ces événements. Il lui décrivit également la réaction de Manolis, et elle n'eut aucun mal à lire entre les lignes : bien que triste, celui-ci n'était pas dévasté par le chagrin.

Giorgis laissa les deux femmes aux préparatifs du départ de Maria, même s'il y avait peu à faire. Quelques semaines plus tôt elle avait préparé son trousseau, et les caisses contenant ses affaires étaient déjà empilées dans un coin de la pièce. Elle avait bien veillé à ne rien emporter qui pourrait priver son père. S'attendant à ce que l'intérieur de Manolis manque de tout ce qui le rendrait accueillant, elle avait soigneusement emballé les ustensiles nécessaires : récipients, cuillères en bois, balances, ciseaux et fer à repasser.

Il ne lui restait plus qu'une chose à faire : décider ce qu'elle retirerait des caisses. Il lui semblait injuste d'emporter des cadeaux de mariage, quand elle allait s'installer dans une colonie de lépreux et non une charmante maison au cœur d'une oliveraie. De toute façon, quel usage ferait-elle de la lingerie fine et des déshabillés ? Ces objets luxueux et frivoles lui semblaient appartenir à une autre vie, de même que les napperons et les taies d'oreiller qu'elle avait brodés des heures durant… Ses larmes éclaboussèrent le lin finement ouvragé, qu'elle avait posé sur ses genoux.

L'excitation des derniers mois envolée, elle s'abandonnait à la cruauté de ce revers de fortune.

— Pourquoi ne les emportes-tu pas ? suggéra Fotini. Je ne vois pas pourquoi tu n'aurais pas le droit d'avoir de belles affaires à Spinalonga.

— Tu as sans doute raison… Elles rendent la vie plus supportable.

Elle les rangea dans la caisse, avant d'ajouter courageusement, comme si elle partait pour un long et plaisant voyage :

— À ton avis, que me faut-il d'autre ?

— Eh bien, ton père assure les livraisons plusieurs fois par semaine, nous pourrons toujours t'envoyer ce qui te manquera. Pourquoi ne prendrais-tu pas quelques herbes ? Il y a peu de chances qu'elles poussent sur l'île, et je suis sûre qu'elles feront le bonheur de quelqu'un là-bas.

Elles consacrèrent le reste de la journée à passer en revue les besoins de Maria sur l'île, ce qui permit à cette dernière d'éviter de penser au drame imminent de son départ. Fotini entretint la conversation jusque tard dans l'après-midi. Elle fut alors contrainte de partir, étant attendue à la taverne. Elle estimait par ailleurs que Maria et son père devaient rester en tête-à-tête ce soir-là.

— Je ne vais pas te dire adieu, lança-t-elle. Pas seulement parce que c'est douloureux, mais parce que ce n'est pas un adieu. Je te reverrai la semaine prochaine, puis la suivante.

— Comment cela ?

Maria dévisagea son amie avec affolement, se demandant soudain si elle avait la lèpre, elle aussi. Elle ne pouvait croire une chose pareille !

— J'accompagnerai ton père à l'occasion d'une de ses livraisons, répondit Fotini sur le ton de l'évidence.

— Et… et le bébé ?

— Il ne naîtra pas avant décembre, et Stephanos pourra très bien s'occuper de lui le temps que je te rende visite.

— Ce serait merveilleux, répliqua Maria, soudain envahie par un regain de courage.

La plupart des habitants de l'île n'avaient pas vu un seul de leurs proches depuis des années. Elle aurait au moins la chance d'avoir des entrevues régulières avec son père et sa meilleure amie.

— Alors nous sommes d'accord, pas d'adieu, reprit Fotini sur un air de bravade. Un simple « À la semaine prochaine ».

Elle n'embrassa pas Maria cependant, redoutant les effets d'une telle proximité, surtout avec sa grossesse. Personne, pas même Fotini, ne réussissait à étouffer la peur de contracter la lèpre par un simple contact superficiel.

Après le départ de celle-ci, Maria se retrouva seule pour la première fois depuis des jours. Elle s'occupa à relire les lettres de sa mère, jetant des coups d'œil occasionnels par la fenêtre, vers Spinalonga. L'île l'attendait. Bientôt, toutes les questions que la jeune femme se posait sur la colonie obtiendraient une réponse. Très bientôt, même. Elle fut tirée de sa rêverie par un coup sec à la porte. Elle n'attendait personne, et encore moins quelqu'un d'aussi peu discret.

C'était Manolis.

— Maria, pantela-t-il comme s'il était venu au pas de course. Je voulais juste te dire au revoir. Je suis vraiment désolé que les choses se finissent de la sorte.

Il ne lui tendit pas les mains, ne la serra pas dans ses bras. Elle aurait été surprise qu'il le fasse, cependant, elle aurait espéré qu'il manifeste une peine plus profonde. Cette attitude confirmait les soupçons de Maria : Manolis reporterait bientôt sa passion débordante sur quelqu'un d'autre. Une boule se forma dans sa gorge ; elle avait l'impression d'avoir avalé des bris de verre et n'était pas plus capable de parler que de pleurer. Il se refusait à soutenir son regard et grommela :

— Adieu, Maria, adieu.

Sur ces mots il referma la porte. Maria se sentit aussi vide que le silence qui tomba sur la maison.

Giorgis n'était pas encore rentré. Pour la dernière journée de liberté de sa fille, il avait suivi son train-train habituel – réparer ses filets, nettoyer sa barque et transporter le Dr Lapakis. Il profita du trajet de retour, le soir, pour lui annoncer la nouvelle. Giorgis affectait un tel détachement que le médecin ne comprit pas tout de suite ce qu'il lui disait.

— J'accompagnerai ma fille à Spinalonga, demain. En tant que patiente.

Maria faisait souvent l'aller-retour avec son père à l'occasion d'une livraison, si bien que Lapakis mit un temps à réagir – d'autant que le vent avait emporté les derniers mots du pêcheur.

— Nous sommes allés consulter le Dr Kyritsis, ajouta Giorgis. Il vous écrira.

— Pourquoi ? demanda Lapakis, plus attentif soudain.

— Ma fille est atteinte de la lèpre.

Malgré ses efforts, le praticien ne parvint pas à dissimuler son effroi.

— Votre fille a la lèpre ? Maria ? Mon Dieu ! Je n'avais pas compris… C'est pour cette raison que vous l'accompagnerez à Spinalonga demain ?

Giorgis acquiesça, se concentrant pour manœuvrer le caïque à l'approche de Plaka. Lapakis débarqua le premier. Il avait rencontré la charmante Maria si souvent qu'il était sous le choc de l'annonce et se sentit obligé de prononcer quelques paroles rassurantes.

— Tout le monde veillera sur elle, là-bas. Vous êtes l'un des rares à connaître cet endroit et à savoir qu'il n'est pas aussi terrible que les gens se le figurent. Pour autant, je suis sincèrement désolé que vous ayez à traverser cette épreuve.

— Merci, répondit Giorgis en amarrant l'embarcation. Je serai sans doute un peu en retard demain matin. J'ai promis à Maria de l'accompagner de très bonne heure, mais je ferai de mon mieux pour revenir vous prendre à l'heure habituelle.

Le vieux pêcheur semblait anormalement calme, planifiant le lendemain comme s'il s'agissait d'une journée aussi banale que les autres. Voilà comment la plupart réagissaient à la tragédie, songea Lapakis. Et peut-être était-ce pour le mieux, après tout.

Maria avait préparé le dîner ; son père et elle s'attablèrent vers 19 heures. Ce soir-là, le rituel importait plus que ce qu'ils avaient dans leur assiette, ayant tous deux perdu l'appétit. Ce fut leur dernier repas ensemble. De quoi discutèrent-ils ? De sujets futiles, comme le contenu des caisses que Maria emportait, et plus sérieux, comme le fait que Savina conviendrait Giorgis à dîner plusieurs fois par semaine. À les voir, on aurait pu s'imaginer qu'elle s'apprêtait simplement à quitter la maison pour s'installer ailleurs. À 21 heures, aussi épuisés l'un que l'autre, ils montèrent se coucher.

À 6 h 30 le lendemain matin, après avoir chargé toutes les affaires de sa fille sur sa barque, Giorgis retourna la chercher. Le souvenir du départ d'Eleni était aussi vif dans son esprit que s'il avait eu lieu la veille. Il se rappelait ce jour de mai où le soleil éclairait la foule d'amis et d'élèves venus saluer son épouse. Cette fois, un silence de mort régnait sur le village. Maria disparaîtrait sans un bruit.

Un vent automnal s'engouffrait dans les rues étroites de Plaka, et des bourrasques glacées enveloppaient Maria, engourdissant son corps et son esprit sans réussir à apaiser son chagrin. Comme elle peinait à parcourir les derniers mètres qui la séparaient de l'appontement, elle s'appuya de tout son poids sur son père. Sa démarche évoquait celle d'une petite vieille transpercée par la douleur à chaque pas. Une douleur qui n'était pas physique, cependant. Son corps était aussi robuste que celui de n'importe quelle jeune femme ayant respiré toute sa vie le pur air crétois, sa peau aussi lisse et ses yeux d'un marron aussi profond que ceux de toutes les habitantes du village.

La petite barque, rendue instable par sa cargaison de paquets informes ficelés ensemble, tanguait sur la mer. Le vieil homme s'embarqua avec prudence puis, s'efforçant d'immobiliser le bateau d'une main, il tendit l'autre à sa fille. Une fois qu'elle fut en sécurité à bord, il l'emmitoufla dans une couverture pour la protéger des éléments. Seules les longues mèches sombres qui s'échappaient et dansaient librement dans le vent permettaient de ne pas la prendre pour un simple ballot de marchandises. Il détacha avec soin l'amarre de son vaisseau – il n'y avait plus rien à dire ni à faire –, et leur voyage commença. Ce n'était pas une petite tournée de ravitaillement, mais un aller simple vers une nouvelle vie. Une vie à Spinalonga.

17

À l'instant où Maria aurait voulu que le temps s'arrête il semblait filer plus vite que jamais ; bientôt elle se retrouverait dans un lieu glacial, battu par le ressac. Pour la première fois, elle souhaita que le moteur cale, mais la distance entre la Crète et l'île fut vite couverte. Il n'y aurait pas de retour en arrière. Elle mourait d'envie de se pendre au cou de son père, de l'implorer de ne pas l'abandonner là, avec pour unique compagnie les deux caisses qui contenaient à présent toute sa vie. Cependant, elle avait épuisé toutes ses larmes. Elle avait trempé l'épaule de Fotini plus d'une fois depuis qu'elle avait découvert la marque sur son pied, et son oreiller était encore humide des sanglots qu'elle y avait enfouis au cours des deux dernières nuits. Le temps des pleurs était révolu.

Durant quelques minutes, ils restèrent seuls sur le quai. Giorgis ne repartirait pas tant que quelqu'un ne serait pas venu chercher sa fille. Il connaissait aussi bien que les habitants de l'île le cérémonial qui présidait à chaque nouvelle arrivée et savait qu'on viendrait les trouver.

— Sois courageuse, Maria, lui chuchota-t-il. Je serai là demain, viens me voir si tu le peux.

Il serra ses deux mains dans les siennes, n'ayant fui aucun contact ces derniers jours. Il se fichait bien d'attraper la lèpre ! Ce serait peut-être même la solution la plus simple : ainsi pourrait-il s'installer avec elle à Spinalonga. Ce qui poserait néanmoins le problème des livraisons. Les habitants seraient forcés de trouver quelqu'un d'autre pour s'en charger et, s'ils n'y parvenaient pas, il en résulterait de grandes difficultés pour eux.

— Bien sûr que je viendrai si j'y suis autorisée, répondit-elle.

— Je suis persuadé que tu le seras. Regarde, ajouta Giorgis en indiquant la silhouette émergeant du long tunnel percé dans la muraille de la vieille forteresse. Voici Nikos Papadimitriou, le gouverneur. Je lui ai adressé un message hier pour lui annoncer ton arrivée. C'est à lui que tu devras en parler.

— Bienvenue à Spinalonga, s'écria celui-ci.

Un instant décontenancée par son ton désinvolte, Maria se ressaisit vite.

— Votre père m'a informé de votre installation sur l'île. Quelqu'un s'occupera du transport de vos caisses d'ici peu. Vous voulez bien me suivre ?

Il indiqua les quelques marches menant à l'entrée du tunnel. Quelques semaines plus tôt, à Agios Nikolaos, elle avait vu un film américain où l'héroïne, arrivée en limousine devant un grand hôtel, remontait un tapis rouge, tandis qu'un garçon en livrée se chargeait de ses bagages. Maria tenta de s'imaginer qu'elle rejouait la scène.

— Avant d'y aller, lança-t-elle, puis-je vous demander l'autorisation de descendre sur le quai lorsque mon père accompagnera le Dr Lapakis ou effectuera des livraisons ?

— Mais bien sûr, quelle question ! s'exclama Papadimitriou. Je ne pensais pas qu'il pouvait en être autrement. Et je sais que vous ne chercherez pas à profiter de l'occasion pour vous enfuir. À une époque, nous devions interdire aux habitants d'emprunter le tunnel, de peur qu'ils s'échappent, cependant, de nos jours, plus personne ou presque ne veut quitter l'île !

Afin que les adieux ne s'éternisent pas, Giorgis se surprit à prononcer des paroles rassurantes :

— Ils veilleront sur toi, Maria. J'en suis sûr.

L'un d'eux devait tourner les talons le premier, et Giorgis attendit que sa fille fasse le geste. Il s'était toujours reproché son départ précipité le jour où il avait laissé Eleni sur l'île, quatorze ans plus tôt. Sa peine était si lourde qu'il était reparti avant même qu'ils ne se soient vraiment dit au revoir. À présent il lui fallait faire montre de plus de courage, par égard pour sa fille.

Nikos Papadimitriou, qui gouvernait l'île depuis les élections de 1940 et le retrait de Petros Kontomaris, occupait dorénavant cette fonction depuis plus longtemps que son prédécesseur. Il avait accompli de grandes choses à Spinalonga, si bien que sa réélection à la quasi-unanimité, chaque printemps, ne surprenait personne. Maria se souvenait encore du jour où son père avait conduit les Athéniens dans la léproserie. Ça avait été l'un des épisodes les plus marquants de son enfance. Dans ses lettres, sa mère avait longuement décrit le brun séduisant et charismatique, ainsi que tout ce qu'il avait fait pour l'île. À présent, ses cheveux grisonnaient, mais il avait toujours la moustache en croc mentionnée par Eleni.

Maria s'engouffra dans le tunnel à la suite de Papadimitriou – il cheminait lentement, s'appuyant de tout son poids sur sa canne. La lumière finit par apparaître. En découvrant ce qui l'attendait de l'autre côté, elle fut aussi surprise que n'importe quel nouvel arrivant. Malgré les longues pages maternelles sur les couleurs bigarrées, rien ne l'avait préparée à ce spectacle. Une longue rue où s'alignaient des boutiques aux volets récemment repeints, des maisons avec des jardinières et des pots débordant de géraniums tardifs, ainsi qu'une ou deux demeures dotées de balcons en bois sculpté. Si l'heure était encore trop matinale pour la plupart des villageois, l'un d'eux s'activait déjà : le boulanger. L'odeur du pain frais et des pâtisseries emplissait la rue.

— Despineda Petrakis, avant de vous montrer votre nouveau chez-vous, j'aimerais vous présenter ma femme. Elle vous a préparé un petit-déjeuner.

Ils s'engagèrent dans une ruelle sur la gauche, qui débouchait sur une petite cour entourée de plusieurs habitations. Papadimitriou ouvrit la porte de l'une d'elles et baissa la tête avant d'entrer. Il mesurait plusieurs centimètres de plus que les premiers habitants turcs.

L'intérieur était lumineux et ordonné. La cuisine se trouvait dans le prolongement de la pièce principale, et un escalier menait au premier étage. Maria aperçut même une salle de bains séparée au-delà de la cuisine.

— Laissez-moi faire les présentations, dit Papadimitriou. Voici mon épouse, Katerina, et voici Maria.

Les deux femmes se serrèrent la main. En dépit de ce qu'Eleni lui avait répété avec insistance dans ses nombreuses lettres, Maria s'était attendue à ce que tous les habitants soient boiteux et difformes. Elle fut donc surprise par l'élégance et la beauté de Katerina. Plus jeune que son époux, elle ne devait pas encore avoir cinquante ans. Ses cheveux n'avaient pas blanchi et sa peau, pâle, était presque dépourvue de rides.

La table était dressée : sur une nappe blanche brodée, une ravissante vaisselle en porcelaine décorée de motifs. Quand ils furent assis, Katerina souleva un superbe pot en argent pour verser du café noir et brûlant dans les tasses.

— Une maisonnette juste à côté vient de se libérer, commença Papadimitriou. Nous avons pensé qu'elle pourrait vous aller mais, si vous préférez, il y a aussi une chambre dans un des appartements collectifs plus haut dans le village.

— Je crois que la solitude me convient mieux, répondit Maria.

Katerina lui proposa une assiette de pâtisseries encore tièdes, et Maria en dévora une. Elle n'avait presque rien avalé depuis des jours. Et elle avait faim d'informations aussi.

— Vous rappelez-vous ma mère, Eleni Petrakis ? demanda-t-elle.

— Bien sûr ! C'était une femme merveilleuse et une remarquable institutrice, répondit Katerina. Tout le monde partageait cet avis. Enfin… presque tout le monde.

— Elle s'était attiré des inimitiés ? s'étonna Maria.

Katerina marqua un silence avant de répondre.

— La femme qui enseignait avant l'arrivée de votre mère la considérait comme son ennemie. Elle est toujours en vie et réside dans une maison en haut du village. D'après certains, c'est l'amertume qui la maintient en vie. Elle s'appelle Kristina Kroustalakis et vous devrez rester sur vos gardes… Elle finira nécessairement par découvrir de qui vous êtes la fille.

— N'allons pas plus vite que la musique, Katerina, intervint Papadimitriou, qui ne tenait pas à ce que sa femme traumatise Maria. Vous devez avant tout faire le tour de l'île. Mon épouse vous servira de guide. Et le Dr Lapakis vous recevra cet après-midi. Il examine tous les nouveaux arrivants.

Sur ce, Papadimitriou se leva. Il était maintenant 8 heures passées, et il devait rejoindre son bureau.

— Nous nous reverrons très vite, Despineda Petrakis. Je vous laisse entre les mains de mon épouse.

— Au revoir et merci de votre hospitalité.

— Je vous propose de terminer notre café avant d'entamer la visite, suggéra Katerina après son départ. J'ignore ce que vous savez de l'île, sans doute davantage que la plupart des gens… C'est loin d'être un endroit déplaisant. Il n'y a qu'un inconvénient : subir les mêmes personnes jusqu'à la fin de ses jours. Venant d'Athènes, j'ai eu du mal à m'y faire.

— J'ai toujours vécu à Plaka, répondit Maria, je suis donc habituée à la vie de village. Depuis quand êtes-vous ici ?

— Je suis arrivée en même temps que Nikos, il y a quatorze ans. Nous étions quatre femmes pour dix-neuf hommes. Nous ne sommes plus que deux aujourd'hui, mais il reste quinze hommes.

En sortant, Maria resserra son châle autour de ses épaules et, lorsqu'elles s'engagèrent dans la rue principale, elle découvrit un tout autre spectacle qu'à son arrivée. Les villageois allaient et venaient, à pied, montés sur une mule ou une carriole traînée par un âne. Tous avaient un air affairé et déterminé. Certains tournèrent la tête dans la direction des deux femmes, leur adressant un signe – quelques hommes soulevèrent même leurs chapeaux. En tant qu'épouse du gouverneur, Katerina avait droit à des égards particuliers.

Les boutiques avaient ouvert. Tout en les indiquant les unes après les autres, celle-ci évoqua leurs propriétaires avec une foule de détails. Maria n'en retiendrait sans doute qu'une infime partie, mais Katerina se délectait de ce genre de broutilles, de même qu'elle raffolait des cancans et des intrigues. Il y avait le *pantopoleion*, la quincaillerie qui vendait de tout, balais comme lampes à huile, et débordait largement sur la rue ; l'épicerie où des bidons d'huile d'olive s'entassaient dans la vitrine ; le *mahairopoieion*, le coutelier ; le magasin de raki ; et le boulanger qui attirait le chaland avec ses monceaux de miches dorées et de sablés crétois, les *paximithia*. Chaque boutique possédait sa propre enseigne calligraphiée, indiquant le nom du propriétaire et la nature de son commerce. L'endroit le plus important, pour la population masculine du moins, était le bar, tenu par le jeune et populaire Gerasimo. Quelques clients étaient déjà groupés autour d'un café et d'un cendrier qui débordait de mégots.

Juste avant l'église se trouvait un bâtiment qui abritait l'école. Par la fenêtre, Katerina et Maria aperçurent plusieurs rangées d'enfants. Un jeune homme leur faisait cours.

— Qui est l'instituteur ? s'enquit Maria. La femme dont vous m'avez parlé n'a donc pas repris la suite de ma mère à sa mort ?

Katerina s'esclaffa.

— Non ! Par saint Pantaléon, non ! Les élèves ne voulaient plus d'elle, et la plupart des anciens non plus. C'est un de mes compatriotes athéniens qui s'en est chargé un temps, mais il est décédé depuis. Votre mère avait formé un autre enseignant, qui attendait son heure. Il était très jeune au début, cependant, les petits l'adorent et boivent chacune de ses paroles.

— Comment s'appelle-t-il ?

— Dimitri Limonias.

— Mais je le connais ! C'est le garçon qui est arrivé ici en même temps que ma mère. Elle avait apparemment été infectée par lui. Il est encore en vie !

Comme cela se produisait parfois, les symptômes de Dimitri n'avaient presque pas évolué depuis le diagnostic. Ainsi se retrouvait-il à la tête de l'école ! Maria éprouva une pointe d'animosité face à l'injustice du sort : sa mère était morte quand lui vivait toujours.

Elles n'allaient pas interrompre le cours, toutefois. Maria aurait bien d'autres occasions de rencontrer Dimitri.

— Il me semble qu'il y a beaucoup d'élèves, remarqua Maria. D'où viennent-ils ? Leurs parents sont-ils aussi sur l'île ?

— La plupart de ces enfants ont contracté la lèpre dans leur région natale et ont été envoyés ici, seuls. De leur côté, les habitants de Spinalonga s'efforcent de limiter les naissances au maximum. Si un bébé en bonne santé voit le jour, il est confié à des parents adoptifs, en Crète. Deux couples ont traversé cette épreuve récemment.

— C'est terrible, remarqua Maria. Mais qui veille sur les enfants, ici ?

— La plupart sont adoptés. Nikos et moi en avons élevé un jusqu'à ce qu'il ait l'âge de s'installer seul. Les autres vivent dans une pension tenue par la communauté. On y prend bien soin d'eux, je vous rassure.

Les deux femmes reprirent leur route. Au-dessus d'elle, au sommet de la côte, le plus grand bâtiment de l'île dominait le village : l'hôpital.

— Je vous y accompagnerai plus tard, expliqua Katerina.

— On l'aperçoit depuis Plaka, fit remarquer Maria. Mais il paraît encore plus grand vu d'ici.

— Surtout depuis les travaux d'agrandissement.

Elles poussèrent ensuite jusqu'au flanc nord de l'île, resté sauvage. À cet endroit, Spinalonga prenait les vents du nord-est de plein fouet. Au-dessus de leur tête des aigles tournoyaient et, plusieurs mètres en dessous, les vagues venaient se briser sur les rochers, projetant de l'écume haut dans les airs. La texture de l'eau, avec ses flots déchaînés et moutonneux, était différente de la surface le plus souvent plane et lisse du bras de mer qui séparait Plaka de Spinalonga. À des centaines de kilomètres, la Grèce continentale et, entre les deux, de nombreux chapelets d'îles. Mais de là où elles se tenaient, elles ne voyaient rien. Rien à part l'air, le ciel et les rapaces. Maria n'était pas la première à s'approcher du bord de la falaise en se demandant ce qu'elle ressentirait si elle se précipitait dans le vide. Tomberait-elle directement dans la mer ou serait-elle d'abord déchiquetée par les rochers accidentés ?

Il y avait de la bruine à présent et le chemin devenait glissant.

— Venez, Maria, retournons au village. Vos caisses auront été livrées à présent. Je vais vous montrer votre nouvelle maison et vous aider à déballer vos affaires si vous le souhaitez.

En redescendant, Maria remarqua des parcelles de terrain où, au mépris des mauvaises conditions naturelles, les gens cultivaient des légumes : oignons, ail, pommes de terre et carottes poussaient sur cet endroit de l'île balayé par les vents, et les rangées bien nettes, où ne traînait pas une seule mauvaise herbe, illustraient les efforts et le soin apportés à ces potagers en pleine rocaille. Chaque petit rectangle était un signe d'espoir, une preuve que la vie était supportable sur cette île.

Elles dépassèrent une minuscule chapelle tournée vers l'immensité de la mer avant d'atteindre le cimetière clos.

— Votre mère y est enterrée, lui dit Katerina. Tous les habitants de Spinalonga finissent ici.

Elle n'avait pas eu l'intention de donner une tournure aussi abrupte à ses mots. Maria ne montra aucune réaction, parfaitement maîtresse de ses émotions. C'était une autre personne qui visitait l'île. La véritable Maria se trouvait ailleurs, perdue dans ses pensées.

Les tombes ne comportaient aucun nom, pour la simple raison qu'elles étaient partagées. Il y avait bien trop de morts à Spinalonga pour offrir à quiconque le luxe de la solitude éternelle. Contrairement à la majorité des cimetières, situés près d'une église afin que les croyants n'oublient jamais qu'ils étaient mortels, celui-ci se tenait dans un lieu retiré, presque secret. Aucun habitant de Spinalonga n'avait besoin d'un *memento mori*. Ils ne savaient que trop bien que leurs jours étaient comptés.

Juste avant d'achever leur tour, elles longèrent la demeure la plus imposante de l'île, qui possédait un immense balcon et un portique. Katerina s'arrêta.

— Voici officiellement la résidence du gouverneur, toutefois, lorsque Nikos a été élu, il s'est refusé à chasser son prédécesseur et l'épouse de celui-ci. Si bien qu'ils sont restés chez eux, et lui chez lui. Petros Kontomaris est mort il y a des années de cela, mais Elpida vit toujours.

Maria reconnut aussitôt le nom de la meilleure amie de sa mère. Et ne put s'empêcher de songer que beaucoup semblaient avoir survécu à Eleni.

— C'est une femme généreuse, ajouta Katerina.

— Je le sais.

— Comment cela ?

— Ma mère me parlait d'elle dans ses lettres. Elles étaient très proches.

— Saviez-vous qu'elle et feu son mari ont adopté Dimitri à la mort de votre mère ?

— Non. Quand elle a disparu, je n'ai pas voulu en apprendre davantage sur les détails de sa vie ici. À quoi bon ?

Pendant une longue période suivant le décès d'Eleni, Maria avait reproché à son père de consacrer autant de temps à la colonie et s'en était entièrement désintéressée. À présent, bien sûr, elle éprouvait des remords.

Quasiment tout au long de sa promenade elle avait pu apercevoir Plaka, et elle se rendit compte qu'elle devrait se discipliner pour ne pas diriger sans arrêt ses regards dans cette direction. Quel bénéfice y aurait-il à observer les gens affairés de l'autre côté de la mer ? Dorénavant, elle n'avait plus aucun rapport avec ce qui s'y passait. Plus vite elle s'y habituerait, mieux ce serait.

Elles avaient regagné leur point de départ, le petit ensemble de maisons. Katerina conduisit Maria vers une porte couleur rouille et sortit une clé de sa poche. Il semblait faire aussi sombre à l'intérieur qu'à l'extérieur, pourtant, dès qu'elle eut allumé la lumière, la pièce s'égaya un peu. Une odeur d'humidité flottait dans l'air, comme si l'habitation était restée longtemps vide. En vérité, le précédent occupant avait séjourné des mois à l'hôpital avant de succomber – néanmoins, comme certains malades se remettaient même après des pics de fièvre extrêmes, leurs logements n'étaient pas attribués tant qu'il restait un infime espoir.

L'ameublement était spartiate : une table sombre, deux chaises et, le long d'un mur, une banquette en béton recouverte d'un tissu épais. Le prédécesseur de Maria n'avait pas laissé d'autres souvenirs de son passage à l'exception d'un vase contenant une poignée de fleurs en plastique poussiéreuses et une étagère à assiettes vide. Les refuges de bergers dans les montagnes semblaient moins inhospitaliers.

— Je vais vous aider à installer vos affaires, lança Katerina avec autorité.

Maria ne parviendrait pas à cacher son opinion sur ce taudis. Elle devait rester seule. Et faire preuve de fermeté avec Katerina.

— C'est très aimable à vous, mais je ne tiens pas à abuser davantage de votre temps.

— Très bien, alors je repasserai cet après-midi pour m'assurer que vous avez tout ce qu'il vous faut. Vous savez où me trouver en cas de besoin.

Maria se réjouissait de n'avoir plus que ses pensées pour toute compagnie. Elle n'avait rien contre Katerina, sans doute bien intentionnée, mais son habitude de se mêler de tout et son babil commençaient à l'irriter légèrement. La dernière chose dont Maria avait besoin était qu'on lui dise comment arranger son intérieur. Elle allait transformer cet endroit sinistre en lieu accueillant, et elle le ferait seule.

Son premier geste fut de se débarrasser du contenu du vase. Au moment de jeter les horribles roses en plastique, le découragement la saisit. Elle était coincée dans une pièce qui sentait le renfermé et le moisi, avec les possessions d'un mort. Si elle avait réussi à se maîtriser jusqu'à présent, soudain elle s'effondra. Toutes ces heures de retenue et de joie feintes au profit de son père, des Papadimitriou et d'elle-même l'avaient vidée et elle fut submergée par l'horreur de la situation. Elle ne s'était jamais sentie aussi loin de Plaka. Loin de chez elle et de tout ce qui lui était familier. Son père et ses amies lui manquaient et, de nouveau, elle se lamentait sur le rêve brisé d'une existence aux côtés de Manolis. Elle fut prise d'une subite envie de mourir et s'imagina même que, peut-être, elle avait déjà succombé, l'enfer ne pouvant pas être plus lugubre que cette maison.

Elle monta dans la chambre : un lit dur et un matelas de paille recouvert d'une toile tachée, voilà tout ce que celle-ci contenait, avec une petite icône en bois de la Vierge clouée au mur crépi. Maria s'affala sur le lit avant d'éclater en sanglots, les genoux ramenés contre la poitrine. Elle ne sut combien de temps elle resta dans cette position, puisqu'elle finit par sombrer dans un sommeil lourd et cauchemardesque.

Dans les profondeurs ténébreuses de son rêve sous-marin, elle perçut tout à coup le son distant d'un roulement de tambour qui l'attirait à la surface. Elle comprit alors que le bruit sec et continu n'était pas celui d'un tambour mais de quelqu'un frappant à la porte avec insistance. Elle ouvrit les yeux et, durant quelques instants, son corps refusa de lui répondre. Le froid avait raidi ses membres, et elle dut convoquer toute sa volonté pour se lever. Elle avait dormi si profondément qu'elle avait la marque de deux boutons du matelas sur la joue gauche. Elle ne se serait pas réveillée si le visiteur ne s'était pas acharné sur la porte avec autant de violence.

Encore assoupie, elle descendit l'escalier étroit et ouvrit la porte. Deux femmes se tenaient sur le perron dans la lumière crépusculaire, Katerina et une autre, plus âgée.

— Maria ! s'écria la première. Tout va bien ? Nous nous sommes tellement inquiétées. Nous cognons depuis près d'une demi-heure. J'ai cru que vous aviez… que vous vous étiez peut-être fait du mal.

La fin de sa phrase lui avait presque échappé mais, à sa décharge, ce genre de chose se produisait. Plusieurs nouveaux arrivants avaient déjà essayé d'attenter à leurs jours, et certains y étaient même parvenus.

— Oui, je vais bien. Je vous assure... Merci de votre sollicitude. J'ai dû m'endormir... Entrez vous mettre à l'abri de la pluie.

Maria ouvrit la porte en grand et s'écarta pour leur céder le passage.

— Je dois vous présenter, reprit Katerina. Voici Elpida Kontomaris.

— Kyria Kontomaris, j'ai tellement entendu parler de vous. Vous étiez la meilleure amie de ma mère.

Maria et elle se serrèrent les mains.

— Vous lui ressemblez beaucoup, dit Elpida. Et je revois même la petite fille des photographies qu'Eleni avait apportées. J'avais beaucoup d'affection pour votre mère, elle a compté parmi les personnes les plus importantes de ma vie.

Katerina promena son regard sur la pièce. Elle était exactement dans le même état que quelques heures plus tôt. Les caisses encore closes indiquaient que Maria n'avait même pas tenté de déballer ses affaires. C'était toujours la maison d'un mort. Elpida Kontomaris, elle, ne vit qu'une jeune femme déconcertée dans une pièce nue et froide, à l'heure où la plupart étaient attablés devant un repas chaud et anticipaient avec bonheur le confort de leur lit.

— Pourquoi ne viendriez-vous pas passer la nuit chez moi ? proposa-t-elle généreusement. J'ai une chambre d'amis, je peux vous accueillir sans problème.

Glacée par l'humidité de la pièce, et par la situation, Maria accepta sans hésitation. Elle se souvenait de la demeure d'Elpida, et son œil averti avait remarqué les rideaux en dentelle aux fenêtres. Oui, voilà où sa place se trouvait pour ce soir.

Elle logea quelques jours chez Elpida Kontomaris, visitant dans la journée son futur chez-elle. Elle travailla dur pour transformer la maisonnette : après avoir chaulé les murs et repeint la porte d'entrée d'un vert clair lumineux rappelant le début du printemps plutôt que la fin de l'automne, elle déballa ses livres, ses photographies et une série de petits tableaux qu'elle accrocha au mur. Ensuite, elle repassa ses napperons brodés avant de les placer sur la table et les chaises confortables qu'Elpida lui avait données, n'en ayant plus l'usage. Elle installa même une étagère sur laquelle elle disposa ses pots d'herbes séchées. Enfin, elle récura la cuisine répugnante jusqu'à ce qu'elle reluise et que les microbes ne se sentent plus les bienvenus.

Le découragement et le désespoir initiaux lui paraissaient loin à présent, et même si elle repensa encore un temps à ce qu'elle avait perdu, elle entrevoyait enfin un futur. Imaginant souvent la vie qu'elle aurait menée avec Manolis, elle se mit à se demander comment il aurait réagi face à l'adversité. Si elle regrettait sa désinvolture et sa façon de plaisanter en toutes circonstances, elle doutait de sa capacité à supporter le moindre revers de fortune. Maria n'avait bu du champagne qu'une seule fois, le jour des noces de sa sœur : après la première gorgée pétillante, les bulles s'étaient évaporées. Elle s'avisa qu'elle aurait sans doute fait une expérience similaire en épousant Manolis. Même si elle ne le saurait jamais avec certitude. Il occupait de moins en moins ses pensées, et elle fut presque déçue de voir son amour se dissiper à vue d'œil. Manolis n'appartenait plus à son univers désormais.

Elle raconta à Elpida sa vie depuis le jour du départ d'Eleni : le soin avec lequel elle avait veillé sur son père, le beau mariage qu'avait fait sa sœur en rejoignant une famille fortunée, ses propres fiançailles. Elle parla à Elpida comme si elle avait été sa mère, et la vieille femme se prit d'affection pour celle qu'elle avait d'abord découverte à travers le regard maternel d'Eleni.

S'étant assoupie, Maria avait raté son premier rendez-vous avec le Dr Lapakis. Elle alla le trouver plus tard dans la semaine. Il nota ses symptômes et l'emplacement des lésions sur un schéma puis, comparant ses observations avec celles que son confrère lui avait envoyées, il remarqua qu'une nouvelle macule était apparue sur le dos, ce qui l'inquiéta. Maria était en bonne santé pour le moment, mais si la situation évoluait, elle n'aurait peut-être pas de grandes chances de survivre, contrairement à ce qu'il avait espéré.

Trois jours plus tard, Maria attendait son père sur le quai. Elle savait qu'il aurait quitté Plaka à 8 h 10 précisément avec le médecin et que, cinq minutes après, elle pourrait apercevoir le bateau. Lorsqu'elle distingua trois silhouettes à bord, elle fut surprise. Un instant, elle se demanda s'il pouvait s'agir de Manolis, venant lui rendre visite au mépris des règles. Pourtant, dès que l'embarcation s'approcha, elle reconnut Kyritsis. Son cœur s'emballa légèrement, tant elle associait le médecin élancé et grisonnant à l'espoir d'un traitement.

Lorsque la barque vint heurter une balise, Giorgis jeta l'amarre à Maria, qui la noua avec dextérité à un poteau, comme elle l'avait fait un millier de fois auparavant. Il prit soin de dissimuler qu'il s'était inquiété pour elle.

— Maria… Je suis si heureux de te voir… Regarde qui est là ! Le Dr Kyritsis.

— Je le vois bien, répondit-elle avec bonne humeur.

— Comment allez-vous ? lui demanda le médecin, en sautant d'un pied leste sur le quai.

— Bien, très bien, docteur. Je ne me suis jamais sentie autrement.

Il marqua un temps d'arrêt. Cette jeune femme si parfaite détonnait dans ce décor.

Nikos Papadimitriou était venu accueillir les praticiens et, tandis que Maria s'attardait pour discuter avec son père, les trois hommes disparurent dans le tunnel. Nikolaos Kyritsis n'avait pas posé le pied sur l'île depuis quatorze ans et il fut époustouflé par les transformations que cette dernière avait connues. Les travaux de rénovation avaient déjà commencé à l'époque, pourtant, le résultat dépassait tout ce qu'il avait pu imaginer. Quand ils atteignirent l'hôpital, il fut encore plus surpris. Le bâtiment d'origine n'avait pas bougé, mais on lui avait adjoint une annexe, de taille égale. Kyritsis, qui se rappelait les plans dans le bureau de Lapakis, comprit aussitôt que son ami avait atteint son but.

— Incroyable ! s'écria-t-il. Tout est là ! Exactement selon ton souhait.

— Il a fallu suer sang et eau pour y parvenir… Et c'est grâce à cet homme-là que nous avons eu gain de cause, ajouta-t-il en désignant Papadimitriou d'un geste de la tête.

Le gouverneur prit congé, et Lapakis, fier comme un pape, fit visiter son nouvel hôpital. Les salles de la nouvelle aile étaient hautes de plafond et percées de portes-fenêtres. En hiver, les solides volets et les murs épais protégeaient les patients des bourrasques et des vents violents, et en été, par les fenêtres grandes ouvertes, la brise qui montait de la mer les apaisait. Chaque pièce ne contenait que deux ou trois lits, et les dortoirs n'étaient plus mixtes. L'ensemble était d'une propreté immaculée, et Kyritsis remarqua que toutes les chambres contenaient une douche et des toilettes. La plupart des lits étaient occupés, cependant, l'atmosphère était paisible. Seuls quelques patients s'agitaient, et l'un d'eux gémissait.

— J'ai enfin un hôpital où les malades sont soignés correctement, dit Lapakis une fois qu'ils furent dans son bureau. Et où ils peuvent de surcroît garder leur dignité.

— C'est très impressionnant, Christos. Tu dois avoir travaillé dur. Tout est d'une propreté et d'un confort remarquables… Je me souviens d'un endroit très différent.

— Oui, mais les patients ne réclament pas seulement de bonnes conditions d'hospitalisation. Plus que tout ils aimeraient guérir et quitter cet endroit. Mon Dieu, si tu savais combien ils rêveraient de partir… dit Lapakis d'un air las.

La plupart des habitants de l'île avaient appris que des traitements médicamenteux existaient, pourtant, aucun ou presque n'était arrivé jusqu'à eux. Certains étaient persuadés que la solution serait découverte avant qu'il ne soit trop tard, même si pour ceux dont les membres et le visage étaient déformés par la maladie il ne s'agissait que d'une illusion. D'autres s'étaient portés volontaires pour subir des opérations mineures qui ralentiraient la paralysie de leurs pieds ou pour se faire retirer les lépromes les plus importants, toutefois, ils ne pouvaient vraiment espérer rien d'autre.

— Nous devons rester optimistes, répliqua Kyritsis. Certains traitements sont encore en phase de test. Ils ne marcheront pas en une nuit, mais crois-tu que quelques patients ici accepteraient de les essayer ?

— J'en suis certain, Nikolaos. Certains sont prêts à tenter n'importe quoi. Les plus riches insistent toujours pour que je leur fasse des injections d'huile de chaulmoogra, en dépit du coût et de la douleur. Qu'auraient-ils à perdre en testant ces nouveaux traitements ?

— À ce stade beaucoup, justement… répondit Kyritsis, soudain songeur. Ils sont tous à base de soufre, comme tu le sais sans doute, et à moins que le patient ne soit en excellente santé, les effets secondaires peuvent être désastreux.

— Précise un peu…

— Eh bien, cela peut aller de l'anémie à l'hépatite, voire la psychose. Je viens d'assister à un congrès sur la lèpre, à Madrid, et certains collègues attribuaient même des suicides à ce nouveau traitement.

— Alors, si nous nous décidons, nous devrons bien réfléchir aux patients qui feraient les meilleurs cobayes. S'ils doivent être résistants, beaucoup ne rempliront pas cette condition.

— Inutile de trancher dans l'immédiat. Nous pourrions commencer par dresser une liste de candidats potentiels, puis j'en discuterais avec chacun d'eux. Il ne s'agit pas d'un projet à court terme… Nous ne commencerions sans doute pas les injections avant plusieurs mois. Qu'en dis-tu ?

— Que c'est la meilleure façon de procéder en effet. Avoir un horizon, quel qu'il soit, leur paraîtra un progrès. Te souviens-tu de la dernière fois que nous avons sélectionné des patients ? J'ai l'impression que cela remonte à tellement loin… La plupart sont morts aujourd'hui, ajouta Lapakis avec morosité.

— La situation est différente à présent. Nous n'évoquions pas la possibilité d'un vrai traitement à l'époque, nous nous efforcions seulement de prévenir la contagion.

— Je sais, je sais. Simplement, j'ai l'impression de faire du surplace.

— C'est tout à fait compréhensible, mais j'ai la conviction que certains de ces malades peuvent croire à un avenir. Quoi qu'il en soit, je serai de retour dans une semaine et je te propose que nous en rediscutions à ce moment-là.

Kyritsis regagna ensuite le quai. À midi, Giorgis viendrait le prendre comme convenu. Quelques têtes se retournèrent à son passage, lorsqu'il longea l'église, les boutiques et le *kafenion*. Les seuls étrangers que les villageois voyaient sur l'île étaient de nouveaux malades, or aucun malade n'avait une démarche aussi déterminée que cet homme. Quand le médecin émergea de l'autre côté du tunnel, face à la mer agitée de la fin octobre, il vit le petit bateau qui dansait sur les flots à une centaine de mètres de la rive. Une femme attendait sur le quai, le regard dirigé vers l'eau. En entendant des bruits de pas dans son dos, elle pivota vers Kyritsis, qui découvrit alors, sur le visage encadré de longues mèches flottant au vent, deux immenses yeux en amande, pleins d'espoir.

Quelques années plus tôt, avant la guerre, il avait visité Florence et découvert la fascinante *Vénus* de Botticelli. Avec sa chevelure libre et la mer verte en fond, Maria lui rappela aussitôt la figure de ce tableau. Kyritsis en avait même une reproduction encadrée chez lui, à Héraklion, et il retrouva chez cette jeune femme le même sourire timide, la même inclinaison presque interrogative de la tête, la même innocence. Il n'avait jamais vu une telle beauté en chair et en os et en fut pétrifié. À cet instant, il ne la considérait plus comme une patiente mais comme une femme, et elle lui parut la plus belle du monde.

— Docteur Kyritsis... dit-elle en le tirant de sa rêverie. Docteur Kyritsis, mon père est là.

— Ah, oui, oui, merci, bafouilla-t-il, se rendant soudain compte qu'il avait dû la fixer du regard.

Maria stabilisa la barque pendant que le médecin embarquait, puis elle libéra l'amarre et lui jeta la corde. Dès qu'il l'eut attrapée, Kyritsis releva la tête vers elle. Il avait besoin de s'assurer une dernière fois qu'il n'avait pas rêvé : ce n'était pas le cas. Le visage de Vénus elle-même n'était pas plus parfait.

18

L'automne céda imperceptiblement le pas à l'hiver et l'odeur musquée de la fumée de cheminée envahit l'atmosphère de Spinalonga. Les gens s'emmitouflaient de la tête aux pieds dans plusieurs épaisseurs de laine pour se protéger du froid, tant l'île était battue par les vents.

Chez elle, Maria avait réussi à bannir les esprits des précédents occupants. La maison ne contenait plus que ses possessions à elle : tableaux, linge, meubles, et la coupelle en verre remplie de lavande et de pétales de rose qu'elle avait placée au milieu de la table emplissait l'air d'un doux parfum.

À sa grande surprise, les premières semaines dans la colonie passèrent rapidement et agréablement. À une exception près. Ce jour-là, elle venait de quitter la demeure chaleureuse d'Elpida et son mobilier élégant, afin de rejoindre son intérieur plus sommaire. Au détour d'une ruelle, alors qu'elle s'engageait dans la rue principale pour aller faire quelques emplettes, elle percuta une autre femme. Celle-ci était beaucoup plus petite que Maria et beaucoup plus vieille, ainsi qu'elle le remarqua en s'écartant. Des rides profondes sillonnaient son visage, si décharné que les lobes de ses oreilles, déformés par la lèpre, semblaient monstrueusement grands. Dans la collision, sa canne avait atterri de l'autre côté de la rue.

— Je suis vraiment désolée, s'excusa Maria en aidant la vieille femme à retrouver l'équilibre.

Celle-ci planta ses petits yeux noirs dans les siens.

— Fais un peu plus attention, cingla-t-elle en ramassant sa canne. Et qui es-tu ? Je ne t'ai jamais vue.

— Je m'appelle Maria Petrakis.

— Petrakis ! (Elle avait craché le nom comme s'il avait l'aigreur d'une olive mangée sur l'arbre.) J'ai connu une autre Petrakis autrefois. Elle a succombé depuis.

À l'intonation triomphale, Maria comprit que cette mégère était l'ancienne ennemie de sa mère.

Les deux femmes repartirent chacune de son côté. Maria remonta la côte pour aller chez le boulanger et, lorsqu'elle jeta un coup d'œil par-dessus son épaule, elle vit que Kyria Kroustalakis se tenait au bas de la rue, à côté de la fontaine communale, et la suivait du regard. Maria détourna aussitôt le sien en réprimant un frisson.

— Ne vous en faites pas. Elle est inoffensive.

La voix de Katerina, qui avait assisté à la scène, s'était élevée dans son dos. Celle-ci ajouta :

— Ce n'est qu'une vieille sorcière qui marine dans son amertume, une vipère qui a perdu son venin.

— Je suis sûre que vous avez raison, même si elle me donne le sentiment de pouvoir encore mordre, répondit Maria dont le cœur battait plus vite qu'à l'accoutumée.

— Eh bien, croyez-moi, elle ne le peut pas ! En revanche, vous n'êtes pas la première à vous laisser atteindre par sa méchanceté.

Tandis que les deux femmes cheminaient ensemble, Maria décida de chasser Kristina Kroustalakis de son esprit. La plupart des malades acceptaient leur condition avec stoïcisme ici, et personne n'avait besoin d'une harpie qui vous sapait le moral.

Elle fit une autre rencontre, beaucoup plus plaisante, avec un habitant de l'île qui avait également connu sa mère : Dimitri Limonias. Elpida les convia à dîner un soir, et tous deux anticipèrent ce moment avec appréhension.

— Votre mère a été d'une bonté extrême pour moi, commença Dimitri lorsque Elpida leur eut servi à boire et qu'ils furent assis. Elle m'a traité comme son propre fils.

— Elle vous aimait comme si vous étiez son propre fils, répondit Maria, voilà pourquoi.

— Je me sens le devoir de m'excuser. Je sais que tout le monde me considérait responsable de sa maladie, reprit-il d'une voix hésitante. Cependant, j'en ai discuté longuement avec le Dr Lapakis, et d'après lui il est plus qu'improbable que je lui aie transmis la bactérie. Les symptômes se développent si lentement chez moi qu'il a acquis la certitude que nous l'avons contractée chacun de notre côté.

— Tout ceci n'a plus aucune importance aujourd'hui, rétorqua-t-elle. Je ne suis pas ici pour vous reprocher quoi que ce soit. Je suis heureuse de faire votre connaissance, vous êtes comme un frère après tout.

— C'est très généreux de votre part, Maria. J'ai l'impression de ne plus avoir vraiment de famille. Mes parents sont morts, et mes frères et sœurs n'ont jamais aimé écrire. Ils ont sans doute honte de moi. Et je ne le leur reproche pas.

Plusieurs heures durant, ils discutèrent de l'île, de l'école et d'Eleni. Dimitri avait eu de la chance. Depuis son arrivée à Spinalonga, il avait été entouré de l'affection d'Eleni puis d'Elpida. La première l'avait traité avec le soin d'une mère expérimentée, et la seconde l'avait considéré comme l'enfant qu'elle avait toujours désiré, le noyant même parfois sous son amour et ses attentions. Maria se réjouissait d'avoir rencontré ce presque-frère, et ils se retrouvèrent souvent pour un café ou un dîner, qu'elle préparait pendant que Dimitri lui parlait avec enthousiasme de son travail. Il avait quatorze élèves et espérait réussir à leur apprendre à lire avant leurs sept ans. Au contact de ce jeune homme si passionné par son travail, Maria comprit que la maladie ne serait pas toujours nécessairement au premier plan de sa vie. Un rendez-vous à l'hôpital tous les quinze jours, une petite maison à entretenir, une parcelle à cultiver, sans oublier les rendez-vous avec son père : voilà quels étaient les fondements de sa nouvelle existence.

Au début, Maria hésita à mentionner son amitié avec Dimitri à son père. Celle-ci pouvait passer pour une trahison. Cependant, Giorgis avait passé assez de temps avec Lapakis pour savoir que Dimitri n'était peut-être pas responsable du sort d'Eleni, et lorsque sa fille lui confessa cette amitié, il l'accueillit bien.

— Comment est-il ? lui demanda-t-il.

— Aussi dévoué à son travail que notre mère l'était. Et sa conversation est très agréable. Il a lu tous les livres de la bibliothèque.

Ce qui n'était pas un mince exploit – la bibliothèque contenait désormais plus de cinq cents ouvrages, la plupart en provenance d'Athènes –, pourtant, cela laissa Giorgis de marbre. Il s'intéressait à d'autres aspects de la question.

— Parle-t-il de ta mère ?

— Pas beaucoup. Il évite sans doute le sujet par délicatesse. Il m'a un jour confié qu'il aurait mené une vie moins heureuse s'il n'était pas venu à Spinalonga.

— Quelle drôle d'idée ! s'exclama Giorgis.

— Apparemment ses parents avaient une vie difficile, et il n'aurait jamais pu devenir instituteur… Comment va Anna ?

— Je ne sais pas trop. Bien, je suppose. Elle était censée venir me voir pour la fête d'Agios Grigorios, mais elle m'a envoyé un message disant qu'elle était souffrante. J'ignore ce qui ne va pas.

La même vieille rengaine… Des rendez-vous annulés à la dernière minute. Si Giorgis s'y était habitué, Maria continuait à être scandalisée par l'indifférence cruelle avec laquelle sa sœur traitait l'homme qui leur avait tant sacrifié.

Au bout d'un mois, ayant besoin de s'occuper, Maria sortit un vieux carnet de son étagère. Il contenait des notes sur l'usage des herbes. « *Remèdes et onguents* » avait-elle inscrit de son écriture appliquée sur la page de titre. Dans le contexte de la colonie, ces mots lui semblaient d'un optimisme naïf… Cependant, bien d'autres maux que la lèpre affectaient les habitants de Spinalonga, des problèmes de digestion aux quintes de toux, et si elle parvenait à soulager les malades avec autant de succès qu'à Plaka, sa contribution ne serait pas vaine.

Maria partagea son enthousiasme débordant pour son nouveau projet avec Fotini lorsque celle-ci lui rendit visite. Elle lui expliqua que, dès l'arrivée du printemps, elle explorerait la partie inhabitée de l'île à la recherche d'herbes.

— Même sur ces falaises calcaires, en dépit des embruns, j'ai aperçu de la sauge, de la ciste, de l'origan, du romarin et du thym. Ils constitueront les ingrédients de base nécessaires à la confection de remèdes, et je tenterai de cultiver d'autres plantes utiles sur ma parcelle. Il faudra que je demande son autorisation au Dr Lapakis pour cela, mais j'ai l'intention de publier une annonce dans *L'Étoile de Spinalonga*.

Fotini fut réchauffée, d'autant que la journée était glaciale, de voir son amie animée d'une telle passion.

— À ton tour maintenant, donne-moi des nouvelles de Plaka, reprit Maria, veillant comme toujours à ne pas monopoliser la conversation.

— Il n'y a pas grand-chose à raconter. D'après ma mère, il est grand temps qu'elle trouve une épouse à Antonis, plus grognon que jamais. La semaine dernière, à Élounda, Angelos a fait la connaissance d'une fille qu'il semble beaucoup apprécier. Qui sait, l'un de mes deux frères sera peut-être bientôt marié ?

— Et Manolis ? souffla Maria. Il est toujours dans les parages ?

— Antonis ne le croise pas souvent au domaine… Ça te rend triste de penser à lui ?

— Je vais sans doute te paraître affreuse, mais il ne me manque pas autant que je l'aurais cru. Je n'y songe vraiment que lorsque j'évoque Plaka avec toi. Je me sens presque coupable de ne pas avoir plus de sentiments. Tu crois que c'est anormal ?

— Non, pas du tout. Je crois même que c'est une bonne chose.

Même si elle s'était toujours refusée à ajouter foi aux rumeurs que son frère lui avait rapportées, Fotini n'avait jamais jugé Manolis entièrement digne de confiance, et elle était convaincue qu'il valait mieux que Maria l'oublie. D'autant qu'elle n'avait aucune chance de l'épouser à présent.

— Tu le sens bouger ? demanda Maria en posant les yeux sur le gros ventre de son amie.

— Oui, sans arrêt.

Fotini approchait du terme de sa grossesse et commençait à appréhender les trajets avec Giorgis.

— Il serait peut-être plus prudent que tu suspendes tes visites désormais, suggéra Maria. Sinon tu risques d'accoucher dans la barque de mon père.

— Dès que le bébé sera né, je reviendrai. Et je t'écrirai, c'est promis, la rassura Fotini avant de partir.

De leur côté, Giorgis et Maria avaient pris leurs habitudes. Bien qu'elle trouvât du réconfort à l'idée que son père accoste l'île plusieurs fois par jour, il aurait été absurde de descendre le trouver à chaque occasion. Ils savaient que se voir trop souvent n'aurait été bon ni pour l'un ni pour l'autre – ils auraient eu l'impression que leur vie continuait comme avant – et avaient donc décidé de se limiter à trois rendez-vous par semaine, le lundi, le mercredi et le vendredi. Ces jours-là étaient les temps forts de la semaine de Maria. Le lundi, elle voyait également Fotini – du moins elle la reverrait après l'accouchement –, le mercredi le Dr Kyritsis et le vendredi elle avait son père pour elle seule.

Mi-janvier, son père lui annonça que Fotini avait donné le jour à un garçon. Maria voulut connaître tous les détails.

— Comment s'appelle-t-il ? À quoi ressemble-t-il ? Combien pèse-t-il ?

— Mattheos, il ressemble à un bébé et je n'ai pas la moindre idée de son poids. À peu près autant qu'un sac de farine, je présume.

Pour la semaine suivante, Maria broda sur un petit coussin rempli de lavande séchée le nom du bébé et sa date de naissance. « *Place-le dans son berceau*, écrivit-elle dans le mot qu'elle adressa à Fotini, *ça l'aidera à dormir.* »

En avril, son amie put de nouveau traverser le bras de mer. En dépit de l'arrivée de Mattheos, elle continuait à suivre de près la vie du village, à croire qu'elle avait des antennes lui permettant de surveiller les allées et venues de tous. Maria adorait l'écouter raconter les derniers potins autant que les plaisirs et déboires de la maternité. De son côté, elle lui narrait les événements de Spinalonga, et les deux amies discutaient souvent plus d'une heure, presque sans prendre le temps de souffler.

Les entretiens du mercredi avec le Dr Kyritsis étaient d'une tout autre nature. Maria était toujours un peu troublée en sa présence, ayant du mal à le dissocier du diagnostic fatal – et les mots qu'il avait prononcés alors résonnaient encore dans son esprit : « … vous avez contracté la lèpre. » Tout en étant celui qui l'avait condamnée à un destin de morte en sursis, il était aussi l'homme qui agitait à présent le minuscule espoir qu'elle puisse être un jour guérie. Le trouble de Maria naissait de cette ambivalence : il symbolisait à la fois le pire et le meilleur.

— Il est très distant, expliqua-t-elle un jour où Fotini et elle s'étaient installées sur le muret, à l'ombre des arbres du quai. Et un peu froid, à l'image de sa chevelure acier.

— On dirait que tu ne l'apprécies pas.

— Je ne sais pas très bien en effet, répondit Maria. J'ai toujours l'impression qu'il m'observe ou qu'il regarde à travers moi, comme si je n'étais pas vraiment présente. Et pourtant il semble mettre mon père de bonne humeur…

Fotini ne pouvait s'empêcher de trouver étrange que Maria parle aussi souvent d'un homme qui n'avait visiblement pas ses faveurs.

Quelques semaines après la première visite de Kyritsis, les deux médecins avaient fini d'établir la liste des patients susceptibles de recevoir le traitement provisoire. Le nom de Maria y figurait. Elle était jeune, en bonne santé et récemment arrivée sur l'île, ce qui faisait d'elle la candidate idéale. Cependant, pour des raisons que Kyritsis ne parvenait pas à s'expliquer, il ne voulait pas l'intégrer au premier groupe, qui recevrait une injection d'ici à plusieurs mois. Il se débattit avec sa propre irrationalité. À force d'avoir délivré pendant des années des diagnostics terribles, il avait appris à limiter son implication émotionnelle auprès des patients. Cette objectivité l'avait rendu imperturbable, inexpressif même, parfois. Si Kyritsis se souciait beaucoup de l'humanité au sens général du terme, les gens avaient toutefois tendance à le trouver froid.

Il décida de réduire la liste de vingt patients à quinze. Il suivrait de près ces cas-là afin d'affiner les dosages et d'éprouver la viabilité du traitement. Le nom de Maria avait disparu de la version finale. Naturellement, il n'avait pas besoin de justifier cette décision auprès de quiconque, pourtant, il savait que c'était la première fois de sa carrière qu'il se laissait guider par autre chose que sa raison. Il se répéta que c'était dans l'intérêt de la jeune femme. Les effets secondaires de ces médicaments étaient mal connus, et il ne tenait pas à ce qu'elle essuie les plâtres de cette expérimentation. Elle n'avait peut-être pas la résistance nécessaire.

Au début de l'été, un matin qu'il traversait la mer avec Giorgis en direction de Spinalonga, Kyritsis demanda à ce dernier s'il avait déjà franchi la grande muraille vénitienne.

— Bien sûr que non, répondit Giorgis sans cacher sa surprise. Je n'y avais jamais pensé, même. Ça ne doit pas être autorisé.

— Mais vous pourriez rendre visite à Maria dans sa maison. Sans prendre le moindre risque.

Kyritsis connaissait désormais bien le cas de la jeune femme : elle avait une chance sur un million de transmettre la lèpre à son père. Il n'y avait pas la moindre bactérie à la surface de ses macules plates et, à moins que Giorgis ne soit mis en contact direct avec une plaie, il ne pouvait pas être contaminé.

Cette suggestion plongea le pêcheur dans de profondes réflexions. Il n'avait jamais imaginé, pas plus que Maria, qu'ils pourraient passer du temps ensemble chez elle. Ce serait infiniment plus confortable que le quai balayé par les vents en hiver et écrasé de soleil en été. Rien ne serait plus merveilleux.

— Il faut que j'interroge Nikos Papadimitriou à ce sujet et que je sollicite l'avis du Dr Lapakis, néanmoins, je ne vois aucune raison de vous l'interdire.

— Mais que dirait-on, à Plaka, si on apprenait que je m'aventure dans la colonie au lieu de me contenter de déposer des paquets au pied de la muraille ?

— Si j'étais vous, je n'en parlerais à personne. Vous savez aussi bien que moi l'opinion que les gens se font de la vie là-bas. Ils sont persuadés que la lèpre s'attrape à la moindre poignée de main, sinon en se trouvant dans la même pièce qu'un malade. Alors s'ils découvraient que vous avez pris un café avec l'un d'eux, je vous laisse imaginer les conséquences…

Giorgis était mieux placé que quiconque pour comprendre les mises en garde de Kyritsis, étant victime depuis des années des préjugés venant souvent d'hommes qui se disaient ses amis. En dépit de ses craintes, il se voyait déjà assis devant un café ou un verre d'ouzo avec son aimable fille. Ce rêve pourrait-il se réaliser ?

Ce jour-là, Kyritsis parla au gouverneur et demanda son avis à Lapakis. Lorsqu'il retrouva Giorgis, le soir même, il était en mesure de lui donner un accord officiel.

— Si vous souhaitez franchir ce tunnel, libre à vous, dit-il.

Giorgis en crut à peine ses oreilles. Il ne se souvenait pas d'avoir été aussi heureux depuis très longtemps, et il trépignait de pouvoir annoncer l'idée de Kyritsis à Maria.

Le vendredi suivant, dès qu'elle vit son père descendre du bateau, elle sut qu'il se passait quelque chose : son expression le trahissait.

— Je suis autorisé à te rendre visite chez toi ! bredouilla-t-il. Tu pourras me préparer du café.

— Quoi ? Mais comment ? J'ai du mal à le croire… Tu es certain ? demanda Maria, incrédule.

Ce n'était pas grand-chose, et pourtant c'était si précieux…

Comme sa femme et sa fille avant lui, Giorgis s'engagea le cœur battant dans le sombre tunnel. Et il eut un choc semblable en émergeant en plein soleil. Cette journée de début juin était déjà chaude, même si la lumière limpide n'était pas encore troublée par la brume de chaleur, et il fut presque ébloui par les couleurs vives du monde qu'il venait de pénétrer. Des cascades de géraniums cramoisis dévalaient d'immenses jarres, un laurier-rose abritait une portée de chatons, et un palmier agitait doucement ses grandes feuilles près de la porte bleue de la quincaillerie, à côté de laquelle une grappe de casseroles scintillait. Devant presque toutes les portes se trouvaient d'énormes pots de basilic, prêts à parfumer les plats les plus fades. Non, Giorgis n'avait rien imaginé de tel.

Maria partageait l'animation de son père, même si sa présence la rendait nerveuse. Elle ne voulait pas qu'il s'attarde trop dans la rue, pas seulement parce qu'il attirerait les regards des curieux, mais aussi parce qu'ils risqueraient de susciter des jalousies. Et puis elle n'avait aucune envie de le partager.

— Par ici, dit-elle, en le conduisant vers la petite place où elle habitait.

Elle le fit entrer chez elle, et bientôt les arômes du café envahirent la petite pièce. Maria posa une assiette remplie de baklava sur la table.

— Sers-toi, lui dit-elle.

Giorgis ignorait à quoi il s'était attendu, mais pas à ça. Cette maisonnette était une réplique parfaite de celle de Plaka. Il reconnut les photographies, les icônes et les pièces de porcelaine qui répondaient à celles qu'il avait chez lui. Il se souvenait vaguement qu'Eleni lui avait demandé des assiettes et des tasses pour pouvoir manger dans le même service que sa famille. Elpida en avait hérité à la mort de celle-ci, puis la vaisselle était naturellement revenue à Maria. Giorgis remarqua aussi les nappes et napperons que sa fille avait passé tant de mois à broder, et une vague de tristesse le balaya quand il songea à la maison de Manolis dans l'oliveraie, où elle vivrait aujourd'hui si les choses s'étaient déroulées comme prévu.

Ils s'attablèrent pour siroter leur café.

— Si j'avais imaginé me retrouver un jour à la même table que toi, Maria !

— Je sais.

— C'est grâce au Dr Kyritsis. Il a parfois des vues un peu modernes pour moi, mais cette idée-ci me plaît.

— Que diront tes amis à Plaka quand ils l'apprendront ?

— Je ne leur en parlerai pas. Tu sais très bien comment ils réagiraient. Ils n'ont toujours pas évolué… Ils ont beau être séparés de Spinalonga par un bras de mer, ils restent persuadés que l'air pourrait transporter la lèpre et les contaminer. S'ils découvraient que j'ai été chez toi, ils m'interdiraient peut-être l'accès du bar !

La dernière remarque de Giorgis, plus humoristique, ne parvint pas à apaiser toutes les inquiétudes de Maria.

— Tu as raison de rester discret alors. Tes fréquents trajets jusqu'ici doivent déjà les tracasser.

— Sans doute, oui. Certains ont même suggéré que j'avais rapporté jusqu'à Plaka les microbes qui t'ont contaminée.

Maria fut effondrée d'apprendre que sa maladie servait à alimenter les peurs des villageois et surtout que son père était traité de la sorte par des hommes avec qui il avait grandi. Si seulement ceux-ci avaient pu les voir à cet instant : un père et sa fille assis face à face, dégustant les meilleures pâtisseries du monde. Rien n'aurait pu être plus différent de l'image faussée qu'ils se faisaient de la colonie de lépreux. Même l'irritation que Maria éprouvait en songeant aux bêtises colportées par l'ignorance ne réussissait pas à entamer son bonheur présent.

Une fois qu'ils eurent terminé leur collation, Giorgis prit congé.

— Crois-tu que Fotini accepterait de venir, elle aussi ?

— J'en suis sûr, mais tu pourras lui poser la question toi-même, lundi.

— Ça ressemble tellement à la vie normale. Tu ne peux pas savoir ce que ça représente pour moi.

La voix de Maria, qui maîtrisait d'habitude si bien ses émotions, menaçait de se briser.

— Ne t'inquiète pas, je suis sûr que Fotini acceptera. Et moi, je reviendrai.

Elle le raccompagna à la barque et agita la main tandis qu'il s'éloignait.

Dès son retour à Plaka, Giorgis alla trouver la meilleure amie de Maria pour lui apprendre qu'il sortait de chez sa fille, et celle-ci voulut aussitôt savoir si elle pourrait faire de même. Certains y auraient vu de l'imprudence, mais Fotini était mieux renseignée que beaucoup sur les risques de contagion et, à l'occasion de sa visite suivante, dès qu'elle eut posé le pied sur le quai, elle prit son amie par le bras et lança :

— Montre-moi où tu habites.

Un large sourire s'épanouit sur le visage de Maria. Les deux femmes s'engagèrent d'un pas léger dans le tunnel et atteignirent rapidement la maison de Maria. La fraîcheur de la pièce était la bienvenue et, à la place du café, elles burent la boisson glacée à la cannelle qu'elles affectionnaient tant petites, la *kanelada*.

— C'est si gentil de venir me voir jusqu'ici, lança Maria. Tu sais, je m'étais toujours figuré que ce lieu n'abriterait que ma solitude. Ça fait une telle différence d'avoir des visiteurs !

— Eh bien, c'est beaucoup plus agréable que de rester assise sur ce muret en pleine chaleur ! Et dorénavant je pourrai t'imaginer chez toi.

— Quelles sont les nouvelles ? Comment va le petit Mattheos ?

— Une vraie merveille, je ne trouve pas d'autre mot ! Il mange beaucoup et pousse très vite.

— Tant mieux s'il aime la nourriture. Après tout, ses parents tiennent un restaurant, remarqua Maria avec un sourire. Et à Plaka ? Tu as vu ma sœur dernièrement ?

— Non. Pas depuis un bon moment, répondit Fotini d'un air songeur.

Giorgis avait dit à Maria qu'Anna lui rendait des visites régulières, mais à présent sa fille le soupçonnait d'avoir menti. Fotini aurait forcément remarqué la voiture clinquante des Vandoulakis.

Les deux femmes conservèrent le silence.

— Antonis la croise de temps à autre au domaine, finit par lâcher Fotini.

— A-t-il dit si elle avait l'air en forme ?

— Je crois que oui.

Fotini comprenait très bien ce que Maria lui demandait en réalité : Anna était-elle enceinte ? Celle-ci était mariée depuis longtemps maintenant, il était temps qu'elle ait des enfants. À moins qu'il n'y ait un problème... Fotini détenait cependant une autre information qu'elle hésitait depuis un moment à confier à Maria.

— Écoute, je ne devrais sans doute pas t'en parler, mais Antonis a vu Manolis aller et venir chez ta sœur.

— Où est le mal ? Ils appartiennent à la même famille, non ?

— Oui, bien sûr, toutefois, des cousins se rendent rarement visite tous les deux jours.

— Peut-être y va-t-il pour discuter affaires avec Andreas, suggéra Maria en toute bonne foi.

— Sauf que Manolis se présente la journée, autrement dit lorsque Andreas est absent.

Maria se surprit à rétorquer avec une pointe d'agressivité :

— Tu es en train de m'expliquer qu'Antonis les espionne ?

— Pas du tout, Maria. Je crois que Manolis et ta sœur sont devenus très proches.

— Eh bien, si c'est le cas, pourquoi Andreas ne fait-il rien ?

— Parce qu'il ne s'en doute pas une seconde. Ça ne lui traverserait jamais l'esprit, et personne ne le mettra au courant.

Elles restèrent muettes un moment, puis Maria se leva pour rincer les verres. Elle était obnubilée par ce qu'elle venait d'apprendre. Son agitation ne fit que s'accroître lorsqu'elle se souvint de la nervosité d'Anna, la fois où Manolis et elle étaient arrivés à l'improviste. Peut-être s'était-il passé quelque chose entre eux, après tout. Maria savait sa sœur capable d'une telle infidélité.

Sous l'effet de la contrariété, elle essuya les verres jusqu'à ce que le torchon crisse. Selon son habitude, elle pensa d'abord à son père. Elle éprouvait déjà la honte qui le rongerait quand il l'apprendrait. Quant à Anna… Comment osait-elle, elle la seule des trois femmes Petrakis à avoir la chance de pouvoir mener une vie normale et heureuse ? Maria avait l'impression que sa sœur faisait tout ce qui était en son pouvoir pour la ruiner. Des larmes de colère et de dépit lui embuèrent les yeux. Elle ne voulait pas que Fotini s'imagine qu'elle était jalouse. Et pourtant, même si elle savait que Manolis ne lui appartiendrait jamais, elle avait du mal à supporter l'idée qu'il ait des sentiments pour sa sœur.

— Je ne voudrais pas que tu te méprennes, ma peine ne vient pas de l'attitude de Manolis. En revanche, celle de ma sœur m'inquiète. Que va-t-elle devenir ? Pense-t-elle vraiment qu'Andreas ne découvrira rien ?

— À l'évidence, c'est ce qu'elle pense, oui. Ou alors, elle ne s'en soucie pas. Je suis persuadée qu'ils se lasseront et que tout finira par rentrer dans l'ordre.

— Ça me paraît un peu optimiste, Fotini. Mais, de toute façon, nous n'y pouvons rien, si ?

Maria se tut un instant avant de reprendre, changeant de sujet :

— J'ai recommencé à me servir de mes herbes, et j'ai rencontré un certain succès. Quelques personnes viennent me consulter, et le dictame a presque immédiatement soulagé un homme âgé qui souffrait de troubles de la digestion.

Elles continuèrent à discuter d'un ton badin, même si la révélation de Fotini continuait à peser sur leur esprit.

Contrairement aux prédictions de Fotini, Anna et Manolis ne se lassaient pas l'un de l'autre. L'étincelle avait même été ravivée et ne tarda pas à se transformer en feu ardent. Manolis était resté fidèle à Maria le temps de leurs fiançailles. Elle était sa sainte Maria, pure et parfaite, et il ne doutait pas qu'elle aurait fait son bonheur. À présent, elle n'était plus qu'un souvenir agréable. Les premières semaines suivant le départ de sa fiancée pour Spinalonga, il avait été triste et apathique, mais la période de deuil n'avait pas duré. La vie devait continuer.

Il était attiré par Anna comme un papillon de nuit par la flamme d'une bougie. Elle habitait juste à côté, et il sentait qu'elle réclamait son affection, elle qui s'offrait presque comme un cadeau enveloppé dans des robes ajustées et garnies de rubans.

Un jour, à l'heure du déjeuner, selon sa vieille habitude, Manolis s'introduisit dans la cuisine de la vaste demeure.

— Bonjour, l'accueillit-elle sans surprise et avec une telle suavité qu'elle aurait pu faire fondre les neiges du mont Dicté.

L'arrogance d'Anna, qui savait qu'il reviendrait un jour ou l'autre, répondait à l'assurance de Manolis, qui n'avait pas douté une seconde qu'elle se réjouirait de le revoir.

Alexandros Vandoulakis avait récemment légué l'ensemble du domaine à son fils, ce qui signifiait que celui-ci avait d'énormes responsabilités et moins de temps à consacrer à sa femme. En conséquence, Manolis augmenta la fréquence de ses visites. Il venait désormais tous les jours. Antonis n'était pas le seul à l'avoir remarqué. La plupart des autres employés étaient aussi au courant. Cependant, Anna et Manolis pouvaient espérer passer entre les mailles du filet : Andreas était si occupé qu'il ne remarquerait rien de lui-même. Quant aux travailleurs, ils ne prendraient jamais le risque de perdre leur poste en alertant le patron. Ces deux raisons semblaient leur garantir une impunité complète.

Maria n'avait aucun moyen d'action, et Fotini pouvait seulement enjoindre son frère de tenir sa langue.

Si Antonis en parlait à son père, Pavlos, cela finirait forcément par revenir aux oreilles de Giorgis.

Entre les visites de Fotini, Maria s'efforçait de chasser sa sœur de son esprit. Son impuissance ne tenait pas qu'à son exil sur l'île. Même à Plaka elle n'aurait pas pu empêcher Anna d'agir à sa guise.

Elle se mit à attendre avec impatience les visites de Kyritsis, guettant toujours l'arrivée de son père et du médecin aux cheveux argentés depuis le quai. Un beau jour d'été, Kyritsis engagea la conversation. Il avait entendu dire par le Dr Lapakis que Maria connaissait le pouvoir des plantes médicinales. Fervent partisan de la médecine moderne, il avait longtemps considéré avec scepticisme l'action des fleurs qui poussaient dans la montagne. Quelle efficacité pouvaient-elles avoir en comparaison des médicaments ? Nombre de patients, cependant, l'entretenaient du bienfait des préparations de Maria. Il était prêt à revoir son jugement et le lui avoua.

— Je sais reconnaître mes torts lorsqu'on m'apporte des preuves, et j'ai vu l'effet de ces plantes sur certains malades. Difficile dans ces conditions de rester sceptique, non ?

— En effet, et je suis heureuse de vous l'entendre dire, répliqua Maria avec une note triomphale dans la voix.

Elle éprouvait une satisfaction immense à l'idée d'avoir réussi à le faire changer d'avis. Et celle-ci s'approfondit encore quand elle le vit sourire. Il était transfiguré.

19

Le sourire de Kyritsis changea tout. Le médecin n'était pas habitué à sourire. Le malheur et les angoisses d'autrui avaient empli sa vie, laissant peu de place à la légèreté ou au plaisir. Il vivait seul à Héraklion, passait l'essentiel de son temps à l'hôpital et consacrait le reste à lire ou dormir. À présent, son existence avait enfin un autre objet d'intérêt : la beauté d'un visage féminin. Aux yeux du personnel d'Héraklion, de Lapakis et des lépreux qui le voyaient désormais régulièrement, il restait celui qu'il avait toujours été : un scientifique dévoué à sa cause, déterminé et au sérieux déroutant – ainsi que, pour certains, dépourvu d'humour. Dans le regard de Maria, en revanche, il était devenu quelqu'un d'autre. Elle ignorait s'il détenait la clé de son salut, mais il la sauvait un peu chaque fois qu'il traversait la mer, en précipitant les battements de son cœur. Grâce à lui, elle était redevenue une femme, et non plus une patiente attendant la mort sur un rocher.

Alors qu'aux premiers jours de l'automne les températures chutaient, Maria sentit que Nikolaos Kyritsis se réchauffait de plus en plus. Chaque mercredi, à son arrivée sur l'île, il s'arrêtait pour discuter avec elle. Au début, leurs échanges ne duraient que cinq minutes, mais, au fil du temps, ils se prolongèrent, s'allongeant de semaine en semaine. Tenant à sa ponctualité, et à ne pas faire languir les patients avec lesquels il avait rendez-vous, il finit par débarquer plus tôt à Spinalonga pour avoir le temps de s'entretenir avec elle. Giorgis, qui se levait toujours à 6 heures, ne voyait aucun inconvénient à déposer Kyritsis une demi-heure plus tôt, à 8 h 30. Et il s'était peu à peu habitué à l'idée que Maria ne viendrait plus parler avec lui le mercredi. Elle guettait le bateau, mais pas son père.

D'un naturel taciturne, Kyritsis évoquait avec Maria son travail à Héraklion et lui expliquait les recherches auxquelles il participait. Il lui expliqua que la guerre avait tout interrompu et lui décrivit cette période en détail, lui dépeignant une ville détruite par les bombardements, où le moindre citoyen doté de compétences médicales travaillait d'arrache-pied pour s'occuper des malades et des blessés. Il lui narra aussi ses voyages en Égypte et en Espagne à l'occasion de conférences sur la lèpre, où des experts internationaux se réunissaient pour partager leurs vues sur la question et exposer leurs dernières théories. Il mentionna les différents traitements en cours d'expérimentation et son opinion à leur sujet. De temps à autre, il était obligé de se rappeler à lui-même que cette femme était une patiente et qu'elle finirait peut-être par prendre part à l'essai clinique qu'il dirigeait. Il s'étonnait souvent d'entretenir de telles amitiés sur une île aussi petite. Avec son vieux collègue Christos Lapakis, comme avec cette jeune femme.

De son côté, Maria se contentait de l'observer et de l'écouter, se confiant peu. Elle avait le sentiment de ne pas avoir grand-chose à partager, tant son existence s'était réduite.

À ce que Kyritsis en percevait, il aurait presque pu envier la vie à Spinalonga. Les gens vaquaient à leurs affaires, se réunissaient au *kafenion*, voyaient les derniers films à l'affiche, se rendaient à l'église et passaient du temps ensemble. Ils appartenaient à une collectivité où tout le monde se connaissait et était lié par un destin commun. À Héraklion, il pouvait parcourir la même rue animée chaque jour pendant une semaine et ne pas croiser un seul visage familier.

Les visites hebdomadaires de Fotini étaient aussi vitales à Maria que ses discussions avec le médecin, pourtant, elle les redoutait presque ces derniers temps.

— Alors, l'a-t-on vu sortir de la maison cette semaine ? l'interrogeait-elle dès que Giorgis s'était éloigné.

— Une ou deux fois, répondit Fotini ce jour-là. Mais Andreas était aussi présent. Comme la récolte des olives a commencé, il est plus souvent dans le coin. Manolis et lui veillent au bon fonctionnement des presses et ils ont apparemment pris l'habitude de rentrer dîner ensemble à la demeure.

— Peut-être que ton frère s'est tout imaginé alors… Si Manolis et Anna étaient amants, il ne mangerait pas à la même table qu'Andreas, si ?

— Et pourquoi pas ? Il risquerait davantage d'éveiller les soupçons en disparaissant soudain.

Fotini avait raison. Nombreuses étaient les soirées où Anna, coiffée, pomponnée et mise en valeur par des robes parfaitement ajustées, jouait le double rôle d'épouse accomplie auprès de son mari et d'hôtesse accueillante auprès de son cousin. Andreas ne lui en demandait pas davantage. Elle n'avait pas besoin de fournir d'efforts particuliers pour contrôler la situation, et les risques qu'elle se trahisse étaient quasi nuls. Aux yeux d'Anna, les sous-entendus complices ne faisaient qu'ajouter au frisson et lui donnaient le sentiment de jouer sur une scène imaginaire. Les jours où ses beaux-parents leur rendaient visite, la tension augmentait, ce qui ne faisait qu'accroître le plaisir de la dissimulation.

— As-tu passé une bonne soirée ? demandait-elle ensuite à Andreas quand ils se retrouvaient dans leur grand lit.

— Oui, pourquoi ?

— Juste pour savoir, répondait-elle.

Lorsqu'ils faisaient l'amour, elle imaginait le corps de Manolis contre le sien et ses cris gutturaux. Pourquoi Andreas aurait-il nourri des doutes envers la femme qui lui procurait un tel bonheur ? Il s'endormait ensuite, essoufflé, dans la chambre aux volets clos, ignorant qu'il avait bénéficié de la passion que son épouse éprouvait pour un autre homme, un homme auquel elle ne s'était donnée qu'en plein jour.

Anna ne voyait rien de conflictuel dans la situation. Les sentiments qu'elle entretenait pour Manolis étant plus forts qu'elle, son infidélité était presque justifiée. Il était entré sans crier gare dans sa vie, et elle avait réagi de façon instinctive à cet événement. La volonté n'avait aucune part dans cette affaire, et il ne lui vint jamais à l'esprit qu'il pourrait en être autrement. La présence de Manolis l'électrisait : tous ses poils se dressaient, et la moindre parcelle de son corps réclamait ses caresses. Elle ne pouvait pas lutter. *C'est plus fort que moi*, se disait-elle en se brossant les cheveux les matins où Andreas partait à l'autre extrémité du domaine et où elle pouvait compter sur la visite de Manolis à l'heure du déjeuner. C'était en effet plus fort qu'elle. Le même sang coulait dans les veines de son amant et dans celles de son époux. Avec toute la résolution du monde, elle n'aurait pas pu le repousser. Elle était une victime piégée mais consentante, et trompait son mari sous son propre toit, dans son propre lit, avec pour seul témoin de sa perfidie les *stephana* – les couronnes nuptiales.

Andreas ne pensait pas souvent à Manolis. Il se réjouissait qu'il ait mis un terme à ses voyages, cependant, il laissait à sa chère mère le soin de s'inquiéter pour son neveu qui, à trente ans passés, n'était pas encore marié. S'il était désolé que son union avec la sœur d'Anna se soit heurtée à un obstacle infranchissable, il avait la conviction que, tôt ou tard, son cousin trouverait une autre femme qui lui conviendrait. Quant à Eleftheria, si elle partageait l'avis d'Andreas sur le destin malheureux de Maria, elle était encore plus ennuyée par l'attirance entre Manolis et sa belle-fille. Elle n'aurait su qualifier leur relation, cependant, et concluait parfois que celle-ci était le fruit de son imagination.

Maria frissonnait rien qu'en pensant aux frasques possibles de sa sœur. Celle-ci ne s'était jamais encombrée de précautions, et rien ne pourrait la changer.

C'était pour son père qu'elle s'inquiétait le plus. La vie n'aurait donc rien épargné au pauvre homme ?

— N'a-t-elle pas honte ? murmurait-elle.

— On dirait bien que non, rétorquait Fotini.

Les amies tentaient d'aborder d'autres sujets, mais la conversation commençait et se finissait toujours sur l'infidélité d'Anna et sur le temps qu'il lui faudrait pour se trahir par un regard qui éveillerait la suspicion de son mari. Peu à peu, les derniers sentiments que Maria avait encore pour Manolis s'envolèrent. Il ne lui resta plus que la certitude de son impuissance.

Octobre touchait à sa fin à présent. Les vents hivernaux, qui gagnaient en puissance, transperceraient bientôt les pardessus les plus épais et les châles en laine les plus lourds. Maria s'avisa qu'il était incongru de discuter avec le Dr Kyritsis dans le froid mordant, pourtant, l'idée d'abandonner ces échanges lui était insupportable. Elle adorait parler avec lui. Ils ne semblaient jamais à court de sujets de discussion, même si elle avait l'impression de n'avoir rien de très intéressant à dire pour sa part. Elle ne pouvait s'empêcher de comparer la façon dont il s'adressait à elle avec celle de Manolis. Chaque phrase de son fiancé s'était apparentée à un badinage, quand les propos de Kyritsis en étaient toujours dépourvus.

— J'aimerais savoir à quoi ressemble la vie ici, lui dit-il un jour qu'ils devisaient au milieu des bourrasques.

— Mais vous voyez l'île toutes les semaines. Vous devez la connaître aussi bien que moi, rétorqua-t-elle, interloquée par sa déclaration.

— J'ai l'impression de la voir sans la comprendre. Je suis un étranger en visite, c'est très différent.

— Voudriez-vous venir prendre un café chez moi ?

Maria s'était entraînée à prononcer ces mots depuis un moment déjà, cependant, lorsqu'ils sortirent de sa bouche, elle reconnut à peine sa propre voix.

— Un café ?

Kyritsis avait très bien entendu, il ne répétait ce mot que parce qu'il ne trouvait rien d'autre à répondre.

— Oui.

Elle avait l'impression de l'avoir tiré d'une rêverie.

— Oui, j'aimerais beaucoup.

Ils traversèrent le tunnel côte à côte, tels des égaux, alors qu'il s'agissait d'un médecin et de sa patiente. Ils avaient franchi la muraille vénitienne une centaine de fois chacun, pourtant, ce trajet-là fut différent. Kyritsis n'avait pas cheminé en compagnie d'une femme depuis des années, quant à Maria elle éprouvait une timidité enfantine à se retrouver avec un autre homme que son père. Et si quelqu'un les apercevait et en tirait des conclusions hâtives ? Elle aurait voulu se protéger des rumeurs et hurler : « C'est le docteur ! »

Maria le conduisit d'un pas vif à la ruelle menant chez elle, située tout près de la sortie du tunnel. Sachant que le temps de Kyritsis était compté et qu'il voudrait être à l'heure à son premier rendez-vous, elle prépara aussitôt du café.

Pendant qu'elle s'affairait, sortant le sucre, les tasses et les soucoupes, il observa la pièce, bien plus douillette et hospitalière que son propre appartement à Héraklion. Il remarqua les napperons brodés, la photo de Kyria Petrakis jeune, avec Maria et une autre fillette. Ses yeux s'attardèrent sur une rangée de livres bien alignés, un pot contenant des rameaux d'olivier, ainsi que des bouquets de lavande et d'herbes qui séchaient au plafond. Il fut réchauffé par la vision de ce foyer ordonné.

Maintenant qu'ils étaient sur le terrain de Maria, il se sentit autorisé à la faire parler d'elle. Une question en particulier lui brûlait les lèvres. Il avait beau avoir des connaissances étendues sur la maladie, ses symptômes, son épidémiologie et sa pathologie, il ignorait ce qu'éprouvaient les lépreux et, jusqu'à présent, il n'avait jamais pensé à interroger ses patients. Il se lança :

— Se sent-on différent… quand on a la lèpre ?

C'était une question intime, pourtant, Maria n'hésita pas à répondre :

— D'une certaine façon, non, il me semble que je suis la même qu'il y a un an. Pourtant, je suis différente, parce que j'ai été exilée ici. On a un peu le sentiment d'être emprisonné lorsque, comme moi, on ne subit pas les effets de la maladie jour après jour. Sauf qu'il n'y a pas de verrous aux portes ou de barreaux aux fenêtres.

Alors qu'elle parlait, son esprit vagabond la ramena à ce froid matin d'automne où elle avait quitté Plaka pour rejoindre Spinalonga. Elle n'avait certes jamais rêvé de vivre dans une colonie de lépreux, toutefois, elle prit le temps de s'interroger : à quoi aurait ressemblé sa vie si elle avait épousé Manolis ? N'aurait-ce pas été une sorte d'emprisonnement aussi ? Quel genre d'homme n'hésitait pas à trahir sa propre famille ? Quel Judas abusait ainsi de la gentillesse et de l'hospitalité qu'on lui avait offertes ? Si elle avait été charmée par Manolis, elle mesurait à présent que le destin lui avait peut-être fait un cadeau en séparant leurs chemins. Pas une fois ils n'avaient abordé un sujet moins anecdotique que la récolte des olives, la musique de Mikis Theodorakis ou les fêtes des saints à Élounda. La *joie de vivre*[1] dont il débordait l'avait attirée au début, mais elle comprenait qu'il n'avait peut-être aucune autre qualité. Une existence au côté de Manolis se serait sans doute apparentée à une autre forme de condamnation à vie, pas plus plaisante que celle qu'elle purgeait à Spinalonga.

— Il y a beaucoup d'avantages, compléta-t-elle. Des gens merveilleux comme Elpida Kontomaris, les Papadimitriou et Dimitri. Ils sont si courageux… Et savez-vous que, alors même qu'ils sont là depuis bien plus longtemps que moi, je ne les ai jamais entendus se plaindre, pas une seule fois ?

Maria remplit alors une tasse qu'elle tendit à Kyritsis. Elle remarqua trop tard qu'il avait la main secouée de violents tremblements, et la tasse se fracassa par terre. Une flaque sombre s'étala sur les dalles de pierre, et un silence gêné s'étira avant que Maria ne se précipite vers l'évier pour récupérer une serpillière. Percevant l'embarras du médecin, elle s'empressa de le mettre à l'aise.

— Ne vous en faites pas, ce n'est rien, dit-elle en épongeant le café avant de ramasser les morceaux de

1. En français dans le texte.

porcelaine. Tant que vous ne vous êtes pas brûlé, bien sûr.

— Je suis vraiment confus d'avoir cassé votre vaisselle. C'était très maladroit de ma part.

— Aucune importance, il ne s'agit que d'une tasse.

En réalité, cette tasse avait beaucoup de valeur à ses yeux, puisqu'elle appartenait au service que sa mère avait fait venir de Plaka. Cependant, Maria s'aperçut que cela ne la chagrinait pas. Elle était presque soulagée de constater que Kyritsis avait des failles, qu'il n'était pas aussi irréprochable qu'il le laissait supposer.

— Je n'aurais peut-être pas dû venir, marmonna-t-il.

Il ne pouvait s'empêcher d'y voir la conséquence de son infraction à la déontologie à laquelle il tenait tant. En s'introduisant chez Maria pour des raisons mondaines et non médicales, il avait franchi une ligne.

— Bien sûr que si, rétorqua-t-elle, je vous ai invité et j'aurais été très malheureuse si vous aviez décliné.

Maria s'était exprimée avec une spontanéité et un enthousiasme qui dépassaient ses intentions, et la surprirent autant que le médecin. À présent, ils étaient dans la même situation, ayant tous deux perdu leur aplomb.

— Je vous en prie, restez, reprit-elle, je vais vous resservir.

Le regard de Maria était implorant, si bien que Kyritsis ne put faire autrement qu'accepter. Elle sortit une autre tasse et, cette fois, quand celle-ci fut pleine, elle la posa sur la table devant lui.

Ils sirotèrent leur café en silence, mais un silence confortable cette fois. Maria finit par rompre le charme.

— J'ai entendu dire que certains patients prenaient un traitement. Pensez-vous qu'il a des chances de marcher ?

Cette question la taraudait depuis un moment.

— Nous n'en sommes qu'au début de l'essai clinique, Maria, néanmoins, nous avons de bons espoirs. Nous avons mis au jour certaines contre-indications, c'est pourquoi nous devons nous montrer prudents à ce stade.

— De quelle substance s'agit-il ?

— De la sulfone, appelée communément « dapsone ». Cet antibiotique contient du soufre et peut être très toxique. Généralement l'amélioration n'arrive qu'au terme d'un long traitement.

— Vous voulez dire que ce n'est pas une potion magique ? répliqua Maria en s'efforçant de cacher sa déception.

— Non, malheureusement. Il faudra attendre longtemps pour savoir si nous avons réussi à guérir un patient. Je suis au regret de vous annoncer que personne ne quittera l'île dans l'immédiat.

— Mais cela me permet d'espérer que vous accepterez de revenir prendre un café ici.

— Avec grand plaisir, il est délicieux.

Le Dr Kyritsis avait conscience de la maladresse de sa réponse, qui semblait indiquer que seul le café justifiait le déplacement – et qui ne reflétait pas ce qu'il pensait.

— Bien, je ferais mieux d'y aller maintenant, ajouta-t-il afin de dissimuler sa gêne. Merci.

Sur ces adieux peu chaleureux, Kyritsis partit.

En lavant les tasses et les dalles pour se débarrasser des derniers éclats de porcelaine, Maria se surprit à fredonner. Elle se sentait légère, ce qui ne lui était pas arrivé depuis qu'elle habitait ici. Elle avait l'intention d'en profiter et de se raccrocher à l'espoir que cela durerait. Toute la journée, elle aurait l'impression de flotter au-dessus du sol. Elle avait un programme chargé, cependant, la moindre corvée lui procurerait du plaisir.

Dès qu'elle eut fini de ranger, elle fourra quelques pots d'herbes dans un panier et se rendit chez Elpida Kontomaris.

Celle-ci ne verrouillait pas sa porte, et Maria entra sans frapper. Elle trouva Elpida alitée, pâle, mais redressée contre des oreillers.

— Comment vous sentez-vous aujourd'hui, Elpida ?

— Bien mieux, grâce à toi.

— C'est la nature qu'il faut remercier, pas moi. Je vais vous préparer une autre infusion. Il faudra en prendre une tasse maintenant, puis une autre dans trois heures. Je repasserai ce soir pour la troisième.

Pour la première fois en plusieurs semaines, Elpida Kontomaris retrouvait de l'énergie. Ses crampes d'estomac semblaient enfin diminuer, et elle ne doutait pas une seconde qu'elle le devait aux décoctions médicinales de Maria. Même si la peau pendait un peu sur son visage fatigué et même si elle flottait dans ses vêtements, elle retrouvait de l'appétit et anticipait déjà le moment où elle aurait de nouveau faim.

Dès qu'elle se fut assurée qu'Elpida était confortablement installée, Maria prit congé. Elle reviendrait en fin de journée pour vérifier que sa patiente avalait bien sa troisième tasse et, en attendant, elle irait au « bloc », comme on surnommait l'immeuble au bout de la rue principale. Celui-ci était toujours aussi peu populaire. Les gens se sentaient isolés et abandonnés au sommet de la colline, préférant l'atmosphère douillette des maisonnettes turques et vénitiennes. La proximité des anciennes habitations permettait aux villageois de développer des liens, ce qui leur importait davantage qu'un éclairage moderne et des volets roulants.

Maria s'y rendait, parce que quatre des appartements accueillaient des lépreux incapables de se débrouiller seuls. On avait dû leur amputer les pieds à cause de la gangrène, leurs mains déformées par la paralysie ne leur permettaient plus d'effectuer les tâches domestiques les plus sommaires, et leurs visages étaient difformes au point d'en être méconnaissables. Dans n'importe quel autre cadre, ces êtres auraient été considérés comme abjects et misérables. À présent encore, certains d'entre eux étaient au bord du désespoir, pourtant, Maria et d'autres les empêchaient d'y sombrer.

Ces malades chérissaient plus que tout leur intimité. Une jeune femme, qui n'avait plus de nez et qu'une paralysie faciale contraignait à garder les yeux ouverts, ne supportait pas les regards des autres villageois. Certaines nuits, elle sortait de chez elle pour se faufiler dans l'église, seule avec les icônes et l'odeur réconfortante de cire fondue. Toutefois, la plupart du temps elle restait cloîtrée, à l'exception d'une brève visite mensuelle à l'hôpital, où Lapakis notait l'évolution de ses lésions et lui prescrivait des calmants pour l'aider à distraire son esprit comme son corps d'un état de veille quasi permanent et la plonger dans un sommeil aussi bref que délicieux. Une autre, un peu plus âgée, avait perdu l'une de ses mains. Elle payait le prix fort des brûlures qu'elle s'était infligées en cuisinant pour sa famille quelques mois seulement avant son arrivée sur l'île. Le Dr Lapakis avait fait tout ce qui était en son pouvoir pour guérir les lésions ulcérées, mais l'infection avait eu le dernier mot, et il n'avait pas eu d'autre choix que l'amputation. Son autre main, paralysée, lui permettait à peine de tenir une fourchette, sans parler d'ouvrir une boîte de conserve ou de passer un bouton dans une boutonnière.

Chacune des dix ou douze personnes dans ce cas était gravement estropiée. À leur arrivée sur l'île, la plupart étaient déjà dans un état de décrépitude avancée et, malgré leurs efforts acharnés pour veiller à ce qu'ils ne se blessent pas de façon irrémédiable, les médecins ne réussissaient pas toujours.

Maria faisait les courses et la cuisine pour ces patients en phase terminale. Leurs difformités n'accrochaient presque plus son regard lorsqu'elle leur servait leur repas et, parfois même, les aidait à manger. Elle n'oubliait jamais que sa mère leur avait peut-être ressemblé. Personne ne lui avait rien dit dans ce sens, mais en portant des cuillerées de riz aux lèvres des malades, elle espérait secrètement qu'Eleni n'avait pas connu de telles affres. Elle se considérait chanceuse. Que le nouveau traitement aboutisse ou pas, ces corps brisés ne seraient jamais réparés.

La plupart des Crétois s'imaginaient que tous les lépreux étaient aussi ravagés par le mal que ces patients-là, et leur proximité suffisait à les dégoûter.

Ils craignaient pour eux et pour leurs enfants, persuadés que les bacilles qui avaient infecté les membres de la colonie pourraient s'infiltrer dans leurs propres maisons. Ces idées fausses étaient même entretenues à Plaka. Au cours des dernières années, l'hostilité contre la colonie avait trouvé un second souffle. Des rumeurs exagérant la richesse des Athéniens avaient attisé la rancœur de villageois, notamment dans les communes plus pauvres de Selles et Vrouhas qui, situées dans les terres, ne jouissaient pas des revenus fixes de la pêche, contrairement à Plaka. Un instant, ils craignaient de finir à Spinalonga, le suivant, ils se consumaient de jalousie en imaginant que les habitants de la colonie avaient des vies plus confortables que les leurs. Ces peurs étaient à la fois infondées et profondément ancrées.

Un jour de février, un bruit se mit à courir. Il fut initié par la remarque oiseuse d'un homme et, à la façon d'un incendie de forêt provoqué par une simple allumette, il se répandit à une vitesse effrayante, se déchaînant bientôt dans tous les villages avoisinants, d'Élounda au sud de Vilhadia et jusqu'au nord-est de la côte. Selon cette rumeur, le maire de Selles avait emmené son fils de dix ans à l'hôpital d'Héraklion pour lui faire subir des tests de dépistage de la lèpre. Et si la maladie était en train de se répandre de Spinalonga à la Crète ? En une journée, la colère populaire s'était amoncelée comme les gros nuages d'un orage prêt à éclater. Il suffit d'un meneur dans chaque village pour que les sentiments de peur et de haine, qui couvaient depuis longtemps, débordent et qu'une foule fonde sur Plaka, décidée à détruire l'île. Leur cause n'était gouvernée que par la folie. Ils s'imaginaient qu'en mettant Spinalonga à sac, le gouvernement grec serait contraint de déplacer la léproserie ailleurs. De surcroît, dans leur esprit, face à la menace, les Athéniens influents exigeraient d'être conduits dans un endroit plus sûr. Bref, d'une façon ou d'une autre, ils seraient débarrassés de cette tache immonde qui défigurait leur côte.

La masse avait l'intention de réquisitionner tous les bateaux de pêche qu'ils trouveraient et de profiter de l'obscurité pour accoster l'île. À 17 heures ce mercredi-là, deux cents personnes, des hommes pour l'essentiel, se rassemblèrent sur la place de Plaka. Giorgis entendit le vacarme provoqué par l'arrivée des premiers camions et des émeutiers gagnant le centre du village. Comme les autres habitants de Plaka, il fut atterré par ce déferlement de violence. Il devait justement aller chercher Kyritsis, et il dut se frayer un chemin à travers la foule jusqu'à sa barque. Tout en donnant des coups de coude, il surprit des bribes de conversation :

— À combien peut-on monter dans un bateau ?

— Qui a l'essence ?

— Assurez-vous qu'il y en ait assez !

L'un des meneurs repéra le vieux pêcheur qui montait dans son caïque et l'apostropha d'un ton agressif :

— Où comptes-tu aller comme ça ?

— Je vais chercher le médecin en face, répondit-il.

— Quel médecin ?

— L'un de ceux qui travaillent là-bas.

— Qu'est-ce qu'un docteur peut pour eux ? ricana le leader en haranguant la foule.

Profitant du fait que les insurgés riaient et se moquaient, Giorgis poussa sa barque du ponton. Le corps secoué par la peur, les mains tremblantes sur la barre, il dut affronter une mer agitée. Jamais le voyage ne lui parut aussi long. De loin il aperçut la silhouette de Kyritsis et, enfin, il atteignit le quai.

Le médecin descendit dans l'embarcation sans se donner la peine de l'attacher. Il avait eu une journée difficile, et il lui tardait de rentrer chez lui. Dans la pénombre, il distinguait à peine les traits de Giorgis sous son chapeau, cependant, la voix du vieil homme était étrangement forte.

— Docteur, il y a une émeute au village. Je crois qu'ils ont l'intention d'attaquer l'île !

— Comment cela ?

— Ils sont arrivés par centaines. J'ignore d'où ils viennent, mais ils ont rassemblé des bateaux et des jerricanes d'essence. Ils risquent de prendre la mer d'une minute à l'autre.

Kyritsis était doublement réduit au silence, par peur pour les lépreux et par la consternation que lui inspirait la bêtise de ces villageois. Le temps était compté. Il devait se décider rapidement. Retourner dans l'enceinte de Spinalonga pour prévenir les habitants lui ferait perdre des minutes précieuses. Il lui fallait rejoindre au plus vite Plaka et contraindre ces fous à changer d'avis.

— Nous devons rentrer… et vite, dit-il à Giorgis.

Celui-ci fit demi-tour. Cette fois, il avait le vent dans le dos, et le caïque couvrit la distance en un rien de temps. Entre-temps, les émeutiers avaient allumé des torches et, lorsque Giorgis et le médecin approchèrent de l'appontement, de nouveaux hommes arrivaient pour grossir les rangs de la révolte. Un frisson d'excitation parcourut la foule quand elle vit le pêcheur revenir et, dès que Kyritsis posa le pied sur la terre ferme, celle-ci s'écarta pour livrer passage à un grand homme bien bâti qui, selon toute évidence, faisait office de porte-parole.

— Alors vous êtes qui, vous ? railla-t-il. Vous allez et venez dans la colonie comme bon vous semble ?

Le silence tomba sur l'assemblée tumultueuse qui voulait écouter l'échange.

— Je suis le Dr Kyritsis et j'administre un nouveau traitement à plusieurs patients de la colonie. Certains signes encourageants nous permettent de penser qu'il s'agit peut-être enfin d'un remède viable.

— Ah ! s'esclaffa le meneur avec ironie. Écoutez tous ! Vous entendez ça ! Les lépreux vont guérir !

— Il y a de fortes chances, en effet.

— Et si on n'y croit pas, nous ?

— Peu importe que *vous* y croyiez ou non, répliqua Kyritsis avec un dédain appuyé.

Il avait décidé de concentrer tous ses efforts sur le leader, comprenant que sans lui la révolte n'existerait pas.

— Pourquoi ça ? répliqua ce dernier avec mépris, avant de promener son regard sur l'assemblée éclairée par la lumière vacillante des torches.

Il essayait d'échauffer les esprits, ayant sous-estimé l'homme maigrelet, qui semblait retenir davantage l'attention des émeutiers qu'il ne l'aurait cru.

— Si vous posez ne serait-ce que le petit doigt sur un seul de ces lépreux, répondit Kyritsis, vous atterrirez dans une cellule de prison plus sombre et plus petite que dans vos pires cauchemars. Si l'un de ces malades trouve la mort, vous serez jugés et condamnés pour meurtre. J'y veillerai personnellement.

Il y eut des remous dans l'assistance, avant qu'elle ne redevienne muette. Le meneur sentait ses troupes lui échapper. La voix ferme de Kyritsis rompit le silence.

— Qu'avez-vous l'intention de faire ? Rentrer tranquillement chez vous ou commettre un crime ?

Après s'être concertés du regard, les émeutiers s'éparpillèrent par petits groupes. Une à une, les torches furent éteintes, plongeant la place dans l'obscurité. Un par un, les insurgés regagnèrent leurs véhicules. Leur détermination à détruire Spinalonga s'était envolée.

Au moment de s'éloigner, seul, dans la rue principale, le meneur jeta un dernier regard au médecin.

— On suivra de près cette histoire de traitement, cria-t-il. Et s'il n'arrive pas, on reviendra. Croyez-moi sur parole !

Giorgis Petrakis n'avait pas quitté sa barque durant la confrontation, observant d'abord avec inquiétude puis avec admiration le Dr Kyritsis qui dispersait la foule. Il n'aurait jamais imaginé qu'un individu isolé réussirait à dissuader cette bande de voyous, visiblement déterminée à saccager la léproserie.

Si Kyritsis avait donné l'impression d'être maître de la situation, au fond de lui il avait craint pour ses jours. Mais aussi pour ceux de tous les lépreux. Lorsque son cœur finit par s'apaiser et que sa poitrine ne menaça plus d'exploser, il comprit qu'il avait puisé le courage de tenir tête à la foule en pensant à la femme qu'il aimait et au danger qu'elle courait. Il ne pouvait plus se mentir : c'était Maria qu'il avait voulu sauver à tout prix.

20

Il ne fallut pas longtemps pour qu'on apprenne à Spinalonga qu'une émeute visant la colonie avait été matée. Et quand tout le monde sut que le Dr Kyritsis avait dispersé, seul, une foule de villageois décidés à en découdre, il devint un héros. Le mercredi suivant, lorsque, à son accoutumée, il reprit le chemin de l'île, il était plus impatient que jamais de revoir Maria. Il avait été désarçonné en découvrant la nature de ses sentiments pour elle, et il n'avait pensé à presque rien d'autre de la semaine. Elle l'attendait sur le quai, silhouette familière dans son manteau vert et, ce jour-là, un large sourire lui barrait le visage.

— Merci, docteur, dit-elle avant même qu'il n'ait quitté le bateau. Mon père m'a raconté que vous aviez tenu tête à ces hommes, et nous vous en sommes tous reconnaissants.

Entre-temps, Kyristis avait rejoint la terre ferme. La moindre parcelle de son corps réclamait de la serrer dans ses bras et de lui déclarer son amour, mais une telle spontanéité allant à l'encontre d'une vie gouvernée par la retenue, il s'en savait incapable.

— N’importe qui aurait agi comme moi, ce n’était rien, répondit-il doucement. Je l’ai fait pour vous.

Quels propos inconsidérés ! Il devait être plus prudent.

— Et pour tous les autres habitants de l’île, s’empressa-t-il d’ajouter.

Devant le silence de Maria, Kyritsis se demanda si elle l’avait entendu. Au seul son de leurs semelles crissant sur les gravillons, ils franchirent la muraille ensemble. Il y avait une sorte d’accord tacite entre eux : le médecin devait l’accompagner chez elle pour prendre un café avant de rejoindre l’hôpital. Pourtant, lorsqu’ils atteignirent la sortie du tunnel, il comprit aussitôt que cette journée serait différente : une foule impressionnante d’environ deux cents personnes s’était amassée, constituée de tous les habitants de l’île assez vaillants pour venir remercier le médecin. Par cette matinée glaciale, les enfants, les jeunes gens et les plus âgés, munis de cannes et de béquilles, avaient bien enfoncé leurs chapeaux et remonté leurs cache-nez. Dès que Kyritsis émergea en plein jour, l’assemblée l’applaudit, et il s’immobilisa, surpris d’être au centre de l’attention. Alors que les acclamations s’éteignaient, Papadimitriou s’avança.

— Docteur Kyritsis, au nom de tous les membres de cette communauté, je voudrais vous témoigner notre gratitude pour vos actes de la semaine dernière. Grâce à vous, nous avons évité cette invasion qui, selon toute probabilité, aurait fait des blessés et des morts. Nous avons une dette éternelle envers vous.

Tous les regards étaient rivés sur lui.

— Votre vie a autant de valeur que celle des Crétois, lança-t-il, sentant qu'on attendait une déclaration de sa part. Et, tant que j'aurai mon mot à dire, personne ne touchera à cet endroit.

Ses paroles furent accueillies par un tonnerre d'applaudissements, puis les villageois se dispersèrent peu à peu. Bouleversé par l'ovation, Kyritsis se réjouissait de ne plus être sous les feux de la rampe. Papadimitriou l'invita à le suivre.

— Permettez-moi de vous escorter jusqu'à l'hôpital, suggéra-t-il, ignorant qu'il privait ainsi le médecin d'instants précieux en compagnie de Maria.

En découvrant la foule, celle-ci avait aussitôt compris que Kyritsis ne pourrait pas venir chez elle – ce serait parfaitement inconvenant. Après l'avoir regardé s'éloigner, elle rentra. Deux tasses se trouvaient au milieu de la petite table et, tout en en remplissant une et en s'asseyant pour boire le café qu'elle avait tenu au chaud en prévision de sa visite, elle s'adressa à son invité imaginaire.

— Eh bien, docteur Kyritsis, vous voilà devenu un héros.

De son côté, le médecin pensait à Maria. Réussirait-il à attendre le mercredi suivant pour la revoir ? Sept jours. Cent soixante-huit heures. Il avait toutefois matière à s'occuper, car l'hôpital était débordé. Des dizaines de patients sollicitaient l'attention des deux seuls médecins permanents, Lapakis et Manakis, qui furent plus que soulagés de le voir.

— Bonjour, Nikolaos ! s'exclama celui-ci d'un air taquin. Le meilleur praticien de Crète et depuis peu le saint de Spinalonga !

— Oh, voyons, Christos, rétorqua Kyritsis, désarçonné par son ton. Tu aurais fait pareil, tu le sais bien.

— Je n'en suis pas si sûr, figure-toi. À ce qu'on raconte, ce n'étaient pas des plaisantins.

— Quoi qu'il en soit, c'est une affaire classée et nous avons des choses plus importantes à régler. Comment se portent les patients qui reçoivent le traitement ?

— Suis-moi dans mon bureau, je vais te mettre au courant.

Une colonne de dossiers s'entassaient sur sa table de travail. Il les prit un par un et décrivit en quelques mots, à son ami et collègue, l'état de chacune des personnes sous antibiotiques. Sur les quinze, la plupart réagissaient de façon positive, mais pas toutes.

— Deux souffrent d'effets secondaires sévères, conclut Lapakis. L'un a quarante de fièvre depuis ta dernière visite, et Athina vient de m'informer que l'autre a réveillé toute l'île, la nuit dernière, avec ses cris. Elle ne cesse de me demander comment il est possible qu'elle ne sente plus ni ses bras ni ses jambes et que, pourtant, elle ait aussi mal. Je n'ai malheureusement pas su quoi lui répondre.

— Je l'examinerai dans une minute, toutefois, je pense que la meilleure solution est de cesser le traitement. Il est envisageable que les défenses de cette malade fonctionnent toutes seules et que la dapsone ne serve qu'à faire des dégâts.

Une fois qu'ils eurent fini de parcourir les notes, les deux médecins commencèrent la visite aux patients. Ce n'était pas une tâche facile. L'un des lépreux, couvert de lésions purulentes, poussa des hurlements déchirants lorsque Lapakis lui appliqua une solution d'acide trichloroacétique pour sécher les plaies. Un autre écouta en silence Kyritsis lui expliquer qu'il faudrait sans doute lui amputer les doigts, puisque ses os étaient morts. Un troisième ne cacha pas son optimisme quand Lapakis lui parla de transplanter un tendon dans son pied afin de lui permettre de marcher à nouveau. Les médecins prenaient le temps de discuter avec chaque malade de la suite des opérations.

Les premiers patients extérieurs à l'hôpital arrivèrent ensuite. Certains avaient juste besoin qu'on leur refasse leurs pansements, mais d'autres durent subir des interventions plus délicates.

Tout cela mena les médecins au milieu de l'après-midi, où ils reçurent les lépreux participant à l'essai clinique. Une certitude se faisait jour : au terme de plusieurs mois d'expérimentation, les nouvelles doses d'antibiotiques donnaient des résultats encourageants, et les effets secondaires redoutés par le Dr Kyritsis n'étaient pas apparus dans la majorité des cas. Semaine après semaine, il avait guetté les signes d'anémie, d'hépatite et de psychose. Cependant, à son grand soulagement, il n'en trouvait aucune trace.

— Pour tous nos cobayes, dit Lapakis, j'ai augmenté les doses de vingt-cinq à trois cents milligrammes, deux fois par semaine. Je ne peux pas aller au-delà, si ?

— Non, je n'opterais pas pour un dosage supérieur, étant donné que les patients reçoivent cette substance sur une longue période. Les directives les plus récentes suggèrent de prescrire la dapsone plusieurs années encore après que la lèpre a cessé d'être active.

Kyritsis marqua une pause avant d'ajouter :

— Ce sera long, mais si ça leur permet de guérir, je crois qu'aucun d'eux ne trouvera matière à se plaindre.

— Et si on commençait à traiter le second groupe ?

Lapakis était à la fois excité et impatient. S'il n'avait pas l'audace de prétendre que ces lépreux étaient guéris – Kyritsis et lui devaient attendre encore plusieurs mois avant de leur faire subir des tests afin de vérifier que les bacilles de la lèpre avaient bien disparu de leur organisme –, il avait cependant l'intuition qu'après des années de discours vains, de faux départs et de remèdes inefficaces, ils se trouvaient à un tournant. La résignation, pour ne pas dire la détresse, pouvait à présent être remplacée par l'espoir.

— Oui, convint Kyritsis, nous n'avons aucune raison de temporiser. Nous devons choisir les quinze personnes suivantes le plus tôt possible. Comme pour le groupe précédent, il nous faut des malades en bonne santé.

Désormais, il aurait donné n'importe quoi pour que Maria fasse partie de la nouvelle liste, mais il refusait de déroger à ses principes et d'exercer une quelconque pression. Il oublia vite la dapsone cependant pour se demander quand il reverrait enfin la jeune femme. Chaque jour lui paraîtrait une éternité.

Le lundi suivant, Fotini débarqua sur l'île, comme d'habitude. Maria brûlait d'impatience de lui raconter l'accueil triomphal que la colonie avait réservé au

Dr Kyritsis, néanmoins, elle remarqua aussitôt que son amie avait une nouvelle à lui annoncer. Elle avait à peine franchi le seuil de Maria qu'elle s'exclama :

— Anna est enceinte !

— Enfin ! rétorqua celle-ci, ignorant si c'était une bonne ou une mauvaise chose. Mon père est-il au courant ?

— Je présume que non, il te l'aurait dit, autrement.

— Sans doute, oui. Comment l'as-tu appris ?

— Par Antonis, bien sûr. En tout cas, tout le monde se répand en conjectures au domaine !

— Raconte-moi, raconte-moi ce qui se dit ! la pressa Maria, curieuse de connaître les détails.

— Eh bien, pendant des mois, Anna n'a pas quitté la maison, ce qui a fait naître des rumeurs de maladie, jusqu'à ce qu'un jour de la semaine dernière elle réapparaisse en public… avec quelques kilos supplémentaires !

— Ça ne signifie pas nécessairement qu'elle est enceinte !

— Oh, si, je peux te l'assurer, il y a eu une annonce officielle. Elle attend un enfant depuis trois mois et demi.

Lors du premier trimestre de sa grossesse, Anna avait été terrassée par des nausées. Du lever au coucher, elle vomissait, ne réussissant à garder aucun aliment. Durant plusieurs semaines, le médecin en était venu à douter que le bébé survive : il n'avait jamais vu une femme aussi accablée. Les malaises n'avaient cessé que pour être remplacés par des saignements. Pour sauver l'enfant elle avait dû être alitée. Celui-ci était pourtant bien décidé à s'accrocher et vers la quatorzième semaine l'état d'Anna s'était stabilisé.

Au grand soulagement d'Andreas, la future mère avait alors pu quitter son lit.

Le visage émacié qu'Anna avait découvert dans son miroir un mois plus tôt avait retrouvé ses rondeurs et, lorsqu'elle s'était tournée de profil devant la glace elle avait pu voir une petite protubérance. Les robes et manteaux ajustés qu'elle affectionnait tant avaient été remisés au fond de sa garde-robe, au profit de vêtements plus amples qui laisseraient toute la place à son ventre de s'arrondir.

La nouvelle de cette grossesse avait fourni le prétexte à une grande fête. Andreas avait ouvert sa cave, et les travailleurs s'étaient réunis en fin de journée, sous les arbres devant la demeure, pour boire les meilleures bouteilles de la récolte précédente. Manolis était présent, lui aussi, et il avait d'ailleurs porté les toasts les plus bruyants.

Maria écouta avec incrédulité le compte rendu de Fotini.

— Je n'arrive pas à croire qu'elle n'ait pas pris le temps d'aller prévenir notre père. Elle ne pense vraiment qu'à elle ! Crois-tu que je doive lui annoncer moi-même ou attendre qu'elle le fasse ?

— Si j'étais toi, je lui dirais. Il risque bien de l'apprendre de la bouche de quelqu'un d'autre, sinon.

Elles restèrent silencieuses un moment. La perspective d'une naissance était d'habitude une source de réjouissance, surtout parmi les femmes. Mais pas cette fois.

— On suppose qu'il est d'Andreas ?

Maria avait posé la question qui fâchait.

— Aucune idée. Je soupçonne Anna de ne pas le savoir elle-même. D'après Antonis, les rumeurs vont toujours bon train. Si les employés ont été ravis de trinquer à la santé du bébé, ils continuent à échanger leurs présomptions dans le dos d'Andreas.

— Ce n'est pas très surprenant, si ?

La conversation se poursuivit un moment. Cet événement familial en avait éclipsé d'autres, détournant provisoirement l'attention de Maria de Kyritsis et de son attitude héroïque. Pour la première fois depuis des semaines, Fotini n'eut pas à écouter le babil incessant de son amie sur le médecin : « Dr Kyritsis par-ci, Dr Kyritsis par-là ! » Lorsqu'elle l'avait taquinée à ce sujet, lui faisant remarquer son obsession croissante, Maria était devenue rouge comme une pivoine.

— Je dois parler d'Anna à mon père dès que l'occasion se présentera, conclut celle-ci. Je lui présenterai cette nouvelle comme la meilleure qui soit et préciserai qu'Anna était trop malade pour venir le lui dire en personne. C'est presque la vérité, de toute façon.

Lorsqu'elles atteignirent le quai, Giorgis avait déjà déchargé ses livraisons et fumait tranquillement une cigarette, assis sur le muret, en observant le paysage. Il avait beau s'être installé là un millier de fois déjà, la combinaison de la lumière et de la météo produisait un effet différent à chaque occasion. Les montagnes pelées derrière Plaka apparaissaient tantôt bleues, tantôt jaune pâle, tantôt grises. Ce jour-là, les nuages étaient si bas qu'elles étaient invisibles. Le vent fouettait la surface de la mer par endroits, créant des petits tourbillons d'écume semblables à des panaches de fumée sur l'eau. Comme si les flots glacés avaient tenté de se faire passer pour un chaudron bouillonnant.

Tiré de sa rêverie par les voix féminines, il se leva aussitôt pour préparer le bateau. Sa fille pressa le pas.

— Ne t'en va pas tout de suite, j'ai quelque chose à te dire. Quelque chose de merveilleux, ajouta-t-elle du ton le plus enthousiaste possible.

Giorgis s'immobilisa. Il n'avait qu'un espoir : que Maria puisse un jour revenir à la maison. C'était l'unique objet de ses prières.

— Anna attend un bébé, poursuivit-elle simplement.

— Anna ? lança-t-il d'un air distrait. Anna… répéta-t-il, les yeux rivés sur le sol.

En vérité, il n'avait pas revu sa fille aînée depuis plus d'un an. Plus exactement, depuis le jour où Maria s'était exilée à Spinalonga, Anna ne lui avait pas rendu une seule visite, et Giorgis étant *persona non grata* chez les Vandoulakis, la communication avait été complètement rompue. Il en avait d'abord éprouvé une profonde tristesse puis, avec le temps, même s'il savait que les liens parentaux ne disparaîtraient jamais, il n'avait plus pensé à elle. De temps à autre, il se demandait comment deux filles nées des mêmes parents et élevées de la même façon avaient pu devenir à ce point différentes, mais c'était à peu près le seul contexte dans lequel il avait évoqué Anna dernièrement.

— C'est formidable, finit-il par lâcher. Quand ?

— Le terme serait en août. Pourquoi ne lui écrirais-tu pas ?

— Oui, tu as raison, c'est l'occasion rêvée de renouer.

Comment était-il censé réagir à l'arrivée imminente de son premier petit-enfant ? Beaucoup de ses amis avaient manifesté leur joie avec exubérance à cette perspective. L'an passé, son bon ami Pavlos Angelopoulos avait célébré la naissance du fils de Fotini au débotté, et tout le village ou presque s'était réuni au bar pour danser et boire. Giorgis ne s'enivrerait sans doute pas de *tsikoudia* ce jour-là, mais il pouvait profiter de cette occasion pour écrire à Anna. Il solliciterait l'aide de Maria plus tard dans la semaine ; il n'y avait aucune urgence.

Deux jours plus tard, Kyritsis rendait sa visite hebdomadaire à l'île. Lorsqu'il entreprenait le voyage jusqu'à Spinalonga, il devait se lever à 5 heures du matin et lors des derniers kilomètres de son long périple depuis Héraklion il anticipait avec bonheur le goût puissant du café. Il imaginait Maria sur le quai et, ce mercredi-là, il répéta même ce qu'il allait lui dire. Dans sa tête, il s'exprimait à la fois avec élégance et sensibilité, calme et passion. Pourtant, lorsqu'il se retrouva face à la femme qu'il aimait, il renonça à montrer un tel empressement. Elle avait beau le regarder avec bienveillance, elle s'adressait à lui comme une patiente, et le médecin comprit alors que ses rêves de confession amoureuse n'étaient que cela : des rêves. Il était impensable qu'il franchisse la limite que lui imposait sa position.

Ils empruntèrent le tunnel comme toujours, et cette fois, à son grand soulagement, personne ne l'attendait à la sortie pour le féliciter.

Les tasses étaient posées sur la table. Maria avait préparé le café à l'avance afin de leur faire gagner du temps.

— Tout le monde parle encore de votre acte de bravoure, dit-elle en apportant la cafetière.

— La reconnaissance des habitants me touche beaucoup, mais je suis sûr qu'ils penseront bientôt à autre chose. J'espère simplement que les fauteurs de troubles resteront chez eux à l'avenir.

— Oh, j'ai bon espoir. Fotini m'a raconté que l'émeute avait été déclenchée par une rumeur. Ils croyaient qu'un garçon du coin s'était rendu à Héraklion pour des tests de dépistage de la lèpre. Le fils et le père sont rentrés la semaine dernière. En réalité, ils étaient allés voir la grand-mère du petit à La Canée et ont décidé d'y passer quelques jours. Il n'était pas du tout souffrant.

— L'essai clinique donne des résultats très encourageants, dit-il pour changer de sujet. Certains patients montrent de réels signes d'amélioration.

— Je suis au courant. Dimitri Limonias en fait partie, et je lui ai parlé hier. Apparemment, il sent déjà un changement.

— Il ne faut pas négliger l'impact psychologique, rétorqua Kyritsis. Beaucoup de malades ont l'impression d'être transformés dès qu'ils reçoivent un traitement. Le Dr Lapakis prépare une liste de noms à partir de laquelle nous constituerons un second groupe. À terme, nous espérons pouvoir administrer des antibiotiques à tous les habitants de l'île.

Il aurait voulu ajouter qu'il priait pour que son nom figure sur cette liste. Que toutes les années qu'il avait consacrées à la recherche et aux expérimentations n'auraient de sens que si elle était sauvée. Il aurait voulu ajouter qu'il l'aimait. Mais aucun mot ne franchit ses lèvres.

En dépit de son envie de s'attarder dans la maison coquette de Maria, il devait prendre congé. Il considérait avec sévérité le manque de ponctualité, chez lui comme chez les autres, et se savait attendu à l'hôpital. Le mercredi était un rayon de soleil dans le tunnel des semaines harassantes des Drs Lapakis et Manakis, et Kyritsis pouvait d'autant moins se permettre d'être en retard. L'essai clinique et l'administration de la dapsone avaient représenté une charge de travail supplémentaire pour ces deux médecins, poussés à bout. Non seulement ils s'occupaient des patients victimes d'une phase virulente de la maladie, mais aussi de ceux qui souffraient des effets secondaires du traitement. Souvent, Lapakis ne quittait pas l'île avant 22 heures, pour y retourner dès 7 heures le lendemain. Kyritsis serait bientôt contraint d'augmenter la fréquence de ses visites à deux, voire trois, par semaine.

Au bout d'une quinzaine, Lapakis avait constitué le second groupe qui recevrait l'antibiotique. Maria en faisait partie. Ce mercredi de la mi-mars, alors que les fleurs sauvages commençaient à apparaître sur le flanc nord de l'île et que les bourgeons des amandiers explosaient, Kyritsis alla trouver la jeune femme chez elle. Il était 18 heures, et elle fut surprise d'entendre un coup à la porte. Elle fut encore plus déconcertée de découvrir le médecin, lui qui se hâtait généralement de rejoindre le quai en vue du long voyage de retour à Héraklion.

— Docteur Kyritsis… Entrez, je vous en prie. Que puis-je pour vous ?

La lumière du crépuscule pénétrant à travers les voilages baignait la pièce d'une lueur ambrée. On aurait pu croire que le village brûlait et, en ce qui le concernait, cela ne lui aurait fait ni chaud ni froid. Lorsqu'il lui prit les mains, Maria ne put cacher son étonnement.

— Vous commencerez le traitement la semaine prochaine, dit-il en plongeant ses yeux dans les siens, avant d'ajouter avec un aplomb imperturbable : Un jour vous quitterez cette île.

Il avait répété tant de formulations différentes mais, le moment venu, il avoua ses sentiments d'un geste silencieux. Pour Maria, les doigts froids qui serrèrent les siens étaient un témoignage plus intime et plus éloquent que n'importe quels mots d'amour. En la touchant, il lui rendait la vie, et elle faillit être submergée par l'émotion.

Elle avait conscience que leurs échanges, jusque dans leurs silences, la comblaient. Elle redécouvrait la satisfaction qu'on éprouve en retrouvant une clé égarée : la sensation de paix et de plénitude après la recherche paniquée et la découverte. Voilà ce qu'elle ressentait en compagnie du Dr Kyritsis.

Elle ne pouvait s'empêcher de le comparer à Manolis, qui se laissait déborder par sa faconde et sa séduction comme si c'étaient des geysers. À l'occasion de leur première rencontre, chez les Vandoulakis, il lui avait saisi les mains et les avait embrassées à la manière d'un homme passionnément amoureux. Oui, elle comprenait enfin : Manolis n'avait pas été passionnément amoureux d'elle mais de l'idée d'un tel amour. À l'opposé, Kyritsis donnait toute apparence de ne pas avoir conscience de ses propres sentiments. Il avait été bien trop accaparé par son travail.

Maria ne détourna pas les yeux : leurs mains et leurs regards étaient comme scellés. Celui du médecin était empreint de douceur et de compassion. Aucun des deux n'aurait su dire combien de temps ils restèrent ainsi, assez toutefois pour qu'une ère de leur existence s'achève et qu'une nouvelle commence.

— Je vous verrai la semaine prochaine, finit-il par lâcher. D'ici là, je l'espère, le Dr Lapakis vous aura communiqué la date de début du traitement. Au revoir, Maria.

Maria suivit sa silhouette élancée jusqu'à ce qu'elle disparaisse au détour de la ruelle. Elle avait l'impression de le connaître depuis toujours. Et si on y songeait, plus de la moitié de sa vie s'était écoulée depuis qu'elle avait posé les yeux sur lui – à l'époque de ses premières visites dans la colonie, avant l'invasion allemande. Avec le recul, elle avait du mal à croire qu'elle n'était pas immédiatement tombée amoureuse de lui. Comment l'immense place que Kyritsis occupait à présent dans son cœur était-elle comblée alors ?

Bien qu'aucun serment d'amour n'ait été échangé entre eux, elle avait beaucoup de choses à raconter à Fotini. Lorsque celle-ci arriva, le lundi suivant, elle lut aussitôt sur le visage de sa meilleure amie qu'il s'était passé quelque chose. Leurs liens étaient si profonds qu'elles remarquaient chez l'autre le moindre changement d'humeur. Le malheur ou le souci de santé, même le plus infime, était trahi par une chevelure qui manquait d'éclat, un teint brouillé ou des yeux dépourvus de leur étincelle habituelle. Elles savaient repérer ce genre de signe, tout comme elles notaient une lueur dans le regard ou un sourire inamovible. Ce jour-là, Maria rayonnait.

— Tu parais aussi réjouie que si on venait de te guérir, plaisanta Fotini en posant son sac sur la table. Allez, dis-moi tout ! Que t'est-il arrivé ?

— Le Dr Kyritsis… commença-t-elle.

— J'aurais dû m'en douter, la taquina Fotini. Continue…

— Je ne sais pas vraiment comment l'expliquer en réalité. Il n'a rien dit.

— Mais a-t-il fait quelque chose ? insista Fotini, avec la ferveur d'une amie désireuse de connaître le fin mot de l'histoire.

— Il m'a pris les mains, c'est tout, mais c'était important, j'en suis certaine.

Maria mesurait que ce geste pouvait sembler insignifiant à quelqu'un qui vivait toujours dans le monde normal.

— Il m'a annoncé que j'allais commencer le traitement et que je pourrais quitter l'île un jour… Et surtout, il avait l'air sincère, comme si ça lui tenait à cœur.

Cela constituait à peine une preuve tangible d'amour. Fotini n'avait jamais rencontré Kyritsis en personne, comment aurait-elle pu juger son attitude ? Cependant, son amie irradiait de bonheur. Aucun doute n'était permis à ce sujet.

— Que va-t-on dire ici, si on apprend qu'il y a quelque chose entre vous ? demanda Fotini, toujours pragmatique.

Elle connaissait les commères, et dans ce domaine Spinalonga ne différait pas de Plaka : une liaison entre un médecin et sa patiente leur fournirait matière à cancaner abondamment.

— Personne ne doit être au courant. Certains l'ont peut-être vu venir chez moi le mercredi matin, néanmoins, on ne m'a fait aucune remarque. Pas directement, en tout cas.

Elle avait raison. Une poignée de vipères avaient bien tenté de répandre la rumeur, mais Maria était très appréciée dans la colonie, et les propos malintentionnés ne prenaient vraiment que lorsque la personne concernée avait déjà mauvaise réputation. Maria s'inquiétait surtout que les autres puissent s'imaginer qu'elle bénéficiait d'un traitement de faveur – un passe-droit pour recevoir une injection d'antibiotique la première ou un autre avantage, même minime, qui pourrait susciter les jalousies. Les conséquences pour Kyritsis seraient dramatiques, et elle était déterminée à ce qu'aucune critique ne vienne entacher la réputation de celui-ci. Quelqu'un comme Katerina Papadimitriou, qui se révélait envahissante à la longue, l'avait vu quitter la maison de la jeune femme à de nombreuses reprises et avait cherché à découvrir la raison de ces visites. Cependant, Maria n'était jamais sortie de sa réserve habituelle. Sa vie privée ne regardait personne. Quelqu'un d'autre l'inquiétait : Kristina Kroustalakis, qui s'était arrogé le rôle de crieur public, et qui au cours de l'année écoulée avait cherché sans relâche à discréditer Maria. Elle se rendait au *kafenion* tous les soirs et laissait entendre à ceux qu'elle croisait que Maria n'était pas digne de confiance – sans pouvoir fournir la moindre preuve de ce qu'elle avançait.

— Elle passe beaucoup de temps avec le spécialiste, vous savez, disait-elle d'un air théâtral. Vous pouvez me croire, elle sera la première à être guérie et à quitter l'île.

Semer la discorde et le ressentiment lui permettait de tenir. Elle avait tenté, en vain, de ruiner la réputation d'Eleni ; à présent, elle s'employait de son mieux à troubler la tranquillité d'esprit de sa fille. Maria avait cependant assez de force de caractère pour supporter de tels coups bas, et son amour pour le docteur était si solide que rien ne parvenait à entamer son bonheur.

Maria commença les injections de dapsone ce mois-là. Ses symptômes s'étaient à peine développés depuis son arrivée sur l'île, et seules quelques nouvelles macules insensibles étaient apparues sur son corps. Contrairement à la plupart des autres lépreux, elle n'éprouvait aucune sensation d'engourdissement sous la plante des pieds ou sur la paume des mains, ce qui permettait de penser qu'elle avait peu de chances d'avoir des plaies ou des ulcères. Si un caillou pointu s'immisçait dans sa chaussure, elle le sentait vite, et ses mains agiles lui répondaient aussi bien qu'auparavant. Pour toutes ces raisons, elle pouvait s'estimer chanceuse, ce qui ne l'empêchait pas d'éprouver un soulagement infini à l'idée qu'enfin on cherchait le moyen de combattre la maladie. Si celle-ci ne s'en était pas pris trop violemment à son corps, elle avait déjà fait beaucoup de dommages dans sa vie.

Le vent printanier, le *sokoros*, qui soufflait du sud, se frayait un chemin entre les montagnes jusqu'au golfe de Mirabello, où il déchaînait la mer, plus moutonnante que jamais. Pendant ce temps-là, sur terre, les pousses vertes se mettaient à bruisser. Comme ce son était plus plaisant que le crépitement des branches nues et sèches ! Maintenant que mai approchait, le soleil se montrait tous les jours, de plus en plus chaud, et parait le paysage de couleurs. Le ciel et les rochers monochromes avaient laissé place à une explosion de bleu, d'or, de vert, de jaune et de violet. À cette période de l'année, le chant des oiseaux retentissait avec force, avant que n'arrivent les deux mois de l'année où la nature se fixait dans l'air immobile, envahi par les parfums capiteux des roses et des hibiscus. Les feuilles et les fleurs, qui s'étaient battues pour jaillir des arbres endormis par l'hiver, s'étalaient dans toute leur perfection pendant juin et juillet avant de se flétrir, brûlées par les rayons ardents.

Kyritsis continua à rendre visite à Maria une fois par semaine. Ils ne mentionnèrent ni l'un ni l'autre la nature de leurs sentiments, et leurs silences possédaient une qualité magique : la fragilité parfaite d'une bulle de savon montant dans le ciel, chatoyante, mais qu'il fallait éviter de toucher. Maria en vint à se demander si ses parents avaient parlé d'amour ensemble. Elle supposa, à juste titre, qu'ils ne l'avaient fait que rarement ; leur mariage était si heureux qu'il aurait été superflu d'évoquer ce dont ni l'un ni l'autre ne doutaient.

Cet été-là, Maria, au même titre que plus de la moitié de la population de l'île à présent, continua à recevoir son traitement. Tous savaient qu'ils ne guériraient pas en une nuit – ou, comme le disaient les cyniques, qu'ils n'obtiendraient pas une « remise de peine immédiate » –, mais au moins ils avaient de l'espoir, et l'optimisme ambiant bénéficiait même à ceux qui n'étaient pas encore autorisés à prendre des antibiotiques. Tout le monde ne se portait pas bien, malheureusement. En juillet, alors qu'elle était traitée depuis deux semaines seulement, Elpida Kontomaris fut victime d'une fièvre violente. Les médecins ne pouvaient affirmer qu'il s'agissait d'une conséquence de la dapsone, mais ils cessèrent sur-le-champ les injections et firent ce qui était en leur pouvoir pour soulager ses souffrances. Sa température atteignait des pics incontrôlables et, durant dix jours, celle-ci ne redescendit pas au-dessous de quarante degrés et demi. Des plaies ulcérées lui couvraient le corps, et ses terminaisons nerveuses étaient particulièrement sensibles. Aucune position ne semblait la soulager. Maria insista pour lui rendre visite et, au mépris du règlement de l'hôpital, le Dr Lapakis l'introduisit dans la petite chambre où la vieille femme alternait entre les larmes et les suées.

À travers ses paupières mi-closes, elle reconnut sa visiteuse.

— Maria, murmura-t-elle d'une voix rauque, ils ne peuvent rien pour moi.

— Votre corps combat la maladie, vous ne devez pas perdre espoir, insista Maria. Surtout pas maintenant ! Pour la première fois les médecins sont sur la voie d'un remède.

— Non, écoute-moi.

Bien que se heurtant à un mur de douleur, Elpida poursuivit :

— Je suis malade depuis si longtemps, je veux partir maintenant. Je veux rejoindre Petros… Je t'en prie, demande-leur de me laisser partir.

S'installant sur une vieille chaise en bois à son chevet, Maria prit la main sans vie de son amie. Sa propre mère avait-elle connu une telle agonie ? Son corps las s'était-il retrouvé assailli sans pouvoir se défendre ? Maria n'avait pas été là pour dire adieu à sa mère, mais elle accompagnerait Elpida jusqu'au bout.

Au milieu de cette nuit caniculaire, Athina Manakis vint la relayer.

— Reposez-vous un peu. Vous allez vous faire du mal à rester ici sans manger ni boire. Je resterai avec Elpida un moment.

Celle-ci, qui respirait de moins en moins bien, semblait, pour la première fois, ne plus souffrir. Maria savait que le temps était compté et elle voulait être là lorsque la vieille femme rendrait son dernier souffle.

— Non, je ne bougerai pas, rétorqua-t-elle d'une voix sans appel. C'est mon devoir.

Son instinct avait vu juste : peu après, à l'heure la plus calme où les derniers hommes sont couchés et les premiers oiseaux pas encore levés, Elpida exhala son dernier soupir. Enfin elle était libérée de son corps ravagé Maria pleura jusqu'à ce qu'elle n'ait plus ni larmes ni énergie. Son chagrin n'allait pas seulement à la femme qui l'avait entourée de tant d'amitié depuis son arrivée dans la colonie, mais à sa propre mère, dont les derniers instants avaient peut-être été aussi douloureux.

L'enterrement attira toute la population de l'île dans la petite église de Saint-Pantaléon. Le prêtre prononça la messe sur le seuil afin que la centaine de fidèles réunis dans la rue chauffée à blanc par le soleil communient avec ceux qui s'entassaient au frais.

Une fois les psaumes et les prières récités, le cercueil couvert de fleurs remonta lentement la colline, suivi d'une longue procession, au-delà de l'hôpital et du « bloc » pour passer sur l'autre versant de l'île. Certains, parmi les plus âgés, entreprirent ce long voyage à dos d'âne ; d'autres cheminèrent à pas mesurés, n'atteignant au but que bien après la mise en terre.

C'était la dernière semaine de juillet, et l'on fêtait justement la Saint-Pantaléon le 27 du mois. Les circonstances semblaient à la fois favorables et défavorables aux célébrations d'usage. D'un côté, la disparition de l'un des membres les plus chéris de la communauté paraissait indiquer que le patron des guérisseurs n'avait pas tenu son rôle. D'un autre, nombre des patients qui suivaient le traitement montraient des signes d'amélioration. Chez certains, les lésions ne se propageaient plus, chez d'autres, les plaies à vif cicatrisaient, et la paralysie des membres s'estompait. Ainsi, aux yeux de ceux-là au moins, un miracle s'était accompli et il fallait célébrer l'anniversaire de saint Pantaléon, en dépit du deuil.

Des pains et des pâtisseries furent confectionnés la veille, et le jour même une foule se rendit à l'église pour allumer des cierges et prier. Le soir, on dansa et chanta des *mantinades*. Tout le monde prit part aux festivités de bon cœur. Quand le vent soufflait dans la bonne direction, il apportait à Plaka les échos de la lyre et du bouzouki.

— Les gens ont besoin d'un avenir, fit remarquer Maria à Kyritsis la semaine suivante, tandis qu'ils étaient attablés chez elle. Même s'ils ignorent ce qu'il leur réserve.

— Que dit-on à ce sujet ? demanda-t-il.

Elle était son oreille dans la léproserie.

— Personne ne parle de partir, répondit-elle. Nous savons tous, je crois, qu'il est trop tôt. Toutefois, l'humeur a changé. L'agitation gagne même ceux qui ne sont pas encore traités. Ils mesurent l'importance de ces injections.

— Et ils ont raison. Ça paraît lent, mais je vous garantis qu'elles feront la différence.

— Combien de temps encore ?

Cette question n'avait jamais été abordée entre eux.

— Même quand la maladie a cessé d'être active, l'administration de dapsone devra être prolongée durant un ou deux ans, selon la gravité du cas.

À l'échelle de ce mal ancestral, le plus ancien que l'humanité ait connu, une ou deux années représentaient un battement de cils. Cependant, cela leur semblait une éternité, à Maria et à lui, même s'ils n'en dirent rien.

Comme pour créer un équilibre entre la vie et la mort, la nouvelle de la naissance du bébé d'Anna arriva fin août. Giorgis l'annonça à Maria un vendredi matin. Il n'avait pas encore vu l'enfant, une petite fille, mais Antonis s'était précipité au village la veille pour le prévenir. L'accouchement n'avait pas été facile. Même si Anna était encore faible, le médecin lui avait assuré qu'elle se remettrait vite et pourrait en avoir un second. Rien n'était plus loin des préoccupations de celle-ci. Le nouveau-né, heureusement, se portait à merveille.

Avec l'arrivée de cette petite fille dans la famille, l'animosité d'Alexandros Vandoulakis à l'égard de Giorgis Petrakis s'apaisa, et il lui sembla que c'était le moment idéal pour faire un pas vers lui. Le vieux pêcheur avait été banni assez longtemps. Quelques jours plus tard, celui-ci reçut une invitation pour le baptême, qui aurait lieu la semaine suivante et serait suivi de célébrations – les Crétois n'étant jamais les derniers pour s'amuser. Après dix années d'attente ou presque, cette naissance était une occasion de se réjouir, autant pour la famille que pour la communauté. Personne n'aimait voir l'ordre naturel troublé – comme c'était le cas lorsque les propriétaires terriens, qui fournissaient du travail aux paysans, ne réussissaient pas à enfanter. Maintenant qu'Anna Vandoulakis avait donné le jour, il ne faisait aucun doute dans les esprits qu'elle aurait ensuite un garçon. Ce qui garantirait une bonne fois pour toutes la consolidation des traditions, le temps d'une génération au moins.

La cérémonie se déroula dans l'église d'Élounda, où Anna et Andreas s'étaient unis neuf ans plus tôt. Giorgis patienta sur un banc inconfortable au fond, avec une dizaine d'autres invités. Il était pourtant arrivé le plus tard possible, mais les parents et le bébé n'étaient pas encore là, et il se recroquevillait sous sa veste, afin d'éviter toute conversation avec la famille Vandoulakis, qu'il n'avait pas revue depuis près de deux ans. Alexandros et Eleftheria étaient déjà installés devant, en compagnie de Manolis, qui entretenait une conversation animée avec les personnes derrière lui ; il agitait les mains tout en racontant une anecdote qui provoquait l'hilarité de son auditoire. Il était très en beauté, avec ses cheveux légèrement plus longs que dans le souvenir de Giorgis et ses dents d'une blancheur éclatante, tranchant sur sa peau bronzée. *Maria doit lui manquer*, songea le pêcheur, *sinon il aurait déjà trouvé une autre femme*. L'assemblée se leva alors. Le prêtre venait de faire son entrée et s'avançait dans l'allée, suivi d'Andreas et d'Anna, qui portait la petite emmaillotée dans de la dentelle blanche.

Giorgis fut aussitôt frappé par la vision de sa fille. Alors qu'il s'attendait à ce qu'elle soit transfigurée par la maternité, elle était plus mince que jamais. Il repensa aux formes qu'Eleni avait gardées suite à ses deux accouchements – rien ne paraissait plus naturel après des grossesses. Anna, elle, était aussi frêle qu'un roseau. Andreas n'avait pas changé quant à lui, plus que jamais raide et sûr de sa place dans le monde.

Le bourdonnement guilleret des discussions s'éteignit, comme si l'assemblée craignait de réveiller le bébé. Bien que la petite fille ne se soucie que de la chaleur des bras de sa mère, cet événement avait une grande importance pour elle. Avant son baptême, Sophia, ainsi qu'elle serait prénommée, constituait une proie du « mauvais œil ». Après la cérémonie, en revanche, elle serait saine et sauve.

Alors que tous se rasseyaient, Manolis s'avança. Avec le prêtre et le bébé, il était la figure centrale du baptême, puisqu'il serait son *nonos*, son parrain, soit la personne la plus importante dans sa vie après sa mère et son père. Selon la tradition crétoise, les enfants en avaient un seul. L'assistance observa et écouta les incantations du prêtre, qui lavait les péchés inexistants du bébé avant de créer un lien spirituel entre Manolis et Sophia. Celui-ci la recueillit dans ses bras et déposa un baiser sur son front. Ce faisant, il se laissa envelopper par l'odeur incroyablement délicieuse des nouveau-nés. Rien ne lui semblait plus naturel que d'aimer ce petit être.

Pour parachever le rituel, le prêtre entoura les épaules de Manolis d'un ruban blanc, synonyme de pureté, et le noua pour créer un cercle symbolique autour de l'homme et de l'enfant. En baissant le regard vers le visage du bébé, Manolis sourit. Deux grands yeux sombres et innocents étaient tournés vers lui, sans le voir. Elle aurait découvert, sinon, sur le visage de son parrain une expression d'adoration. Personne ne pouvait douter une seconde qu'il aimerait et chérirait sa filleule, sa précieuse *filiotsa*.

21

Après le baptême, Giorgis s'attarda dans l'église pendant que l'assemblée se dirigeait vers la grande porte à double battant et la lumière du soleil. Il voulait voir sa petite-fille de plus près, mais aussi parler avec sa fille. Anna n'avait pas remarqué sa présence et ne le repéra que lorsqu'elle se retourna afin de gagner la sortie. Elle agita frénétiquement le bras au-dessus de la marée des invités, qui reprenaient les conversations interrompues au début de la messe. Elle eut l'impression de mettre une éternité à le rejoindre.

— Père ! s'exclama-t-elle. Je suis tellement heureuse que tu aies pu venir !

Elle s'adressait à lui comme s'il était un vieil ami ou un parent lointain perdu de vue.

— Puisque ça te fait si plaisir de me voir, pourquoi ne m'as-tu pas rendu visite depuis un an ? Je n'ai pas bougé, dit-il avant d'ajouter en insistant bien sur les mots : Sauf pour aller à Spinalonga.

— Je suis désolée, j'ai été malade au début et à la fin de ma grossesse, sans parler des mois d'été où la chaleur était si inconfortable.

Les reproches n'avaient aucun effet sur Anna. Ils n'en avaient jamais eu. Elle réussissait toujours à retourner la situation, faisant en sorte que l'accusateur se sente coupable. Sa sournoiserie n'avait aucune raison de le surprendre.

— J'aimerais rencontrer ma petite-fille.

Manolis, qui s'était arrêté à l'entrée de l'église, était entouré d'un groupe de personnes venues admirer sa filleule. Celle-ci était toujours liée à son parrain par le ruban blanc, et il ne semblait avoir aucune intention de la lâcher. Sa façon de la tenir contre lui était à la fois affectueuse et possessive. Il finit par remonter l'allée vers l'homme qui avait failli devenir son beau-père. Ils se saluèrent, et Giorgis se pencha pour voir sa petite-fille de nouveau assoupie et emmitouflée dans plusieurs épaisseurs de dentelle.

— Elle est belle, n'est-ce pas ? lança Manolis avec un sourire.

— À ce que j'en aperçois, oui, répondit Giorgis.

— Comme sa mère ! poursuivit Manolis en couvant Anna du regard.

Il n'avait pas pensé à Maria depuis des mois, cependant, il se sentait le devoir de prendre de ses nouvelles.

— Comment se porte votre fille cadette ? s'enquit-il d'une voix apparemment pleine de sollicitude.

C'était la question qu'Anna aurait dû poser, et elle attendit avec intérêt la réponse, se demandant si, après tout, Manolis entretenait toujours des sentiments pour sa sœur. Giorgis était plus qu'enchanté de parler de Maria.

— Elle se porte très bien, et ses symptômes n'ont pas empiré depuis qu'elle a rejoint la colonie. Elle consacre l'essentiel de son temps à veiller sur les lépreux infirmes. Elle les aide pour les courses et la cuisine. Et elle continue à fabriquer des remèdes avec ses plantes médicinales.

Il ne précisa pas que la plupart des habitants de Spinalonga suivaient à présent un traitement. Il ne voyait pas l'utilité de se répandre sur un sujet dont il ignorait la véritable portée. Il comprenait que les antibiotiques permettaient de ralentir le développement de la maladie et d'atténuer certains symptômes, mais c'était tout. En aucun cas il ne croyait qu'on pourrait guérir la lèpre. Imaginer que la plus vieille maladie du monde serait un jour éradiquée était une illusion dont il refusait de se bercer.

Andreas les rejoignit alors.

— *Kalispera*, Giorgis. Comment allez-vous ? demanda-t-il d'un ton légèrement guindé.

Ils échangèrent les politesses d'usage, puis il fallut quitter l'église. Alexandros et Eleftheria Vandoulakis n'avaient pas bougé de leur banc. Elle était gênée par le gouffre que son mari avait mis entre eux et ce vieil homme qui lui inspirait de la pitié. Toutefois, elle n'avait pas le cran de le lui dire.

La famille fut la dernière à sortir de l'église. Le prêtre barbu, magnifique avec sa robe pourpre et dorée et sa grande coiffe noire, riait au soleil avec un groupe d'hommes. Les femmes, en robes fleuries et colorées, discutaient et des enfants couraient de-ci de-là, se poursuivant en poussant des hurlements. En prévision de la fête à venir, l'excitation flottait dans l'air.

Émergeant de l'église, où le marbre conservait la fraîcheur, Giorgis fut heurté de plein fouet par la chaleur brumeuse au point d'en avoir le tournis. Ébloui, il cligna des paupières et sentit des gouttes de transpiration lui rouler sur les joues comme des larmes glacées. Le col de sa veste en laine lui grattait la nuque. Devait-il rester avec les invités et s'amuser jusqu'au bout de la nuit ? Ou retourner dans son village, où la familiarité de chaque rue tortueuse et de chaque porte usée par le temps le rassurait ? Alors qu'il s'apprêtait à s'éclipser discrètement, Anna apparut à son côté.

— Tu dois venir prendre un verre avec nous, dit-elle. J'insiste. Ça portera malchance au bébé si tu refuses.

Giorgis croyait autant à l'influence du destin et à l'importance d'écarter les esprits diaboliques qu'en Dieu et ses saints et, ne voulant pas attirer l'infortune sur une innocente enfant, il ne put décliner l'invitation.

La fête battait son plein lorsqu'il gara sa camionnette sous un citronnier, au bord de la longue allée menant chez les Vandoulakis. Sur la terrasse, un orchestre jouait. Les notes du luth, de la lyre, de la mandoline et de la cornemuse crétoise s'entremêlaient, et les convives attendaient le bal avec plaisir. Sur un immense plateau posé sur des tréteaux étaient disposés des rangées de verres, des tonneaux de vin, et des assiettes de *mezze* – feta débitée en petits cubes, olives charnues et *dolmades* fraîches. Giorgis attendit un moment avant d'oser se servir. Il connaissait une ou deux personnes avec lesquelles il engagea la conversation.

Lorsque les danses commencèrent, certains envahirent la piste tandis que les autres restaient sur le côté pour observer. Un verre à la main, le vieux pêcheur regarda Manolis exécuter une chorégraphie. Ses membres déliés et ses mouvements énergiques en faisaient le centre de l'attention, tout comme son sourire et sa façon de distribuer instructions et encouragements. Pendant la première danse, il fit tournoyer son partenaire tant et tant que les spectateurs finirent par avoir le vertige. Le battement régulier du tambour et l'insistance passionnée de la lyre hypnotisaient le public, mais pas autant que le spectacle de cet homme transporté par le rythme. Cet homme qui possédait le talent rare de savoir vivre dans l'instant et s'abandonner sans souci du regard de l'autre.

Giorgis remarqua soudain la présence de sa fille à côté de lui. Il sentit la chaleur émanant de son corps avant de la voir. Tant que les musiciens joueraient, il serait vain de parler, il y avait trop de bruit. Giorgis perçut également la nervosité d'Anna, qui croisait et décroisait les bras. Elle brûlait d'envie de rejoindre la piste et, dès que les derniers accords eurent retenti, marquant le départ de certains danseurs et l'arrivée d'autres, elle se précipita dans le cercle. Juste à côté de Manolis.

Un nouvel air s'éleva, plus posé, et, la tête haute, les danseurs se balancèrent d'avant en arrière, puis de gauche à droite. Giorgis les scruta un moment. Quand il aperçut Anna parmi la forêt de bras et de corps qui tourbillonnaient, il constata qu'elle s'était détendue. Souriante, elle discutait avec son cavalier.

Giorgis profita de cette occasion pour filer. Bien après que sa petite camionnette eut quitté le chemin cahoteux et se fut engagée sur la route principale, il entendait encore les échos de la musique. De retour à Plaka, il s'arrêta au bar. Il avait besoin de la camaraderie naturelle de ses vieux amis et d'un endroit calme pour réfléchir à sa journée.

Le lendemain, ce ne fut pas de sa bouche que Maria apprit le déroulement du baptême mais de celle de Fotini, qui en avait eu un compte rendu précis par son frère, Antonis.

— Apparemment, il n'a pas lâché le bébé d'une semelle ! s'emporta Fotini, choquée par tant d'audace.

— Crois-tu qu'Andreas en a pris ombrage ?

— Pourquoi le ferait-il ? À l'évidence, il ne soupçonne rien. De plus, ça lui a laissé le loisir de s'occuper de ses voisins et amis. Tu le connais, il est passionné par le domaine, il n'aime rien tant que parler rendement agricole et tonnages d'olives.

— Anna n'avait-elle pas envie de la tenir dans ses bras ?

— Je ne pense pas qu'elle ait la fibre maternelle. À la naissance de Mattheos, je ne supportais pas de le poser. Mais toutes les femmes ne sont pas pareilles, et ça ne semblait vraiment pas la déranger.

— Je suppose que son rôle de parrain donnait à Manolis l'excuse parfaite pour ne pas lâcher Sophia. Si elle est sa fille, c'était sans doute le seul jour de sa vie où il pouvait l'accaparer sans que personne ne pose de questions…

Les deux amies conservèrent le silence un moment. Elles sirotèrent leur café, puis Maria finit par reprendre :

— Tu crois vraiment que Sophia est l'enfant de Manolis ?

— Je n'en ai pas la moindre idée. À l'évidence, il se sent lié à elle.

Andreas, bien qu'enchanté par la naissance de sa fille, se faisait du souci pour sa femme. Elle était en permanence malade, fatiguée, et ne retrouvait de l'allant qu'à l'occasion des visites de Manolis. À l'époque du baptême, Andreas ignorait encore la liaison entre son épouse et son cousin, toutefois, au cours des mois suivants, il commença à s'étonner du temps que celui-ci passait chez eux. C'était une chose d'être un membre de la famille et, dorénavant, le *nonos* de Sophia, et une autre de s'imposer constamment. Andreas remarqua que l'humeur d'Anna changeait à la minute où Manolis les quittait, la légèreté et la gaieté cédant le pas à la retenue et à la morosité. Il remarqua également qu'elle réservait ses sourires les plus chaleureux à celui-ci. La plupart du temps, il s'efforçait de chasser ces pensées de son esprit, mais d'autres éléments éveillèrent ses soupçons. Un soir, en rentrant, il trouva le lit défait. Cet incident se reproduisit plusieurs fois et, à deux occasions, il nota que les draps avaient été tirés à la va-vite.

— Que se passe-t-il avec la domestique ? demanda-t-il. Si elle se montre négligente, il faut la renvoyer.

Anna promit de lui parler, et pendant un temps Andreas n'eut plus aucun motif de se plaindre.

À Spinalonga, la vie suivait son cours normal. Lapakis s'y rendait tous les jours, et l'hôpital d'Héraklion donna l'autorisation à Kyritsis d'y aller trois fois par semaine. Un soir d'automne qu'il rentrait à Plaka, il eut comme une révélation. Le crépuscule était déjà tombé ; le soleil avait disparu derrière les montagnes, privant la côte de lumière et la plongeant dans l'obscurité. Pourtant, quand il se retourna, il vit que Spinalonga était encore baignée de la lueur dorée des derniers feux du jour. Le médecin songea qu'il n'y avait rien de plus naturel.

En réalité, Plaka possédait beaucoup des qualités qu'on attribuait généralement à une île – insularité, autonomie, fermeture au monde extérieur –, alors que Spinalonga était vibrante de vie et d'énergie. Son journal, *L'Étoile de Spinalonga*, toujours dirigé par Yiannis Solomonidis, continuait à publier un résumé des nouvelles générales ainsi que des billets d'humeur. Il contenait aussi les critiques des films qui seraient projetés dans les mois à venir et des extraits du texte visionnaire de Nikos Kazantzakis, *La Liberté ou la Mort*[1]. Les habitants de la colonie dévoraient le moindre mot, attendant d'une semaine sur l'autre le feuilleton suivant, dont ils débattaient ensuite au *kafenion*. Lorsque l'auteur crétois reçut le prix international de la paix, Solomonidis décida de reproduire son discours de remerciement. « Si nous ne voulons pas laisser le monde sombrer dans le chaos, nous devons libérer l'amour qu'abrite le cœur de tout homme. » Ces mots trouvaient un écho chez les membres de la colonie, bien conscients des troubles et souffrances dont ils avaient été protégés sur leur île. Beaucoup se délectaient de pouvoir faire fonctionner leurs neurones, et ils consacraient des heures à décortiquer les propos de ce Goliath littéraire et

1. Nikos Kazantzakis, *La Liberté ou la Mort*, trad. en français par Gisèle Prassinos et Pierre Fridas, Paris, Plon, 1979.

politique ainsi que ceux d'autres auteurs contemporains. La plupart des Athéniens recevaient des livres chaque mois, qui venaient grossir le catalogue de la bibliothèque. Était-ce dû à leurs rêves de départ ? En tout cas, les habitants de Spinalonga avaient toujours le regard tourné vers le vaste monde.

Le *kafenion* et la taverne étaient bondés le soir, et depuis peu un second petit restaurant leur faisait concurrence. Les parcelles de terre, de l'autre côté de l'île, se portaient bien et donneraient sans doute de bonnes récoltes l'été suivant. Le marché, qui se tenait deux fois par semaine, proposait d'ailleurs des produits en abondance. L'île n'avait jamais connu pareille prospérité, même à l'époque où les Turcs avaient construit les premières maisons.

De temps à autre, en présence de Fotini, Maria laissait libre cours à sa frustration.

— Je suis au supplice maintenant qu'il y a une chance que le remède marche, dit-elle ce jour-là en se tordant les mains. Puis-je m'autoriser à rêver ou dois-je me satisfaire du présent ?

— Ce n'est jamais une mauvaise chose de se satisfaire du présent.

Maria savait que son amie avait raison. Elle n'avait rien à perdre en se contentant de l'ici et du maintenant. Cependant, l'idée d'une éventuelle guérison continuait à la tarauder.

— Qu'arriverait-il ? demanda-t-elle.

— Tu reviendrais à Plaka, non ? Comme avant.

Fotini ne comprenait pas où elle voulait en venir. Après avoir fixé ses mains, Maria releva la tête vers son amie, qui confectionnait la bordure d'un manteau de bébé au crochet. Elle attendait un second enfant.

— Si je n'habite plus à Spinalonga, je ne reverrai plus le Dr Kyritsis.

— Bien sûr que si. Si tu quittais l'île, il ne serait plus ton médecin, et la situation serait différente justement.

— Tu as sans doute raison… Pourtant, ça me terrorise.

Elle indiqua le journal posé sur la table, ouvert à la page de l'extrait hebdomadaire du livre de Kazantzakis.

— Regarde, reprit-elle, *La Liberté ou la Mort*. Ça résume parfaitement ma situation. Je pourrais retrouver ma liberté, mais elle ne vaudrait pas mieux que la mort si elle me privait de la présence du Dr Kyritsis.

— Il ne s'est toujours pas déclaré ?

— Non, toujours pas.

— Toutefois, il te rend visite chaque semaine. C'est assez éloquent, non ?

— Pas tout à fait, non, rétorqua Maria. Même si je comprends sa réserve. Une déclaration serait malvenue…

Maria ne trahissait pas ses inquiétudes devant le médecin. Au contraire même, elle profitait de leurs entrevues pour solliciter son avis au sujet des patients sur lesquels elle veillait au « bloc ». Ils enduraient des douleurs quotidiennes dont il fallait les soulager. Si certains de leurs problèmes étaient irréversibles, une physiothérapie adaptée pouvait en atténuer d'autres. Maria tenait à s'assurer qu'elle leur conseillait les bons exercices, car une partie de ces malades ne voyaient que rarement les médecins. Plus que jamais, elle se jetait à corps perdu dans son travail. Elle refusait de s'appesantir sur la possibilité de quitter l'île. Et elle n'était pas la seule en qui l'idée d'un retour au bercail suscitait des sentiments contradictoires. Pour beaucoup Spinalonga avait été une planche de salut, si bien que la perspective d'abandonner la colonie avait une saveur douce-amère. Même s'ils réussissaient à se débarrasser de la lèpre, beaucoup en garderaient des stigmates. Leur réhabilitation serait une entreprise à part entière.

À leur insu, les médecins testaient sans relâche les patients qui avaient été les premiers à recevoir le traitement, environ un an plus tôt. Cinq d'entre eux ne portaient plus aucune trace du bacille. Dimitri Limonias comptait parmi ceux-ci.

Alors que, à l'issue d'une dure journée, Kyritsis et Lapakis se réunissaient pour consulter de nouveaux résultats, une évidence leur sauta aux yeux.

— Nous disposerons bientôt des éléments nécessaires pour permettre à ces patients de rentrer chez eux, t'en rends-tu compte ? lança Kyritsis avec un de ses rares sourires.

— Oui, mais nous aurons d'abord besoin de l'accord du gouvernement, et ils se montreront peut-être réticents à le donner aussi vite.

— Je demanderai l'autorisation de les libérer de la léproserie à la condition qu'ils continuent à suivre le traitement pendant plusieurs mois et soient surveillés par un médecin pendant une année au moins.

— Ça me convient. Une fois que nous aurons le feu vert de l'État, nous en parlerons aux personnes concernées, pas avant.

Des semaines s'écoulèrent avant qu'une lettre n'arrive. Celle-ci annonçait que les lépreux devaient avoir des résultats négatifs durant une année complète avant d'être renvoyés chez eux. Bien que déçu d'avoir à retarder encore leur libération, Kyritsis s'avisa néanmoins que le but qu'il recherchait depuis longtemps était enfin à portée de main. Au cours des mois suivants, les tests continuèrent à indiquer que le bacille avait disparu, si bien que le premier groupe pourrait vraisemblablement quitter Spinalonga avant Noël.

— Pouvons-nous leur annoncer ? s'enquit Lapakis un matin. Certains me posent sans arrêt la question, et j'ai du mal à m'en dépêtrer.

— Oui, je crois que l'heure est venue. Les chances de rechute sont statistiquement nulles.

Les malades accueillirent la nouvelle avec des larmes de joie. En dépit de leurs promesses de ne pas la divulguer avant plusieurs jours, ni Lapakis ni Kyritsis n'imaginaient une seconde qu'ils en seraient capables.

À 16 heures, Dimitri arriva à l'hôpital et attendit son tour. La patiente précédente, la femme qui travaillait à la boulangerie, sortit du bureau du médecin en se tamponnant le visage avec un grand mouchoir blanc. Dimitri en conclut qu'elle avait dû apprendre de mauvaises nouvelles. À 16 h 02, Kyritsis passa la tête par la porte et l'invita à entrer.

— Asseyez-vous, Dimitri. Nous avons quelque chose à vous dire.

Lapakis se pencha vers lui, un immense sourire aux lèvres.

— Nous avons obtenu l'autorisation de vous libérer.

Dimitri, qui savait pourtant comment il était censé réagir, avait l'impression que l'engourdissement qui avait déserté ses mains affectait à présent sa langue. Il avait si peu de souvenirs de sa vie avant Spinalonga… Les membres de sa famille avaient depuis longtemps coupé les ponts avec lui, et il ignorait où il pourrait les trouver. Il avait la moitié du visage défigurée, ce qui ne posait aucun problème à la léproserie, mais attirerait tous les regards ailleurs. Qu'allait-il devenir et qui se chargerait de l'école ?

Une centaine de questions et de doutes l'assaillant, plusieurs minutes s'écoulèrent avant qu'il ne puisse parler.

— Je préfère rester ici tant que j'ai mon poste d'instituteur, dit-il à Kyritsis, plutôt que d'abandonner tout pour affronter l'inconnu.

Il n'était pas le seul à renâcler. D'autres redoutaient que les traces visibles de la maladie ne les condamnent à une vie de paria et ils avaient besoin qu'on les rassure sur leur capacité à se réintégrer.

Nonobstant les quelques réticences, cette annonce marqua un tournant dans l'histoire de l'île. Depuis plus de cinquante ans, les lépreux arrivaient sans jamais repartir. Des actions de grâces eurent lieu à l'église et des célébrations au *kafenion*. Theodoros Makridakis, l'opposant de Papadimitriou, et Panos Sklavounis, l'Athénien qui avait initié le cinéma désormais florissant, furent les premiers à partir. Une petite foule s'était réunie à l'entrée du tunnel pour leur dire adieu, et ils tentèrent tous deux, sans grand succès, de ravaler leurs larmes. En proie à des sentiments mêlés, ils serrèrent les mains des hommes et des femmes qui avaient été leurs amis et compagnons d'infortune pendant si longtemps. Aucun d'eux ne savait ce que la vie leur réservait de l'autre côté du petit bras de mer. Ils voyageraient ensemble jusqu'à Héraklion, où Makridakis tenterait de renouer les fils de son ancienne vie, tandis que Sklavounis embarquerait pour Athènes, bien conscient qu'il ne pourrait pas reprendre sa carrière de comédien. Pas avec l'allure qu'il avait à présent. Les deux hommes gardèrent à portée de main les papiers officiels les déclarant « guéris ». À plusieurs occasions, au cours des semaines suivantes, ils seraient contraints de les produire pour en faire la preuve.

Des mois plus tard, Giorgis apporta à Spinalonga des lettres des anciens habitants. Ils y décrivaient tous deux les obstacles auxquels ils s'étaient heurtés et racontaient qu'on les avait mis au ban de la société. Papadimitriou, qui était le destinataire de ces témoignages peu encourageants, décida de les garder pour lui. D'autres membres du premier groupe d'expérimentation étaient également repartis chez eux depuis : tous Crétois, ils avaient été accueillis par leur famille et avaient retrouvé un travail.

Les guérisons continuèrent l'année suivante. Les médecins consignaient scrupuleusement la date de la première injection et la durée pendant laquelle les tests donnaient un résultat négatif.

— D'ici au 31 décembre, nous serons au chômage, ironisa Lapakis.

— Je n'aurais jamais cru que cela deviendrait un jour mon objectif, répliqua Athina Manakis.

À la fin du printemps, à l'exception de quelques dizaines de patients ayant mal réagi à l'antibiotique ou n'ayant pas réagi du tout, il n'y avait plus de doute possible : d'ici à l'été, la majorité des habitants de l'île obtiendraient l'autorisation de regagner la Crète.

Giorgis, qui avait transporté les premiers malades guéris, comptait à présent les jours qui le séparaient de celui où Maria remettrait le pied sur son bateau. L'inconcevable avait beau s'être réalisé, il continuait à craindre un imprévu.

Il gardait ses espoirs et ses craintes pour lui et, à plus d'une reprise, il dut se mordre la langue en entendant les habituelles plaisanteries de mauvais goût au bar.

— Il ne faudra pas compter sur moi pour les accueillir avec des banderoles, décrétait un pêcheur.

— Oh, voyons, sois un peu charitable ! rétorquait un second.

Ceux qui n'avaient jamais caché les sentiments que leur inspirait la léproserie se rappelaient non sans honte le fameux jour où des émeutiers avaient failli la mettre à sac.

Avant le début du mois de juillet, les médecins et Nikos Papadimitriou se réunirent pour discuter des modalités d'un départ massif.

Leur entrevue eut lieu en début de soirée, dans le bureau de Lapakis.

— Je veux que tout le monde sache que nous nous en allons parce que nous sommes guéris, annonça le gouverneur. En laissant partir les gens par deux ou trois, dans la nuit, on envoie un mauvais message. Pourquoi filent-ils en douce ? doivent-ils se demander. Le monde doit connaître la vérité.

— Et comment comptez-vous la divulguer ? s'enquit Kyritsis.

— Je crois que nous devrions tous quitter l'île ensemble. Et organiser une fête là-bas, des célébrations pour rendre grâce. Il me semble que ce n'est pas trop demander.

— Nous devons aussi penser à ceux qui ne sont pas guéris, ajouta Athina Manakis. Ils n'ont aucune raison de se réjouir, eux.

— Nous avons l'espoir, intervint Kyritsis avec diplomatie, que les patients qui devront suivre un traitement à plus long terme seront également transférés ailleurs.

— Comment cela ? s'étonna Papadimitriou.

— J'attends l'autorisation de les envoyer dans un hôpital à Athènes, expliqua-t-il. Ils seront mieux soignés là-bas. De toute façon, le gouvernement refusera de subventionner Spinalonga une fois que la colonie sera dépeuplée.

— Dans ce cas, lança Lapakis, puis-je suggérer que les malades quittent l'île avant les autres ? Je crois que ce serait plus simple pour eux.

Ils tombèrent tous d'accord. Papadimitriou aurait sa manifestation publique, et les derniers lépreux seraient transférés à l'hôpital Sainte-Barbara à Athènes. Il ne restait plus qu'à régler les derniers détails. Cela leur prendrait plusieurs semaines, mais une date fut néanmoins fixée. Le grand départ aurait lieu le 25 août, pour la fête d'Agios Titos, le saint patron de la Crète. Un seul parmi eux appréhendait le compte à rebours : Kyritsis. Car cela signifiait qu'il ne reverrait peut-être jamais Maria.

22

1957

Comme chaque année, les villageois de Plaka préparèrent la fête d'Agios Titos. Cette fois, les célébrations seraient pourtant différentes, puisqu'ils accueilleraient les habitants de l'île, qui, durant si longtemps, n'avaient existé que dans leur imagination. Pour certains, leur arrivée signifiait le retour d'amis presque oubliés, pour d'autres la nécessité de se débarrasser de préjugés solidement ancrés. Ils allaient devoir s'asseoir à la même table que ces voisins jusqu'à présent invisibles et partager un repas avec eux.

Beaucoup de Crétois avaient profité durant des années des bénéfices générés par la présence de cette institution ; aux yeux de ceux-là, la fermeture de la colonie signifiait une perte de revenus substantielle. D'autres reconnaissaient que cette nouvelle leur procurait un certain soulagement. La présence d'autant de lépreux à vol d'oiseau les avait toujours inquiétés.

Enfin, il y avait ceux qui attendaient avec ardeur l'arrivée de leurs invités pour cette nuit historique. La mère de Fotini, Savina Angelopoulos, chérissait toujours le souvenir de son amie Eleni, dont elle avait pleuré la disparition de longues années, et se réjouissait du bonheur de revoir Maria. Sur les deux tragédies, une au moins aurait été évitée. À l'exception de Giorgis, Fotini était celle qui exultait le plus. Elle allait retrouver sa meilleure amie. Elle n'aurait plus à lui rendre visite dans la pénombre de sa maison de Spinalonga. Elles pourraient s'asseoir sur la terrasse lumineuse de la taverne et évoquer les événements de la journée en regardant le soleil se coucher.

Dans la touffeur de cet après-midi de la fin août, Stephanos s'affaira dans la cuisine du restaurant, préparant de grandes marmites de ragoût de cabri, de l'espadon et du riz pilaf. De son côté, le boulanger confectionna des plaques entières de baklava et de *katefi* au miel. Ces gourmandises viendraient couronner un festin gargantuesque.

Vangelis Lidakis savourait à l'avance ces réjouissances. Il adorait la fièvre provoquée par les journées qui sortaient de l'ordinaire et il mesurait l'importance de celle-ci pour Giorgis, l'un de ses clients les plus réguliers bien que sans doute le plus discret. Il s'était également avisé que certains des habitants de Spinalonga deviendraient probablement des citoyens de Plaka et qu'ils feraient fleurir sa propre affaire. Lidakis mesurait le succès au nombre de bouteilles de bière ou de raki vides, qui s'entrechoquaient dans des caisses à la fin de la soirée, et il espérait que leur volume en serait accru.

Les lépreux partageaient l'ambivalence des sentiments des villageois. Certains membres de la colonie n'osaient pas s'avouer que le départ de l'île les remplissait d'une terreur semblable à celle qu'ils avaient éprouvée au moment de la rejoindre. Ils y avaient trouvé une sécurité inespérée, et beaucoup redoutaient de la perdre, y compris ceux qui ne portaient pas le moindre stigmate. Dimitri n'était pas le seul à n'avoir conservé aucun souvenir de sa vie avant Spinalonga. Leur monde s'était limité à l'île, le reste n'ayant pas plus de réalité que les images d'un livre. Même le village de l'autre côté de la mer, qu'ils avaient cependant eu sous les yeux jour après jour, avait aussi peu de consistance qu'un mirage.

Si Maria se rappelait très bien sa vie à Plaka, elle avait l'impression que c'était celle de quelqu'un d'autre. Qu'adviendrait-il d'une femme qui avait passé l'essentiel de sa jeunesse dans une léproserie et qui serait désormais considérée comme une vieille fille ? Elle avait beau scruter les eaux ondulantes de la mer, elle ne voyait s'y refléter que l'incertitude de son avenir.

Certains avaient consacré le mois précédant leur départ à emballer soigneusement le moindre de leurs biens. Il s'agissait en général de ceux qui avaient reçu une réponse chaleureuse de leur famille à l'annonce de la bonne nouvelle et pouvaient donc espérer un accueil hospitalier. Ils savaient qu'ils auraient un endroit où ranger leurs vêtements, leur vaisselle, leurs casseroles et leurs tapis les plus précieux. D'autres, ignorant ce qui les attendait, prolongèrent leur routine quotidienne jusqu'à la toute dernière minute, prétendant ainsi qu'elle ne changerait jamais. Le mois d'août, plus caniculaire que jamais, fut traversé par le meltem, qui aplatissait les roses et emportait les chemises séchant sur les cordes telles d'immenses mouettes. Les après-midi, seul le souffle violent continuait à s'acharner. Il cognait contre les portes et secouait les fenêtres pendant que les habitants échappaient au soleil de plomb en s'allongeant dans leur chambre aux volets clos.

Le jour du départ arriva et, que l'on soit prêt ou non, il fallut partir. Cette fois, Giorgis ne fut pas le seul à traverser le bras de mer ; il était accompagné d'une demi-douzaine d'autres pêcheurs qui, ayant fini par accepter l'idée qu'ils n'avaient rien à craindre, s'étaient portés volontaires afin de transporter les habitants de Spinalonga et leurs possessions. À 13 heures, le 25 août, une petite flottille fit route vers Plaka.

Une dernière messe avait été célébrée dans la minuscule église de Saint-Pantaléon la veille, mais depuis plusieurs jours déjà, les fidèles défilaient pour allumer un cierge et réciter une prière. Tout en prenant de profondes inspirations pour apaiser leur nervosité, emplissant ainsi leurs narines de l'odeur entêtante et sucrée de la cire, ils imploraient Dieu de leur donner le courage d'affronter ce que le monde leur réserverait de l'autre côté.

Les plus âgés et les malades embarquèrent les premiers. Les mules ne chômèrent pas ce jour-là, arpentant le tunnel chargées de paquets ou traînant une carriole débordant de caisses. La montagne d'affaires entassées sur le quai transformait le vieux rêve de départ en réalité tangible. Quelques-uns comprirent à ce moment-là seulement qu'ils tournaient une page de leur existence. En franchissant la muraille, ils eurent l'impression d'entendre les battements de leur cœur se répercuter en écho sur la paroi de pierre.

Kyritsis les attendait sur l'appontement de Plaka, veillant à ce que les malades, qui poursuivraient la route jusqu'à Athènes pour être soignés, soient bien traités.

Lapakis et Maria furent parmi les derniers à quitter l'île. Le médecin avait dû mettre de l'ordre dans ses papiers et ranger les dossiers nécessaires dans une caisse. Ceux-ci contenaient la preuve que ses patients étaient guéris et resteraient sous sa surveillance tant que tout le monde n'aurait pas débarqué en face. Alors il leur distribuerait leur passeport pour la liberté.

Abandonnant la ruelle qui menait à sa maisonnette pour la dernière fois, Maria tourna la tête vers l'hôpital. Voyant Lapakis qui se débattait avec ses paquets encombrants, elle vola à son secours. Les signes d'un départ précipité étaient partout autour d'elle. Jusqu'à la dernière heure, certains s'étaient refusés à croire qu'ils allaient réellement déserter Spinalonga. Quelqu'un avait oublié de fermer une fenêtre qui battait à présent dans la brise ; plusieurs volets s'étaient échappés de leur crochet et les rideaux s'enroulaient autour, telles des voiles. Des tasses et des soucoupes avaient été abandonnées sur les tables du *kafenion* et, dans la salle de classe, un livre ouvert était posé sur un bureau. Des formules d'algèbre étaient toujours inscrites à la craie au tableau. Dans l'une des boutiques, une rangée de boîtes de conserve occupait encore une étagère, comme si le propriétaire s'imaginait rouvrir un jour. Des géraniums rouge vif plantés dans de vieux bidons d'huile d'olive étaient déjà flétris. Ils ne seraient pas arrosés ce soir-là.

— Ne vous en faites pas pour moi, Maria, dit le médecin, rubicond. Vous avez assez de préoccupations comme ça.

— Non, laissez-moi vous aider. Vous n'avez aucune raison de vous casser encore le dos pour nous, dit-elle en lui prenant une boîte d'archives des mains. Nous sommes en parfaite santé maintenant, non ?

— Sans aucun doute. Et certains d'entre vous réussiront même à oublier cette période de leur vie.

À peine avait-il prononcé ces mots que Lapakis regretta son manque de tact : la tâche serait ardue. Il chercha désespérément des paroles de réconfort.

— Un nouveau départ. Voilà ce que je voulais dire… Vous aurez un nouveau départ.

Lapakis l'ignorait, mais c'était exactement ce que Maria redoutait. Comment aurait-il pu savoir que la jeune femme avait trouvé le plus précieux des trésors sur cette île, et qu'elle serait passée à côté autrement ?

Lorsqu'elle observa une dernière fois la grand-rue, par-dessus son épaule, une vague de nostalgie l'envahit et faillit lui faire perdre conscience. Les souvenirs se bousculaient et se superposaient dans son esprit. Les amitiés merveilleuses qu'elle avait nouées, la complicité des jours de lessive ou de fête, le plaisir de voir les derniers films à l'affiche, la satisfaction d'aider les gens dans le besoin, la peur infondée en entendant les débats houleux qui faisaient rage au *kafenion*. Elle avait le sentiment qu'il ne s'était pas écoulé plus de quelques minutes entre le moment où elle avait franchi le tunnel pour la première fois et cet instant. Quatre ans plus tôt, elle débordait de haine pour Spinalonga. À l'époque, la mort lui paraissait un sort infiniment préférable à un emprisonnement à vie sur cette île, et maintenant elle avait des réticences à partir. Dans une poignée de secondes, une autre existence commencerait et elle ignorait ce que celle-ci lui réservait.

Lapakis lut sur son visage qu'elle était en proie à un maelström de sentiments. Lui aussi allait devoir affronter un avenir incertain à présent que sa mission au sein de la colonie était terminée. Il se rendrait à Athènes pour passer quelques mois avec les lépreux qui avaient encore besoin d'être traités, mais la page suivante de son histoire restait à écrire.

— Maria, dit-il, nous ferions mieux d'y aller. Votre père doit s'impatienter.

Leurs pas résonnèrent dans le tunnel. Giorgis les attendait de l'autre côté. Assis à l'ombre d'un mimosa, il tirait nerveusement sur une cigarette en guettant sa fille. Il avait l'impression qu'elle n'arriverait jamais. À l'exception de Maria et de Lapakis, l'île était vide. Même les mules, les chèvres et les chats avaient été transportés dans une barque transformée, pour l'occasion, en arche de Noé miniature. Le dernier bateau était parti dix minutes plus tôt, laissant le quai désert, à l'exception d'une petite boîte métallique, d'une liasse de lettres et d'un paquet de cigarettes intact, oubliés dans la précipitation. Et s'il y avait eu un contretemps, songea Giorgis, saisi d'une panique subite. Maria n'avait peut-être plus l'autorisation de partir. Le médecin avait peut-être refusé de signer ses papiers…

Au moment où ces pensées sombres menaçaient de prendre le dessus sur sa raison, Maria émergea de la pénombre et courut vers lui, les bras écartés. Elle oublia toutes ses hésitations quand elle embrassa son père. En silence, il savoura la caresse soyeuse des cheveux de sa fille sur sa peau rugueuse.

— Allons-y, finit-elle par souffler.

Ses affaires étaient déjà chargées. Lapakis embarqua le premier, puis tendit la main à Maria. Elle posa un pied dans la barque et attendit quelques instants avant de soulever le second. Sa vie à Spinalonga était terminée.

Après avoir détaché le vieux caïque et l'avoir repoussé, Giorgis sauta à bord avec une agilité remarquable pour un homme de son âge, puis dirigea l'embarcation vers Plaka. Les trois passagers regardèrent la proue qui, telle une flèche, fondait sur sa cible. Giorgis était pressé d'arriver. L'image de Spinalonga était gravée dans sa mémoire à tout jamais. Les trous noirs des fenêtres pareils à des yeux vides, aveugles, lui rappelaient tous ces lépreux qui avaient fini leurs jours dans les ténèbres. Soudain, il revit Eleni lors de leur dernière entrevue, sur le quai, et l'espace d'un instant la joie d'avoir récupéré sa fille s'envola.

Ils allaient accoster dans quelques minutes maintenant. La place de Plaka était bondée. La plupart des insulaires avaient été accueillis par leur famille et leurs amis, d'autres restaient blottis les uns contre les autres, impressionnés de toucher leur terre natale pour la première fois depuis vingt-cinq ans. Les Athéniens étaient les plus bruyants. Certains de leurs amis et collègues avaient entrepris le long voyage afin de venir célébrer ce jour historique. Personne ne fermerait l'œil cette nuit-là, et pourtant, le lendemain, ils devaient tous prendre la route d'Héraklion avant de rejoindre Athènes. Pour l'heure, ils comptaient bien apprendre une ou deux choses aux habitants de Plaka sur l'art de festoyer. Certains d'entre eux jouaient d'un instrument de musique et avaient déjà répété pendant la matinée avec les villageois, constituant un orchestre fabuleux, composé de lyres, de luths et de mandolines, mais aussi de bouzoukis, de cornemuses et de flûtes de berger.

Fotini et Stephanos accueillirent Maria avec leur nouveau-né, Petros, et Mattheos, leur petit garçon aux yeux noisette, qui sautillait d'excitation. S'il ignorait l'importance de cette journée, l'atmosphère de fête l'enthousiasmait.

— Bienvenue chez toi, Maria, dit Stephanos. Nous sommes si heureux de te revoir.

Il s'était tenu en retrait pendant que sa femme étreignait sa meilleure amie, attendant son tour patiemment. Il chargea ensuite les affaires de Maria dans sa camionnette. La maison des Petrakis était juste à côté, cependant, il y avait trop de paquets pour les porter. Laissant Giorgis attacher sa barque, les deux femmes traversèrent à pied la place, encadrée sur les quatre flancs par des fanions de couleur. Des tables étaient déjà installées, et des chaises disposées en petits cercles. Les réjouissances ne tarderaient pas à commencer.

Lorsque Maria et Fotini atteignirent la maison, Stephanos avait déjà vidé la camionnette et posé les affaires de la jeune femme à l'intérieur. En franchissant le seuil, elle sentit ses poils se dresser sur sa nuque. Rien n'avait changé depuis le jour de son départ. Tout était exactement à la même place : la broderie, face à la porte d'entrée, qui saluait les visiteurs – leur souhaitant une bonne journée, *kalimera* –, et que sa mère avait terminée juste à temps pour son mariage, la batterie de casseroles autour du manteau de la cheminée et les assiettes à fleurs dans le vaisselier. Maria pourrait bientôt compléter le service avec celles qui se trouvaient dans une des caisses.

En dépit de la luminosité à l'extérieur, la pièce était sombre. Si tous les objets familiers n'avaient pas bougé de place, les murs semblaient avoir absorbé le chagrin intense dont ils avaient été témoins. Ils exsudaient la solitude que Giorgis avait traversée au cours des quatre années passées. Non, en réalité, tout avait changé.

Quand Giorgis les rejoignit quelques moments plus tard, il trouva Stephanos, Fotini, Petros, Mattheos, qui ne lâchait pas un petit bouquet de fleurs, et Maria entassés à l'intérieur. Enfin, certains fragments de sa vie semblaient réunis. Une des trois femmes de la photo qu'il regardait tous les jours se tenait devant lui. Sa fille ne lui avait jamais paru plus magnifique.

— Je ne vais pas m'attarder, lança Fotini, j'ai encore à faire dans la cuisine. On se rejoint sur la place ?

— Merci pour tout. J'ai tant de chance d'avoir de vieux amis fidèles comme vous… et un nouveau, ajouta-t-elle à l'intention de Mattheos, qui rassembla enfin son courage pour lui donner le bouquet.

Maria sourit. C'étaient les premières fleurs qu'on lui offrait depuis celles de Manolis, quatre ans plus tôt, une semaine seulement avant qu'elle ne découvre qu'elle avait la lèpre. Le geste du garçonnet la toucha.

Une demi-heure plus tard, après avoir changé de robe et brossé ses cheveux jusqu'à les rendre plus brillants que le miroir lui-même, Maria se sentit prête à sortir et à affronter la curiosité des villageois. Si certains voisins lui réserveraient un accueil chaleureux, elle savait que d'autres la scruteraient à la recherche de signes de la maladie. Ils seraient déçus. Maria n'avait pas le moindre stigmate, contrairement à d'autres, condamnés à boiter jusqu'à la fin de leurs jours ou, pour certains malchanceux privés de leurs yeux, à dépendre de leurs proches. Dans la majorité des cas, cependant, les lésions avaient disparu, les vilaines taches de dépigmentation s'étaient estompées jusqu'à devenir quasiment invisibles, et les sensations étaient revenues dans les membres engourdis.

Maria gagna la place au bras de son père.

— Je n'y croirai pas tant que je ne l'aurai pas vue, dit Giorgis, mais ta sœur a annoncé qu'elle viendrait peut-être ce soir. Elle m'a fait porter un message, hier.

— Anna ? Avec Andreas ?

— D'après son mot, oui. Je suppose qu'elle veut t'accueillir.

Comme tout parent, il rêvait de réunion et en avait conclu qu'Anna saisissait cette occasion pour faire oublier sa négligence des dernières années. S'il pouvait retrouver deux filles au lieu d'une, il serait l'homme le plus comblé de la Terre. Maria, quant à elle, n'avait aucune envie de revoir sa sœur. Ce soir-là, elle voulait célébrer non pas sa réconciliation avec son aînée, mais la libération de tous les lépreux de Spinalonga.

À Élounda, Anna se préparait pour la fête, relevant ses cheveux en une coiffure élaborée et appliquant avec soin son rouge pour qu'il suive précisément le contour de ses lèvres charnues. Assise sur les genoux de sa grand-mère, Sophia observait sa mère, qui avait les joues fardées d'une poupée de porcelaine.

Andreas entra en trombe dans la chambre, ignorant tout à la fois sa femme et sa fille.

— Tu n'es pas encore prête ? demanda-t-il froidement à Anna.

— Presque, répondit-elle en ajustant son lourd collier de turquoises et en soulevant le menton pour admirer le résultat avant de s'asperger d'une quantité généreuse de parfum français.

— Peut-on y aller maintenant ?

Le ton glacial de son mari ne semblait pas affecter Anna. Eleftheria, en revanche, était désarçonnée par la façon dont son fils parlait à son épouse. Elle ne lui connaissait pas ces accents odieux, ni même ces regards meurtriers, et elle se demanda s'il avait enfin ouvert les yeux sur l'intimité entre sa femme et Manolis. Eleftheria avait commis l'erreur de partager une fois ses inquiétudes avec Alexandros. Il s'était emporté et avait juré de chasser ce « bon à rien de don juan » s'il passait les bornes. Par la suite, elle s'était bien gardée d'en reparler.

— Bonne nuit, ma chérie, dit Anna en se tournant vers sa petite fille qui tendit ses bras potelés vers elle. Sois sage.

Puis elle lui planta un baiser sur le front, qui y laissa l'empreinte parfaite de ses lèvres, et quitta la chambre.

Andreas, qui l'attendait dans la voiture, avait déjà mis le moteur en route. Il savait très bien que sa femme n'avait pas apporté autant de soin à sa toilette en pensant à lui.

C'était un détail parfaitement trivial qui l'avait forcé à regarder en face l'infidélité de sa femme : une boucle d'oreille sous son oreiller. Anna avait toujours été soucieuse de ses bijoux, qu'elle retirait et rangeait dans un tiroir tapissé de velours de sa coiffeuse avant de se mettre au lit. Andreas aurait remarqué si, la veille, elle s'était couchée avec ses boucles d'oreilles en or et diamants. Il n'avait pas dit un mot quand il avait aperçu l'éclat du métal sur le drap blanc, mais son cœur s'était pétrifié. À cet instant précis, son *philotimo*, autrement dit le sens de l'honneur et de la fierté qui le faisait homme, avait été mortellement blessé.

Deux jours plus tard, il était rentré chez lui en tout début d'après-midi et avait abandonné sa voiture à une cinquantaine de mètres, pour parcourir le reste à pied. Il n'avait guère été surpris de voir la camionnette de Manolis garée devant ; il savait qu'il le trouverait là. Après avoir ouvert silencieusement la porte d'entrée, il s'était avancé dans le hall. À l'exception du tic-tac d'une horloge, un silence assourdissant régnait sur la maison. Soudain, les gémissements d'une femme l'avaient fait voler en éclats. Andreas avait empoigné la rampe d'escalier, révulsé par les manifestations extatiques de son épouse. Son instinct lui dictait de gravir les marches deux par deux pour débouler dans la chambre et les démembrer l'un et l'autre. Pourtant, quelque chose l'avait retenu. Il était Andreas Vandoulakis. En tant que tel, il se devait d'adopter une réaction plus mesurée, de prendre le temps d'y réfléchir.

Lorsque Maria atteignit la place, celle-ci était déjà envahie par une immense foule. Elle repéra Dimitri, au centre d'un petit groupe avec Gerasimo, qui tenait le *kafenion* de la colonie, et Kristina Kroustalakis, qui souriait. Cette expression la rendait presque méconnaissable. L'atmosphère bruissait de conversations animées et de quelques notes de musique – quelqu'un accordait un bouzouki dans une rue adjacente. Apostrophée de toutes parts dès son arrivée, Maria fit la connaissance des parents et amis des Athéniens, auxquels elle fut présentée comme sainte Maria ou la « magicienne des herbes ». Elle préférait nettement le deuxième titre, n'ayant aucune envie d'être sanctifiée.

Les heures qui venaient de s'écouler avaient été tellement intenses qu'elle avait à peine eu le temps de penser au Dr Kyritsis. Ils ne s'étaient pas dit adieu, elle était donc sûre de le revoir. Lorsque, se frayant un chemin à travers la cohue, Maria l'aperçut, elle sentit son cœur bondir dans sa poitrine. Il était assis à l'une des longues tables en compagnie de Lapakis, et elle ne vit soudain plus que lui, avec ses cheveux argentés qui luisaient dans la lumière déclinante. Les médecins étaient plongés dans leur discussion, mais Lapakis finit par la remarquer.

— Maria ! s'écria-t-il en bondissant sur ses pieds. Quelle merveilleuse journée, non ? Êtes-vous heureuse d'être enfin rentrée chez vous ?

Au grand soulagement de la jeune femme, cette question n'attendait pas réellement de réponse – elle n'aurait d'ailleurs jamais su par où commencer ni par où finir. Papadimitriou et sa femme les rejoignirent à ce moment-là, accompagnés de deux hommes qui devaient être les frères de celui-ci. Le gouverneur tenait à ce qu'ils rencontrent les hommes qui avaient rendu possible son nouveau départ. On trinquerait mille fois à leur santé plus tard, toutefois, il voulait être le premier à les remercier.

Kyritsis restait en retrait, néanmoins, Maria sentait son regard sur elle et, tandis que Lapakis entreprenait les Papadimitriou sur un nouveau sujet, il l'entraîna à part.

— M'accorderiez-vous un moment ? demanda-t-il poliment bien qu'assez fort pour se faire entendre par-dessus le brouhaha ambiant. Dans un endroit plus calme ?

— Nous pourrions marcher jusqu'à l'église, répondit-elle. J'aimerais allumer un cierge.

Ils quittèrent la place bondée et la cacophonie assourdissante des voix surexcitées. Alors qu'ils cheminaient dans la rue vide menant à l'église, le vacarme se réduisit à un léger bruit de fond. Poussé par un sentiment d'urgence, Kyritsis décida d'agir. La maladie avait volé assez d'années à cette jeune femme, et toute seconde passée à tergiverser était une seconde perdue. Pour une fois, l'audace prit le pas sur son habituelle réserve. Dès qu'ils arrivèrent à l'entrée de l'église, il se tourna vers elle et lui dit :

— J'ai quelque chose à vous demander. Une chose très simple en vérité. Je voudrais que vous m'épousiez.

C'était une affirmation, pas une question. Et il ne semblait attendre aucune réponse. Depuis un certain temps, Maria ne doutait pas de l'amour de Kyritsis, pourtant, elle s'était interdit d'imaginer qu'il aboutirait à quoi que ce soit. Au cours des dernières années, elle avait appris à écarter les rêveries dès qu'elles prenaient forme, se contentant de vivre dans le présent, pour éviter les déceptions.

Elle conserva le silence quelques instants, mais leva les yeux vers lui lorsqu'il posa les mains sur ses épaules. Comme s'il croyait qu'elle avait besoin d'être convaincue, il ajouta :

— Personne ne m'a ému comme vous l'avez fait. Si vous ne souhaitez pas devenir ma femme, je partirai et ne vous importunerai plus jamais.

Il resserra ses doigts sur ses épaules avant de conclure :

— Quelle que soit la réponse, je dois la connaître maintenant.

C'était donc bien une question. Maria avait la bouche desséchée et elle dut concentrer tous ses efforts pour réussir à articuler, d'une voix voilée :

— Oui.

— Vous acceptez ?

Kyritsis ne parvenait pas à y croire. Cette femme aux cheveux sombres, cette patiente qu'il semblait connaître si bien et si mal tout à la fois, acceptait de l'épouser. Un sourire apparut sur son visage, auquel répondit celui de Maria. Avec hésitation d'abord, puis avec de plus en plus d'ardeur, il l'embrassa, avant de songer qu'ils se donnaient en spectacle dans la rue déserte et de s'écarter d'elle.

— Nous devons y retourner, dit-il, ayant un sens du devoir et des convenances encore plus développé qu'elle. Les gens pourraient s'interroger.

De surcroît, c'était la dernière soirée que tous les habitants de Spinalonga passeraient ensemble avant de poursuivre leur route, chacun de son côté.

Le bal avait commencé. Une immense ronde s'était formée, exécutant un lent *pentozali*. Même Giorgis y prenait part, lui qui restait habituellement sur le côté, dans l'ombre.

Fotini fut la première à remarquer que Maria revenait en compagnie du médecin, et elle sut aussitôt que le bonheur était enfin à portée de main de son amie. Les promis avaient néanmoins décidé de ne rien dire encore – ils voulaient que Giorgis soit le premier informé et l'atmosphère grisante de la fête ne se prêtait pas à une telle annonce.

Lorsque celui-ci vint les trouver à la fin de la danse, il posa aussitôt la question qui lui brûlait les lèvres :

— As-tu vu Anna ? Est-elle là ?

— Je suis sûre qu'elle va venir, elle l'a promis, la rassura sa fille, même si ces paroles de réconfort leur parurent vaines à tous deux. Pourquoi ne danserions-nous pas ensemble ? Tu m'as l'air en forme.

Elle entraîna son père dans la mêlée.

Fotini, qui s'occupait de garnir le buffet, remarqua que le médecin ne quittait pas Maria des yeux et éprouva un bonheur immense à l'idée que son amie la plus chère avait trouvé un homme aussi merveilleux. Il faisait nuit maintenant, le vent était retombé, et il n'y avait pas une seule ride à la surface de la mer. La température n'avait pas baissé d'un degré depuis l'après-midi étouffant, et lorsque les danseurs s'asseyaient entre deux morceaux pour se désaltérer, ils renversaient une grande partie du vin dans la poussière. Après avoir quitté la ronde, Maria prit place à côté de Kyritsis, et ils trinquèrent ensemble, en silence.

Anna et Andreas approchaient de Plaka. Ils n'avaient pas échangé un seul mot du trajet, perdu chacun dans ses pensées. S'étant avisé que Manolis pourrait renouer ses fiançailles avec Maria maintenant qu'elle était de retour, Andreas décida de s'en ouvrir à son épouse, pour le simple plaisir de la provocation.

— Manolis ? Épouser Maria ? Pas tant que je serai vivante ! s'écria-t-elle avec une passion qu'il ne lui connaissait pas. D'où te vient une idée pareille ?

Anna ne se contrôlait plus.

— Et pourquoi pas ? Ils étaient fiancés avant son départ, insista-t-il en garant la voiture.

— Tais-toi. Tais-toi ! s'écria-t-elle en le tapant.

Choqué par la violence de sa réaction, Andreas se protégea contre les coups qui pleuvaient sur lui et hurla :

— Tu l'aimes, avoue !

— Comment oses-tu dire ça ? s'époumona-t-elle.

— Voyons, pourquoi ne le reconnais-tu pas, Anna ? Je ne suis pas totalement idiot, tu sais, reprit-il en tentant de maîtriser sa voix.

Elle avait retrouvé le silence, comme si sa colère s'était apaisée.

— Je sais que c'est le cas, compléta Andreas, presque calme maintenant. Je suis rentré plus tôt un jour de la semaine dernière, vous étiez ensemble. Depuis combien de temps… ?

Gagnée par l'hystérie, Anna se mit à rire et pleurer en même temps.

— Des années, cracha-t-elle, des années…

Andreas eut l'impression que sa femme sombrait dans une sorte de transe, avec son sourire de folle aux lèvres. Si seulement elle avait nié, si seulement elle lui avait offert la possibilité de battre en retraite, de reconnaître qu'il avait pu se tromper… Cet aveu était le pire affront. Et il devait chasser le rictus de son visage.

D'un mouvement leste, il tira un pistolet de la poche intérieure de sa veste. La tête inclinée en arrière, Anna ne le regardait même pas. Son rire faisait tressauter les perles turquoise de son collier. Elle était en plein délire.

— Je n'ai jamais… s'écria-t-elle soudain, enivrée du bonheur de la vérité. Je n'ai jamais aimé personne comme Manolis.

Ses mots claquèrent comme un fouet aux oreilles d'Andreas.

Sur la place, Kyritsis regarda les premiers feux d'artifice éclater dans le ciel clair. Ces gerbes colorées monteraient dans les airs toutes les heures jusqu'à minuit, se reflétant comme des joyaux sur la surface calme de la mer. Lorsque la première salve d'explosions fut terminée, l'orchestre ne se lança dans un nouveau morceau qu'après avoir laissé flotter quelques instants de silence. Cependant, avant que les musiciens n'attaquent les premières notes, deux coups inattendus, plus secs, retentirent. Kyritsis tourna la tête en l'air, guettant la pluie d'étincelles, mais comprit rapidement qu'il n'y en aurait pas.

Plusieurs badauds s'étaient amassés autour d'une voiture garée près de la place. Une femme était affalée à l'intérieur. Kyritsis se précipita. Un instant, l'assemblée parut pétrifiée, comme paralysée à l'idée qu'un drame puisse troubler les réjouissances. La foule s'écarta cependant au passage du médecin.

Kyritsis écouta le pouls de la victime. Il était faible, mais elle était encore en vie.

— Nous devons la déplacer, dit-il à Lapakis, qui l'avait rejoint.

Des couvertures et des oreillers étaient apparus comme par miracle et les deux hommes allongèrent la femme par terre. À leur demande, les spectateurs reculèrent afin qu'ils puissent travailler.

Maria s'était frayé un chemin jusqu'à la scène pour proposer son aide. Lorsque les médecins déposèrent la femme sur la couverture, elle comprit à qui appartenait la robe tachée de sang. Et elle n'était pas la seule : des cris étouffés parcouraient à présent la foule.

Le doute n'était pas permis ; des cheveux noir de jais, une poitrine généreuse et une tenue que personne d'autre, au village, n'aurait pu s'offrir. C'était Anna. Maria s'agenouilla à côté d'elle.

— C'est ma sœur, souffla-t-elle à Kyritsis entre deux sanglots.

Une voix s'éleva dans l'assemblée :

— Prévenez Giorgis !

Quelques secondes plus tard, il se laissait tomber à côté de Maria et versait des larmes silencieuses en contemplant sa fille aînée s'éteindre sous ses yeux.

La fin ne tarda pas à arriver. Anna ne reprit jamais conscience, mais elle passa ses derniers instants avec les deux personnes qui l'aimaient le plus au monde et qui priaient pour le salut de son âme.

— Pourquoi ? Pourquoi ? répétait Giorgis en pleurant.

Maria avait beau connaître la réponse, elle ne comptait pas la lui donner. Ça ne servirait qu'à aggraver son chagrin. Pour l'heure, il valait mieux qu'il reste dans l'ignorance. Il découvrirait la vérité bien assez tôt. Et alors, jusqu'à la fin de ses jours, il serait hanté par le souvenir de cette nuit où il avait célébré le retour d'une fille et pleuré la disparition d'une autre.

23

Les premiers témoins se firent connaître. Un passant avait entendu un couple se disputer lorsqu'il avait longé la voiture aux vitres baissées, quelques minutes avant les détonations, et une femme avait vu un homme descendre la rue en courant juste après. On envoya un petit groupe d'hommes vers l'église, qui revint une dizaine de minutes plus tard avec le suspect. Il tenait toujours l'arme du crime et ne leur opposa pas la moindre résistance. Maria connaissait son identité avant de l'apprendre. C'était Andreas.

Plaka était sous le choc de la nouvelle. La nuit promettait d'être mémorable bien sûr, mais pas de la sorte. Un temps, les gens s'agglutinèrent par petits groupes et discutèrent à voix basse ; il n'avait pas fallu longtemps pour que le bruit se répande et que tout le monde découvre que c'était la sœur de Maria, Anna, qui avait été tuée par son époux. L'événement mit un terme prématuré à la fête exceptionnelle, et les villageois n'eurent d'autre choix que de rentrer chez eux. Les musiciens se dispersèrent, et les restes de nourriture furent débarrassés. Des adieux feutrés furent échangés, tandis que les Athéniens suivaient leurs parents et amis vers une nouvelle vie. Ceux qui allaient moins loin, autrement dit qui restaient en Crète, seraient hébergés par les habitants de Plaka et ne prendraient la route que le lendemain. Andreas Vandoulakis, emmené par la police, passerait la nuit dans une cellule à Élounda ; quant à la dépouille d'Anna, elle fut transportée à la petite chapelle au bord de la mer, où elle attendrait son enterrement.

La température n'avait toujours pas baissé, et une chaleur immobile alourdissait l'air, alors que le jour allait bientôt se lever. Pour la seconde fois en vingt-quatre heures, la maison de Giorgis était bondée. La première fois, les visiteurs s'étaient réjouis de la fête à venir. À présent, ils se lamentaient sur la tragédie qui venait de les frapper. Le prêtre leur avait rendu visite mais, voyant qu'il ne leur serait d'aucun réconfort, il s'était éclipsé.

À 4 heures du matin, Giorgis monta, rompu, dans sa chambre. Il se sentait anesthésié et ignorait si c'était une conséquence du chagrin ou la preuve qu'il n'était plus capable de ressentir quoi que ce soit. Même le retour de Maria, pourtant si espéré, le laissait de marbre.

Kyritsis était resté une heure avec eux, cependant, il ne pouvait plus rien faire pour le moment. Demain, enfin plus tard, il les seconderait dans l'organisation des obsèques. Et entre-temps il essaierait de dormir quelques heures dans une chambre au-dessus de la taverne de Fotini et Stephanos.

Les commentaires allaient bon train dans un village qui faisait en temps normal son miel de la moindre anecdote. Ce fut Antonis qui apporta le plus de lumières sur les circonstances de l'assassinat d'Anna. Aux premières heures du jour, il raconta aux rares hommes qui n'avaient pas quitté le bar ce qu'il savait. Quelques semaines plus tôt, il avait remarqué que Manolis s'absentait toujours plusieurs heures au milieu de la journée. Cela ne constituait pas une preuve directe, mais permettait d'éclairer le mobile d'Andreas. Durant cette période, l'humeur de celui-ci s'était considérablement assombrie. Il s'emportait contre le premier venu, et ses employés s'étaient mis à avoir peur de lui. Même avant les pires orages, l'atmosphère était rarement aussi électrique. Andreas avait été tenu si longtemps dans les ténèbres de l'ignorance qu'il avait été ébloui par la vérité sur son épouse et n'avait pas vu d'autre solution. Les buveurs ne manquaient pas de sympathie pour le criminel, et beaucoup convinrent qu'ils seraient prêts à commettre un meurtre s'ils découvraient qu'ils étaient cocus. La virilité grecque leur interdisait d'endurer une telle ignominie sans broncher.

Lidakis était apparemment le dernier à avoir vu Manolis, qui avait disparu sans laisser de traces, bien que sa précieuse lyre soit toujours accrochée au mur derrière le bar.

— Il est passé vers 18 heures, hier soir. Gai comme un pinson, à son habitude, et décidé à faire la fête.

— Personne ne l'aurait vu après, ajouta Angelos. Je le soupçonne d'avoir été gêné à l'idée de revoir Maria.

— Pourquoi ? Parce qu'il se serait senti obligé de l'épouser ? intervint une autre voix.

— Connaissant Manolis, j'en doute fort, rétorqua Lidakis, mais ça a bien pu le faire fuir.

— À mon avis, ça n'avait rien à voir avec Maria, décréta Antonis. Il savait que son heure était venue.

Plus tard, ce matin-là, celui-ci se rendit chez Manolis. Il n'avait rien contre cet homme, qui avait été un bon compagnon de beuverie, et Antonis préférait s'assurer qu'il ne gisait pas dans une flaque de sang chez lui. Si Andreas avait tiré sur sa femme, il pouvait très bien avoir tué son cousin aussi.

Antonis jeta un coup d'œil par les fenêtres. Tout semblait dans un désordre normal pour un célibataire : vaisselle et casseroles entassées sans logique, rideaux à moitié tirés, quelques miettes sur la table ainsi qu'une bouteille de vin débouchée et vidée aux deux tiers. Antonis s'était attendu à trouver la maison dans cet état.

La porte étant ouverte, il s'aventura à l'intérieur. Si le fatras de la chambre à l'étage trahissait également le peu d'intérêt que son occupant accordait au rangement, il signalait surtout un départ précipité. Des tiroirs étaient ouverts et des vêtements gisaient un peu partout, comme après une éruption volcanique. La penderie béante était vide. Le lit défait, avec ses draps froissés et son oreiller aplati, ne devait pas être différent des autres jours. Pourtant, un élément permettait de penser que Manolis avait déserté les lieux de façon permanente : plusieurs cadres à photo, posés sur une commode devant la fenêtre, avaient été renversés, et deux d'entre eux étaient vides. Antonis n'avait pas besoin de preuves supplémentaires. La camionnette de Manolis avait disparu. Il pouvait se trouver n'importe où à l'heure qu'il était. Et personne ne se lancerait à ses trousses.

L'enterrement d'Anna n'eut pas lieu dans la principale église de Plaka, où Andreas avait trouvé refuge, mais dans la chapelle à la sortie du village. La petite bâtisse donnait sur la mer et Spinalonga. Le cimetière attenant et l'endroit où les restes de la mère d'Anna se trouvaient n'étaient ainsi séparés que par une mince étendue d'eau salée.

Moins de quarante-huit heures après sa mort, quelques personnes endeuillées se réunirent dans la chapelle humide. Personne ne représentait la famille Vandoulakis, claquemurée à Élounda depuis le meurtre. Maria, Giorgis, Kyritsis, Fotini, Savina et Pavlos écoutèrent, tête baissée, les prières que le prêtre récita sur le cercueil. Les effluves qui s'échappaient de l'encensoir accompagnèrent les incantations réclamant le pardon des péchés, puis l'assemblée murmura, presque imperceptiblement, un Notre-Père. Enfin, ils sortirent affronter le soleil ardent. Des larmes mêlées de transpiration roulèrent sur leurs joues. Personne ne parvenait à croire que le cercueil qui disparaîtrait bientôt dans le noir contenait Anna.

Lorsque celui-ci fut placé au fond de la fosse, le prêtre prit une poignée de terre sèche et la dispersa dessus, en faisant le signe de croix.

— La terre appartient à l'Éternel, dit-il, ainsi que ceux qui l'habitent.

Il répandit les cendres de l'encensoir, qui s'unirent à la poussière, et poursuivit :

— Confions au Seigneur celle qui nous a quittés… Toi qui as fait revivre les morts, accorde la vie éternelle à notre sœur…

L'homme d'Église avait des accents chantonnants. Ces mots, déjà récités des milliers de fois, tenaient la petite assemblée sous leur pouvoir.

— Ô Vierge Marie, pure et sans tache, intercède pour le salut de l'âme de notre sœur…

Fotini s'attarda sur l'image de la mère de Jésus, immaculée, prenant la défense d'Anna. Si seulement cette dernière avait eu une attitude plus respectable, ils ne seraient pas là à présent.

La cérémonie touchait à sa fin, et une armée de cigales concurrençait le prêtre ; leur mélopée atteignit son comble au moment où il prononça les dernières paroles :

— Accueillez notre sœur dans le sein d'Abraham… Puisse sa mémoire être honorée éternellement.

Ils répondirent tous en répétant : « *Kyrie Eleison, Kyrie Eleison, Kyrie Eleison.* »

Plusieurs minutes s'écoulèrent avant que quelqu'un ne trouve la force de bouger. Maria remercia le prêtre d'avoir célébré la messe, puis tous reprirent le chemin du village. La jeune femme rentra avec son père. Il voulait dormir, c'était tout. Fotini et ses parents se rendraient à la taverne, pour relayer Stephanos, qui avait veillé sur Petros et joué avec Mattheos sur la plage. À cette heure de l'après-midi, rien ne venait troubler le calme du village.

Kyritsis attendit Maria sur un banc, à l'ombre. Elle avait besoin de s'échapper de Plaka quelques heures, et ils décidèrent de se rendre à Élounda. Elle n'avait pas pris la route depuis quatre ans et se réjouissait de partager une heure d'intimité avec le médecin.

Elle se souvenait d'un petit *kafenion* au bord de l'eau. Si elle avait eu, autrefois, l'habitude de s'y rendre avec Manolis, tout ceci était derrière elle dorénavant, et elle ne laisserait pas de vieux souvenirs la hanter. On les installa à une table près de la mer, qui léchait les rochers à leurs pieds, et soudain les événements des deux derniers jours s'éloignèrent. Comme s'ils étaient arrivés à quelqu'un d'autre, ailleurs. Lorsque son regard se perdit à l'horizon néanmoins, elle aperçut Spinalonga. L'île n'avait pas changé, et Maria peinait à croire qu'elle avait été entièrement désertée. En revanche, dissimulé par un promontoire rocheux, Plaka se dérobait à sa vue

C'était la première fois que Kyritsis et elle se retrouvaient ensemble depuis la nuit de la fête. L'espace d'une heure, sa vie avait été pleine de promesses d'avenir. Depuis, elle avait le sentiment que ce grand pas en avant avait été effacé par plusieurs en arrière. Elle n'avait même encore jamais prononcé le prénom de l'homme qu'elle aimait.

Lorsqu'il repenserait à cet échange, quelques semaines plus tard, Kyritsis se reprocherait sa précipitation. Débordé par la perspective d'un avenir commun, il avait entrepris Maria sur le sujet de son appartement à Héraklion, où il espérait qu'elle se plairait.

— Il n'est pas très grand, mais il y a un bureau et une chambre d'amis, expliqua-t-il. Nous pourrons toujours déménager plus tard, si besoin, mais il jouit d'une situation idéale par rapport à l'hôpital.

Il lui serra alors les mains, car elle semblait préoccupée. Et comment aurait-il pu en être autrement ? Elle venait d'enterrer sa sœur et lui, aussi impatient qu'un enfant, choisissait ce moment pour régler des détails. Maria avait besoin de temps, bien sûr.

Elle fut rassérénée par le contact de ses mains sur les siennes, par sa chaleur et sa générosité. Pourquoi ne pouvaient-ils pas rester à cette table éternellement ? Personne ne savait où ils se trouvaient. Rien ne viendrait les déranger. À l'exception de la conscience de Maria, qui l'avait suivie jusqu'ici, et la taraudait.

— Je ne peux pas vous épouser, lâcha-t-elle tout d'un coup. Je dois rester à Plaka pour veiller sur mon père.

Kyritsis eut l'impression que le ciel limpide lui tombait sur la tête. Il en resta sans voix. Au bout de quelques secondes toutefois, la logique implacable de la situation lui apparut. Comment avait-il pu espérer que tout suive son cours normal après les drames des derniers jours ? Quel fou il faisait ! Comment lui, qui avait été séduit autant par l'intégrité et le dévouement de cette femme que par sa beauté, pouvait-il imaginer une seconde qu'elle quitterait son père, terrassé par le chagrin ? Sa vie entière avait été gouvernée par la rationalité et, la seule fois où il avait permis à ses émotions de prendre le dessus, il déraillait.

Une part de lui aurait voulu protester, cependant, il se contenta de serrer les mains de Maria un peu plus fort. Les paroles qu'il prononça alors exprimaient une telle sympathie dénuée de reproches qu'elle en eut presque le cœur brisé.

— Vous avez raison de rester. Et c'est pour cela que je vous aime, Maria. Parce que vous savez où se situe le bien, et que vous vous employez à le faire.

C'était la vérité, mais pas autant que ce qu'il ajouta ensuite :

— Je n'aimerai jamais personne d'autre.

Maria libéra ses mains de celles de Kyritsis et s'adossa à sa chaise, la tête baissée. Ses larmes coulaient abondamment sur son cou, sa poitrine et ses bras. Elle ne parvenait pas à les arrêter. Si elle avait réussi à retenir son chagrin au cimetière, à présent que les vannes étaient ouvertes, elle devait attendre que les larmes se tarissent. Le fait que Kyritsis soit si raisonnable faisait redoubler ses pleurs et rendait sa décision insupportable.

Le médecin ne la quittait pas des yeux. Lorsqu'elle cessa de trembler, il lui effleura le coude.

— Maria, murmura-t-il, nous devrions y aller.

Ils quittèrent le *kafenion* main dans la main, Maria appuyant sa tête sur l'épaule de Kyritsis. Le chemin du retour se déroula en silence. Les eaux saphir continuaient à scintiller, mais le ciel commençait à changer, entamant sa transition subtile de l'azur au rosé, tandis que les rochers se coloraient des mêmes tons chauds. Enfin, cette horrible journée touchait à sa fin.

Quand ils atteignirent le village, le médecin rompit le silence.

— Je ne peux vous dire adieu.

Il était incapable de se résoudre à quelque chose d'aussi définitif. Comment une histoire qui n'avait pas vraiment commencé pouvait-elle se clore de la sorte ?

— Moi non plus, répondit Maria, redevenue maîtresse d'elle-même.

— M'écrirez-vous pour me donner des nouvelles ? Me raconter ce que vous faites ? Me détailler votre vie de femme libre ? ajouta Kyritsis avec un enthousiasme forcé.

Elle acquiesça.

Il était inutile de prolonger cet instant. Plus vite il partirait, mieux ils se porteraient tous les deux. Il s'était garé devant chez les Petrakis et descendit pour lui ouvrir la portière. Ils se tinrent quelques secondes face à face avant de s'étreindre. Ou plutôt de s'agripper l'un à l'autre comme deux enfants dans une tempête. Puis, rassemblant toute la volonté dont ils disposaient, ils se séparèrent. Maria tourna aussitôt les talons et disparut dans la maison. Kyritsis prit place derrière le volant et s'éloigna. Il ne s'arrêterait pas une seule fois avant d'avoir rejoint Héraklion.

Écrasée par le silence à l'intérieur, Maria ressortit presque immédiatement. Elle avait besoin d'entendre une cigale chanter, un chien aboyer, un cyclomoteur pétarader, des enfants crier. Tous ces sons l'accueillirent dès qu'elle gagna le cœur du village. Malgré elle, elle scruta la rue pour voir si la voiture de Kyritsis était toujours visible. Cependant, même les nuages de poussière que ses roues avaient soulevés étaient retombés.

Maria avait besoin de son amie. Elle se dirigea d'un pas vif vers la taverne, où Fotini recouvrait les tables de nappes en papier, avant de les fixer avec des élastiques.

— Maria ! s'écria-t-elle joyeusement.

Elle se rembrunit instantanément en découvrant sa mine de papier mâché. Rien d'étonnant, toutefois, à ce que son amie soit aussi pâle. En moins de deux jours elle était rentrée d'exil et avait vue sa sœur assassinée puis enterrée.

— Viens t'asseoir, dit-elle en tirant une chaise pour elle. Je vais te servir à boire. Et je parie que tu n'as rien avalé de la journée.

Elle avait raison ; Maria n'avait pas mangé depuis plus de vingt-quatre heures, mais elle n'avait aucun appétit.

— Non, je vais bien. Je t'assure.

Fotini ne fut guère convaincue. Elle mit de côté la liste des tâches à accomplir avant l'arrivée des premiers clients du soir – cela pouvait bien attendre –, approcha une seconde chaise de celle de son amie et l'enlaça.

— Puis-je quelque chose pour toi ? Quoi que ce soit ?

Ce fut la tendresse de ses intonations qui fit fondre Maria en larmes. À travers celles-ci, Fotini réussit à distinguer quelques mots :

— Il est parti… Je ne pouvais pas… quitter mon père.

— Raconte-moi ce qui s'est passé.

Maria recouvra peu à peu son calme.

— Juste avant le meurtre d'Anna, le Dr Kyritsis m'a demandé ma main. Cependant, je ne peux pas partir maintenant… je ne peux pas le suivre. Je devrais laisser mon père, et c'est impossible.

— Il est rentré chez lui, alors ?

— Oui.

— Quand le reverras-tu ?

Maria prit une profonde inspiration.

— Je ne sais pas. Je ne sais vraiment pas. Peut-être jamais.

Elle prononça ces mots sans faillir. La fatalité ne lui avait rien épargné mais, à chaque coup du sort, elle gagnait en résistance.

À la tombée de la nuit, Maria rentra chez elle. La maison était toujours plongée dans le silence. Se faufilant dans la chambre d'amis, qui allait redevenir la sienne, elle s'allongea sur le lit. Elle ne rouvrirait l'œil que le lendemain matin, tard.

La mort d'Anna laissa beaucoup d'existences brisées dans son sillage. Pas seulement celle de sa sœur, de son père et de son mari, mais aussi celle de sa fille. Sophia n'avait pas encore deux ans, et elle ne tarda pas à remarquer l'absence de ses parents. Ses grands-parents lui expliquèrent qu'ils étaient tous deux partis en voyage. Elle pleura d'abord, puis les oublia progressivement. Quant à Alexandros et Eleftheria Vandoulakis, en une soirée, ils avaient perdu leur fils, leurs espoirs d'avenir et la réputation de leur famille. Tout ce qu'ils avaient craint en autorisant Andreas à épouser une fille de condition inférieure s'était réalisé. Eleftheria, qui avait accueilli Anna Petrakis les bras ouverts, n'avait jamais connu déception plus amère. La disparition de Manolis leur fut bientôt rapportée et ils comprirent d'eux-mêmes ce qui avait conduit au terrible drame. Cette femme avait jeté l'opprobre sur tous les Vandoulakis et l'idée que leur fils croupisse dans une prison les torturait chaque jour.

Le procès d'Andreas, qui eut lieu à Agios Nikolaos, dura trois jours. Maria, Fotini et plusieurs autres villageois furent convoqués pour témoigner. Kyritsis, quant à lui, fit le voyage depuis Héraklion et s'attarda après son témoignage pour parler avec Maria. Eleftheria et Alexandros y assistèrent, tous deux amaigris par l'inquiétude et la honte d'une telle humiliation publique. Les circonstances de la mort furent divulguées, si bien que la Crète entière put salir leur nom. Le quotidien rapporta l'affaire sans épargner aucun détail sensationnel. Giorgis endura patiemment la tempête. S'il voulait que justice soit rendue à sa fille, il ne doutait pas une seule seconde que celle-ci avait, par son attitude, provoqué la réaction violente d'Andreas et, pour la première fois depuis quatorze ans, il se réjouissait de l'absence d'Eleni.

24

1958

Plusieurs mois durant, les Vandoulakis et les Petrakis n'eurent pas le moindre contact. Le sort de Sophia devait néanmoins être réglé, et pour cela l'ère glaciaire se terminer. Sans son mari, Eleftheria aurait ouvert la voie de la réconciliation plus tôt. Après avoir pris le temps de la réflexion, celui-ci finit pourtant par se rendre à l'évidence : ils n'étaient pas les seuls à avoir souffert dans cette affaire. Les dommages étaient grands de part et d'autre et, avec une précision mathématique qui lui ressemblait bien, il mesura les pertes respectives. Du côté Vandoulakis : un fils emprisonné, un neveu en disgrâce et une réputation ruinée. Du côté Petrakis : une fille morte, une famille dévastée par ce crime et, avant, par la lèpre. Selon ses estimations, la balance s'équilibrait. Et Sophia se trouvait juste au milieu. Il était donc de leur responsabilité de trouver un terrain d'entente pour la petite fille.

Alexandros décida ainsi d'écrire à Giorgis.

Nous avons eu nos différends, mais l'heure est venue d'y mettre un terme. Sophia grandit sans ses parents, et nous ne pouvons pas la priver de l'affection et de la présence des autres membres de sa famille. Eleftheria et moi serions heureux que vous acceptiez, Maria et vous, de vous joindre à nous pour le déjeuner, dimanche prochain.

Giorgis n'avait toujours pas le téléphone, toutefois, il se précipita au bar. Il tenait à informer sans tarder Alexandros qu'ils acceptaient son invitation avec plaisir, et il laissa un message dans ce sens à la domestique qui prit l'appel. Maria, quant à elle, eut une réaction beaucoup plus mitigée en découvrant le mot.

— Des différends ! ironisa-t-elle. Et qu'entend-il par là ? Comment peut-il employer ce terme pour désigner un meurtre ?

Elle bouillonnait de colère.

— N'assume-t-il donc aucune responsabilité ? Et où sont les remords ? Les excuses ? s'écria-t-elle en agitant le billet.

— Écoute-moi, Maria. Calme-toi. Il n'a aucune responsabilité à endosser. Un père n'a pas à rendre compte de tous les actes de ses enfants, si ?

Maria médita ces paroles un moment. Elle savait qu'il avait raison. Si les parents portaient le fardeau des erreurs de leur progéniture, le monde serait différent. Giorgis devrait aussi répondre de l'infidélité de sa fille aînée, qui avait poussé son propre mari à lui tirer dessus. C'était absurde, évidemment, et elle le concéda à son cœur défendant.

— Tu as raison, bien sûr. Tu as raison. Une seule chose importe à présent : Sophia.

Suite à cette entrevue, ayant convenu de façon tacite que les torts étaient partagés, les deux familles se rapprochèrent. Ils protégèrent au mieux Sophia. Elle vivait avec ses grands-parents mais, toutes les semaines, elle allait à Plaka passer la journée avec son autre grand-père et Maria, qui s'employaient à la distraire. Ils l'emmenaient faire un tour de bateau, attraper des poissons, des crabes ou des oursins, patauger dans la mer et se promener sur le sentier côtier. À 18 heures, lorsqu'ils déposaient Sophia à Élounda, ils étaient fourbus. La fillette bénéficiait de l'attention adoratrice de ses trois grands-parents. D'un certain point de vue, elle avait de la chance.

Lorsque l'été succéda au printemps, Kyritsis calcula que deux cents jours s'étaient écoulés depuis celui où Anna avait été enterrée et où il avait compris, dans ce petit café au bord de l'eau, qu'il ne vieillirait finalement pas auprès de Maria. S'interdisant de penser à la vie qu'il aurait pu mener, il avait repris la même existence réglée : il arrivait à l'hôpital à 7 h 30 précises le matin et en sortait à près de 20 heures pour consacrer ensuite sa soirée à des activités solitaires telles que la lecture, l'étude ou sa correspondance. Il n'avait pas une minute de répit et beaucoup enviaient son dévouement au travail et la passion apparente que celui-ci lui inspirait.

Une poignée de semaines après l'exode des patients de Spinalonga la nouvelle se répandit dans toute la Crète : la colonie de lépreux n'existait plus. En conséquence, beaucoup de villageois qui avaient craint de révéler d'éventuels symptômes de la lèpre cessèrent de se terrer chez eux et sollicitèrent l'aide du corps médical. À présent qu'ils savaient que, pour être traités, ils n'avaient pas besoin d'être emprisonnés sur une île, ils ne redoutaient plus de se faire examiner et débarquaient par vagues entières dans le bureau de l'homme connu pour avoir apporté le remède en Crète. Si son naturel modeste empêchait le Dr Kyritsis de s'enorgueillir de ses succès, sa réputation croissait.

Durant plusieurs mois encore, Kyritsis continua à exercer ses fonctions en tant que chef de service dans le principal établissement hospitalier d'Héraklion. Rien n'aurait dû le rendre plus heureux que de renvoyer des patients guéris une bonne fois pour toutes. Et pourtant, il n'éprouvait qu'un sentiment de vide, qui ne le quittait jamais, et chaque jour il devait fournir davantage d'efforts que la veille pour se tirer de son lit et retourner au travail. Il commença même à se demander s'il était raisonnable qu'il fasse les piqûres lui-même. Ne pourrait-il être remplacé par quelqu'un d'autre ? Était-il vraiment indispensable ?

Ce fut à cette époque, où il se sentait de moins en moins essentiel à l'hôpital et de plus en plus creux à l'intérieur, qu'il reçut une lettre du Dr Lapakis. Depuis la dissolution de la colonie de lépreux, celui-ci s'était marié et avait repris la direction du service de dermato-vénérologie d'Agios Nikolaos.

Mon cher Nikolaos,

Je me demande comment tu vas. Le temps a filé si vite depuis que nous avons quitté Spinalonga, et cela fait des mois que je me promets de prendre de tes nouvelles. Ma vie est bien remplie, et l'établissement a augmenté son activité depuis que j'y travaille à temps plein. Viens nous rendre visite si tu souhaites fuir Héraklion. Ma femme, qui a beaucoup entendu parler de toi, aimerait te rencontrer.

Bien à toi,

Christos

Cette missive fit réfléchir Kyritsis. Si Christos Lapakis, qu'il respectait infiniment, était comblé à Agios Nikolaos, peut-être après tout que le même choix lui appartenait. Maria ne pouvait venir à lui, il irait donc à elle. Chaque mardi, le quotidien de Crète publiait les annonces de places vacantes dans les hôpitaux et, chaque mardi, il les épluchait dans l'espoir de se rapprocher de la femme qu'il aimait. Les semaines se succédaient, apportant plusieurs postes intéressants à La Canée, mais ceux-ci ne feraient que l'éloigner davantage de l'objet de son désir. Le désespoir s'empara de lui, jusqu'à ce qu'un jour une nouvelle lettre de Lapakis arrive.

Cher Nikolaos,

J'espère que tu te portes bien. Au risque de passer pour un mari qui laisse son épouse le mener par le bout du nez, j'ai l'intention d'abandonner mon travail. Elle veut se rapprocher de ses parents, qui vivent à Réthymnon, et nous allons donc déménager d'ici à quelques mois. Je viens juste de penser que reprendre mon service pourrait t'intéresser. L'hôpital est en pleine expansion, et une opportunité plus intéressante se présentera sans doute plus tard, toutefois, je souhaitais te tenir informé.

Bien à toi,

Christos

Bien que Kyritsis ne lui en ait jamais rien dit, Lapakis savait que son collègue s'était attaché à Maria

Petrakis, et il avait été désolé d'apprendre que son ami était retourné seul à Héraklion. Il en avait conclu que la jeune femme s'était sentie obligée de rester auprès de son père. La situation lui était apparue comme un gigantesque gâchis.

Kyritsis lut et relut la lettre avant de la glisser dans la poche de sa blouse blanche. Il la sortit plusieurs fois au cours de la journée pour parcourir, encore et encore, son contenu. Si un poste à Agios Nikolaos lui fermerait beaucoup de portes professionnelles, il lui en ouvrirait une : la possibilité de vivre plus près de Maria. Ce soir-là, il écrivit à son vieil ami et lui demanda conseil pour sauter sur cette occasion. Il y avait certaines formalités à remplir, d'autres candidats seraient reçus, mais si Kyritsis pouvait envoyer une lettre de candidature en bonne et due forme avant la fin de la semaine, il avait toutes les chances d'être retenu. En vérité, et ils le savaient aussi bien l'un que l'autre, il était surqualifié. Personne ne pouvait douter qu'un homme qui occupait une fonction similaire dans un établissement plus important ne serait pas en mesure de succéder à Lapakis. L'hôpital d'Agios Nikolaos fut enchanté, bien qu'un peu surpris, de susciter l'intérêt d'un médecin de son envergure, précédé par sa réputation. Il fut convoqué pour un entretien et, deux jours plus tard, apprit qu'il était engagé.

Kyritsis projetait de s'établir avant de contacter Maria. Il ne voulait pas qu'elle s'oppose d'une quelconque façon à ce revirement de carrière et avait l'intention de la mettre devant le fait accompli. Moins d'un mois plus tard, désormais installé dans une petite maison près de l'hôpital, il prit la route de

Plaka, à vingt-cinq minutes à peine de là. C'était un dimanche après-midi de mai, et lorsque Maria découvrit Kyritsis sur le seuil de sa porte, elle pâlit de surprise.

— Nikolaos ! souffla-t-elle.

— C'est qui, tante Maria ?

La petite voix semblait sortir de la jupe de la jeune femme, et un visage apparut soudain à la hauteur de son genou.

— Le Dr Kyritsis, Sophia, répondit-elle d'une voix à peine audible.

Elle s'écarta pour laisser le médecin entrer sans détacher les yeux de son dos. Ce dos si droit qu'elle avait suivi chaque fois qu'il la quittait pour remonter la rue principale de Spinalonga jusqu'à l'hôpital. Soudain, elle eut l'impression qu'hier encore elle se trouvait sur l'île, à rêver du futur.

Elle entrechoqua bruyamment les tasses et les soucoupes en les sortant, tant elle tremblait. Bientôt Kyritsis et elle furent attablés, aussi confortablement que possible sur des chaises dures, sirotant un café comme autrefois. Maria cherchait désespérément un sujet de conversation. Le médecin ne lui en laissa pas le temps, en venant directement à la raison de sa visite.

— J'ai déménagé, annonça-t-il.

— Où donc ? s'enquit-elle poliment.

— À Agios Nikolaos.

— Agios Nikolaos ?

Elle faillit s'étouffer. L'étonnement et le bonheur l'envahissaient en proportions égales à mesure qu'elle tentait de se représenter les conséquences de cette nouvelle.

— Sophia, dit-elle à la fillette qui s'était assise à table pour dessiner, pourquoi ne montrerais-tu pas au Dr Kyritsis ta nouvelle poupée ?

Dès que celle-ci disparut dans l'escalier, Kyritsis se pencha vers Maria. Pour la troisième fois de sa vie, elle entendit les mots : « Épousez-moi. »

Elle savait que Giorgis était capable de rester seul à présent. Ils avaient fait le deuil d'Anna, et Sophia était une source de joie et de distraction. Agios Nikolaos était assez près pour que Maria puisse rendre visite à son père plusieurs fois par semaine et continuer à voir Sophia. Il lui fallut moins d'une seconde pour analyser la situation et, sans même reprendre son souffle, elle lui répondit.

Giorgis rentra peu après. Il n'avait pas été aussi heureux depuis le jour où il avait appris la guérison de sa fille. Dès le lendemain, le village entier était au courant que Maria Petrakis allait épouser l'homme qui l'avait sauvée, et les préparatifs du mariage débutèrent aussitôt. Fotini, qui n'avait jamais perdu l'espoir de voir ces deux-là s'unir, y prit une part active. Stephanos et elle organiseraient le repas avant la cérémonie, puis tous leurs amis s'entasseraient dans la taverne pour une grande fête.

Avec le prêtre, ils fixèrent la date à deux semaines plus tard. Inutile d'attendre davantage. Les futurs mariés avaient déjà une maison, ils se connaissaient depuis des années, et Maria possédait son trousseau. Elle avait aussi une robe, qu'elle avait achetée pour son mariage avec Manolis. Pendant cinq années, celle-ci était restée au fond d'un coffre, protégée par plusieurs épaisseurs de tissu. Un ou deux jours après la deuxième demande de Kyritsis, elle la déplia et l'essaya. Elle lui allait toujours aussi bien.

— Tu es parfaite, lui dit Fotini.

La veille du mariage, les deux amies se retrouvèrent chez Fotini.

— Tu ne crois pas que ça risque de me porter malchance de mettre la robe que j'avais prévue pour d'autres noces ? Des noces qui n'ont jamais eu lieu ?

— Te porter malchance ? Je crois que tu as épuisé toutes tes réserves dans ce domaine, Maria. Pour tout te dire, j'ai l'impression que le destin en avait après toi, mais là je suis sûre qu'il est à court de munitions.

Observant son reflet dans le miroir en pied de son amie, Maria tenait la robe devant elle. Les volants vaporeux de la jupe cascadaient autour d'elle comme une fontaine, et le tissu bruissait sur ses chevilles. La tête rejetée en arrière, elle se mit à tourbillonner comme une enfant.

— Tu as raison… tu as raison… tu as raison… chantonna-t-elle à perdre haleine. Tu as raison… tu as raison… tu as raison…

Elle ne s'arrêta que lorsqu'elle eut le tournis et se laissa tomber sur le lit.

— J'ai l'impression d'être la femme la plus chanceuse de la Terre ! Personne ne pourrait être plus heureux que moi.

— Tu le mérites, Maria, vraiment.

On frappa à la porte et Stephanos passa la tête par l'entrebâillement.

— Désolé de vous déranger, lança-t-il d'un air taquin, mais nous organisons un mariage demain et j'aurais besoin d'un petit coup de main pour préparer la fête.

Les deux femmes s'esclaffèrent et, après s'être relevée d'un bond, Maria jeta sa robe sur le dossier d'un fauteuil. Elles s'élancèrent à la suite de Stephanos, faisant la course dans l'escalier et riant comme les fillettes qu'elles avaient été. L'excitation était dans l'air.

À leur réveil, le ciel était dégagé. Tous les habitants de Plaka suivirent la noce de la maison de Giorgis à l'église, à l'autre bout du village. Ils tenaient à escorter la belle brune dans sa robe blanche et s'assurer que, cette fois, aucun obstacle ne se placerait en travers de son mariage. Les portes de l'église restèrent ouvertes pendant la cérémonie et beaucoup durent se dévisser le cou pour apercevoir ce qui se passait devant l'autel. Le Dr Lapakis faisait office de *koumbaros*, de témoin. Tous se rappelaient ses trajets quotidiens à Spinalonga et son visage était plus familier aux villageois que celui de Kyritsis. La présence de ce dernier avait été beaucoup plus discrète, même si l'on n'ignorait pas le rôle qu'il avait joué dans la dissolution de la colonie de lépreux.

Le prêtre plaça les couronnes de fleurs et de feuillages au-dessus des futurs époux. Un silence absolu régnait dans l'église. Ceux qui patientaient au soleil tendirent l'oreille pour entendre l'échange des vœux.

— Maria et Nikolaos, enfants de Dieu, je vous déclare unis par les liens sacrés du mariage… Au nom du Père, du Fils et du Saint-Esprit, pour les siècles et les siècles… Ô Seigneur, couronne-les de Ta gloire.

Ils écoutèrent tous avec attention la lecture des célèbres passages de la lettre de saint Paul aux Éphésiens et à saint Jean. La messe n'était pas célébrée pour la forme, c'était une cérémonie très solennelle et sa durée soulignait l'importance qu'elle avait aux yeux de Maria et de Nikolaos. Le prêtre l'acheva plus d'une heure après :

— Prions pour les mariés, puissent-ils connaître la paix, la santé et le salut. Puisse Jésus, notre vrai Seigneur, qui par sa présence à Cana, en Galilée, reconnut les liens sacrés du mariage, prendre pitié de nous, ô Seigneur Jésus, prends pitié de nous.

Un « amen » tonitruant retentit dans l'église, marquant la fin de la cérémonie. Des dragées furent distribuées à tous les fidèles, y compris ceux qui étaient restés dehors. Ils symbolisaient l'abondance et la joie que tout le monde souhaitait à Maria et au Dr Kyritsis.

Giorgis s'était assis au premier rang avec Eleftheria et Alexandros Vandoulakis. Ils signifiaient ainsi publiquement leur réconciliation. Installée entre ses grands-parents, la petite Sophia avait apprécié l'apparat de la cérémonie. Giorgis avait plus que jamais le sentiment qu'une page se tournait et que tous les tourments du passé étaient derrière lui. Pour la première fois depuis des années il se sentait en paix.

Lorsque Maria émergea de l'église, couronnée, au bras de son époux à la chevelure argentée, elle fut acclamée par la foule, qui lui emboîta le pas jusqu'à la taverne, où les réjouissances commenceraient enfin. Stephanos leur servit un festin de rois. Le vin coula à flots, et les bouchons des bouteilles de *tsi-*

koudia sautèrent tard dans la nuit. Sous le dais étoilé, les musiciens jouèrent jusqu'à ce que les danseurs aient mal aux pieds. Il n'y eut pas de feux d'artifice.

Maria et Nikolaos passèrent les deux premières nuits de leur mariage dans un grand hôtel donnant sur le port d'Agios Nikolaos. Ils étaient cependant tous deux impatients de commencer la nouvelle étape de leur existence. Au cours des deux semaines précédant les noces, Maria s'était rendue plusieurs fois dans sa future maison. Elle n'avait jamais vécu dans une grande ville animée et elle se réjouissait de cette nouveauté. La maison, construite au sommet d'un petit coteau, était juste à côté de l'hôpital. Comme toutes celles de la rue, elle avait deux étages, un balcon en fer forgé et des fenêtres qui montaient jusqu'au plafond. Étroite et tout en hauteur, elle était peinte en bleu pâle.

Nikolaos habitait en ville depuis trop peu de temps pour que l'arrivée de sa jeune épouse provoque des rumeurs, et Maria était assez éloignée de son village natal pour pouvoir repartir de zéro. À l'exception de son mari, personne ne connaissait son passé médical ici.

Fotini fut la première à lui rendre visite, avec Mattheos et Petros. Non sans fierté, Maria lui fit faire le tour du propriétaire.

— Regardez-moi ces immenses fenêtres ! s'écria Fotini. Et vous avez vue sur la mer ici. Oh, les garçons ! Il y a même un jardinet !

La maison était plus spacieuse que toutes celles de Plaka et le mobilier moins grossier. La cuisine aussi jouissait d'un confort auquel Maria n'avait pas été accoutumée : un réfrigérateur, une cuisinière moderne et une installation électrique qui fonctionnait et ne sautait pas sans raison.

Durant quelques mois, la vie n'aurait pas pu être plus parfaite. Maria adorait son nouveau foyer sur la colline près de l'hôpital, et elle eut bientôt arrangé l'intérieur à son goût, le décorant avec ses broderies ou les photos de famille encadrées. Un matin de début septembre, cependant, elle sursauta en entendant la sonnerie assourdissante de leur téléphone. C'était Giorgis : il l'appelait rarement, et elle sut aussitôt que quelque chose n'allait pas.

— Eleftheria est morte ce matin, annonça-t-il avec sa brusquerie habituelle.

Ces derniers temps, Giorgis s'était rapproché des Vandoulakis, si bien que Maria perçut une pointe de tristesse dans sa voix. Il n'y avait eu aucun signe avant-coureur de maladie, et la crise cardiaque qui avait emporté la vieille femme avait été aussi subite qu'inattendue. L'enterrement eut lieu quelques jours plus tard. À la fin de la cérémonie, en voyant sa petite nièce main dans la main avec ses deux grands-pères, Maria comprit soudain que Sophia avait besoin d'une mère.

Elle ne parvint pas à se défaire de cette idée, qui la suivait partout, s'accrochant à elle comme les épines d'un chardon à un vêtement en laine. La petite fille n'avait que trois ans… Qu'allait-il lui arriver ? Et si Alexandros disparaissait lui aussi ? Il avait au moins dix ans de plus qu'Eleftheria, c'était donc tout à fait envisageable, et Giorgis ne réussirait jamais à s'en occuper tout seul. Quant à Andreas, bien qu'il ait plaidé la clémence lors de son procès, le juge avait prononcé une condamnation sévère : il ne sortirait pas de prison avant les seize ans, au moins, de sa fille.

Tandis qu'ils sirotaient un verre de vin dans la pénombre du salon des Vandoulakis, à Élounda, la solution lui apparut dans toute sa perfection. L'heure n'était pas encore venue d'en discuter avec quiconque, même si elle brûlait de la partager. Elle avait l'impression que les murs aussi murmuraient, tandis que les gens parlaient tout bas, avec retenue, redoutant que le moindre bruit – un cliquetis de verre même – contrevienne à la sobriété de mise. Tout le temps de la réception, l'envie de grimper sur une chaise pour annoncer ses intentions démangea Maria, mais elle dut attendre une heure encore avant de pouvoir s'en ouvrir à Nikolaos. Avant même qu'ils n'aient rejoint leur voiture, elle lui empoigna le bras.

— J'ai une idée, lâcha-t-elle. Au sujet de Sophia.

Elle n'eut pas besoin d'en dire davantage. Les pensées de son époux avaient suivi le même cheminement.

— Je sais, répondit-il. La fillette a perdu deux mères et qui peut dire combien de temps Alexandros survivra à sa femme ?

— Il lui était entièrement dévoué et il a le cœur brisé. Je n'arrive pas à imaginer comment il réussira à tenir sans elle.

— Nous devons bien y réfléchir. Ce n'est peut-être pas le moment idéal pour suggérer que Sophia vienne habiter avec nous. Ceci dit, rester avec son grand-père ne peut pas être une solution permanente, si ?

— Pourquoi n'irions-nous pas le trouver dans quelques jours pour l'entretenir sur ce sujet ?

Deux jours plus tard seulement, après l'avoir prévenu par téléphone de leur visite, Maria et Nikolaos se tenaient à nouveau dans le salon d'Alexandros Vandoulakis. Cet homme qui autrefois en imposait tant semblait s'être rabougri depuis l'enterrement, durant lequel il ne s'était à aucun moment départi de son port altier.

— Sophia est déjà au lit, commença-t-il en prenant une bouteille posée sur le buffet pour leur servir à boire. Elle serait venue vous saluer, autrement.

— Nous sommes justement ici pour parler d'elle, rétorqua Maria.

— Je m'en doutais. La question ne fait pas vraiment débat.

Maria se décomposa ; ils avaient peut-être commis une terrible erreur en venant.

— Eleftheria et moi en avions discuté, il y a plusieurs mois. Nous nous étions demandé ce qui adviendrait de Sophia si l'un de nous venait à mourir… Bien sûr, nous avions supposé que je serais le premier à partir. Nous étions convenus que si l'un de nous se retrouvait seul, le mieux pour notre petite-fille serait d'être sous la garde de gens plus jeunes.

Ayant passé des dizaines d'années à la tête de son domaine, Alexandros Vandoulakis était un homme habitué à prendre des décisions, pourtant, les Kyritsis furent surpris de voir qu'il avait déjà tout prévu. Ils n'eurent rien à ajouter.

— Sophia serait plus heureuse avec vous, reprit-il. Seriez-vous prêts à l'accueillir ? Je sais que vous l'aimez beaucoup, Maria, et vous êtes sa plus proche parente.

Elle fut incapable de répondre pendant un moment, et Nikolaos réussit à dire ce qu'il fallait.

Le lendemain, lorsqu'il eut fini sa journée à l'hôpital, Maria et lui retournèrent chez les Vandoulakis afin de préparer Sophia à l'avenir qui avait été décidé pour elle. À la fin de la semaine suivante, elle déménageait à Agios Nikolaos.

Maria fut nerveuse d'abord. Moins d'un an après avoir quitté Spinalonga, elle s'était mariée, et, presque du jour au lendemain, elle devenait mère d'une fillette de trois ans. Mais elle n'avait rien à craindre. Sophia lui montra la voie et s'adapta aussi rapidement que joyeusement à sa vie avec ce couple plus jeune et plus dynamique que ses grands-parents. En dépit des traumatismes qu'elle avait déjà connus, elle semblait insouciante et appréciait la compagnie des autres enfants, dont sa rue regorgeait.

Nikolaos aussi appréhendait son rôle de père. Même s'il avait toujours reçu des enfants parmi ses patients, il n'avait eu que de rares contacts avec ceux aussi jeunes que Sophia. La fillette eut peur de lui au début, mais elle comprit vite qu'avec la moindre pitrerie elle pouvait attirer un sourire sur son visage sévère. Nikolaos se mit à la gâter, ce que son épouse ne tarda pas à lui reprocher.

— Tu vas la pourrir, gémissait-elle en voyant Sophia le faire tourner en bourrique.

Dès que Sophia débuta l'école, Maria suivit une formation pour travailler au dispensaire. Cela compléterait à merveille les soins à base d'herbes médicinales qu'elle continuait d'administrer. Une fois par semaine, ayant appris à conduire depuis son mariage, elle emmenait Sophia chez son grand-père paternel, où celle-ci passait la nuit dans une chambre qui lui était réservée. Le lendemain, lorsque Maria venait la reprendre, elles poussaient généralement jusqu'à Plaka pour voir Giorgis. À chaque occasion, ou presque, elles allaient aussi trouver Fotini et, tandis que les deux femmes s'installaient sur la terrasse de la taverne pour se raconter les détails de leurs quotidiens, Sophia jouait sur la plage en contrebas avec Mattheos et Petros.

La vie suivit son cours heureux et paisible un temps. Sophia se réjouissait de voir ses grands-pères une fois par semaine tout en grandissant dans une ville portuaire animée. Peu à peu, elle oublia que Maria et Nikolaos n'étaient pas ses vrais parents, et personne ne le lui rappela. La maison d'Agios Nikolaos serait le seul souvenir qu'elle garderait de sa petite enfance. Une seule chose manquait dans leur existence à tous trois : un frère ou une sœur pour Sophia. Ils abordaient rarement le sujet, mais Maria avait du mal à accepter l'idée de ne pas avoir porté d'enfant.

L'année des neuf ans de Sophia, Alexandros Vandoulakis mourut. Il s'éteignit paisiblement dans son sommeil. Son testament avait tout prévu : il léguait son domaine à ses deux filles et une généreuse somme à Sophia, qu'elle toucherait à sa majorité. Trois années plus tard, rendu grabataire par une infection pulmonaire, Giorgis s'installa à Agios Nikolaos pour que Maria veille sur lui. Au cours des deux années suivantes, sa petite-fille lui consacra plusieurs heures par jour, s'installant sur son lit pour jouer au backgammon. Un après-midi d'automne, juste avant que Sophia ne rentre de l'école, il rendit son dernier souffle. Maria et Sophia furent inconsolables. Elles trouvèrent néanmoins du réconfort en voyant la foule présente à ses funérailles. Celles-ci eurent lieu à Plaka, dans le village où il avait vécu l'essentiel de sa vie, et l'église accueillit plus de cent personnes, qui se rappelaient avec une affection sincère le pêcheur taciturne ayant enduré tant de malheurs sans se plaindre.

Par un matin frisquet, au tout début de l'année suivante, une enveloppe avec le cachet d'Héraklion arriva. L'adresse, tapée à la machine, indiquait : « Aux tuteurs de Sophia Vandoulakis. » Une boule se forma dans l'estomac de Maria quand elle la vit : Sophia ignorait que c'était son ancien nom de famille. Sa tante s'empressa de la cacher au fond d'un tiroir. Une lettre ainsi libellée ne pouvait provenir que d'un endroit, et Maria attendit avec appréhension son mari pour découvrir avec lui si ses craintes étaient fondées.

Vers 22 heures ce soir-là, Nikolaos rentra après une longue journée à l'hôpital. Sophia était montée se coucher une heure plus tôt. Solennellement, il ouvrit l'enveloppe avec son coupe-papier en argent et en sortit une feuille de papier bristol. Ils s'étaient installés côte à côte sur le canapé, jambe contre jambe. La main de Nikolaos tremblait légèrement lorsqu'il tint la lettre devant eux.

À qui de droit

Nous sommes au regret de vous informer qu'Andreas Vandoulakis est décédé le 7 janvier d'une pneumonie. Il sera enterré le 14 janvier. Merci de nous confirmer la bonne réception de cette lettre.

Avec mes salutations les plus distinguées,

Le directeur de la prison d'Héraklion

Ils conservèrent le silence un moment. Mais ils relurent, encore et encore, le message laconique. Andreas Vandoulakis. Son nom avait été accompagné de telles promesses de richesse et d'avenir. Ils peinaient à croire, même après les drames survenus plus de dix ans auparavant, que la vie d'un tel privilégié s'était achevée dans une cellule humide. Sans un mot, Nikolaos se leva, rangea la lettre dans l'enveloppe et l'enferma dans un tiroir de son secrétaire. Sophia n'avait aucune chance de la trouver.

Deux jours plus tard, Maria assista seule aux obsèques d'Andreas, qui fut enterré dans la fosse publique. Aucune de ses deux sœurs ne vint lui rendre un dernier hommage. Ça ne leur avait pas même traversé l'esprit. À leurs yeux, leur frère était mort depuis bien longtemps déjà.

À la fin des années soixante, la première vague de touristes débarqua en Crète, et notamment à Agios Nikolaos. La ville attirait comme un aimant les Européens du Nord, appâtés par le soleil, la mer et le vin bon marché. Âgée de quatorze ans, Sophia commença à se rebeller. Avec des parents aussi conventionnels, des piliers de la communauté de surcroît, elle s'avisa vite que, pour se démarquer, il lui suffisait de traîner en ville avec des garçons français ou allemands. Ceux-ci se réjouissaient de la présence de cette magnifique Grecque plantureuse, avec ses cheveux qui lui tombaient à la taille. Même si Nikolaos répugnait à se battre avec sa fille, les disputes devenaient quasiment quotidiennes les mois d'été.

— On savait qu'elle avait hérité le physique de sa mère, se désespéra Maria, une nuit que Sophia n'était pas rentrée. Mais à présent il semblerait qu'elle lui ait aussi pris son caractère.

— Eh bien, au moins, je vais pouvoir choisir mon camp dans le débat entre l'inné et l'acquis, riposta Nikolaos d'un air piteux.

Si elle exprimait son insubordination dans bien des domaines, Sophia travaillait dur à l'école et, lorsqu'elle eut dix-huit ans, la question de l'université se posa. Maria n'avait pas eu la chance d'y aller, et Nikolaos comme elle étaient désireux que leur fille saisisse cette opportunité. Maria, qui s'était imaginé que Sophia irait faire ses études supérieures à Héraklion, fut déçue. Depuis l'enfance, celle-ci regardait les paquebots qui allaient et venaient du continent. Elle savait que Nikolaos avait étudié là-bas, et elle voulut suivre ses traces. N'ayant jamais quitté la Crète, Maria frémissait à l'idée de laisser Sophia partir si loin.

— L'université d'Héraklion est aussi bonne que toutes celles du continent, tenta-t-elle de convaincre Sophia.

— Je n'en doute pas. Mais je ne vois pas quel mal il y a à vouloir aller plus loin.

— Rien, rétorqua-t-elle, sur la défensive. Simplement la Crète me semble déjà bien assez vaste. Elle possède sa propre histoire et ses propres coutumes.

— C'est bien le problème, riposta sèchement Sophia, dont la résolution semblait inflexible. Cet endroit est confit dans sa propre culture. On dirait parfois qu'il est coupé de l'extérieur. Je veux aller à Athènes ou à Thessalonique… Là-bas je serai connectée au reste du monde. Il s'y passe tant de choses, et la plupart du temps elles ne nous touchent même pas.

Ses envies de voyage étaient on ne peut plus naturelles pour une fille de son âge. À cette époque, la jeunesse aspirait à découvrir le vaste monde. Maria redoutait son départ cependant. Et pas seulement parce qu'elle avait peur de perdre Sophia. Non, ces rêves d'aventure soulevaient dans son esprit la question de la paternité de Sophia. Manolis aurait pu tenir ce discours, comparer la Crète à une minuscule île sur une immense planète, évoquer les possibilités infinies et excitantes que celle-ci offrait. Les désirs de Sophia avaient quelque chose d'étrangement familier.

Quand juin arriva, Sophia avait pris sa décision. Elle partirait à Athènes, et ses parents ne se mettraient pas en travers de son chemin. Fin août, elle embarquerait.

La veille du départ de leur fille pour Le Pirée, Maria et Nikolaos étaient assis dans leur jardin sous une vieille tonnelle de vigne aux grappes de raisin mûrissantes. Sophia était sortie. Nikolaos dégustait les dernières gouttes de son verre de Metaxa.

— Nous devons lui dire, Maria.

Elle ne répondit pas. Au cours des derniers mois, ils avaient passé en revue, sans relâche, les raisons d'avouer ou non à la jeune femme qu'ils n'étaient pas ses vrais parents. Ce fut lorsque Maria avait enfin admis que Manolis pouvait bien être le père de celle-ci, que Nikolaos avait pris sa décision. Sophia devait savoir. Son père vivait peut-être à Athènes, ou n'importe où d'ailleurs, et elle avait le droit de connaître la vérité. Maria savait que son époux avait raison et qu'il leur fallait l'annoncer à Sophia avant son départ. Toutefois, chaque jour elle remettait au lendemain.

— Écoute, je peux lui parler si tu veux, ajouta-t-il. Mais je crois qu'il n'est plus temps de procrastiner.

— Oui, oui, bien sûr, rétorqua-t-elle en prenant une profonde inspiration. Nous lui dirons ce soir.

Dans la chaleur de cette nuit d'été, ils attendirent, regardant les papillons de nuit tournoyer comme des ballerines autour de la flamme des bougies. De temps à autre, un lézard troublait le silence, effleurant une feuille sèche de sa queue avant de remonter le long d'un mur de la maison. Quel sort ces étoiles scintillantes réservaient-elles à leur famille ? s'interrogea Maria. Elles avaient toujours été là, connaissant le chapitre suivant avant elle. L'heure tournait et Sophia n'était toujours pas rentrée, mais ils n'abandonneraient pas en allant se coucher. Ils ne pouvaient plus reculer. À 22 h 45, la température ayant chuté, Maria réprima un frisson.

— Et si on rentrait ? suggéra-t-elle.

Le temps traîna les pieds durant les quinze minutes suivantes puis, enfin, ils entendirent la porte d'entrée. Sophia était de retour.

QUATRIÈME PARTIE

25

Quand Fotini atteignit cette partie de son récit, elle fut submergée par la responsabilité de décrire les émotions de quelqu'un qui était encore en mesure de le faire elle-même. Si elle savait aussi bien que Sophia, ou presque, ce que celle-ci avait ressenti, la mère d'Alexis n'en restait pas moins la mieux placée pour expliquer son choc en découvrant la vérité. C'était elle qui, cette nuit d'août, avait tenté en vain de reprendre son souffle lorsque Maria et Nikolaos lui avaient révélé qu'ils n'étaient pas ses parents. Elle qui avait dû accepter que sa vraie mère n'était plus en vie et que l'identité de son père naturel était contestable. Elle qui avait perdu toutes ses certitudes. Elle ne se serait pas sentie moins en danger si la terre s'était mise à trembler sous ses pieds.

Fotini comprit soudain qu'il n'y avait qu'une chose à faire et qu'il suffisait pour cela de téléphoner à Sophia à Londres. Laissant Alexis admirer la vue désormais familière de Spinalonga, elle s'éclipsa.

Avant même de décrocher, Sophia sut qui l'appelait.

— Fotini ! C'est bien toi ?

— Oui. Comment vas-tu, Sophia ?

— Très bien, merci. Ma fille, Alexis, t'a-t-elle rendu visite ? Je lui avais remis une lettre pour toi.

— Bien sûr qu'elle est venue me voir, elle est même encore ici. Nous avons passé un excellent moment ensemble et j'ai fait tout ce que tu m'avais demandé.

Sentant Sophia hésiter, Fotini décida de ne pas tourner autour du pot.

— Sophia, combien de temps te faudrait-il pour venir ici ? J'ai raconté à Alexis tout ce que je savais, mais il y a certaines choses que je ne m'estime pas autorisée à lui dire. Elle ne va pas tarder à partir rejoindre son petit copain, mais si tu nous retrouvais avant son départ, nous pourrions rester quelques jours ensemble. Qu'en penses-tu ?

Le silence résonnait toujours à l'autre bout de la ligne.

— Sophia ? Tu es toujours là ?

— Oui, je suis là…

Sophia avait un millier de raisons de ne pas s'envoler en Grèce sur un coup de tête, mais elle avait au moins autant de raisons valables de le faire, et elle décida presque aussitôt de mettre de côté les objections à ce voyage improvisé. Elle se rendrait en Crète dès le lendemain et advienne que pourra.

— Écoute, je vais essayer de trouver un vol. Je serais enchantée de revoir Plaka après tout ce temps.

— Formidable. Je ne vais rien dire à Alexis, mais je croise les doigts.

À cette période de l'année, Sophia n'eut aucun mal à réserver un siège dans un avion pour Athènes qui quittait Heathrow l'après-midi même. Elle prépara à la hâte un petit sac de voyage et laissa un message sur le répondeur de Marcus pour tout lui expliquer. L'appareil décolla à l'heure et à 20 heures, ce soir-là, un taxi l'emmenait vers Le Pirée, où elle attrapa le bateau de nuit pour Héraklion. Tandis que l'embarcation faisait route vers le sud, Sophia eut tout le loisir de s'inquiéter de ce qui l'attendrait à son arrivée. Elle avait du mal à croire qu'elle avait pris cette décision. Retourner à Plaka représentait un pèlerinage chargé de souvenirs… Fotini avait l'air d'y tenir beaucoup et peut-être, qu'après tout, l'heure était venue pour Sophia d'affronter son passé.

Le lendemain matin, moins de vingt-quatre heures après la conversation téléphonique entre les deux femmes, Fotini vit un taxi se garer dans la ruelle derrière la taverne. Une belle femme blonde en sortit. Même si elles ne s'étaient pas vues depuis vingt ans et que la couleur de cheveux aurait pu tromper Fotini, celle-ci reconnut immédiatement Sophia. Elle se précipita à sa rencontre.

— Tu es là, je n'en reviens pas ! Je n'étais pas sûre que tu le ferais !

— Bien sûr que je suis venue. Je voulais faire ce voyage depuis des années, mais je n'ai jamais trouvé le bon moment. Et puis tu ne m'as jamais invitée, ajouta-t-elle d'un ton taquin.

— Tu sais que tu es toujours la bienvenue ici. Tu aurais pu venir n'importe quand.

— Je sais.

Sophia regarda autour d'elle avant d'ajouter :

— Tout est comme dans mon souvenir.

— Rien n'a changé. Tu connais les petits villages. Il suffit que l'épicier repeigne ses volets d'une couleur différente pour provoquer un tollé général.

Ainsi qu'elle l'avait promis, Fotini n'avait pas soufflé un mot à Alexis, et lorsque la jeune femme apparut sur la terrasse, les yeux encore gonflés de sommeil, elle fut si étonnée de découvrir sa mère qu'elle se demanda d'abord si l'eau-de-vie de la veille ne lui causait pas des hallucinations.

— Maman ? réussit-elle seulement à dire.

— Oui, ma chérie, répondit Sophia. Fotini m'a invitée, et j'ai pensé que c'était l'occasion rêvée de revenir ici.

— Quelle surprise !

Les trois femmes s'attablèrent pour siroter des rafraîchissements à l'ombre de l'auvent.

— Comment se sont déroulées tes vacances ? lui demanda Sophia.

— Bof bof, rétorqua Alexis en haussant les épaules. Avant mon arrivée ici. Ensuite, c'est devenu très intéressant ! Mon séjour à Plaka a été merveilleux.

— Ed est avec toi ?

— Non, je l'ai laissé à La Canée, dit Alexis en piquant du nez dans son verre.

Elle n'avait presque pas pensé à lui au cours des derniers jours et se sentait soudain coupable de l'avoir abandonné aussi longtemps.

— Mais j'ai l'intention de le rejoindre demain, ajouta-t-elle.

— Déjà ? s'écria Sophia. Mais je viens d'arriver !

— Eh bien, conclut Fotini en remplissant à nouveau leurs verres, nous n'avons pas beaucoup de temps alors !

Elles savaient toutes trois que Sophia était là pour une raison précise. Les révélations que Fotini lui avait faites au cours des derniers jours donnaient encore le tournis à Alexis, pourtant, elle devinait que l'histoire n'était pas terminée. C'était sa mère qui allait lui raconter le dernier chapitre.

26

Sophia devait partir le lendemain pour sa nouvelle vie d'étudiante à Athènes. Il lui suffirait de descendre la rue, avec la caisse contenant ses affaires, pour rejoindre le port, d'où celle-ci serait chargée sur le ferry jusqu'à leur destination, à toutes deux, la capitale de la Grèce, à trois cents kilomètres au nord. Si Sophia était décidée à voler de ses propres ailes, ce désir était contrebalancé par de réelles inquiétudes. Plus tôt dans la journée, elle avait dû résister à l'envie de déballer ses affaires et de les ranger à leur place : vêtements, livres, stylos, réveil, radio, photos. Quitter ce monde familier pour l'inconnu était difficile, et elle assimilait Athènes à une porte ouverte sur l'aventure ou le malheur. Du haut de ses dix-huit ans, Sophia n'envisageait pas d'entre-deux. La moindre parcelle de son corps anticipait avec douleur le mal du pays, toutefois, il était trop tard pour reculer. À 18 heures, elle rejoignit les amis qu'elle allait laisser derrière elle. Ça lui changerait les idées.

Quand elle rentra, sur les coups de 23 heures, elle trouva son père en train de faire les cent pas dans le salon. Sa mère était assise sur le bord d'un fauteuil, les mains croisées, si serrées que ses articulations étaient blanches. Le visage tendu.

— Vous êtes encore debout ! Je suis désolée de rentrer aussi tard, dit-elle, mais vous n'étiez pas obligés de m'attendre.

— Sophia, nous avons à te parler, lui répondit son père avec douceur.

— Pourquoi ne t'assieds-tu pas ? suggéra sa mère.

La jeune femme perçut aussitôt le malaise.

— Vous faites bien des manières, rétorqua-t-elle en se laissant tomber sur un fauteuil.

— Il nous semble que tu devrais savoir une ou deux choses avant de partir pour Athènes demain, débuta Nikolaos.

Maria prit la suite. Après tout, pour l'essentiel cette histoire était la sienne.

— Je ne sais pas très bien par où commencer... Je voudrais te parler de ta famille...

Cette nuit-là, ils lui avaient tout avoué, ainsi que Fotini l'avait relaté à Alexis. Aucune indiscrétion n'avait permis à Sophia de soupçonner quoi que ce soit, et elle n'était pas armée pour faire face à de telles révélations. Elle eut soudain l'impression de se tenir au sommet d'une immense montagne constituée de plusieurs épaisseurs de secrets, accumulés depuis des millénaires, chaque couche recouvrant la précédente. Ils lui avaient caché le moindre détail de ce qui lui apparaissait à présent comme une gigantesque conspiration. En y réfléchissant, elle se rendit compte que des dizaines de personnes devaient être au courant pour le meurtre de sa mère, des dizaines de personnes qui avaient conservé le silence pendant des années. Et que dire des rumeurs qui en avaient forcément résulté ? Peut-être que certains chuchotaient dans son dos : « La pauvre. Je me demande si elle a pu découvrir qui était son père. » Elle imaginait aussi parfaitement les commentaires méchants sur la lèpre : « Voyez un peu, pas un, mais deux cas dans la même famille ! » Tous ces stigmates qu'elle avait portés durant des années, en toute inconscience. Une maladie défigurante, une mère immorale, un père meurtrier. Elle fut littéralement révulsée. L'ignorance dans laquelle elle avait vécu jusque-là avait été une bénédiction.

Elle n'avait jamais soupçonné qu'elle pouvait ne pas être le fruit de l'union des deux personnes qui se tenaient devant elle. Et pourquoi l'aurait-elle fait ? Elle avait toujours pensé avoir hérité des traits physiques de l'un et de l'autre. Certains le lui avaient même dit. Pourtant, elle ne partageait pas plus le sang de l'homme qu'elle avait appelé « papa » depuis son plus jeune âge que celui de n'importe quel passant. Elle les avait toujours aimés, mais à présent qu'elle savait qu'ils n'étaient pas ses vrais parents, qu'en était-il des sentiments qu'elle nourrissait à leur encontre ? En l'espace d'une heure, l'histoire de sa vie venait d'être entièrement réécrite. Elle s'était dissoute et, lorsqu'elle regardait en arrière, elle ne voyait plus qu'un vide. Un blanc. Le néant.

Elle reçut la nouvelle en silence, avant d'être prise de nausée. Pas une seconde, elle ne pensa à ce que Maria et Nikolaos ressentaient ou à ce qui leur en avait coûté de lui révéler la vérité après tout ce temps. Non. C'était son histoire, son existence qu'ils avaient falsifiée, et elle était en colère.

— Pourquoi ne m'avez-vous rien dit avant ? s'écria-t-elle.

— Nous voulions te protéger, répondit Nikolaos d'une voix ferme. Nous ne voyions pas l'utilité de t'en parler.

— Nous t'avons aimée comme notre propre enfant, ajouta Maria d'une voix implorante.

Elle qui se désespérait déjà à l'idée de voir sa fille unique partir pour l'université, elle était encore plus désemparée à la perspective que la jeune femme devant elle qui la regardait comme une étrangère ne voie plus jamais en elle une mère. Des mois, des années s'étaient écoulées, Sophia avait fini par devenir la chair de leur chair, et ils l'avaient sans doute aimée d'autant plus qu'ils n'auraient jamais d'autre enfant.

À cet instant, toutefois, Sophia ne les considérait plus que comme deux êtres qui lui avaient menti. Elle avait dix-huit ans, elle était irrationnelle et plus que jamais décidée à écrire son avenir elle-même. Sa colère céda le pas à une *froideur*[1] qui lui permit de contenir ses émotions mais figea le cœur des personnes qui l'aimaient le plus au monde.

— Je vous verrai demain matin, dit-elle en se levant. Le bateau part à 9 heures.

Sur quoi, elle tourna les talons.

Le lendemain matin, Sophia se leva à l'aube pour boucler ses valises, et à 8 heures, Nikolaos et elle chargèrent ses affaires dans la voiture. Ils n'échangèrent pas un seul mot. Ils descendirent tous trois sur le port et, le moment venu, les adieux de Sophia

1. En français dans le texte.

furent succincts. Elle les embrassa chacun sur les deux joues.

— Au revoir. Je vous écrirai.

Son ton glacial laissait penser qu'elle ne leur rendrait pas visite de sitôt. Ils lui faisaient confiance pour écrire, mais ils savaient aussi qu'il serait inutile de surveiller le courrier dans l'immédiat. Lorsque le ferry largua les amarres, Maria n'avait jamais connu tel malheur. Les gens à côté d'eux saluaient avec chaleur les passagers sur le pont, mais il n'y avait aucun signe de Sophia.

Maria et Nikolaos suivirent le bateau jusqu'à ce qu'il devienne un point à l'horizon. Alors seulement ils se détournèrent. Le vide était insupportable.

Pour Sophia, le voyage jusqu'à Athènes s'apparenta à fuir son passé, l'infamie attachée à la lèpre et les doutes liés à son ascendance. Quelques mois après le début du premier semestre, elle se sentit prête à prendre la plume.

Chère mère, cher père (ou devrais-je vous appeler ma tante et mon oncle ? Rien ne me semble convenir à présent),

Je suis désolée des circonstances de mon départ. J'étais sous le choc. Je n'arrive même pas à formuler ce que je ressens, et j'ai encore la nausée quand j'y pense. Bref, je vous écris juste pour vous informer que tout se passe bien. J'adore mes cours et, même si Athènes est une ville beaucoup plus grande et poussiéreuse qu'Agios Nikolaos, je me fais sans difficultés à la vie ici.

Je vous donnerai d'autres nouvelles prochainement, c'est promis.

Affectueusement,

Sophia

La lettre disait tout et rien à la fois. Ils en reçurent d'autres, où elle décrivait son quotidien, souvent avec enthousiasme, mais ne révélait jamais ses sentiments. À la fin de la première année, ils furent amèrement déçus, bien qu'à peine surpris, qu'elle ne rentre pas pour les vacances.

De plus en plus obnubilée par son histoire familiale, Sophia avait décidé de consacrer son été à chercher la trace de Manolis. Au début, la piste qui semblait encore tiède la mena à Athènes, puis ailleurs en Grèce. Mais ensuite ses sources, annuaires téléphoniques comme bureaux des impôts, se révélèrent plus imprécises, et elle entreprit alors de frapper à la porte de tous les Vandoulakis, se retrouvant toujours nez à nez avec un inconnu auquel elle expliquait brièvement la situation avant de s'excuser pour le dérangement. La piste n'aboutissant à rien, un matin, elle se réveilla dans un hôtel de Thessalonique et se demanda ce qu'elle fabriquait là. À supposer qu'elle réussisse à dénicher cet homme, elle ne pourrait pas savoir avec certitude s'il était son père. Et que préférait-elle au fond : être la fille d'un assassin qui avait tué sa mère ou d'un homme adultère qui l'avait abandonnée ? Aucun terme de l'alternative n'était réjouissant. Ne valait-il pas mieux, dans ce cas, tourner définitivement le dos aux incertitudes du passé et se bâtir un futur ?

Au début de sa deuxième année d'études supérieures, elle fit la connaissance de quelqu'un qui allait occuper une place bien plus importante dans sa vie que son père – quelle qu'ait été son identité. Il s'appelait Marcus Fielding, et cet Anglais était en visite à l'université pour un an. Sophia n'avait jamais rencontré quelqu'un comme lui. Grand, il avait une tête de nounours et une peau pâle qui avait tendance à se couvrir de plaques rouges quand il était gêné ou qu'il avait chaud. Sans oublier ses yeux très bleus, une rareté en Grèce. Et cette mise toujours chiffonnée qui est l'apanage des Anglais.

Marcus n'avait jamais eu de véritable petite amie avant. Il avait été trop absorbé par ses études et trop timide pour séduire les femmes, d'autant que la libération sexuelle des années soixante-dix, qui fleurissait à Londres, ne réussissait qu'à le rendre plus timoré. Athènes avait beaucoup de retard sur cette révolution. Quand, lors de ses premiers mois en Grèce, il découvrit Sophia parmi un groupe d'étudiants, il trouva qu'elle était la plus belle femme qu'il ait jamais vue. Bien qu'étant moins réservée que lui, elle n'était pas inaccessible, et il fut surpris qu'elle accepte de sortir avec lui.

Quelques semaines plus tard, ils étaient devenus inséparables et, lorsque Marcus dut regagner l'Angleterre, elle prit la décision de l'accompagner.

— Rien ne me retient ici, lui dit-elle une nuit. Je suis orpheline.

Devant les protestations de Marcus, embêté de la voir renoncer à ses études pour lui, elle lui assura que c'était la vérité.

— Vraiment, tu peux me croire. J'ai été élevée par mon oncle et ma tante, mais ils sont en Crète. Ils ne verront aucun inconvénient à ce que j'aille à Londres.

Elle ne s'étendit pas sur son enfance, et Marcus ne la questionna pas. En revanche, il insista pour qu'ils se marient. Sophia n'avait pas besoin d'être convaincue. Elle était passionnément amoureuse de cet homme et savait, sans l'ombre d'un doute, qu'il ne la décevrait pas.

Un jour glacial de février, de ceux où le givre résiste jusqu'à midi, ils se marièrent dans un bureau de l'état civil au sud de Londres. L'invitation, informelle, trôna sur l'étagère au-dessus de la cheminée de Maria et Nikolaos pendant quelques semaines. C'était la première fois qu'ils reverraient Sophia depuis que ce ferry l'avait emmenée loin d'eux. Ils avaient d'abord ressenti la douleur violente de l'abandon, puis celle-ci avait été peu à peu remplacée par celle, plus sourde, de l'acceptation. Ils avaient attendu le jour du mariage avec un mélange d'excitation et d'appréhension.

Ils apprécièrent immédiatement Marcus. Sophia n'aurait pas pu trouver un mari plus gentil et plus fiable, et ils n'auraient pu souhaiter la voir plus satisfaite et apaisée. Bien sûr, légère ombre au tableau, il y avait peu de chances qu'ils viennent un jour s'installer en Crète. Le mariage anglais leur plut, même si les rites et traditions auxquels ils étaient habitués leur manquèrent. Ça ressemblait à une fête quelconque, à l'exception des discours. Ils furent surtout surpris de voir la mariée se fondre dans la masse des invités avec son tailleur-pantalon rouge. Maria, qui ne parlait pas un seul mot d'anglais, fut introduite auprès de tout le monde comme la tante de Sophia, et Nikolaos, dont l'anglais était impeccable, comme son oncle. Ils ne se quittèrent pas d'une semelle, celui-là servant d'interprète à celle-ci.

Après les noces, ils restèrent deux nuits supplémentaires à Londres, qui laissa Maria particulièrement pantoise. Elle avait l'impression d'être sur une autre planète, un endroit qui vibrait en permanence du bruit des moteurs, des monstrueux bus rouges, et de la foule qui défilait le long de vitrines emplies de mannequins filiformes. C'était une ville où, même lorsqu'on y vivait, on n'avait presque aucune chance de croiser une personne de sa connaissance. Ce fut la première et dernière fois que Maria quitta son île.

Même avec son époux, Sophia avait exploré le vaste territoire qui va du secret au mensonge. Elle s'était persuadée que la dissimulation, autrement dit le fait de taire quelque chose, était très différent du mensonge. À la naissance de leurs propres enfants – Alexis, moins d'un an après le mariage, puis Nick –, elle se fit la promesse de ne jamais leur parler de sa famille crétoise. Ils seraient protégés de leurs racines et de la honte familiale.

En 1990, à l'âge de quatre-vingts ans, le Dr Kyritsis s'éteignit. Plusieurs nécrologies brèves, d'une dizaine de lignes, lui furent consacrées dans la presse britannique, louant sa contribution à la recherche sur la lèpre ; Sophia les découpa avec soin et les rangea. En dépit de la vingtaine d'années qui les séparaient, Maria ne lui survécut pas plus de cinq ans. Sophia se rendit en Crète pour l'enterrement de sa tante, où elle fut submergée par la culpabilité et le sentiment de perte. Elle comprit seulement alors que la jeune femme de dix-huit ans qu'elle avait été n'avait su faire preuve que d'égoïsme et d'ingratitude, mais il était trop tard pour se racheter. Bien trop tard.

C'était à ce moment-là qu'elle avait résolu d'effacer complètement son passé. Elle se débarrassa des rares souvenirs de sa mère et de sa tante, enfermés dans une boîte au fond de sa penderie et, un après-midi, avant le retour de l'école des enfants, elle brûla une liasse d'enveloppes jaunies avec le cachet de la poste grecque. Elle glissa ensuite derrière la photo encadrée de son oncle et de sa tante les quelques coupures de presse consacrées à Nikolaos. Ainsi, elle garda près d'elle, sur sa table de chevet, les traces des jours les plus heureux de son enfance, oubliant tout le reste.

En détruisant les preuves de son histoire, Sophia avait voulu couper les ponts avec son milieu d'origine, mais la peur d'être démasquée l'avait rongée comme une maladie et, au fil des ans, la culpabilité d'avoir maltraité sa tante et son oncle s'accrut. La boule qui se forma dans son estomac ne la quitta pas. Le regret la rendait parfois malade quand elle songeait qu'elle ne pouvait plus réparer ses torts. À présent que ses propres enfants avaient quitté le foyer, elle éprouvait avec plus d'acuité encore la douleur du remords, comprenant la souffrance impardonnable qu'elle avait causée.

Marcus savait qu'il serait vain de poser des questions et respecta le silence de Sophia, mais les origines grecques des enfants ne firent que s'accentuer avec le temps : la sublime chevelure noire d'Alexis et les cils sombres qui ourlaient le regard de Nick… Sophia ne cessa jamais de craindre qu'ils puissent un jour découvrir qui étaient leurs ancêtres. Cependant, en voyant maintenant la réaction d'Alexis, elle regrettait de ne pas avoir été plus ouverte. Sa fille l'observait comme si elle la rencontrait pour la première fois, et c'était entièrement sa faute. Elle avait fait d'elle-même une étrangère aux yeux de ses enfants et de son mari.

— Je suis vraiment désolée, dit-elle à Alexis, de ne rien t'avoir raconté avant.

— Mais pourquoi as-tu si honte ? lui demanda celle-ci en se penchant vers elle. C'est ton histoire, bien sûr, cependant, tu n'as joué aucun rôle dedans.

— Leur sang coule dans mes veines, Alexis. Le sang de lépreux, d'adultères, de meurtriers…

— Bon sang, maman, certains d'entre eux ont agi comme des héros ! Prends ton oncle et ta tante par exemple… Leur amour a surmonté tous les obstacles qui se dressaient sur leur route, et ton oncle a sauvé des centaines, sinon des milliers, de malades. Et ton grand-père ! Quel exemple pour les gens d'aujourd'hui, lui qui ne se plaignait jamais, qui ne désavouait personne, qui endurait tout en silence.

— Que fais-tu de ma mère ?

— Eh bien, oui, je reconnais, je suis contente que ce ne soit pas la mienne, cependant, je ne rejetterais pas toute la faute sur elle. Elle était faible, certes, mais le feu de la révolte a toujours couvé en elle, non ? J'ai l'impression que, contrairement à Maria, elle a dû lutter en permanence pour faire ce qu'on attendait d'elle. C'était dans sa nature.

— Tu es très indulgente, Alexis. Son caractère avait peut-être des défauts, mais n'aurait-elle pas dû chercher à résister davantage contre ses instincts ?

— Si, comme tout le monde, je présume. Certains n'en ont pas la force, néanmoins. Et à ce qu'il m'en a semblé, Manolis n'a pas hésité à tirer parti de sa faiblesse… ainsi que le font toujours les gens de son espèce.

Elles se turent un instant. Sophia triturait nerveusement une boucle d'oreille, comme si elle voulait ajouter quelque chose mais n'y parvenait pas.

— Tu sais celle qui s'est conduite le plus mal ? finit-elle par lâcher. C'est moi. J'ai tourné le dos à ces deux êtres merveilleux. Ils m'avaient tout donné, et je les ai rejetés !

La virulence de sa mère laissa Alexis sans voix.

— Je leur ai tourné le dos, répéta Sophia. Et maintenant il est trop tard pour demander pardon.

Des larmes lui embuèrent les yeux. Alexis ne l'avait jamais vue pleurer.

— Ne sois pas trop dure avec toi-même, murmura-t-elle en approchant sa chaise et en l'enlaçant. Si papa et toi m'aviez lâché une telle bombe l'année de mes dix-huit ans, j'aurais sans doute réagi de la même manière. C'est tout à fait normal que tu aies été bouleversée et en colère.

— Mais je me suis entêtée pendant des années. Et les remords me hantent, souffla-t-elle.

— Tu n'y peux plus rien. Tout ça appartient au passé, maman, répondit Alexis en la serrant contre elle. À ce que Fotini et toi m'avez raconté de Maria, je suis persuadée qu'elle t'avait pardonné. Et vous avez bien échangé des lettres, non ? N'oublie pas qu'ils étaient présents à votre mariage. J'ai la conviction que Maria n'entretenait aucune amertume, ce n'était pas dans sa nature.

— J'espère que tu as raison, dit Sophia d'une voix encombrée de larmes.

Elle détourna les yeux vers l'île et, peu à peu, retrouva une contenance.

Fotini avait suivi en silence l'échange entre la mère et la fille. Grâce à Alexis, Sophia revisitait son histoire sous un nouvel éclairage. Elle décida de les laisser seules un moment.

La tragédie Vandoulakis, ainsi qu'on la désignait à Plaka, occupait encore les esprits, et aucun de ceux qui avaient assisté aux événements de cette fameuse nuit d'été n'avait oublié la fillette qui s'était retrouvée privée de sa mère et de son père. Fotini pénétra dans le bar et souffla quelques mots discrets à Gerasimo, qui adressa ensuite de larges gestes à sa femme pour lui expliquer la situation. Ils laisseraient tout en plan pour suivre Fotini ; leur fils pouvait tenir le bar un moment. Tous trois se précipitèrent à la taverne.

Sophia ne reconnut pas immédiatement le petit groupe qui s'était installé à la table voisine de celle qu'elle occupait avec Alexis, mais dès qu'elle comprit que le vieil homme était muet, elle sut qui il était.

— Gerasimo ! s'écria-t-elle. C'est bien vous qui travailliez au bar quand je venais ?

Il acquiesça en souriant. Petite, Sophia avait été intriguée par cet homme, voire légèrement effrayée, mais elle se souvenait aussi d'avoir adoré la limonade glacée qu'il préparait exprès pour elle – c'était généralement là qu'elle retrouvait son grand-père. Elle avait plus de mal à se rappeler Andriana, qui avait pris du poids et qui avait les jambes constellées de varices à peine dissimulées par ses bas épais. Celle-ci lui rafraîchit donc la mémoire : elle était adolescente à l'époque où Sophia venait à Plaka. Cette dernière se souvenait vaguement d'une jolie fille mollassonne, qui traînait sur le banc devant le bar, discutant avec ses amies pendant que des garçons leur tournaient autour, nonchalamment adossés à leurs mobylettes. Fotini avait ressorti l'enveloppe en papier kraft contenant les photos et, une fois de plus, elle les étala sur la table. Tous s'extasièrent sur la ressemblance entre Sophia, Alexis et leurs aïeules.

C'était le soir de fermeture de la taverne, mais Mattheos, devenu un immense gaillard, qui prendrait prochainement la suite de ses parents, arriva. Sophia et lui tombèrent dans les bras l'un de l'autre.

— Quel plaisir de te revoir, dit-il avec chaleur, ça fait si longtemps.

Mattheos installa une grande table. Un dernier convive se joindrait à eux. Plus tôt dans l'après-midi, Fotini avait appelé son frère Antonis, et à 21 heures il débarqua de Sitia. Il avait désormais les cheveux gris et était voûté, mais il avait conservé les yeux de braise qui avaient séduit Anna à l'époque. Il s'installa entre Alexis et Sophia et, ayant oublié sa timidité au bout de quelques verres, il se mit à parler anglais – une langue qu'il n'avait pas pratiquée depuis des années.

— Ta mère était la plus belle femme que j'aie jamais vue, dit-il à Sophia, avant d'ajouter après coup : à part mon épouse, bien entendu.

Il conserva le silence un moment avant de reprendre.

— Sa beauté était un don autant qu'une malédiction, et les femmes comme elle conduiront toujours les hommes à commettre des folies. Ce n'était pas entièrement sa faute, tu sais.

Alexis lut sur les traits de sa mère qu'elle en convenait.

— *Efharisto*, murmura-t-elle. Merci.

Il était bien plus de minuit, et les bougies s'étaient depuis longtemps éteintes, lorsque tout le monde quitta la table. Quelques instants plus tard, Alexis et Sophia devaient reprendre la route ; la première pour revenir sur ses pas jusqu'à La Canée et rejoindre Ed, la seconde pour regagner Le Pirée en ferry. Alexis avait le sentiment qu'un mois s'était écoulé depuis son arrivée, alors qu'elle n'avait passé que quelques jours à Plaka. Quant à Sophia, si sa visite avait été brève, elle revêtait une importance incommensurable. Les adieux furent aussi chaleureux que la journée avait été chaude, et les deux Anglaises promirent de revenir l'année suivante pour un séjour plus long et plus paisible.

Alexis conduisit Sophia à Héraklion, où celle-ci prendrait le ferry de nuit pour Athènes. Il n'y eut pas un seul silence durant le trajet, tant la conversation était fluide. Une fois qu'elle eut déposé sa mère, qui se réjouissait d'avance à l'idée d'occuper son temps jusqu'au soir dans les musées de la ville, Alexis poursuivit jusqu'à La Canée. Elle avait résolu le mystère du passé ; à présent, elle devait se soucier du futur.

Près de trois heures plus tard, elle arriva à l'hôtel. Elle avait eu si chaud dans la voiture qu'elle ne rêvait que d'une chose : se désaltérer. Elle se rendit dans le bar le plus proche, de l'autre côté de la rue, qui donnait sur la plage. Ed y était installé, seul, le regard perdu vers la mer. Alexis s'approcha sans un bruit, avant de tirer une chaise. Le raclement des pieds sur le sol sortit brusquement Ed de sa rêverie et il sursauta.

— Où étais-tu passée, bordel ? hurla-t-il.

À l'exception du message qu'elle lui avait laissé quatre jours plus tôt – l'informant qu'elle resterait plus longtemps que prévu à Plaka –, elle ne l'avait pas contacté et n'avait pas allumé son portable.

— Écoute, commença-t-elle, bien consciente d'avoir eu tort de ne pas donner de nouvelles, je suis vraiment désolée. Tout a été très compliqué et j'ai perdu la notion du temps. Et puis ma mère m'a rejointe et…

— Comment ça, ta mère t'a rejointe ? Tu veux dire qu'il y avait une réunion de famille et que tu n'as pas jugé bon de me prévenir ? Merci beaucoup !

— Écoute… C'était vraiment important.

— Pour l'amour du ciel, Alexis ! grogna-t-il avec ironie. Qu'est-ce qui est plus important ? Une petite escapade pour retrouver ta mère que tu peux voir n'importe quel jour de la semaine à Londres, ou ces vacances avec moi ?

La question d'Ed n'attendait aucune réponse. Il s'était déjà levé et rejoignait le bar à grandes enjambées pour commander un autre verre. Même s'il lui tournait le dos, la position de ses épaules exprimait sa colère et son amertume. Alexis profita de la situation pour s'éclipser discrètement. Une fois dans la chambre, elle n'eut besoin que de quelques minutes pour rassembler ses affaires, récupérer les livres sur la table de nuit et lui griffonner un mot.

Désolée que ça se finisse de la sorte. Tu n'as jamais voulu éccuter.

Elle n'ajouta pas : « *Tendrement, Alexis* », ni ne dessina des petites croix symbolisant des baisers. C'était terminé. Elle pouvait l'admettre à présent. Il n'y avait plus d'amour.

27

Alexis reprit aussitôt la route d'Héraklion. Il était déjà 16 heures, et elle devrait conduire pied au plancher si elle voulait arriver à temps pour rendre la voiture et embarquer à bord du ferry qui partait à 20 heures.

Tandis qu'elle suivait la route longeant la côte qui offrait une vue spectaculaire, un sentiment d'euphorie l'envahit. À sa gauche, rien d'autre que du bleu : la mer azurée et le ciel de saphir. Pourquoi parlait-on de « blues » quand on avait le cafard ? s'étonna-t-elle. Ce ciel lumineux et ces eaux scintillantes lui semblaient au contraire constitutives de sa sensation de bien-être.

Laissant l'air chaud pénétrer par les vitres baissées, ses cheveux flottant derrière elle comme une rivière noire, elle chanta à tue-tête sur « Brown-Eyed Girl », dont la cassette ronronnait dans l'autoradio fatigué. Ed détestait Van Morrison.

Ce voyage grisant dura un peu plus de deux heures et, par peur de manquer le bateau, elle garda la pédale d'accélérateur enfoncée. Elle ne se sentait jamais aussi libérée que lorsqu'elle était derrière un volant.

Elle ne disposait que de quelques minutes pour régler les derniers détails pénibles de son périple : rendre la voiture, acheter un billet pour le ferry et grimper la rampe qui la conduirait dans les entrailles de celui-ci. Elle redoutait les odeurs pestilentielles de mazout qui accueillaient les passagers sur ces navires grecs, mais elle savait que, d'ici à une heure ou deux, elle s'y serait habituée. Un groupe d'hommes bruns continuaient de charger voitures et cargaisons en hurlant des instructions dans une langue qu'elle avait honte de maîtriser aussi mal. Même si, dans ce cas précis, cela valait peut-être mieux. Elle repéra l'inscription « Passagers sans véhicule » sur une porte et s'y engouffra avec bonheur.

Quelque part dans ce bateau se trouvait sa mère. Il y avait deux salons, un pour les fumeurs et un autre, moins bondé, pour les non-fumeurs. Un groupe d'étudiants américains avait investi le second, tandis que des dizaines de familles s'entassaient dans le premier – ils rentraient sans doute sur le continent après avoir rendu visite à des parents en Crète. N'ayant repéré sa mère dans aucune des deux salles, Alexis monta sur le pont.

Dans le jour déclinant, elle l'aperçut de loin, à l'arrière. Assise seule, son petit sac de voyage à ses pieds, elle observait les lumières clignotantes d'Héraklion et les arches cintrées du grand arsenal vénitien. Les murs immaculés de la forteresse massive du XVIe siècle, qui montaient la garde dans le port, auraient pu avoir été érigés la semaine précédente.

Si la veille Alexis avait été surprise de voir sa mère, c'était au tour de Sophia à présent.

— Alexis ! Que fais-tu ici ? s'écria-t-elle. Je croyais que tu retournais à La Canée.

— J'y suis allée.

— Mais pourquoi es-tu ici alors ? Et où est Ed ?

— Toujours là-bas. Où je l'ai laissé.

Il n'y avait rien à expliquer, pourtant, Alexis avait besoin de parler.

— C'est terminé. J'ai compris que notre histoire n'avait aucun sens, aucun relief, commença-t-elle. En écoutant Fotini me raconter ce qu'a traversé ta famille, j'ai été frappée par la puissance de l'amour qu'ils avaient les uns pour les autres. Un amour qui a résisté contre vents et marée, un amour plus fort que la maladie et la mort. J'ai réalisé alors que mes sentiments pour Ed n'étaient pas comparables. Et je sais que ça ne changera pas d'ici à dix ou vingt ans.

Tout le temps où Sophia avait tourné le dos aux gens et aux lieux qui l'avaient façonnée, elle n'avait jamais perçu avec autant d'acuité ses ancêtres. À travers les yeux de sa fille, elle les avait vus comme les personnages d'une pièce de théâtre. Elle découvrait l'héroïsme derrière l'humiliation, la passion derrière la perfidie, l'amour derrière la lèpre.

Le voile avait été levé sur tout le passé, et les blessures exposées à l'air libre pourraient enfin guérir. La honte n'avait aucune part dans cette histoire. Sophia n'avait plus rien à cacher et, pour la première fois depuis vingt-cinq ans, elle ne chercha pas à retenir les larmes qui coulaient sur ses joues.

Lorsque l'énorme ferry sortit lentement des eaux portuaires, troublant le silence nocturne avec sa sirène, Alexis et Sophia s'appuyèrent au bastingage, sentant la caresse de la brise sur leur visage. Au-delà de l'étendue d'eau noire, elles suivirent des yeux les lumières de la Crète jusqu'à ce que celles-ci disparaissent.

REMERCIEMENTS

Un merci tout particulier :
Au musée de l'île de Spinalonga,
Au professeur Richard Groves, diplômé en dermatologie,
À l'Imperial College London,
Au Dr Diana Lockwood, de la London School of Hygiene and Tropical Medicine,
À Mission Lèpre,
À l'association LEPRA.

Victoria Hislop
au Livre de Poche

Cartes postales de Grèce n° 34940

Dans sa boîte aux lettres, Ellie trouve, semaine après semaine, des cartes postales signées d'une simple initiale : A. Pourquoi lui parviennent-elles ? Qui est l'expéditeur ? Portant l'éclat du ciel grec et l'eau cristalline de la mer, ces cartes sortent la jeune femme de sa morosité quotidienne. Un jour cependant, les envois cessent. Ellie se sent délaissée, privée de cette bouffée d'oxygène qui la faisait voyager. Elle prend alors une décision : découvrir la Grèce par elle-même. Le matin de son départ, elle reçoit un carnet par la poste. Le parcours du fameux A. y est raconté. Celui-ci observe avec tendresse et générosité les Grecs, ce qui fait le sel de leur quotidien. Derrière ses observations et ses anecdotes se dessine le portrait d'un homme blessé.

Ceux qu'on aime n° 35900

Athènes, milieu des années 1940. Récemment libérée de l'occupation allemande, la Grèce fait face à de violentes tensions internes. Confrontée aux injustices qui touchent ses proches, la jeune Themis décide de s'engager auprès des communistes et se révèle prête à tout, même à donner sa vie, au nom de la liberté. Arrêtée et envoyée sur l'île de Makronissos, véritable prison à ciel ouvert, Themis y rencontre une femme, militante tout comme elle, avec qui elle noue une étroite amitié. Lorsque cette dernière est condamnée à mort, Themis prend une décision qui la hantera pendant des années. Au crépuscule de sa vie, elle lève enfin le voile sur ce passé tourmenté, consciente qu'il faut parfois rouvrir certaines blessures pour guérir...

Le Fil des souvenirs n° 33446

1917, Thessalonique. Le jour de la naissance de Dimitris, un terrible incendie détruit la ville. Sa famille doit déménager dans les quartiers populaires. C'est là aussi que viennent s'installer des réfugiés turcs quelques années après. Parmi eux, Katerina. Le destin réunit les deux enfants, l'un héritier d'un empire textile, l'autre couturière prodige. Ensemble, ils seront les témoins d'une Grèce tourmentée, de l'occupation allemande aux révolutions civiles et à la dictature, qui défigureront leur cité autrefois multiethnique et fraternelle. Presque un siècle plus tard, de quels secrets sont-ils les gardiens ? Comment les transmettre avant qu'il ne soit trop tard ? Le temps est venu de dérouler le fil de leurs souvenirs...

Une dernière danse n° 33727

Quand elle arrive à Grenade pour y prendre des cours de danse, Sonia, jeune Londonienne, ne sait rien du passé de la ville. Une conversation avec le patron du café El Barril la plonge dans la tragique destinée de la famille Ramírez : dans les années 1930 vivaient dans ces lieux trois frères aux idéaux opposés, veillant jalousement sur leur jeune sœur, Mercedes, passionnée de flamenco. Tandis que celle-ci tombe amoureuse du guitariste gitan qui l'accompagne, l'Espagne sombre dans la guerre civile. Quel camp chacun va-t-il choisir ? Quels secrets et trahisons vont déchirer la fratrie à jamais ? Happée par ce récit de feu et de sang, Sonia est loin d'imaginer que sa propre existence en sera bouleversée.

Une nuit en Crète n° 34529

Avec le talent qu'on lui connaît, Victoria Hislop nous entraîne, à travers dix histoires entremêlées, dans les rues d'Athènes et les parcs ombragés des villages grecs. En évoquant leurs atmosphères si particulières, elle donne vie à un grand nombre de personnages inoubliables : un prêtre solitaire, deux frères qui n'arrêtent pas de se quereller, un étranger indésirable, une charmante pâtissière, ou encore un jeune marié à la mémoire défaillante. À la manière d'une aquarelliste, l'auteur de *L'Île des oubliés* explore les sentiments humains. Amour, loyauté, séparation, réconciliation… nul mouvement de l'âme n'échappe à son écriture envoûtante.

Chypre, été 1972. La ville de Famagouste héberge la station balnéaire la plus prisée de la Méditerranée, où Chypriotes grecs et turcs vivent en parfaite harmonie. Un couple ambitieux y ouvre Le Sunrise, un hôtel de grand luxe. Lorsqu'un putsch grec plonge l'île dans le chaos, celle-ci devient le théâtre d'un conflit désastreux. Famagouste est bombardée. Quarante mille personnes fuient l'armée en marche. Parmi elles, Aphroditi, contrainte de suivre son mari sans savoir si elle pourra un jour revoir son amant. Dans la ville désertée, seules deux familles demeurent : les Georgiou et les Özkan. Voici leur histoire. Après l'incroyable succès de *L'Île des oubliés*, Victoria Hislop mêle avec toujours autant de brio les chroniques familiales et les déchirures de l'Histoire.

De la même auteure
aux Éditions des Escales :

LE FIL DES SOUVENIRS, 2013.

UNE DERNIÈRE DANSE, 2014.

LA VILLE ORPHELINE, 2015.

UNE NUIT EN CRÈTE, 2016.

CARTES POSTALES DE GRÈCE, 2017.

CEUX QU'ON AIME, 2019.